勾玉三部曲の三

薄红天女

うすべにてんにょ

[日] 荻原规子◎著

辛如意◎译

時代文藝出版社

图书在版编目（CIP）数据

薄红天女 / (日) 荻原规子著；辛如意译. —长春：时代文艺出版社，2021.1

ISBN 978-7-5387-6033-0

Ⅰ. ①薄… Ⅱ. ①荻… ②辛… Ⅲ. ①长篇小说－日本－现代 Ⅳ. ①I313.45

中国版本图书馆CIP数据核字（2019）第001244号

出品人 陈 琛
产品总监 邓淑杰
责任编辑 刘瑀婷
闫松莹
装帧设计 孙 利
排版制作 隋淑凤

薄红天女

［日］荻原规子 著 辛如意 译

出版发行 / 时代文艺出版社
地址 / 长春市福祉大路5788号 龙腾国际大厦A座15层 邮编 / 130118
总编办 / 0431-81629751 发行部 / 0431-81629755 北京开发部 / 010-63108163
官方微博 / weibo.com / tlapress 天猫旗舰店 / sdwycbsgf.tmall.com
印刷 / 三河市天润建兴印务有限公司
开本 / 710mm × 1000mm 1 / 16 字数 / 336千字 印张 / 24.25
版次 / 2021年1月第1版 印次 / 2021年1月第1次印刷 定价 / 52.00元

目录

コンテンツ

第一部　阿高

第一章　竹芝——003

第二章　北国——070

第三章　明玉——134

第二部　苑上

第四章　少年——193

第五章　妖怪——250

第六章　修复——326

第一部　阿高

……但闻紫草丛生之野，亦芦荻高茂，携弓乘马而弓端隐没未见，且行其中，则遇竹芝寺……

——《更级日记》

第一章　竹芝

1

谈起竹芝郡长府的那对搭档，就引得女孩落泪。姑且不管别处，在郡内的年轻姑娘间，他们尤其是热门话题。无论任何时代都会出现一两个这种小伙子，即使不是刻意行动，也能让少女们群聚在一起七嘴八舌，话题总绕着他们打转。竹芝郡长府的这对搭档正属于这种类型，藤太和阿高，两人都十七岁，同样是竹芝府邸出身。

古时称为国造[①]，如今称为武藏国足立郡郡司的竹芝郡长府上，若溯及祖辈，据说还是高贵出身，因此自然深受当地民众的尊敬。身为郡长的总武年近花甲，依旧常保健朗，善于治理郡内。总武可说晚年得子，藤太排行第七，阿高则是早逝的长男留下的遗腹子。

由于两个少年都没有继承家业的牵绊，因此得以在长辈的纵容下成长，即使多少因为备受宠爱而少了一点责任心，倒也无可厚非。

① 倭王权设置的地方官，以建立对全国的统治。

两人从小就没有以郡长府出身而自居，只顾着和村里的调皮鬼四处游玩。

两人的潇洒优哉，引得许多少女为之痴迷。尽管他们身为豪门宗家、郡长子裔，但还不至于是一般女孩可望而不可即的豪族，他们备受瞩目的最大原因，还是在于风度翩翩吧。两人并肩而立时，绝对会吸引众人目光，只要没有特别原因，他们总是一起现身，因此才被称为搭档。

这对年纪相近的叔侄，身高和体格也相差无几，显然出于同样的血缘。然而无论是外表还是性格他们彼此却毫不相像，尤其对女孩子的态度更是天壤之别。

藤太这个少年，坚持对所有女孩都要亲切，若有少女对他露出笑容，总不忘还以笑容。结果不出所料，许多女孩为此哭哭啼啼，直骂他是个花心萝卜。尽管如此，也不知什么缘故，藤太不但没吸取教训，反而总是一错再错，但仍是不断有女孩深信着“藤太只对本姑娘有意思”。

不过光从让她们一时开心这点来看，藤太或许还比阿高更讨人喜欢。说到阿高，简直对女孩连正眼都懒得瞧，无论多漂亮、多温柔的姑娘，都走不进他的心扉。面对女孩时，他总像撞见什么似的回瞪对方，或是找机会逃之夭夭。如果藤太对少女们是一视同仁地喜欢，那么阿高就是对她们一视同仁地讨厌。说来说去，这两人的态度都不讨好。

明知这对搭档性格如此，说也奇怪，分别迷上两人的少女并不少。他们俩与秫东地方的一般小伙子无异，同样会在青年旅店[1]里与年龄

① 青年们聚集或休憩时的处所。

相仿的哥们儿组帮结派，除了警护工作及贡献劳力之外，还不忘在夜间祭典打架滋事，因此造成众人困扰。不过，暗地里偷窥藤太和阿高欢笑自在、互相调侃的模样，绝对会让这群女孩心驰神往，多渴望自己能代替其中一人啊！

“帮帮忙吧，为什么自从他们加入青年旅店后，每次春秋的祭典就非闹得惊天动地不可？为何他们就找不到乖巧又合适的对象？”

带着一箩筐少女们的抗议，藤太的姐姐美乡回到了娘家，她怀中摇着嫂嫂的婴儿，拼命忍住笑道：“你们就算这么要求，我也无能为力……”

“至少就藤太一个嘛。只要他好好跟哪个女孩交往，阿高也会逐渐改变想法的。能不能请你这位做姐姐的奉劝他几句呢？”

“帮你们去说情很简单，可是大概不管用吧。藤太和阿高都是空长个头儿，没有你们想象得那么成熟喔。”

虽然声称回娘家，美乡其实已经与夫家决裂，也就是所谓的离婚归祖。然而她并不自伤自怜，是个开朗度日的坚强女性，还时常关照邻家少女，因此才会受到这种请托。所以她有话直说：“我是为你们好，快别管那种没长大的小子了，那两个孩子还不够成熟，要独立与女孩交往所必要的条件，他们还没有具备。”

“你说的必要条件，是什么意思？”

“你们还看不出来吗？”美乡微笑着环视几名少女，“就是他们彼此之间从不让人介入，无论是男是女。毕竟都不是小孩了，不过，或许对他们来说有点困难呢。”

“说真的，那两人成天黏在一起，看了真让人妒忌。怎么会这么要好，简直是双胞胎嘛。”最旁边的女孩天真地插嘴道。

“……我总是想若是双胞胎就好了。”美乡突然眉间出现一抹忧色，喃喃说道。藤太和阿高不是孪生兄弟才会形影不离，她暗想，不过这问题不适合在族里明讲，实在无法随口对她们说，“所以呀，还是暂时随他们去吧。再过一阵子，就算他们不愿意也不得不分离，在那之前你们先别管。”

“那可不行，谁敢保证那时他们不被人抢走呢？”

少女们不约而同嘟嘴抗议。

藤太边走边打了两个大喷嚏，轻摸着鼻子说：“好像有人在谈论我们。”

身旁的阿高轻轻一笑，“可怜虫，‘打两声就是惹人嫌’喔。”

这对搭档走在枯草烧尽、新芽萌生的草原上，两人个头齐高，穿着短袄衣、绑腿护手，全身上下轻快装扮，手足如苗木般修长。然而，藤太有一头硬发和两道凛眉，眼瞳漆黑亮澈；相对的，阿高的细软柔发色泽较浅，面貌略似少女，十分秀美，眼瞳是清透的淡褐色，两人相貌可说明显不同。

他们总是一起行动，但就像对待女孩的态度般，叔父藤太总是抢先一步，阿高往往跟随在后。藤太比较积极热情，又时常微笑，从各种角度来看都属于平易近人的类型。不过阿高那种超然如猫的性格，也的确有不少女孩为之着迷。

藤太不知想到什么，突然朝空中骂道：“混蛋！总之我就是惹人嫌，干脆找机会出人头地算了。”

阿高讶异地打量他，“怎么，你对刚才的事还很在意吗？”

春意围绕着他们显得生机盎然，黄莺在小竹丛间轻唱，丘上的杂木林从薄赤到醒目的黄绿，各色新芽点缀缤纷，河堤低洼处的浓紫堇花丛簇绽开。天空如蔚水般柔和，冬季时白峻耸峙在地平线的富士山，如今也在沉浸睡意的霞彩间悠悠淡淡。今年又欣逢这个时节，冰川神社的春日祭典即将来临，两人担任供奉的职务是受派去清理神社，此刻正在归途中，之所以没与其他伙伴同行，是因为还想去其他地方。

“别在意那种日下部的丫头，以后不是用不着见面了吗？”对女性不太殷勤的阿高随意说道。

“那怎么行？”藤太压低声音，突然停下脚步，“不晓得怎么回事，我不想就这样结束。”

两人绕道来的地方，正是一个住在邻郡，名叫千种的女孩子家。盘踞西部一带的日下部族，与东部的竹芝族水火不容，两族因边界之争或抢夺水源等琐事纠纷不断，年轻人自然也彼此反目，纷纷划定势力范围。

岂料就在今年新春，藤太在外出打猎时手臂受轻伤，又因坐骑走失，与阿高四处徘徊，结果不慎闯入日下部的势力范围，与千种邂逅。当时这对叔侄不得已敲开了这间村畔人家的门，少女让两人藏在小仓库里，还为藤太治疗伤口。

这次去参与冰川神社的清扫工作，两人才初次听到有关千种的传闻。原来她是万里挑一的纺织名手，虽是独生女却没有夫婿对象，将来或许会担任巫女，此外，据说她的手艺极受国司[①]称赞，甚至还收藏了她的作品。突然对千种大感兴趣的藤太不时提起想绕道去探望她，阿高没有异议，因为能冷不防地去偷袭日下部那群家伙，实在是件大快人心的事。结果他们为了偷窥少女而接近内院，却被千种骂了句“像你这种人讨厌死了”，两人这才黯然地踏上归途。

---

① 在律令制下，由朝廷派遣至诸国治理政务的地方官。

“听说她要成为巫女，当然不会被你打动了。打消念头吧，这不是你的错。”阿高安慰道。他在一旁观察千种替藤太疗伤时的态度，就知道这女孩的性格很冷漠。

“你说得也许没错，可是我希望这次祭典的伴侣是她。”

“你在开玩笑吧？”

“不，我就要找她。”藤太坚持道，突然爽朗一笑说，“我也奇怪自己为什么想找她。不过只要是千种就好，我会让她喜欢上我的。”

“真是恶性难改。”阿高感叹地摇头，“明知不能得手，却非要到手才罢休。乖乖就范的话，你就觉得美中不足。反正拜托你不要闹得惊天动地就好。”

“你才恶性难改呢。”藤太一把扭住阿高，又勾住他的头，“死脑筋！想教训人的话，先去领回个小妹看看。根本一窍不通，口气还这么大。”

“免谈！光瞧你平常那副德行，我就受够了。”

两人如平常般扭成一团，直到心情畅快了才歇手，不过还没到打架程度，而是像幼犬在互咬玩耍。

不久，藤太缓缓说：“如果千种答应的话，我就不再找别的女孩，一切到此为止，只有这次跟以前不一样。”

阿高望着一脸严肃的搭档，只是耸耸肩。“这是最后一次”的话，他早听过四五遍了。

“还很难说呢。”

“你不相信叔叔的话？”

阿高挺直背脊说：“对千种出手的话，会被神官恨死喔，而且假如她的手艺受到赞赏的传言属实，那位国司大人也一样会怨你。

最重要的是日下部那群家伙可不会忍气吞声，若是真的引发纠纷，可不会像以前动动拳脚就能了事。即使这样，你还是非要她不可？就算以后想改变主意也来不及了，这样做值得吗？”

藤太紧紧抿起嘴角，眼中浮现对美好恋情的坚持，“很值得。”

“那个丫头到底好在哪里？”彻底被他击垮的阿高不觉提高嗓门儿。容姿胜过千种的美女比比皆是，性格温柔的少女也多不胜数。尽管知道他的搭档喜欢愈挫愈勇，可是到手的如果只是那种姿色的女子，真的这么值得？

“我实在不了解自己为何偏要选千种。不过老实说，自从新年后，她的面孔就不断浮现在我眼前，今天总算明白是什么缘故了。”藤太害羞起来，目光移向自己的胳臂，只见有一道从右手背延伸至上臂的桃红色伤痕。

“是因为她的个性不会取悦别人吧。不知为何，我也不会刻意讨好她，觉得不需要献殷勤也无所谓。我曾经以为这大概是因为她是出自日下部族的缘故，可是并非完全如此，该怎么说呢？就是觉得在千种面前无须刻意作势，她就能懂我的心意。”

“如果我耳朵没毛病，今天她应该有说过‘像你这种人讨厌死了’吧。”阿高升起一股无名火，藤太却不肯让步。

“她确实这么说，可是，我觉得那是违心之语。这三个月里，千种绝对跟我一样无法忽视那次相遇。我总觉得彼此似乎都这样，愈回想就愈相信没错，我不会是自作多情……”

“简直荒谬透顶。”阿高不假辞色，藤太再次一把扭住他。

“像你这种木头人一辈子都不会懂的！”藤太绞住他的胳臂后按倒在地，作势真要勒住他的脖子。

阿高终于拉高嗓门叫道：“我明白、我明白，藤太大爷说得有理，小的斗不过痴心汉。”

“早这么讲不就没事了？”藤太哼了一声，突然讶异地仔细打量他，“你怎么老是不谈恋爱？”

阿高被如此唐突一问，迟疑地停止推拒，仰望着藤太，“是啊，为什么呢……”

在阳光照耀的草地上，阿高的眼瞳澄如明泉，即使这么说显得有点袒护亲友，藤太还是觉得阿高长得很端秀，他深深了解阿高为何能吸引许多少女追求，偏偏这位搭档总是冷淡超然，从不热心响应。

“如果你不想谈感情也无所谓，不过还是要帮我，可以吗？”

藤太似乎感到受挫，于是起身。

“可以。”阿高回答后敏捷站起。不用说，不管发生任何情况，他至今为止都一直死忠支持藤太的恋情。

不过，这次与以往不同。只有这次和以前不一样……

阿高有着强烈的预感。或许这次，藤太真的在找寻伴侣，而且是取代阿高成为另一个半身，一同分享人生的搭档。

阿高一开始就知道藤太会比自己先找到伴侣，虽然至今仍常换对象，但其实藤太是以轻松的心态在探索恋爱。不懂追求爱情的只有阿高，他才是藤太的累赘。

为何我不谈恋爱？

事到如今，阿高在茫然孤独中陷入沉思。自懂事以来就和藤太一起成长，称他的母亲为娘，对于祖父总武也学着藤太叫爹。两人在完全相同的条件下长大，彼此却明显不同。

尽管这样，我还是藤太的侄儿。但他视为理所当然的事，对我来说却不如此……

这不算是一桩重大秘密，因此只要敏感的小孩就不可能忽略，阿高的双亲其实早已不在人世，生父胜总远赴陆奥国[1]平定纷争，在那片陌生的遥远北地化为白骨。至于阿高的生母，说到母亲……

“怎么了？走吧，天快黑了。”

领先几步的藤太在呼唤，阿高这才回过神来。幸亏有同龄的叔叔，阿高才能一直避免思考这些问题，大家似乎也强行让两人看似背景相同。

可是以后……

当藤太牵着伴侣的手离去时，自己究竟要置身何处？阿高突然内心起了动摇。

2

竹芝的郡长府背着小楢树林山丘而建，从北边道路进入乡里时，并不会立刻一览无遗。然而道路沿着荒川支流平缓曲折，朝向浴着柔和夕照的榉树林远方，可望见高围的土墙和茅草屋顶。

这里是秭东平原，有湿原和在丘陵上延伸至远方的森林，以及船只往来如梭的河流。策马在拂风中奔驰的乡民，则在此地强悍的民风中茁壮成长。豪族们围建的府邸时常有众多人马聚集，出生在竹芝的显赫家系，一旦需要调停内外纠纷及维持乡里和平，势必要具备广阔的居所才行。

在宽广的府邸中，有郡长一家居住的大主屋，另有数间连栋房屋。这是由几个家族编在同一户籍下共同生活的，因此阿高和藤太也是

① 陆奥的原意为“道路深处”，古代是日本陆前、陆中、陆奥、磐城、岩代的总称，今相当于宫城、岩手、青森、福岛四县。

在大家庭中成长的。走在路上，从原野回来的民众纷纷向两人打招呼，他们几个人一边起劲交谈，一边加快脚步，应该可以赶上晚饭时间。

穿过府邸前的外门，此处的家人们也为一整天的工作结束而振奋。前方有大型马厩和仓库，在建有水井的前庭四周，尚有同户籍其他家族的家屋和菜园围绕。主屋在正面后方，建有厚重的屋顶，是由鲣木①高架建造的豪宅。藤太和阿高抵达时，家犬阿黑和鸢丸飞奔出来，欢喜地迎接外出而归的主人，兄嫂的几个幼童受到它们的兴奋感染，也尖嚷着跑出来。

“你们一回来，就更有得吵了。”美乡出来对他们有点埋怨地说道。

郡长家族的习惯是集合众人在主屋内的厢房进餐，总武喜欢全家齐聚一堂用餐。藤太和阿高还年轻，对这种规矩感到很无聊，想更轻松自在一些，不过恐怕是奢求了。他们洗净双足后穿过主屋门口，粗梁下的烤鱼加上酒糟的飘香，以及大型饭桶冒出的饭香，很是诱人。

位居上座的总武，以及左右列席的次男良总和三男伴高，三人面前皆放置托盘，旁边还添放酒杯。四男出门在外，五男和六男目前正义务担任武藏国警备，因此只剩藤太、阿高、母亲和两位兄嫂，还有美乡和一群孩童。用餐时能发表言论和询问各项事宜是一家之长们的专利，其他人除了留意幼童之外，都静静用饭。

“马皮够吗？就是之前讨论的那十件皮铠甲。”总武向良总问道。总武的头发和胡须已明显花白，只有眉毛仍旧乌黑（眉型和藤太非常相似），目光十分锐利。

“总算设法筹到了，不过朝廷再要求我们武藏负担更多军备的

---

① 神社或宫殿的屋梁上装饰用的木材。

话，明年还不知该怎么办呢。”良总答道。这位即将继承竹芝郡长的人物十分温厚笃实，从不飞扬跋扈，因此颇受当地民众爱戴。

“京城的朝廷在几年内势必再度派遣征夷军前往陆奥国，他们只想为前年的惨败一雪前耻。”

听了两人对话，伴高插嘴说：“负担不算太严重，不过问题就在征兵那儿，又会更苦了，召集的士兵人数会超过前年吧？”

“根据国府[①]的消息，朝廷希望军势比上次出兵多出一倍。”总武夹起鱼，愁容满面地说道。

良总与伴高面面相觑，“一倍？那就是派十万大军？”

“今天国府召集各方郡长做过说明，为了下次远征，朝廷派遣的使节将到各地进行军事检校。我们可不能有失体面，必须尽早召齐士兵整备武器，好让使节进行检阅。这次京城人也是有备而来。”

伴高怒气难平地应道：“真该让那位使节瞧瞧在与虾夷长期作战后，秭东人民有多么疲惫困乏。”

良总询问父亲说：“派来检校的朝廷官吏是谁呢？”

“不是百济俊哲，就是秭上田村麻吕。他们都曾遍访东海道，其中一位会来武藏。”

“我曾听说前陆奥国镇守府将军的大名，但不知是指哪一位秭上大人？”

“就是秭上刈田麻吕的儿子，曾担任下总守的官职，至于刈田麻吕也曾担任镇守府将军。”

良总略微沉思后，喃喃说：“来的若是行事练达的人就麻烦了。不但风评更加不利，我们家里也不得不响应征兵才行。”

---

① 依据律令在各国设置的地方行政机构。

总武用力将酒杯往托盘一放，当即发出豪快脆响，他接着开口，但心平气和的态度一转，语气难掩心底的怒意，“就算是倾家荡产，使尽各种逃役手段，哪怕是啃稻草，我也绝不让这个家里再出一个远征兵。家中已经有人牺牲了，我不想再让亲人命丧北方。”

阿高不禁衔住筷子，抬头看着总武，又转望身旁的藤太，只见他正痴痴盯着饭碗，似乎不曾听见座上长辈们的谈话。征夷军导致生活饱受压迫的话题，多年来确实早已耳熟能详，虾夷在陆奥国首次发生大规模的叛乱是将近二十年前，也就是这对搭档出生以前的事，然而至今仍无法平息。

十一年前，当今圣上[①]在平城即位后，对征讨虾夷和迁都可说异常热衷。然而不论征夷军或新都长冈，无疑皆造成人民的莫大负担，对于远征之初就屡次调兵一事，秭东百姓早就倦乏不堪。

阿高对总武的发言感到敏感。这是在所难免，因为身为郡长后继者的良总表现优异，在这家中又鲜少谈及十七年前死于陆奥国的长男，不过阿高还是偶尔感觉得到某种事实一直潜藏存在，果然良总和伴高一看到阿高，就忍不住露出沉痛的表情。

“是啊，家中的确已付出牺牲的代价。”良总温和地说，巧妙转移了话题。总武也恢复平静，话题谈到冰川的春祭，顺便向两个少年问起神官的近况。然而，阿高的心底烙下了祖父一瞬间露出的激动神情。

老爹不是忘了……只是不想提起。

总武并没忘记阿高的生父胜总，他曾赴长子牺牲的战地处理丧祭，带遗腹子阿高返回竹芝。以前在阿高七八岁时，曾要求祖父“讲

---

① 当朝天子，此指奈良时代末期即位的桓武天皇。

点爹的事情”。的确，他是在得知当今圣上最初派遣的军队曾经北上才想询问的，可是总武摇摇头，只说时候未到，必须等他二十岁时再说明，希望阿高耐心等待。

为什么要等那时才说？阿高心中苦闷异常。虽不是第一次发出这种疑问，不过他总是尽量避免触及，连忙就此打住。为何老爹从那次征召后，就发誓绝不让家中任何人出征？他明知仗着家中有钱有势逃役会落人口实，仍不惜花钱免去兵役。照理来讲，老爹应该对虾夷人深恶痛绝，一心想向夺取儿子性命的敌人报仇才对啊……

他隐约发现一个无法不察觉的结论：是因为生下我的缘故？

关于阿高的母亲，是比父亲胜总还更少在家中被提及的人物，几乎可说从没提过。面对家人的守口如瓶，他也觉得自己不该问起，既然没有少根筋，他当然知道沉默也是一种答复。不过在以往生活中，阿高并没有为此钻牛角尖，他认为母亲无论是什么出身都无所谓，重要的是自己继承竹芝血脉，还有族人一起生活。

总之到二十岁时就会真相大白，到时祖父绝不会说要自己替父亲报仇吧。这样不是也很好吗？即使不必特地去陆奥国参战，在这片土地上也有自己该守护的一切及亲人。

阿高总是如此强迫自己改变想法，不过奇怪的是他失去了胃口。他望着身旁的藤太，这才恍然大悟。原来一向食量极大、总跟自己拼胃口的藤太，为情所困食不下咽，都是他害自己食欲不振的。

两人回到寝室的小房间，藤太这才头一遭吐出丧气话：“其实我没像你讲得那么有自信，说不定千种很讨厌我。有很多人不喜欢我，就算在男生堆里没做什么，还是有不少人看我不顺眼。”

藤太的优点就是性格直爽，虽然也有好强或虚张声势的时候，不过十分率真。阿高在幽暗的房间里微笑起来，他了解藤太其实很有人缘，只不过风头太健才易令人眼红。

“怎么，这不像你的作风。你不是说以后会让千种喜欢自己吗？你这样倒像是这辈子才第一次喜欢上女孩子嘛。”

“是啊……为什么千种就不一样？”藤太自己也觉得不可思议，横躺着将下巴搁在交叉的手臂上，“听说她只顾忙着织布，真的会来冰川祭典吗？”

“还有五天举行祭典，每天都去邀她看看吧。不然等到祭典当晚，就算期待奇迹相遇，也没有指望。”只要有助于搭档，阿高总是尽量想办法。

“每天潜入敌阵？这是铤而走险喔……”藤太认真思索着，又想到什么似的回头望着搭档，不过一看之下，藤太突然声调变了，“阿高，你哪里不舒服？”

“没什么啦。”阿高吓了一跳答道，原来他正抱膝蹲坐在有小天窗的墙边，若是其他人就不会留意这种举动，但是藤太十分明白，阿高只要心里不痛快或是身体不适，往往会与人保持一点距离，独自蹲在某个角落。这是一种无意识的举动，与其说当事人从不表态，倒不如说这种行为经常出于毫无自觉。

藤太膝行挪近墙边，仔细观察他，“这么说来，晚饭你也只吃了一碗嘛，用不着陪我一起苦恋啊。”

“谁陪你呀？”

“该不会是肚子痛吧？”

“才不呢。”

藤太沉默片刻后，试着问出心中的挂虑，“你那么讨厌千种？”

阿高一时感到恼火，“你问这话是什么意思？我不是说过要支持你吗！”

“那么，你怎么怪怪的？”

经他一说，阿高也无言反驳。大抵上藤太个性很大大咧咧，不过对于人心的微动或动物的感情反应却直觉敏锐，有时灵敏到令阿高难以置信。在他面前，阿高几乎无所遁形。

“真不巧，我从以前就怪了。”阿高无精打采地说道。

从天窗窥见的靛空星光闪烁，未点灯火的房里看不见彼此的表情，但是阿高的确俯着脸。

“说说看你现在想些什么。”藤太命令般说道。

阿高默然不语半晌，才幽幽说：“我在想，藤太会不会长得跟我爹很像。”

这对藤太而言实在是极其意外的答复，他不禁偏起头说：“这种事我哪知道？大概不像吧，更何况我跟他是异母兄弟。”

藤太的母亲是续弦，长男胜总、次男良总，还有嫁至下野的长女小牧，才是总武的第一任妻子所生。

然而阿高坚持道：“我觉得一定很像，藤太当然像我爹了，所以……我才像母亲。”

“你怎么提起这种事？”藤太如此问道，却了解阿高不会回答。他吁了口气，觉得麻烦似的说：“你想这些真无聊，这叫杞人忧天。是啊，的确你跟我不太像，这可真麻烦呢。有时我还为这种事头疼，你知道是什么原因吗？”

阿高突然仰起面孔问道：“什么原因？”

“我被女孩拒绝的理由有一半都是因为你，你却还是不痛不痒，难道就不会良心不安？我是以正当手段努力追求女孩，为何偏要被一个只会在旁边凉快的家伙横刀夺爱？”

“藤太，你是认真的？”阿高不敢置信地问道。

“当然认真了，从今天起我更要特别当一回事，我真不放心你究竟会讲出什么话来。我还在想，要是你也喜欢千种的话，将来该怎么办呢。”

阿高除了耸耸肩，简直拿他没辙，“你真是无可救药啊。”

“随我爱怎么讲都行，我是认真喜欢千种，少在人家面前炫耀喔。”

“我炫耀什么？”

“所以嘛，你不是说什么长得像母亲吗？”

阿高终于察觉藤太胡说八道的原因了，其实是想安慰他。

藤太若无其事地说：“别再逃避了，仔细看看周遭就知道女孩们都喜欢你。我是不爽没错，都因为你那张脸才让我受害无穷。你也该稍微替我想想，跟这种侄儿在一起有多委屈。”

“你说谁有多委屈？”阿高反问着，心情开始恢复开朗。

藤太或许有点自恋，但还是最能意识到阿高在郁郁不乐，总在他自觉前就先留意到这种情绪起伏。

钻入被窝中，阿高心中的壁垒消除了，他深深期待一切如常，能随藤太一起行动……这是他由衷希望的事。阿高这人就有本事倒头即睡、立刻就醒——有这项优点实在令人叹服——因此瞬间进入了梦乡。

然而，藤太却没有即刻入睡。他两手交叉脑后，一边仰望天窗，一边听着阿高发出规律的呼吸声。不知过了多久，那无意识的呼吸声忽然静下来，接着发出一个调侃般的语音，悄悄说：

“藤太，你还真好心……”

少年弹起身来，望着阿高。虽然身处暗中，却非漆黑一片，他知道阿高正翻身面向自己。月光微照下，阿高睁大双眼——或许是那对原本就容易发亮的眼瞳所致。不过藤太知道注视自己的不是阿高，他感到一种与平日总不离身的搭档完全不同的阴森气息。

藤太打了个寒战，吞了吞口水小声说：“我想你是趁阿高心情低落时才出来的，对不对？是你没错吧？”

“有件遗憾的事要告诉你，那就是阿高来不及等到二十岁了。他绝不可能等这么久，因为稅上将军即将来临。”

此人的声音与阿高有些微妙不同，是一种仿佛发自远方的轻声低语。

“绝不能让稅上将军见到阿高，绝不能被他发现。将军知道的……而且还前来搜人。”

“谁是稅上将军？”藤太困惑地反问道。

阿高在幽暗中凝视他的双瞳，看似猫眼般炯亮。

“阿高可听得一清二楚，不像你被美色冲昏头。”

那语气隐含嘲弄之意，藤太相信这家伙绝不是阿高。

“总而言之，那人到底知道什么？”

“知道我。”

“你是谁？”藤太忍不住问道。这个人在说话时，一直自顾自地把想说的说完，因此到目前为止，他还没问过这个基本问题。

“我……我的名字叫白儿。”

白儿？

“不过你千万不能将我的事告诉阿高，如果告诉他，以后我再也不和你见面了。”

“白儿，你在哪里？”

对方不再回应，阿高双眼紧闭，完全没感觉到唤问，只听见他发出舒缓的呼吸。藤太一时冲动想摇醒他继续追问，但又知道无济于事，因为阿高毫不知情，完全没有任何记忆。

睡得真香……完全不知别人有多困扰。

藤太叹了口气，低头望着阿高在暗中的睡影，唯有自己知道他有这种异常反应，至于总武和其他家人则毫不知情。发出轻声低语的那个人，第一次出现是在何时呢？感觉似乎在两人都还是十岁左右的年纪。那声音说将会发生山崩，所以不能去山上，还以为是阿高在恶作剧模仿别人说话，结果那天原本要去的地点真的发生山崩，还有人丧命……

此人就在阿高不知情的情况下，借他的身体告知事情，而且所说的都成为预言，总是攸关人命。这件事令藤太毛骨悚然，他为此彻底保密，绝不让任何人知情。阿高已经背负太多的自卑感，藤太实在不想再增加他的痛苦。

那人是谁？白儿……你到底为什么出现？

不知何故，藤太感到一阵不安袭上心头，独自咬紧嘴唇。

3

一早听见雄鸡报晓，阿高眺望天窗外，只见渐露出薄紫曦光，他神清气爽地伸伸懒腰起床。鸡鸣即起，当然是由他负责叫醒搭档了。

“藤太，起床啰。今天要到东边邻地帮忙翻土，若不早点出门让马适应农地，到时开工就有麻烦了喔。”阿高充满朝气地说着，藤太仍“嗯”的含糊应声，翻过身不再搭理。“如果今天想去日下部，就要早点做完工作才行。”

赖床的藤太将被子蒙住头，“再让我睡一下……”

已经穿好衣衫的阿高垂眼望着活像蓑衣虫的少年，大嚷道：“喂，藤太！人家说贪睡的家伙没出息喔。”

藤太终于露出脸来，一副困兮兮的模样喃喃说：“你的口气跟爹一样。”

在宽广的耕地上集合了大批前来协助的民众，其中也有广梨和茂里，两人分别来自不同家族，不过都与竹芝族有血缘关系，是藤太和阿高除彼此之外最知心的友人。他们也曾一起在青年旅店生活，与这对叔侄的交情最深，无论发生任何事，总是支持这对搭档，而且家族间的牵绊也代代如此，父祖辈之间亦是这种情谊。

藤太和阿高从去年就担任牵马拖耙的工作，因此自然再次请他们来协助农务。两人从少年时代就当过马丁，不过操作拖耙必须要有绝佳的体力和纯熟的技术才行。

他们的工作大体进展顺利，此地居民即使年纪尚轻，对驯马术也是驾轻就熟。在武藏有几处官营牧场，饲马风气极盛，竹芝也奉命管理郡北的牧场。身为家中男丁，两人不仅善于骑马，还早早接受训练各种照顾马匹的技能训练。

就在挥汗稍事休息之际，藤太突然兴冲冲地说：“对了，我决定就说有事要到牧场，这样骑马去也没人会怀疑吧。”

阿高知道他仍想去探访千种，耸耸肩说：“好啊。”

“什么？你说要去哪里？”广梨插嘴问道。他是个身躯瘦小、头脑伶俐、凡事容易冲动的少年。

就在两人虚应一番准备开溜时，不料比广梨更加心思缜密、身形瘦高的茂里却一语道破：“从实招来吧，从昨天你们故意隐瞒去向时，我就知道不对劲。该不是去那个叫千种的女孩家吧？”

“你、你怎么知道？”惊慌失措的藤太望着他。

“神社内庭有谣言在传呢，而且大家一谈起她，你的态度马上反常，这不就摆明了吗？”

“你胡扯。”

“不行、不行，你啊，凡事写在脸上，是该重新修炼啦。”茂里的口气老气横秋，其实他与藤太年纪相当，不过性格超然，这一带就数他最博学多闻。他试探着藤太，“这次就给我全部从实招来，说说看到底在搞什么鬼。”

“有什么好讲的？祭典快到了，我们各自有事要忙嘛。”藤太愤愤答道。分明都还没说动千种，此时再有人搅和就大大不妙了。

“哦——是吗？”广梨说道，茂里却一声不吭，只露出莫测高深的诡笑，藤太有不好的预感。

“阿高，你可别泄露秘密喔。”

“我什么都没讲。”阿高老实说着，又附带一句，“不过，该不会是你自己说出去的吧？”

果然，在广梨打破砂锅问到底，以及茂里巧妙诱导的攻势下，还不到中午藤太就全招了。

“千种姐在吗？”

来织屋的正是表妹绫音和她的朋友，只有亲属才有特权随意进入内院。为了能让独生女不受任何干扰安心织布，疼爱女儿的父亲建造了这间小织屋。它位于千种家后方的僻静处，在小河畔采离地架高样式，与小凉亭的设计颇为类似，清爽通风，夏居宜人，冬季若在四周架起板门，倒有几分近似斋戒闭关的小屋。

千种之所以被视为举止奇特、像是巫女般的女孩，都是因为在这种地方织布的缘故。她家位于村边，四周幽静异常，绫音每每来到这里，都觉得换作自己绝不能忍受被埋没在这种地方，千种却甘于淡泊，孤单一人也从未不满。

气候回暖，板门早已撤下，千种落座的织布机恰似一座舞台。

绫音牵着朋友的手走来，她仰望着表姐，微带歉意地招呼道："对不起，请别生气，菜绪她希望千种姐能帮她算算恋爱运，所以我才带她来的。"

千种停下手中的木纺锤，听了绫音这番话，她脸上浮现一抹阴郁，即使不想对活泼开朗的表妹发脾气，心底仍难以平静。稍微犹豫片刻后，千种从短阶走下来，她的长发松束背后，五官轮廓明显，是个举止文静的女孩。其实在她内心也有波澜起伏，从昨日对那离去的小子大嚷"讨厌死了"这事来看，至少从外表很难想象她有那样的一面。

"绫音，你明知我说过很多次不替人占卜的。"千种如此说着，那平静的语气几乎听不出潜含责备之意。

绫音单纯露出放心的表情说："我才没到处乱宣传呢。不过，大家都相信只要千种姐说的就会神准，就像之前，前阵子不论天气还是喜事都讲得很准，不是吗？"

千种心里狠狠发誓，下次绝不对绫音多话了，都怪自己一时口快。

"我听说千种姐之前预言佐绘的恋情会成功，结果真的成功了。"

名叫菜绪的内向少女吞吞吐吐说出原委，“请你也为我看看运势吧。我是认真的，这是一点小意思……”

千种见她递上一小包东西，连忙推还她，“这怎么行？你收起来吧，我并不是会请神降灵的巫女喔。”

“可是……我……仍旧想拜托千种姐。那位阿十婆有点可怕，还是年纪相近的人比较放心。”

面对菜绪恳求的眼神，大感困扰的千种找着适当说辞：

“你听我说，虽然很遗憾让你失望，可是我从来没占卜过。跟绫音提到的只是我在织布时突然涌起的感应，并不能明确进行问答，我没有请神降灵的力量。”

“可是……”

恋爱中的少女不肯放弃，一旁的绫音帮忙说情：

“那么千种姐至少在织布的时候帮她诚心祈祷吧，或许会有意想不到的感应，对不对？”

千种认为不该让对方过度期待，然而望着菜绪，觉得冷冷地将她打发走也未免可怜，只好无奈地说：“我知道了，那就试试看吧。这是没把握的事，所以别谢我，但是我会尽力帮你祈愿梦想成真。”

菜绪屏息，脸上显露明亮的光彩。她态度一转，语气兴奋地频频向她道谢：“谢谢，千种姐，真是感激不尽。”

这样说好吗？

千种为几句话的效果感到惊异，总算领悟菜绪想获得的是支持希望的寄托更胜于得知真相。她那热切而潜在的期望，还有期待能与心仪对象结合的心愿，实在是超乎预料的范围。

表妹又追加条件说：“如果可以的话，请帮她祈祷到四天以后喔。因为我们要去参加冰川祭典，到时就看是否谈得成恋爱了。”

“那你呢？”千种询问绫音。

菜绪抢先开口：“绫音才幸福呢，他们是人人称羡的一对喔。”

“是不是一对还难说呢，也许还会找到更好的对象。”绫音撩起发丝，大胆笑起来，“千种姐会去冰川吗？”

“我会去神社参拜，不过是在太阳下山之前，不会留到晚上的祭典。”

冰川神社位于邻郡的足立郡，千种想起了昨日唐突来访的少年，然而此时绫音冷不防提起让她大吃一惊的事。

“倒是哥哥说起昨天在这附近发现邻郡的少年，他真的好生气，还说下次再遇到就给那些人好看。真讨厌，为什么会出现在这种地方？我可受不了在冰川又见到打斗。”

绫音的兄长比千种大三岁，性格火暴得出了名，对家人是相当有担当的青年，却招组自恃武艺高强的帮派，在其他地方常与人起冲突，还在两年前的春天冰川祭典中与邻郡的小伙子大打出手。千种不禁握紧双拳，暗想：若稍有差池，自己可能成为点燃械斗的导火索。

“虽然这一带很安全，不过千种姐在外出时也请多加小心。”

绫音和友人稍后离去，千种也无心织布，就在台阶坐下来。表妹总是生气洋溢，扰乱了她习惯的静谧空间，见面之后必须片刻后才能恢复平静。平日极其喜爱的小河丛树，也在绫音离去后褪色许多，感到一阵寂静袭染上身。她突然想起这与昨天来访的那人离去时的情况很类似，在她这种年龄的年轻人的确会有如此感受吧。

……不可能在冰川闹事的，昨天我已经讲明，他应该死心了，再也不会出现了。

千种如此回想着，对自己的果决态度感到一丝骄傲。是的，即使再见面，她也不会动摇！像现在这样才隔一夜，绫音的几句不经意的话语就让自己狼狈不已，才真是怪事呢。

千种暗想，自己竟然还为其他谈恋爱的女孩指点迷津，多么讽刺啊。或者该说，少女们多少知道唯有不谈感情的人，才有资格干预别人的恋情。也许自己还是适合当巫女……幽幽叹气的她抚着青丝，凝视着织布造成的僵硬指尖。

为什么……偏偏来找我这种人？

为何他再度来探望自己呢？即使日下部与竹芝水火难容，也不至于没听过那人的传言，千种对他的底细可清楚得很。那家伙啊，是出了名的花花公子，就算会记得她，身旁也不可能缺女伴吧。

的确，在细雪纷飞的正月里，千种将藤太藏匿一夜，那是因为他负伤又迷路，基于人情理当相助。提供给他小仓库藏身，送去炭火和食物，还为他包扎伤口，这也是谁都会做的事；何况来者不止他一人，另外跟来的少年十分拘谨木讷，还不断狐疑地打量她。

那时千种对这两人只感觉很生疏，认为没必要表示亲切。

为什么他们又结伴来到这里呢？

“讨厌鬼，讨厌死了”，每次见到都要对他说……

千种含怒暗忖着，丝毫没察觉自己为何有必要如此认真。

骑在马上的藤太回头恨恨瞪着从后面跟来的家伙。

“你们给我记住！”

在他后方正是阿高、茂里、广梨骑马并行，藤太认为这绝对是设计串通好的。

“没办法嘛，郡长大人说叫我们也一起去。”茂里说道。

照他的说法，当藤太和阿高到马厩时，总武曾来问过两人要去何处，茂里回答去见田岛牧监，于是总武就说："刚好田岛也提到人手不足。"藤太到底不敢自寻死路去向父亲确认，只好让其他人同行。

"这么多人怎么能混进日下部的地盘？又不是去讨打。"

"就是因为到日下部的地盘，人手太少岂不更危险？还是需要把风和埋伏才行。"面对气愤不过的藤太，茂里讲得倒有三分道理。

"有阿高一个就够了，你们这算什么，来凑热闹是吗？"

另一个凑热闹的同伴广梨甚至兴奋地向阿高提议："干脆闯进日下部痛扁他们一顿，趁现在来个下马威，就算把女孩子抢过来也很过瘾，不是吗？"

"是啊。"阿高露出不妨一试的表情。其实人不可貌相，他总是容易冲动打架，外表看似藤太较会冲动出手，其实以抢先出手的次数来算，阿高才是经验丰富。

"先给日下部的真守一伙来个措手不及也不坏，反正迟早都要杠上的。"阿高说着，茂里就插嘴道：

"如果跟真守一伙杠上，想插一脚的人可多了，那群家伙从前年闹事后就牛起来，若要多找几个哥们儿，我去招呼一声也行喔。"

"混蛋，别自作主张！"藤太气愤地抢着说，"你要是敢这样冒犯千种，瞧我怎么修理你。事情还很暧昧难解决，你们若来闹事，她就再也不理我了。我这么用心良苦，竟被拿来打架找乐子，这种人我非跟他绝交不可！"

几人哗然哄笑起来。藤太的一厢情愿被拿来当调侃话题，这让他困扰不已。阿高毕竟还是觉得搭档可怜，因此前进与藤太并辔而行。

"马托给广梨和茂里，我们自己越过山丘好了。要是由我看马，让你一个人去我实在不放心，现在正好多了帮手。”

阿高由衷为他着想，而且坚持同行，除了守护他之外，既然是藤太认真追求的对象，阿高也想看清楚那个叫千种的女孩长相，至今他连她的五官生得如何，都懒得多瞧一眼。

他们不久离开北向街道，进入丘陵地带，山丘南方的斜面呈开阔地形，这一带原野辽阔，只是不见人居。小楢树林展露一片银嫩芽，包容在淡淡的清辉中，林荫下的小草于阳光普照处丛生绵延，绽开的白花黄卉点缀缤纷。野兔在马蹄惊响中逃去，广梨比着搭弓手势，作势朝兔儿放箭。

“带弓箭来就好了。”

“不行、不行，你这人动不动就铆起来。”

藤太和阿高分别下马，前往千种家还有一段距离，不过还是谨慎为妙。

“你们可别被发觉喔。”将坐骑交托两人的藤太叮嘱道。

“谁会那么蠢？回来要记得打信号喔。”茂里挥手答道。

这对叔侄快步走向熟悉的道路，受伤迷路时在不觉间越过的山丘如今成了密道，是可以通往千种家后方的快捷方式。尽管如此，此时有不少民众在丘上采山菜，必须留神不被撞见才行。山兽般敏捷的两人迅速朝少女家悄悄接近。

“就在那里。”

走到斜坡尽头，透过林间一看，果然在预估地点发现了茅草屋顶，千种织布的小屋在更前方，只要跃过小河即可抵达。然而藤太停步后磨蹭着不肯前往，阿高好笑地望着搭档。

“我去叫她出来吧？”

“不，不用了，你在这里等就可以。”藤太压低声音答道，终于下定决心，拨开垂枝走出林间。

阿高也认为该由藤太自己去面对，昨日那女孩十分恼怒，或许不该两人同行才对。在竹芝，族人对他们相偕行动早已司空见惯，可是不同背景的日下部女孩可能会误会这两少年是来要挟自己，反觉得他们举止轻浮。阿高目送藤太离去，便蹲在树后，观察是否有闲杂人等出没。

留意到藤太的千种发出惊呼，她似乎走到了小屋外。先前藤太还紧张至极，此刻却轻松愉快地向少女说话，再怎么讲，他对这种场面早就习以为常。

可是……情况不乐观。仔细倾听对话的阿高暗想。

顾虑到周遭的千种压低声说话，语气却尖锐快速，即使听不清内容，感觉上她似乎不肯轻易答应。

……藤太还真多情啊。

怎么会为这种不识相、又不了解藤太优点的女孩着迷呢？对阿高而言，这谜题实在百思不解。

总之藤太对女孩很温柔，他眼看阿高待人态度冷傲，便仿佛补偿她们般更加体贴用心。阿高知道就算不理她们也有藤太来应付，因此更对女孩敬而远之。或者说情况正好相反？就是因为眼看藤太对谁都友善，阿高才会开始疏远女孩？反正再怎么钻牛角尖，也想不出个所以然。

就在阿高胡思乱想之际，突然传来千种的回答，她与藤太在交谈之间声量不觉提高，内容让阿高吓了一跳。

“我绝不会喜欢你！我知道的，也看到了神谕。你会抛下我，宁可选择那人远走高飞，我怎么可能喜欢上你呢？那个人……你明明一直都那么重视阿高。”

那丫头在闹什么啊？

阿高心想不能坐视不管，就一口气冲出来，不料在跃过小河与藤太并肩站定时，千种掩面“哇”的哭泣起来。

“啊，惹她哭了。”碰了一鼻子灰的阿高喃喃道。即使冷漠如他，一旦遇上泪汪汪的女孩也手足无措。

藤太一脸心虚地望着阿高，“我可没做出或说过什么惹她哭泣，但是千种讲的话好玄喔。”

“我听到了，说什么神谕之类的。”

藤太略微迟疑后，对哭泣的少女继续缓缓说：“千种，我不能认同你用这种方式拒绝人。现在我人在这里，好担心你、好想多了解你，来参加祭典吧……就算一次也好，好期待有你为伴，希望你愿意听听我的想法。”

千种并不回答，只背对着他，然而藤太靠近她，大胆地轻触披在肩上的柔发。

“说不定千种具有未卜先知的能力。我认识某个人也是如此，所以总觉得你有这种力量。我不认为你说的荒诞无稽，只是不能认同而已。”

仅仅一点接触，千种却大吃一惊，敏捷如鹿般霎时转头。她凝视着藤太的眸眶通红，只是不再啜泣，藤太忙缩回手，露出略显尴尬的微笑。

“你会来参加祭典吧？”

千种以袖轻试泪痕，仍回头凝眸望着他，轻轻说：“为什么……要讲这些？你一定觉得我神智失常，就算这样想我也不在乎，你可以尽管讨厌我啊。”

藤太马上否定：“我对你还没了解到可以非常讨厌的地步，不是吗？你应该也同样不太了解我才对。可是你却看到了神谕，不就预知了我们会在一起吗？”

“……厚脸皮。”千种垂下眼眸，声音却不似话语刺人。

“随你讲什么都没关系，除非答应和我交往，否则我会一直厚脸皮到底。”

阿高在一旁愣愣地望着两人交谈，正因如此，他们都没察觉敌人现身背后，忽然间，一阵猛然大吼响遍了内院。

“是谁允许你们在本地撒野？混蛋们，是皮在痒啊！”

4

茂里见到那对叔侄拼命冲向自己，背后还传来许多怒嚷和脚步声，就猜到十之八九了。跟那对搭档一起混，还真不知道什么叫无聊。

“所以我说要埋伏嘛。”口哨尖锐响起，茂里向两人打暗号后，从树枝上一跃而下。他将两匹马牵往半山丘，率先听见哨音的藤太便循声跃过矮竹丛飞奔而来。

“麻烦你了。”频频喘息的藤太只吐出这句话，便一把接过自己的马缰，只听见“往那里逃了”“别让他溜掉”的声音逐渐逼近。

“给他们一点颜色瞧瞧怎么样？”跨上马鞍的茂里问道。藤太摇摇头：

“不，走为上策，要带阿高一起逃……”

话未说完，阿高竟在两人头顶上出现，原来他站在更高处的崖上。刚瞥见那身影，藤太就策马疾奔，阿高朝下张望，看准时机后也不畏高便往下一跃，精准地稳稳坐在藤太身后。在紧要关头，这对搭档既不需打暗号，也不必彼此招呼，行动宛如商量好般默契十足，茂里为此总觉得很有意思。

数枝箭朝阿高齐飞而来，虽射偏却惊险万分。

藤太掉转马头，匆匆对茂里说："那些家伙布下陷阱，今天若能逃出就算赢了。"

"若没骑马，你们铁定被修理惨了。"茂里得意地说道。

频频喘息的阿高不悦地说："如果那样的话，大可不必东逃西窜，干脆赏他们一顿拳头也好。"

追兵并未骑马，因此三人得以轻易逃脱，他们飞驰到广梨等候的地点，阿高骑上自己的马，几人优哉返回街上。

藤太唉声叹气，喃喃说："这样就永远不能再去找她了，到山丘的那段路上也有人监视呢。哎呀，功亏一篑……"

阿高突然想起有个疑窦未解，讶异问道："藤太，你说认识能未卜先知的人，是谁啊？"

藤太显得相当尴尬，以食指搔搔鼻头，"那是，对了……不是有阿十婆那种会算命的人吗？"

阿高露出哭笑不得的表情，"就是逮住你说什么面带桃花——其实这种事大家都知道的那个老婆子？她还说我们是双胞胎，根本有眼无珠。"

广梨不禁笑出来，阿高却蹙眉望着搭档。

"说什么未卜先知，我好像在哪听过，可是没半点印象。"

藤太突然笑起来，"真傻，追女孩的诀窍便是顺着她的意思附和就好。那只是我想博取千种好感才说的，你又何必当真嘛。"

"说得也是……"然而阿高心里仍不舒服，当时觉得藤太和千种好像有彼此才能了解的默契，似乎有某种他所不知道的秘密从中作梗，为何自己内心会感到刺痛？

茂里插嘴道：“看样子她就像传言说的适合去当巫女，哪有可能轻易背弃神明来接纳藤太呢？她的族人一定不会善罢甘休吧。”

“或许没错，何况她还是真守的表妹。”藤太忧郁地叹了口气，“这样一来，只好跟真守狠斗一场消消闷气吧。”

四人大费周章去找千种的事总算告一段落，不过要应付总武，可不能没去见田岛牧监就打道回府。他们骑马到郡北远程的牧场，抵达时已是暮晚时分，牧童们刚吃过晚饭，田岛冷冷瞪着姗姗来迟的一行人。

“我死催活催说人手不够，结果才派来四个无赖，竹芝府上这阵子也不太讲信用了嘛。”

田岛向来嘴不饶人，不光叔侄搭档，还有广梨和茂里，都曾被迫跟随这名年届五十的健朗大叔学当过三年牧童。对于这位秭东首屈一指的驯马师、最出名的毒舌汉，他们还是由衷表示尊敬的。

“对不起，我们根本不知道您在等。”为了分到挂在炉上的大锅菜肴，四个无赖身段压得超低。田岛咒骂着“再给马踢几遍就会学乖”，仍将碗分给他们。

“你们是没啥用，不过没别的人手也只好认了。你们四个明天都跟我到国府去一趟，再带二十匹马去。”

“在这种时候？”少年们露出惊讶表情，进献贡马似乎还为时尚早。

“这跟进献贡马是两码子事，国府将举行上头指派的检校阅兵。”

“啊，这我知道。”茂里一拍膝，“是为了检校才必须召集骑兵，看来我们也算在召集人数里。”

“要组兵团吗？”

“不算是正规的，只在朝廷使节面前充场面罢了。”

广梨若有所思地说：“三年后我们也会被征调从军……”

田岛哼哼嗤笑一声，“你们要当兵，简直是给皇军找麻烦。不但把命令当耳边风，而且行动粗枝大叶，只晓得猛吃猛喝。北征最大的难关就是补给困难，到了那里休想有足够食粮养一大伙人，山路多险多难，后援物资常迟发未到，现在我就能想象到时你们肯定会叫苦连天。”

这位牧监昔日曾出兵参战，朝廷当然是借重此人精良的御马技术，不过他和总武同样对出征陆奥国的经历从来不感自豪。

“虾夷族可强悍着呢，前年浩浩荡荡派军去，还不是被千把个虾夷铁骑打得落花流水，只能惨兮兮收兵。那些家伙的马儿好，来去如风，我也亲眼瞧过，真是千里良驹！北方骏马多得是，跟咱们不一样，他们能从北方海路直接得到大陆的优良种马，可真羡煞人哪。直到不久前，秭东那里还残留着跟他们往来交易的商道呢。”

这段故事已听他提过不知多少次，能让田岛极力夸赞的唯有良马而已。

“这回火速展开军事检校，表示朝廷总算意识到不该小看虾夷。”颇有判断力的茂里说道。

“不是虾夷，说不定在打秭东人的主意。”田岛暗藏恶意似的说，“真是的，这作战到底在图什么？这么吃紧的地方还来征兵，出兵根本荒谬，我那群爱马竟然为这种不相干的差事卖命，真让人痛心啊！”

到底为何而战……

少年们也稍微思索了一下这个从前极少费神的问题。他们打从出生以来就征伐不断，声讨虾夷当然势在必行，却压根儿没想过作战目的是什么，勉强说是为了防范虾夷族得势南下侵袭秣东地方，不过近来这种危机感也愈渐淡薄……

谈论一歇，阿高突然问起与话题无关的事：

“田岛叔，辨认良马的方法是否跟毛色有关？”

阿高时常径自思考不相干的事，这么一问，让对方惊讶无措，根本与正在谈论的话题完全搭不上线。

田岛知道他有这种怪癖，沉吟片刻后以行家的口吻说：“你说毛色？不是光看毛色就行，还要从体型或马首的卷毛形状来分辨。”

阿高偏头思索，又说：“我是打个比方，如果有一匹全身漆黑如墨，只有雪白马鬃和尾巴的雄马，那可算是好马？”

“开什么玩笑，若有那种马我倒想瞧瞧。那可是神驹，是被视为祥瑞之兆，该献给帝王的良马呢。”

藤太急忙以手肘顶阿高一下，“你在哪里看过那种马啊？”

“梦里。”阿高答道。

大家愤愤地往他头上连戳几下。

“别突然扯到没意义的事上去。”

“是你们谈到虾夷骏马，我才突然想起这事，不能怪我嘛。”阿高护着头连声抗议。田岛歪起嘴角笑道：“小子，你做了个大好梦。去找人解梦，说不定能讨个大吉呢。”

“如果要解梦，阿十婆也会解的，可是我从来不想知道。这么说来，从小到大我倒是做过好几次同样有关马的梦。”

阿高照牧童时代的习惯一边铺着稻草床，一边说：“在梦中有时是从远方眺望那匹马，也有时骑着它。不过它的外形总像流墨般黝黑，只有白马鬃和长曳的白尾巴闪闪发亮。”

“你从来没提过这件事。”

“睡一觉醒来就忘得差不多了，我啊，是说醒就醒的。”

藤太神情略显复杂，有感而发说：“就算一起长大，仍会突然冒出这种从来不知道的事。”

“彼此彼此嘛。”阿高随意答着，躺在稻草上后，又附带一句，“以后不知道的事还更多呢。”

藤太没有回答，即使想回答，也知道他已酣然入梦，完全不会听见。

真担心……

离开牧场时已忙到两眼发昏，稍不留神马群就会骚动，因此无暇费神多想，不过藤太心底仍十分挂念“白儿”所说的预言。那时白儿说别让秭上将军找到阿高，但是将军可不是寻常想见就能见的人物，他也没放在心上，不过现在自己等人正为了军事检校即将前往国府。

终于拴起绳索，让马匹组队调整步伐，藤太总算等到机会询问茂里。在知识方面若有疑问唯有向他请教，茂里的头脑之灵光，甚至有人建议他入佛门或进国学[①]就读，他不但没兴趣，反而对大量吸收世间知识乐此不疲。

“喂，茂里，你知道朝廷派来的使者是谁吗？”

---

① 在律令制之下，传授郡司子弟儒学等学问的地方教育机关。

“秾上田村麻吕。”茂里可说是有问必答。

“果然是他……”藤太喃喃说着，茂里诧异地回望他。

“怎么了？走遍东海道的使节有两人，另一位虽然身经百战，但据说这位秾上大人是新来的使节，他还相当年轻，因此大家都很庆幸呢。”

“就算年轻，应该也蛮老成的吧？”

“也是啦，大概三十四五岁。”

比良总兄稍微年长些……藤太如此暗想，又不太起劲地追问道：“你知道有关他的事吗？”

“不太清楚，只知道他颇受器重，父亲出身武家，赫赫有名，此人在朝廷可说前途无量。不过我最好奇的是你难得会问起这些，到底怎么回事？”

“我也对这位日后会在朝廷活跃的官员很感兴趣。”

茂里同情地说：“我明白，你想忘了那个薄情姑娘。”

“少烦我啦。”藤太一脸无奈地回到马队。

一行人抵达位于南武藏的国府时已是正午时分，与国府官舍土壁相邻的广场上传来人声马喧。在好奇心驱使下，少年们曾有几次来偷看过阅兵典礼和军事演练。

“这比想象的情形还耗时间。”田岛注视太阳叨念着，又转望藤太，“你先跑去告诉郡长大人说我们来了，然后听候他的指示回来，他应该在官舍里才对。”

“好啊。”藤太随意应声，离开队伍独自策马而去。

这座有瓦造黑宇和鲜艳丹漆红柱的国府，与国分寺同样是武藏国唯一具有异国风情的场所。那鲜红壁上映着草木碧翠，仿佛灼灼燃烧般醒目。藤太望着这座奇异而庄严的建筑物，觉得气派恢宏，但想到京城里四处都是这种模样的馆府，又未免太过夸张。假如自己住的家舍涂得比花还红，那可不知有多怪呀。

藤太下马，走进清扫洁净的大门内，只见几位官吏在长柱廊间来往，接着又在几人中发现父亲站在官舍台阶附近。总武前往国府时总是乌冠黑袍，毕竟他也是在任官吏。令人意外的是，蓄着丰厚花白胡须的总武穿上官袍的仪态温文，与秣东以多出粗野郡司闻名的形象截然不同。

藤太小跑步直接穿过前庭，发现父亲等人正围着一名高大的陌生男子，那人高出普通人足足一个头，一眼望去即知是威仪堂堂的武官，所穿的薄绯色官袍和纯白裤袴皆是上等材质，而且装束十分称头。

他该不会是……来自京城？

隐隐有预感的藤太朝这群人走去，只见父亲等人望着自己，他不禁低下头。总武微扬起眉毛。

“你来了？还真慢哪。”

“这该如何是好？正如您说的实在找不到令人中意的骏马。”发出清亮语音的正是这名高大男子，接着他又愉快地说：“马必须强壮勇敢才行，就算是烈马我也能驾驭。虽然已在几个郡国物色过，却没有中意的品种。”

总武委婉答道：“武藏国的烈马性情狂暴，不过，在下仍恳请大人到敝处的牧场参观一番。”

原来如此……藤太总算逐渐掌握了情况，原来总武仓促带来的马匹并非进献给国府，而是赠给这位使节。

“田岛叔已到国府，他吩咐我来听候您的指示。”藤太向父亲一说，总武便回答他立刻去见田岛。使节瞥了藤太一眼，带着审视的目光，将他从头至脚快速打量了一遍。

“请教一下，这位是令公子吗？还是……”

总武对他人无法判断藤太是子是孙早已司空见惯，就简短答道：“他正是小犬，是幺子，今年十七岁。”

总武若无其事地强调少年还未到征兵年龄，不料男子的回答却令人大感意外。

“您这位公子和其他兄弟的年龄差距很大呢，他并不是已故长男的儿子啊？”

总武和藤太惊愕地望着男子。以出身京城来看，他的肤色偏浅黑，五官分明的面孔正泛着微笑，即使一派笑容可掬，表情却不容大意。

“您是在何处得知胜总死去的消息的？”总武保持镇定的语气缓缓问道。

“我曾风闻一些有关武藏国竹芝的事，曾想有机会一定要亲自走访一趟。”

这位使节的下颚刮得很光净，充满男子气概，但不知何故，明明是笑脸却虎虎生威。藤太突然感受到那种威压的气魄，不过此人并非巨汉，反而身形精悍，甚至可说清瘦，体格坚实而充满张力，袍带上佩挂的黑鞘长剑愈发引人注目。

白儿说稚上将军正在搜人，而且还知道自己的存在……不知为何，藤太突然相信了白儿的警告。这个男子正在搜索，绝不能让阿高与他见面。

“我先走一步，去叫田岛留下来等你们。”藤太说完就返身跑走。尽管想不出好方法让阿高远离这位使节的视线，他仍感到阿高非离开此地不可，于是解下拴住的坐骑疾驰返回来路。

“喂——”转过土墙角，他望见茂里独自朝这儿来，打过信号后，茂里勒住马缰，等待藤太会合。

“我正想来叫你，马都牵往广场去了。”

“我爹说立刻就到，还会带那位使节一起来。”

茂里露出讶异的神情，抚着脸道：“这下可能有点麻烦了。”

“怎么了？”

“其实，到广场时不巧遇上……真守和他的死党，看来他们好像被迫来参加阅兵典礼。”

藤太脸色一沉，“又跟人杠上了吗？”

“不，还没有，至少我离开时还没事，不过快要打起来了。”

5

正式的阅兵典礼是在翌日展开，今日只是预演，集合的士兵们在午后自行解散，经过整平的广场上，只留下一些观看赛马余兴或是玩相扑消遣的闲人。其中也有日下部的真守等人，他们很快发现了从竹芝牵马来的参加者。

“哎呀，我们昨天在山里猎到的兔崽子蹦来国府啰。”真守将手中沙粉一掸，望着阿高大声说道，“没错，好个蹦蹦跳的家伙。”

围着真守的几名年轻人哈哈大笑，纷纷附和：

“就是我们猎到的那只竹芝野兔嘛。”

“兔崽子，还有一只溜去哪儿啦？”

阿高轻蔑地注视围拢上来的人群，一共是六人，真守和其他家伙大概都比自己年长，不过，阿高压根儿也没把他们放在眼里。

“在我们竹芝，解决猎物才叫打猎，乱放箭的都算白使劲，跟打猎扯不上边。”

“瞧这臭小子狂妄的。”其中一人咬牙恨恨说着，看样子想揍阿高。在旁的广梨一惊准备代为招架时，阿高早已飞快闪身避过。

“在这里打群架的话，理亏的是你们吧？我倒无所谓。”

真守眯起眼缝，“这只小白兔，我真瞧不顺眼，从以前看到你那张假斯文的脸就想吐。也不知是不是发情，本来该乖乖待在自家院子，竟敢不知羞耻跑来日下部追姑娘，本大爷最好在这里给你一点颜色看看。”

阿高回头微微递个眼色，茂里轻一点头，就朝坐骑奔过去。

“想叫帮手？没两只壮胆就吓得脚软？是啊，好一对懦弱的兔崽子搭档。”真守嘲弄道。

阿高望着对方眼睛静静回答：“你错了，没想到年纪愈大愈痴呆，跟你这头老牛比画，只要我自己就绰绰有余。在藤太来之前，我先收拾掉你。”

阿高真的发火了……广梨暗想。

阿高看似冷漠，唯有了解他的人才能察觉一丝征兆。这个少年静静让怒火渐炽，一旦爆发就异常狂暴，犹如只咬不吠的猛犬。广梨心想，若是自己绝对不会找他单挑的。

真守将手指关节扳得喀啦作响，“我要让你哭着后悔说出刚才的话，其他人可别插手，这家伙由我一个人对付。”

那群年轻死党迅速后退，腾出空间来让两人对决。真守的身躯和体重都胜过阿高一倍，这场决斗显然是有失公平。尽管如此，阿高仍毫不惧怯，放低身姿伺机攻击。

“真是的，你们在那里闹什么？”

这时劝架人出面干涉了，在广场上观赏赛马的士兵中，有人注意到他们情绪浮躁，有三人上前阻止。

“怎么在这种地方打架？有辱家风喔。”

阿高挺起身，认出其中一名士兵后，瞪圆眼叫道：“丰高哥！”

本应称丰高为叔父，他正是藤太最小的兄长，在南方担任国仓警备，阿高完全不知道他会来国府。

“为什么你会在这里参加阅兵典礼？”

“因为我受到了召集。倒是你怎么会出现在这种地方？跟爹一起来的吗？”

阿高立场尴尬只能支吾，真守眼看有竹芝的成年人出现，也心生怯意。丰高环顾这群年轻人，轻轻泛起微笑。以他来看，血气方刚的阿高其实很难静下来，他对现场的状况心里早已有谱。

“你们想一较高下，就堂堂正正来场比赛如何？去那里较量马技，凭自己的箭术和马术实力，来一场符合秭东青年身份的对决吧。”丰高以拇指朝马场示意，其他士兵就齐声赞同：

“是啊，比骑马射箭如何？借你们弓箭好了，来试试看吧。”

从那兴致高昂的模样来看，他们似乎正在下注赛马，借着让小伙子们较劲来享受另一番乐趣。

在较年长的青年怂恿下，一名日下部的年轻人扬声叫道：“真守，去比啊。这家伙连弓弦都拉不开，只会让我们的弓蒙羞。”

真守狠狠瞪着阿高，一场决斗若不战放弃才真不甘心，“如果不想丢脸丢到家，小兔崽子就快溜吧。”

“这正是我要说的话。”阿高立刻回敬他。

当藤太跑向广场时，事态已演变到这个局面：在场的士兵群起鼓噪，兴致高昂地观赏这场比赛，真守和阿高接过弓箭，分别跨坐马上。沿着马场边缘的五棵树上已钉上箭靶，他们必须分别策马快奔，朝沿路的箭靶射箭命中目标，并以射中靶心的数目和马速快慢作为胜负的标准。

丰高诡笑着走向愕然的藤太，“嗨，老弟，你想赌阿高赢的话，就加点赌注吧。”

“丰高哥，这究竟是怎么回事？”

“他们就像发情的狗仔想打架，事情若闹大了，让爹知道可不妙喔。不过，阿高那小子最近身手如何？嗯，我猜大概会比成平手，或是六成会赢吧。”

“偏偏在这种不能让阿高引人注意的时候，来没事生事。”藤太简直懊恼到极点。

“但是总比让使节看到打群架好吧。”茂里毫不在乎，这场赌局让他两眼生辉，“喂，你认为阿高有胜算吗？”

藤太无法回答，他们惯于骑射，亦有好几次打猎经验，却从没在正式赛场上竞技挑战，而且不凑巧的是今日刮着早春常见的乱风，整平的广场上只见干土尘扬。

藤太等人走近前来，阿高这才留意到他的身影，露出有点困窘的笑容。

“对不起，很快就比完，我本以为在你来之前就能结束呢。”

“是谁先挑战？准备好了吗？”担任裁判的男子叫道。

阿高的坐骑由其他人牵着走到指定位置，无法阻拦的藤太只好眼睁睁地观望这场比赛。广梨走过来热心将事情经过讲述一遍，茂里懒得听他说明，在后面与人讨论下注概率，热闹起哄和加油的喊嚷此起彼落。

我知道他胆子极大……

马背上的阿高看来十分冷静，反而是朝声援人群挥手的真守带点心浮气躁，阿高的表情仿佛一切与他无关，藤太觉得这反倒让对手倍感压力。阿高正是如此，所以才会对女孩们的目光视若无睹。

南风猛然刮起，坐骑和阿高的额发皆飒然飘曳，他仰起脸，目测般注视空中。藤太还是第一次目睹他在大批观众面前公然采取行动，眼看阿高的面容如此冷漠端整，仿佛望见他的另一种超凡形象。

那小子原来是这种面貌！就好像是……惯于被众人瞩目的贵族。

发出开始信号后，阿高一鼓作气纵马跃出，眨眼间就飞驰远去。他从疾奔的马背上站起身，搭准弓箭，那静止不到一眨眼的工夫，姿势中蕴含着不动如山的稳健，疾箭仿佛被靶心吸引般正中目标。间不容发，他又取出第二支箭，一切动作流畅自如，绝无迟滞。他轻松射中五个靶心，伏低身体在马蹄震响中奔完全程，人群间响起了一片惊叹。

“那个小毛头骑马架势十足嘛。身体又轻巧敏捷，下次可以参加赛马活动。”

藤太简直懒得看接下来比赛的真守，直接穿过人墙走向阿高，胜负其实早见分晓了。

阿高为了安抚坐骑，暂且任马走了一段路。见到藤太时，他露出大闹一场后恶作剧般的笑容。

“为了藤太，我怎么样都想给真守一个下马威。”

“我知道。”

藤太没有露出笑意。感到意外的阿高跨下马背：

“怎么了，发生什么事？”

藤太抓住阿高的肩膀，将他的面孔朝向自己，“听好了，别问东问西，先听我讲，立刻跟我离开这里。”

阿高一怔回望着他，“好啊，可是要帮田岛的事该怎么办？”

“让茂里他们去做就好了，那两人幸亏有你才赚了一笔，应该没什么好抱怨的。”

“可是，老爹会来吧？”

“反正总有办法解决，何况丰高哥也在，轮不到我们招待使节。”

藤太心想，那位身躯高大、精明过人的使节绝对见过阿高，即便不是如此，迟早也会听人谈起总武的这位孙子身手不凡。

阿高看出藤太有心事，决定不当场拒绝他，“那么，我们要去哪里？”

正想返家的藤太猛然发现，回竹芝等于自投罗网，若要让使节不知他们去向，就必须对亲人也瞒住行踪才行。

犹豫一番后，藤太突然打定主意，“去千种家吧，今晚借住那里好了。”

阿高细细打量搭档说：“藤太，你是认真的？”

“当然认真，真守他们明天早上必须出席阅兵典礼，肯定会住在宿舍而不回家。在明晚之前，他们不可能到千种家监视，这种大好机会怎能白白错过呢？”藤太找到好借口，理直气壮地迈步离开现场。

两人舍下坐骑抽身离开，徒步朝千种家走去。阿高知道不该抱怨，但是今日藤太的行径实在太不合情理，贸然离开国府已讲不过去，拜托千种借住家中也非比寻常。他们的确曾在小仓库借住过一宿，不过那是出于非常情形，平时简直不可能。

不出所料，千种听到他们的无礼要求差点没晕倒。

“我家可不是开客栈的，而且爹娘都在家喔，如果让他们知道，那该作何解释？”

“我们是迫不得已才无法回家，对左邻右舍都开不了口，所以只能拜托你。”藤太恳切地央求道，“我真的晓得这样让你很困扰，也知道你没有必要相助。可是，我还是觉得只有你最了解这种处境，而且最能帮助我们。比如说……你不是也很习惯感应到神谕吗？”

千种瞪着藤太，只能深叹了口气。她也明白似乎山雨欲来，可是这与允许男子借宿不能相提并论。

她怀着戒心问道：“阿高也来了？”

“嗯，他在那里。”

千种显然好生失望，“你到底当我是什么？”

“你是我喜欢的人。”藤太立刻明确答道。

“我不信，你从来没单独过来，就是不在乎我才会如此。难道你去会每个情人时都找阿高同去？”

“我从来都没找过他，”藤太笑着承认自己以前的经历，“所以唯有这次才是认真的。我真心喜欢的人，希望她也能欣赏阿高，而且希望她能真正了解我和阿高。我觉得可以对你完全说出心里话，还能得到你的理解。”

千种原想再度开口反驳，却欲言又止。

“你昨天说过我会远走高飞，而且还说是和阿高有关，希望你能讲得更明白些。我也有话想说，所以希望千种能将所知的一切告诉我。”

藤太的积极率直让千种消除了疑虑，她不再逃避藤太的视线，接受了他诚挚的目光。然后，她放弃坚持般思索着：

我无法抵抗命运，不论是拒绝或抗拒，我将为他着迷。不管如何顽抗下去，我都无力抵抗宿命。

风势随夕暮更加强烈，林间飒飒、远方萧萧，含着某种不安气息。就在两人站着说话之际，日落的夕空瞬息万变。

千种终于说道："好吧，我去打开仓库。不知能不能送饭菜来，总之你们先进去吧。"

千种走向家中，藤太想唤阿高同行，这才发现他在生气。

"我不去，你自己去住就好了。"

"喂，等等！"大吃一惊的藤太抓住正想转身的阿高。

"千种说得没错，为什么连我也非来见她不可？我才不想自讨没趣。"阿高气势汹汹地说，"还有我真受不了你，根本不懂你跟千种讲些什么。你好像有事瞒着我不说，只想告诉那女孩，这样的话，就别在我面前讲嘛。"

"我没瞒什么呀。"藤太只好含糊其词，勉为其难的谎言让阿高更加光火。

"我要回去了！"

藤太急忙挡住他的去路，"今晚留下来吧。而且，尽可能别问我理由。"

"藤太，我们之间为什么有话不能说？"阿高抠吸了口气，在他的印象中，至今还不曾发生过这种事。

藤太能谈论此事的对象，难道就只有千种？

"我会告诉你，绝不食言，但今天就留在这里吧，你回家就玩完了。"

藤太费了九牛二虎之力，才将阿高带往小仓库。只见他一百个不愿意，这种时候，恼怒的阿高像块闷不吭声的顽石，藤太也感受到他的火气。更糟的是千种迟迟不出现，不消说这顿饭也告吹了。

为何我要自找麻烦?

随着夜晚来临，强风时而摇撼着小仓库松动的门窗，幽暗中唯有风声入耳，藤太忍受着饥肠辘辘，真是狼狈无比。阿高走到最远的角落，蹲在稻草束间再也没理他。藤太考虑要不然就向他说明一切真相算了，让自己解脱不是更好?

“喂，阿高。”他试着呼唤，当然对方没响应，“你就应一声嘛，我有话跟你说。”

他听见阿高缓缓微动，接着突然开口：

“你想说什么呀？”

这不是阿高的声音，藤太吓得魂不附体，顿时心中狂悸不已。

“你是……白儿？”

“藤太真不老实，只会惹女生哭。”白儿的语气明显含着责备，“而且还想以后不跟我见面了。”

难为情的藤太鼓起腮帮子答道：“才不是呢！但是我也很在乎阿高，都因为你，阿高才不和我说话。”

“阿高怄气是吃千种的醋，跟我可没关系。”阿高死也不会吐露的心声，竟让白儿随意点破，“不过，我知道藤太为什么受那女孩吸引，她的确有一些天赋，那孩子和我有些相似。”

藤太心中一惊，急忙转移话题，“讲这些不太好吧？你总是能未卜先知，那么请告诉我，稚上将军到底是知道了什么才来武藏的呢？”

“他知道我会重生，可是我不会让他得手。不必再等下去了，有人会来迎接。”

藤太屏息问道：“你说重生，难道你……已经不在人世？”

“可以这么说。”白儿的语音回响在幽暗中，声音妩媚动人，无法想象是出自阿高，“我是阿高的母亲，是少女，也是力量的护主，一族的巫女公主。我只让你看到我的相貌，因为我想保护藤太。你很像胜总。”

是女人……

藤太大感意外，他从没明确想过另一个阿高是女人，总认为说话的人就是阿高。不过，或许在他心底早已洞悉，他的确受到白儿吸引，因此从未向任何人提起，一直小心珍藏这个秘密。个性率直的藤太愈是坚守这个秘密，愈显示他对这位与阿高共存的人物相当心仪。

就在藤太哑口无言时，小仓库门突然打开了，劲风随起呼啸。他几乎吓得跳起来，不过只是虚惊，原来是千种来了。她迅速关上门，将手中抱着的许多东西放下。

“对不起，我来迟了。”千种蹲下身，取出打火石迅速升火。火花几次闪亮后，油灯芯上浮起焰火，昏暗的室内点亮一轮金光。千种不经意地举起油灯，却吓得浑身僵住：

“藤太……在那里的人是谁？”

藤太也畏怯地望着红光映照中的阿高。那是另一个人，脸孔和身形虽与阿高无异，但是绚丽生采的神情，以及眼瞳中暗藏的清冽，却与他判若两人。藤太霎时感觉看到了白儿的真貌，那是比阿高的轮廓线条更纤细、仿若水晶冰山似的一位女子，又如薄红花般清新可人，是令人目眩神驰的美女……

坐在火光中的白儿眯起眼眸，对千种笑吟吟说：“告诉你吧，他会追随我去，可是你也不用气馁，只要意志够坚定，藤太就会回来……他是个有情有义的人。”

“你是谁？”千种颤声问道，几乎快发出悲鸣了。藤太再也忍受不住，就冲向阿高，用力摇晃他。

“阿高，给我回来！快醒醒！”

阿高被摇得牙床咯吱咯吱响，这才诧异地抬起头来，说

“少烦啦，藤太。待在这种地方顶多打个小盹，我又哪里不对了？”

6

原本藤太想尽量息事宁人，凡事就当作从未发生，情绪失控的千种却号啕大哭，因此未能如愿。

“那个女人是谁？她为何对我说那种话？”

阿高满脸惊讶地问藤太：“千种怎么了？那个女人是指谁？”

沉不住气在意料之中，但实在不希望他问起这件事。千种边哭边逼问阿高：“都是你害的，告诉我，你到底是谁？因为你一直待在藤太身边，他才会疏远我，而且还乱说什么藤太会追随你离去。你要去哪里？藤太是属于这里的，你把他还我！还给我！”

莫名其妙的阿高铁青着脸说：“我还是别在这里好了。”

“千种现在有点情绪不稳，你也不要冲动嘛。”藤太说道。事情变得一发不可收拾，但无论如何必须先安抚少女的情绪才行，“千种，你镇定点，就算对阿高说那些也没用，因为他并不知情，根本与他无关。”

“那是……神明显灵吗？”千种终于停止啜泣，喃喃问道，接着又自言自语，“莫非我看见神灵了？难道阿高会预言？我不懂，可是从没看过那么漂亮的美人……或许那就是女神，一定是真正的巫女。我实在望尘莫及，织布时看到的只是一点神谕而已……”

“你说我刚才有预言吗？”阿高惊愕地插嘴问道，千种就含泪抬眼望着他。

“是啊，有人附在你身上……是一位女神般的女子，她说会带走藤太呢。”

“藤太！”阿高语气硬涩地唤着搭档，“这是真的吗？你瞒我的就是这件事？”

藤太终于彻底放弃了，事已至此还能如何隐瞒下去？而且有必要隐瞒吗？这分明是白儿捅出的娄子。

“唉，一直瞒你到现在是我不好，我从很久以前就知情了。”

清清嗓子后，藤太实话实说：“大致上那人在夜里等你睡着后出现过几次，以前从没说过名字，我也不清楚怎么回事，只觉得那不像恶灵附身。不过你总是完全不记得自己曾说过什么，所以我觉得很可怕，一直没讲出实情。那人知道我们不晓得的事，而且还会预言。如今想来，她给我们很多警告，第一次出现时我还很小，并不觉得很诡异，也没去多想。这两三天她又突然出现，急着想说明许多事，我也感到很迷惑。”

望着阿高一脸茫然，藤太略微迟疑后又说：

“我不知道那人为何突然说话，不过上次她自称是白儿。那位白儿刚才竟说她是你的母亲，而且还是什么巫女公主。”

“你说……是我母亲？”阿高以极轻的声音喃喃说着，他的面色太过惨白，因此藤太急忙道：

“我知道你会觉得很怪，我也不知该如何去判断这件事。但是我只想不要再对你隐瞒一切，所以才下决心说出来。”

阿高默默喘息，千种也屏息不语。事发突然，这是任何人都难以理解的事，然而千种已目睹刚才阿高的异变。藤太不安地咬唇等待阿高的反应，忍不住觉得自己似乎犯下了天大的错。

终于阿高打破沉默，他的语气嘶哑而苦涩，“藤太，为什么你要瞒到现在？而且为何选今天才说？”

“那是因为白儿出现——”藤太才说一半，阿高就打断他，说：

“因为你找到千种的缘故吧？不是对我，而是找到一位能将我的秘密说出来的对象。”

“你错了！”藤太正想说这纯属巧合，可是果真如此吗？事情单纯只是巧合吗？

阿高以悲伤的眼神凝视着他：“藤太，我到底是谁？”

刚才千种的疑问萦绕在阿高的脑海中，直到今日，他都深信自己是竹芝人，也是总武的孙儿、藤太的侄子。然而这份笃定开始瓦解，让他重新领悟到这份确信有多么脆弱。在阿高体内，存在一股抹杀与生父血脉联系的巨流，而且他的身躯中还含藏着藤太绝不可能具有的那部分。其实，阿高自己也该心里有数。

“你是怎么看待我的？”阿高喃喃低语着，藤太霎时打了个寒战。阿高的模样像是迷途羔羊，表情犹如痛失挚亲，明明有藤太在，藤太就在他眼前。

“阿高，你真蠢，竟为这点小事不相信我，也不想想我们从小一块长大。”由惊恐转为愤怒的藤太逼向阿高，“看这里，看着我！”

阿高冷冷注视正面逼近的藤太，只平静地说：“这不是一点小事，我终于明白你为何从小就袒护我，为何总留在我身边。我好傻……”

藤太一咬牙，接着迅速朝他脸颊猛揍一拳，“给我收回那句话！”

反击也在瞬间，阿高照样回敬他一拳，“开什么玩笑！”

“拜托，快住手，别在这种地方打架。”

千种由衷地想劝架，眼看一向同心协力的两人互殴起来，这让她大惊失色。就在藤太错愕的刹那间，阿高乘机将他一把推开，直奔出仓库外。藤太踉跄着撞向千种，两人一跤跌坐在地。

“藤太……”

少年慌忙扶起受到连累的千种，“对不起，你没事吧？”

“你先去追阿高，赶紧跟他和好吧。闹得这么僵实在太糟了。”千种颤抖着嘴唇说道。

“真抱歉让你受惊了，我去教他冷静下来。”藤太慌张地冲出户外，然而这些微的迟疑决定了一切，他再也追不上阿高。

暗空灰云疾飞，阴幽的草海腾跃舞波，月影时隐时现，在这强风劲扫的夜晚，万般景物皆生波澜、喧噪、叹息，仿佛想一口吞噬内心同陷风暴的阿高。他不知何去何从，分不清方向，一股劲儿盲目闯奔，为的只盼逃离这一切。慈悲的上天似乎让他如愿以偿，身后并无人追来。

阿高直跑到上气不接下气，才终于停下脚步，两手撑着身体，垂头喘息了半晌。他有些诧异自己该不会有点反常，无论如何，最不敢相信这件事的人竟然是他——阿高本身。令他匪夷所思的是，为何多年来藤太竟能以平常心对待自己。

我身上明显有异质存在，那不属于竹芝族，而是母亲族血的印记。藤太一直知道这事，他很清楚，却一直隐瞒不说。毫不知情的我还傻乎乎以为自己跟他相同，大摇大摆地住在竹芝……

阿高欲哭无泪，因为这个事实严重到绝非哭泣能了事。如今他想起许多关键，此时总算了解，和藤太一起成长至今，两人截然不同的原因。原来自己并不属于竹芝啊。

千种说藤太属于这里……然而我却不是。

那么，我属于哪里？

就在如此默想时，阿高感到有人声，原本风声会隐去足音，阿高敏捷抬起头，他以为是藤太来了。但是走近的人影有好几位，阿高从草荫中稍稍凝目望去，只见月光薄映着三个身影。尽管有些犹疑，阿高仍小心翼翼地站起身，面对显然别有目的的来人。

一阵烈风呼啸而过，吹起枯草缠在阿高脸上，当他烦躁拨开时，人影已走到距离约十五步的地点。他们是有点像田岛那样体格结实的男子，并非隆冬，却穿着毛皮背心，因此显得臃肿。三人很明显不像当地人，从装束来看似乎历经了一番长途旅行。阿高暗想，若是歹徒他就拔腿快跑，但他暂时还站在原处静观其变。

明月从云缝间骤然照亮草原，浮现几个男子的面容，他们的五官冷峻犹如经过雕琢，额际皆绑头带，颈上还佩戴装饰。就在阿高猜想这些人莫非是异族时，其中站在最左侧的陌生人向他开口了。那人的声音异常尖锐，与外貌大为不同，少年完全不懂他说的话，因此蹙起眉心，这时站在中央的男子代为说道：

“有件事想请教，你就是武藏国足立郡郡长总武之子胜总的儿子吗？”

对方的发音听起来很陌生，但是能了解其意，感觉上像是在询问，其实语气已含着某种笃定。

阿高紧张地问道：“你们是谁？”

“果然是你啊。”对方以沉重的语调慎重地确认。

“是我没错，你们又是谁？”阿高刚一回答，令他惊奇的事情发生了——三个男子当场跪地低头，中间的男子恭恭敬敬地说：

“我们正在寻找您，也是受派来迎接您的使者，请跟我们一起回祖国吧。历经了十七年岁月，我们诚心等待巫女公主能够归来。”

“巫女公主？”阿高困惑至极，只好哈哈一笑，“你们叫我公主，是真的有把我仔细瞧清楚吗？少开无聊玩笑了。”

男子们却没笑，反而郑重至极地告诉他：“公主就在你的体内。由于她生下了男孩，只能以自己的性命当作粮食，换取孩子继续活下来。但是我们不能没有守护神力之主，请您别再隐藏，回故乡来吧。”

这就是藤太所说的……

忽然间，阿高笑不出来了。藤太曾说，没有记忆时的自己自称是阿高的生母，这些男子们现在同样来告知他此事。阿高困惑地注视这些态度认真的男子跪在自己面前，虽然坚持不肯相信藤太的说辞，仍然多少有些疑惑，然而面对这些恭谨跪迎的男子，那一缕能够否认事实的希望也化为乌有。

那个不是我的“自己”，能驾驭我吗？

倘若如此，那位巫女大可代替自己响应他们，可是现在丝毫没有这种征兆。阿高等待片刻，发现自身没起任何变化，也没浮现任何意念，让他觉得这种举动实在荒谬极了。

“我对母亲完全没有印象，就算你们说的真有其事，我还是一点也不知道该怎么办。”

“回陆奥我们就会举行正式仪式，长老也将莅临，因此这就请回我们虾夷国吧。”

“我们虾夷……”阿高喃喃低语，觉得再伤感下去也无济于事，就在此夜的春日风暴，已将至今养育阿高的一切刮散，他耸耸肩说：“如果我拒绝，你们就算硬拐也会把我带走吧？”

“正是如此。”使者干脆地承认，“照如今情势来看，我们不能将你的力量交给倭帝。”

藤太没追上阿高，在附近徘徊许久后踏上归途回竹芝，除此之外也别无他法。虽然没有知会千种就自行返家相当失礼，但是他内心惶惶，无暇再回去向她致歉。

破晓后，风势几乎已歇，彻夜步行的藤太在抵达府邸时天已全亮。进入家门，已早起在外的众人开始整理强风扫过的凌乱狼藉。美乡正在屋盖掀起的鸡舍旁，朝四处走动的鸡群撒谷。

鸢丸跑来舔舔藤太的手，美乡回头道："这小子，想在外过夜就别等天亮才回来嘛。"

"阿高回家没？"

"还没。"美乡扬起眉，疑惑地望着弟弟，"到底怎么回事？你好像满脸心事。"

藤太并不回答，心神不宁地背对着她，"我到附近找一下。"

"慢着。"美乡抓住他的衣衫，训斥般说，"我不知道发生什么事，先换下脏衣服，吃点东西后去小睡片刻。瞧瞧你，简直像个流浪汉。"

藤太注视着姐姐，突然心头袭上恐惧，"美乡姐，该怎么办？也许阿高不回来了。"

"别说傻话，阿高也会有想独处的时候啊，等他情绪好转，当然就回来了。"

美乡如此安慰。藤太仍然急得四下打探，只是无人知晓阿高的行踪。

白儿曾说我若向阿高吐露秘密，她就不再与我相见。可是，她并没讲过连阿高也永远不再见我啊……

就在束手无策之间，天色又渐渐暗了。藤太回到马厩时，广梨正好骑马来此，他一看到藤太就抱怨说：

“浑小子，我跟茂里现在才好不容易从国府脱身，都是你们俩悄悄开溜，害我们忙得头晕眼花，还遭郡长臭骂一顿。”

藤太心不在焉答道：“对不起，那就看去哪里补偿你们好了。”

广梨察觉到他有些反常，蹙眉望着对方，“怎么回事？阿高在哪？等一下郡长将带客人过来府邸，我是先回来通知一声。猜猜看那客人是谁？说出来会吓死你，竟然是从京城来的使节呢。茂里自愿去当差，那小子对朝廷特别感兴趣。”

是啊……有那位仁兄在此。

藤太凛然一惊，突然面色一紧。那位朝廷使节、秭上将军，若说有哪个人物知道阿高某些隐情，不就是那位京城人吗？就在灵光乍现之际，藤太不顾一切飞奔离去，广梨傻眼望着他的背影，这才抛出一句忠告：

“喂——你最好避一下，郡长还在发火喔。”

没听见提醒的藤太飞快冲出外门。此刻，随从簇拥着郡长走上缓坡，正朝外门而来，在夹道恭迎的人群中，从正面跑向队伍的藤太显得格外醒目，总武紧蹙起眉头怒瞪儿子。

“你在闹什么？真不像话！”

气喘吁吁的藤太对训斥充耳不闻，露出无奈的表情对马背上的总武说：“爹，阿高失踪了，从昨晚我就找不到他。”

“昨晚？你们丢下马匹不管，都野到哪里去了？”

“我们留在邻郡，就是在入间①的一处偏僻地方，这些原因以后再向您说明。不过，阿高直到夜里确实都还跟我一起，但是我们……

① 武藏国的大郡之一。

起了冲突，说到有关他母亲的事。然后他跑走了，我到处去找都没找到他。”

藤太眼看父亲吃了一惊，接着勃然变色，父亲反应如此激烈，让他相当震惊。

藤太苦思阿高可能前往的地点，然后仰望马背上的那位使节，大胆问道：“稅上将军，请问您是否知道阿高可能会去哪里呢？”

来自京城的使节骑着栗色发亮的骏马，他感到十分意外，不过讶异神色仅止一瞬而已。那人好奇地注视藤太，眼神并无不悦，在略微沉吟后，他沉着地向总武说：

“郡长大人，或许您该派人寻找才是上策。如果是我，尤其会往北道搜查，最好询问是否有人见过形迹可疑的人物。”

“北道……”总武沉吟片刻喃喃说，“我这就立刻派人搜查，愈快愈好。”

周围随之陷入一片慌乱，在骚动中，藤太以唯有使节能听到的声量说：“果然不出我所料，您是为了见阿高才来的吧。”

“我完全不知道为何你会说这种话，不过事实的确如此。”这位青年才俊瞳中精光一闪，感到有趣地答道。

“您应该知道阿高在哪里吧？”

“不。”他眉头微蹙，“我专程来贵宝地，不过看样子让对方抢先了一步。”

7

一个女孩眼中噙满泪水，直奔向在公用井边打水的姐妹淘，“阿高不见了，听说失踪了呢。”

当场立刻发出一片惊呼。

“你说失踪是怎么回事？”

“郡长府从前晚就派出大批人马搜寻……可是听说还没人知道他的下落。”

“会不会发生意外？藤太没事吗？”

“只有阿高不见了，藤太也在搜寻，可见连他也不晓得搭档在哪里。”

“真夸张，哪有这么离谱的事？”

“搭档竟然少一人。”

“怎么偏不凑巧……今天刚好有祭典呢。”

“对啊，偏偏就在这个节骨眼儿上出事。”

最初说话的女孩哇哇哭起来，“怎么办？怎么办？阿高永远不回来了。”

“别这样讲。”几个女孩也陪着她落泪。

“究竟发生了什么事？该不会是诱拐吧？”

“可是阿高又不是三岁小孩。”

“漂亮的孩子容易被神带走，这绝对错不了。”

总之，祭典的气氛显然已被破坏，那对搭档若是缺席，热闹活力也会减半。无论抬山车①或跳舞，甚至入夜的打群架，都是因为有他们才像春日的祭典。在极度失望下，她们变得情绪消沉，最后围在井边饶舌的少女全都掩面痛哭起来。

---

① 祭典时由人力拉抬的彩车。

将近中午，藤太摇摇晃晃地离开房间，他两夜没睡到处奔走，结果让人抬回府邸，此刻总算完全清醒。他走到屋后舀起缸里的水喝，将剩余的水从头顶浇下，如此一来，才觉得稍微恢复精神，任水珠从发上滴落的藤太直接来到厅堂，府邸空荡荡不见人影，应该是全家都出动去寻找阿高了吧。既然无人打点饭菜，藤太就毫不迟疑地背转过身。

“藤太。”厅内传来一个不太熟悉的声音唤住他，那声音并非总武或兄长。他吓一跳回头，只见一位身穿袍服、个头高到几乎触到低梁的人，正站在那里望着自己。“我记得你的确说过自己叫藤太吧。”

“不好意思，我没发现您。”藤太对使节还留在府内感到惊讶，眼看对方缓缓走向自己。

“我暂时留在此地，郡长大人一旦回府，我就会告辞离去。”

总武应该是为了搜索北道，去与上野郡长商量了才对，究竟会带回什么消息呢？

使节似乎看穿他的心事，说道：“恐怕找不到阿高了，我是因为你们可能会找到他才留下来，不过从事情做得不着痕迹来看，可以更加确定一件事，那就是阿高若被那些家伙带走，就算在官道上搜也没用。”

藤太错愕地望着他，立刻握紧拳头，“你说那些家伙……他们是什么人？你算准了阿高的去向，却在一旁看我们急得团团转？”

他也知道这种态度对朝廷高官未免失礼，但在气头上实在顾不得那么多，如今为了不让失去阿高的恐惧袭倒，他已经筋疲力尽了。

使节对他的无礼反应并不在意，只委婉地说：“火气别这么大，我不是瞒着你，总武大人也和我想法一致，因此才随即前往北道搜寻。”

“你说的那些家伙是谁？”藤太又叫嚷般问道。

“虾夷人。”使节低声告诉他。

藤太一时大惑不解，虾夷……虾夷人为何想掳走阿高？他们究竟对自己的搭档有何企图？他摆明了一脸茫然，使节露出难以置信的表情，继续说：

“你该不会不知道吧？阿高的父亲胜总在出征陆奥时，曾娶一位虾夷女子为妻。她可不是泛泛之辈，而是拥有虾夷之宝的守护者，或许可说这位巫女本身就是那件宝物。胜总去世后，那位巫女也追随他殉情，不过在此之前她生了一个婴孩，那就是阿高。”

白儿，原来是她……

愕然的藤太终于恍然大悟，也能理解为何称她为珍宝般的巫女。原来白儿就是虾夷族那位美貌的巫女公主，也正是阿高的母亲。

“杙上将军，您为什么知道这些事呢？”藤太如此一问，使节就好笑地瞥他一眼。

“又这样称呼了，别叫我将军。上次也是如此叫我，到底是谁教你的？”

藤太略微迟疑，才下定决心说：“是白儿说的……就是您刚才提到的那位巫女。”

“你是说你曾见过她？”

“就是在阿高入睡的时候，他只变过白儿几次而已，那时白儿还曾预言……”

“这太神奇了……”

藤太含糊其词，不再详细说，连自己都觉得太过荒谬。可是这位使节并未一笑置之，眼中闪着大感兴趣的光芒，甚至倾出身子。

“这么说来，她预言我再不久就能成为将军啊。”

藤太难以回答，只好默不作声。使节也留意到他的反应，清清嗓子说：“这件事先别管好了。藤太，你听过有关化成发光勾玉的少女传说吗？”

惊讶的藤太摇头说：“没有。”

“是吗？我曾听过有关皇族的传说。”

使节将高大的身躯倚在柱上，双手笼在袖里，回想道：

“传说是发生在新罗[①]。某日有个身份低微的女子在沼畔午睡，阳光化成一道彩虹射向她的私处，女子因此受孕，并在满月时生下一块闪耀红辉的玉石。这块玉在几经流转后，偶然传到新罗王子的手中，王子将它带回宫并放在屋里，夜间玉石竟变成一位灿烂生辉的少女。王子迎娶那位美貌的少女为妃并一起生活，不料却渐渐苛待她，少女就乘坐小船从海上逃走。据说那位赤玉少女便因此‘回归’我们倭国了……”

他吁了口气，闷闷不乐地扬起眉，“唉，传说就是这么回事，千万不能小看传说，里面多少都会蕴藏某种信息。不仅是当今圣上，上一代的天皇也在搜寻……那位赤玉少女，如今终于知道那是属于虾夷的。”

藤太频频眨眼，“你指的是白儿吗？”

“不，是阿高。巫女已在十七年前去世了。”

使节这才露出莫测高深的笑容，“我们一直没有察觉虾夷也遗失了那件宝物，而那件宝物竟然会出现在秭东这种穷乡僻壤。他们等候了十七年才开始行动，所以我们才会了解这个状况。”

① 与高句丽及百济一样为古代朝鲜三王国之一。

他从柱边起身，低头望着藤太。

“我在武藏国从事检校的公使任务现在告一段落，随从们应该会离开国府返回京城吧。不过，只要没找到阿高，我就必须去陆奥一趟，今后的行程是奉密令行事，绝不能对外泄露。但是方便的话，你看要不要随我同行？”

稚上田村麻吕的语气，就像是邀藤太去远航海钓似的随兴，“你也想找回阿高吧？那就跟我一起去，如何？”

藤太仰望着他，迎视那大胆豪放的目光，觉得此人似乎超越了惯常宫廷官员的形象，虽然外形高大、不像京城出身，可是眼看他即将只身北行，还露出一脸欣喜，就愈发觉得他与众不同。藤太难以抗拒这个提议，当场一口答应：

“我会去的。”

在请求父亲准许之前，藤太先去找广梨和茂里，既然还欠他们人情，实在不该这样不经解释就悄然无踪。两人难得默默听完他的说明，他们相当了解这简直是破天荒的事，而且连藤太也无计可施。

广梨深深叹了口气，“阿高那小子好傻，为什么要离开呢？他怎么忍心轻易舍下生活多年的这块土地和竹芝，还有我们大家？”

藤太沉声说：“别讲了，也许他是被强行带走的。”

茂里冷静分析道：“要逼阿高就范可难了，应该不好摆平他。可是没有任何蛛丝马迹显示如此，他应该是同意后才离去的。阿高个性单纯，又不懂临机应变，一定是在还没想清楚前就贸然行动。”

“那小子极有可能跟着人口贩子走，别看他长那副德行，其实是条糊涂虫，大多数的女孩都没发现他有这毛病。”广梨也表示同意。

“也许是我害了他。”藤太喃喃说着，认为自己的责任应该比另两位同伴更深重。都是自己伤了阿高的心，才害他选择离家出走，要是能更了解他就好了，正因为彼此朝夕相处反而忽略关怀，这种教训该好好铭记在心才对。

“阿高离我而去了。”

藤太的语气实在令人心痛至极，广梨和茂里只能默默望着他。

“但是，我不想这样就算了。不管他的母亲是谁，阿高都是一样的，他应该回到这里。如果阿高的想法有偏差，我会帮忙改变他，一定要带他回来。”

“这样才对啊，我不相信阿高会真的丢下你，就算真的是他自行离去，那也绝对是因为哪里出了差错。”茂里平静说道。

“对了，那位来自京城的使节感觉如何？可以相信他跟着去吗？”广梨问道。

“那人好像当真要去找寻阿高，似乎是奉了什么密令。”藤太深思熟虑一番后答道，“我还没把握能说他是什么样的人，他自信过人，好像作风很大胆。”

“只有你一个跟班？”

“对，因为是秘密行动。”

他们各自陷入沉思，原本坐着的广梨从栅栏顺势一跃而下，拍拍手上的灰尘，索性道：“既然少了搭档，藤太的能力也会减半，所以我们跟你去好了。”

以手支着头的茂里看着广梨说：“至少我们比藤太本事大得多。藤太要去陆奥，我们也非去不可。”

“少说傻话！”藤太不禁提高嗓门，“这可不是平常闲着游逛喔。你们跟去做什么？更重要的是，谁会答应跟你们一起三人同行啊？”

广梨和茂里笑着对看一眼，接着同声说：“藤太，你还欠我们人情喔。”

拗不过请求的藤太只好带他们回府，板着脸向田村麻吕说明这两人也想同行。不料那位使节对此举很感兴趣，竟唤广梨和茂里来到厅堂，两人开始向使节问东问西。令藤太惊讶的是，京城人可能因没有谈天对象感到无聊，几人竟天南地北闲聊了一个时辰，然后广梨才问道：

“那么，您会带我们去陆奥吧？”

“还很难说呢。”使节含笑说道。

“无论是随从或护卫，我都能胜任喔。”

“护卫是吗？”

“我很会射箭。”广梨充满自信说道。

忽然间，田村麻吕想起什么般问道：“你们和阿高一样都会骑马射箭吗？”

广梨默然不语，茂里则一脸严肃说：“阿高的确厉害，但并不是我们几个里面最顶尖的高手，我们从小都练过功夫。”

使节点点头，“是啊，可不能低估秭东青年的实力。既然阿高能力卓越，同伴们也身手非凡，那就大有用处，这次大家一起同行吧。”

藤太当场傻眼，身后的两人朝他背上一拍，他也只好苦笑同意。一笑之间感觉真的高兴了起来，虽然不想承认，有他们加入还是让自己信心大增，沉重的心情霎时减轻几分。

三人走出门外，就在决定集合时间时，广梨突然说：“对了，今天有祭典呢。我要赶快去向女友道别，等会见啰。”

说完便一溜烟跑走了，那份轻率正是广梨的特质，不过也未免太性急了点。藤太有点愕然地目送他离去，又问茂里说：“你也有想道别的对象吗？”

“听你的口气，好像我是光棍一样。”茂里拍拍他的肩膀，说，“本人要连赶三场，有事就麻烦你了，不过我会准时回来。对了……”他若无其事地补上一句，“我看到有人在榉树后面想找你喔。那么待会见了。”

藤太转头望向榉树林，不觉屏息，也无心顾及茂里离去。原来从树下出现一个低垂脸庞的少女，正是千种。

“我来冰川神社参拜，然后就……”

千种的脸颊染着樱红，气怯地嗫嚅不语。藤太实在震惊极了，他压根儿没想到千种会亲自来竹芝，只一脸不敢置信地凝视她。千种一身远行装扮，系着丹红线的编笠挂在背上，绑腿也缠上红细绳，看起来十分俏丽。

“我很高兴你能来，好想邀请你参加祭典。真的，若能这样不知有多好……”心里千头万绪的藤太说道，忽然间，他好怕自己哭泣。

“这我明白，你会去找阿高吧？听说一直没找到他，我不是为了接受你的邀请才来参加祭典的。”千种语调平静，意外的是竟十分明快。

“我总是带给你麻烦，连最后也……真对不起。”

“是啊，的确找了好多麻烦，所以我才看开了。”千种轻轻一笑后仰望着他，又加重语气说：“藤太，别认输喔，一定要带阿高回来。不管路途多长多远，你都要回来，回到我们的武藏，永远别忘记今天曾有这场祭典。”

藤太走近几步，深深望着她，“你又看到神谕了？”

千种垂下眼眸，小孩般摇摇头，“没有，不是的，我不再抗拒我所见到的景象了。此后你第一个关心的都不会是我，但是，我还是决心等你。只要等待，总有一天你会回来，说不定还有下次的祭典，我一定会等你……”千种的声音微颤起来，长睫逐渐湿润，“我是为了想说这些……所以才来的。我喜欢你，能和你相遇真好，我绝不后悔。”

“真的吗？”藤太深深吸了口气。还是头一遭听到女孩告白，却让他难以置信，“如果千种这么说，我就算死了也要还魂回来喔。”

千种微微笑着，虽然泪光晶莹，眼神却蕴着一抹调皮之色，“就算你回来，还有好几个难关要过呢。日下部族的性情狂暴，再说他们对我又评价过高。不过，只要你别让我苦守十年，我就会一直等下去。”

随着暮色来临，一脸憔悴苍老的总武返回家中，藤太眼见父亲首次露出上了年纪的老态，心中不禁一片凄然，但是去找阿高的决心不会动摇。总武也从田村麻吕的口中得知儿子自愿担任随员，因此没有特别讶异。

“那么，请带小犬去吧。虽然是个只有旺盛精力的鲁莽小子，若能留在您身边学习，必然受益良多。”

反对藤太出门的不是总武，而是家中的女眷，她们悲叹家里少了阿高，连藤太也将远别，不过既然是一家之主的决定，也只能哭哭啼啼打理行装。这夜，连一向坚强的美乡也哭成了泪人儿。

“明天起，我只好天天听附近女孩抱怨你们俩都闹失踪的事了。我可不希望你们拆伙喔，光看你们这样还真让人吃不消，原本还期待你和阿高能在这里幸福长大。”

“我一定会跟他一起回来。”藤太如此说着，美乡又哭了起来。

“我会每天祈求神明，盼你们平安归来。不只是我，大家一定都会祈祷的。”

藤太向家人道别后，打起精神去见总武。在告别之前，有件事他非向父亲询问不可。总武端坐在自己的席位上，双手笼在袖里，保持陷入深思的状态，身旁一盏星灯只照亮厅堂一隅，孤影显得寂寞。

从暗处走来的藤太郑重地跪在父亲面前，开口说：“爹，请告诉我胜总哥的事，我认为自己应该代替无法等到二十岁的阿高询问这些事。”

说出这话实在需要勇气。总武沉默如石，只见灯火摇曳，深纹刻布的脸上映着晃影，表情依然不曾微变。藤太竭力耐心等候，坚石竟然动摇了。

“我想表达的事大多不能言传。胜总是光荣的秝东武人，也是我引以为傲的儿子。我要说的只有这些，不过……还有这个东西。”

总武从怀中取出一个小包，放在面前的地板上，示意藤太拿去。藤太小心翼翼将它取在手中，只见是一个褪色的绢包。

“打开来看看吧。”

他照着父亲的话，从中取出一只可放在掌心的四方盒，打开盒盖一看，里面放置一块拇指尖大小的勾状玉石。玉的顶端有绳孔，尾端的形状则向前弯曲，几近无色，看上去白透莹剔。

“是勾玉？”藤太喃喃着，他曾在神社见过这种宝玉。

“这是我们的祖传勾玉，我们祖先在远古来到这片土地时，勾玉也一同来此。当时它还会自行发光，当祖先在竹芝落地生根后，勾玉便完成了任务失去了光芒，自此变成一块普通石头。尽管如此，每一代的当家之主依然让勾玉代代相传，就在那一年出征陆奥的前夕，我在这里将它传给胜总。”

总武的声音变得低沉而暗涩。

“我并不清楚阿高出生以前究竟发生过什么事情，不过胜总确实希望能迎娶那位姑娘为妻。根据同部队的士兵叙述，胜总在临死前的几句交谈中，似乎提过曾遇到虾夷女神，而且还留下遗言希望士兵能代转消息给我：若有一位名叫白儿的美丽姑娘前来，她就是胜总的妻子，希望能迎接她进入我们家门。可是，我终究没见到那位姑娘，只在为胜总上坟后回到住处时，门口放着一个婴儿，那孩子胸前还结着这块勾玉，也就是竹芝的传家宝啊。”

藤太重新凝视着小盒中的勾玉。

“如果你再遇到阿高的话，就将这块勾玉交给他，并且告诉他这段原委。这是与竹芝血脉相承的人拥有的勾玉，因此我才会带着襁褓中的阿高回家乡。”

“我懂了，一定会交给他的。”藤太痛快地回答，道谢后盖上小盒。

第二章 北国

1

阿高依然噩梦连连。

也不知经过几次昼夜交替，其实他并不清楚自己目前的行为和处境，或许是由于这趟旅程太过艰险所致。虾夷人几乎不循顺道，净挑高地，选择森林，巧妙地朝北前进。

在体力方面，阿高自认从不落人后，但要配合其他三人的脚程仍然相当费劲。尽管如此，逞强的他不发怨言，到了夜里实在累到极点，无暇多想就呼呼大睡。

来到山脊连绵处，春息也遽然浅消，夜晚地面冻结，晨间霜覆展梢。野宿还真让人吃不消，阿高倦了自然倒头就睡，倒是那三个虾夷人并未感到多少劳顿。他们默默前进，日落后悠然生火，粮食不虞匮乏，除了携带的存粮之外，这三人还善于张罗果腹的食材。

他们使用短弓，可迅速张弓射箭，在还没决定营地之前，就有人射获山禽野兔等猎物。每当这种时候，他们会先在烧烤猎物前恭敬祈祷一番，随后总是期盼地望着少年。阿高知道他们希望自己能向巫女祈祷，不过除了呆坐之外，他简直不知如何是好。

我哪知道该怎么祈祷？连他们平常在讲什么都听不懂……

他听到的是完全陌生的虾夷话，那三人当然是以母语沟通，阿高只能依赖那个叫恩多罗的虾夷人代为翻译，此外与他们完全处于隔离状态。最感困扰的是他们一直坚信阿高既然是虾夷巫女，就没理由不懂母语，因此不断对他说虾夷话。阿高摇头表示不解时，他们就悲伤地住口，隔一会儿又再度尝试。

这些人究竟对我期待什么？想要我替虾夷做些什么？

阿高无法直接向虾夷人表达没学过的话当然不会懂，因此让他十分难受。自从得知有另一个自己存在后，他在表达意见时对凡事都不再有自信。虾夷人的态度毕恭毕敬，阿高觉得这背后隐含某种企盼，让他心情变得格外沉重。每夜就寝时，阿高都希望自己能变成白儿，但奇怪的是屡次在藤太面前出现的白儿，却无意在虾夷人前现身。

“请慢用，还合口味吗？”

对方突然说出倭语，阿高抬起头，只见一脸严肃的恩多罗正窥伺他的反应。阿高这才想起还在进食中，目光移向膝上所放的小竹叶包，还剩下两个掺着胡桃碎粒的糯米团，但已经不想入口。他并非挑食，只是这阵子欠缺食欲，火堆前的烤肉飘香四溢，肉脂味儿却没让他食指大动。

“我不吃了，想喝水。”阿高推开食物说道。

恩多罗蹙眉注视他半晌，接着吩咐依特普拿竹筒来。阿高接过竹筒才喝了一口，立刻被苦涩的液体呛到。

“这是什么玩意儿嘛？”

“是野葡萄做的药酒。”

阿高拭着嘴，一时咳得喘不过气，“我说要喝水，你在搞什么鬼啊？”

恩多罗丝毫没有嬉笑之色，大抵上他们表情木讷，三人皆满脸蓄着浓胡，或许有微妙的表情变化也隐没不见。

“你需要多加点营养，若没吃饱就走不了山路。”恩多罗以粗豪却郑重的语气说着，阿高愤愤别过脸去。

“别以为我是高兴才走的。你们要是非带我走不可，干脆抬着我去怎么样？”

沉默片刻，恩多罗仍保持慎重有礼的态度说：“请再忍耐一下，只需越过国境就会有人迎接。有劳本该乘轿的贵客如此长途跋涉，真是让恩多罗于心不忍。”

快疯了……

在不知所措下，阿高只能得出以上结论。这个唯一能沟通的虾夷人，却只能跟他客套应对，实在好想念可以随意开玩笑闲扯的伙伴们。

藤太……

想起藤太，阿高犹如炙铁烙心般痛苦。从离别之后他便独闯来此，这才像是最惨的梦魇。自懂事以来两人就朝夕相处，阿高知道本能在诉说没有藤太陪伴的落寞，但是情感上却拒绝承认这个事实。

此外，他没料到会发生那场难以挽回的冲突，如今无颜立刻赶回竹芝去见家人。这不单是虾夷人拒绝放人，而是阿高必须认清：我是什么存在、有什么在等待自己、自己究竟是谁。尽管这并不愉快，但是他不能在一无所知下又走回头路。

……我就这样揍了他跑来这种地方。

阿高抱着双膝埋下头，觉得自己很没度量。他坚决抗拒一切的理由，其实还是出于千种在场。原本自认为已接受藤太有心仪女孩的事实，但是仍不愿谅解千种介入自己和搭档之间。阿高实在想不透藤太为何能谈恋爱，甚至爱情为何物，他依然懵懂未知。

下野和陆奥的分界之处白河设有关口，这里亦属于朝廷检查通行旅人的机构，然而关口南北可说是天壤之别。所谓陆奥国，与其称为一方之国，倒不如说是朝廷支配的最远势力范围，因此才有该地名。关口以北仅有出羽和陆奥两地，然而范围却包括相当于东海道及东山道的广阔区域。

恩多罗俯视着幸好不必通过的崖下关口，对阿高说明道：

“走大道的话，从武藏到这处关口，与从这里到多贺城的距离几乎一样，那座城是倭国的外防机构所在，也就是镇守府[①]。我们的村落还要从多贺城更往北行，大概再走与这段路同样的距离才会抵达。那里是我们真正的出生地，也是虾夷的天下。”

感到索然无味的阿高懒得搭腔，为了避免通关而跋涉的这条山间险道，果真是险象环生，身体也感觉特别吃力。恩多罗的话代表行程才过三分之一，阿高一点也没庆幸，只切身感受到千里长征，自己的出生地竟然如此遥远。

然而，其他三人显然变得精神抖擞，进入陆奥后减轻了心头重荷，恩多罗的语调中也透着安心。

“只要过了关口，对虾夷人来说就来去自如了，还能和同伴取

① 奈良及平安时代，为了防范陆奥和出羽的虾夷人而设置的军事机构。

得联系。我这就派依特普跑一趟，至少可以准备代步的坐骑或轿子。”

“恩多罗，”阿高突然起了怯意，忐忑不安地开口问道，“我去跟那些等待你们的人相见，这样真的好吗？”

“你怎么这样说呢？”

“我完全不懂虾夷话，也许你们弄错了……我可能帮不上忙。”

白儿从来没显灵过，阿高和虾夷人终于发现她并不会随心所欲地出现。迟疑不决的阿高支吾着：“假如我不是你们想寻找的人，那该怎么办？你们还会带没用的家伙回去丢人现眼吗？”

恩多罗以生气的目光迎视着阿高，忽然觉得这个想努力掩饰软弱的小子十分稚嫩。

“请别担心，你正是我们寻找的人物。只要抵达村落，从女长老阿贝乌其芙奇到其他村民，都一定会欣喜万分。”恩多罗的平淡语气正如其人，不过仍可感觉到他是为了安抚阿高才说这番话。

依特普遵照吩咐出发寻找同伴，当夜，围着火堆就寝的只有恩多罗和伊利希而已，他们对于阿高与他们分开入睡的行为也不再费神。刚开始踏上旅程时为了以防万一，众人在入睡时一定让阿高睡在中间，如今警戒心降低，进入陆奥以后的防范又更加松懈了。

趁今晚逃走好了，只要跑下山坡，逃往关口就有办法。将一切原委讲明，然后请求保护，再安排回武藏的驿马……

暗空下，阿高不断盘算着，但就是下不了决心。虾夷人对他逐渐放心，阿高也对他们开始感到亲近。一想到恩多罗等人的失望神情，此刻他实在于心不忍，何况还没有充分的精神和体力来毅然采取行动。

不过倘若错过今夜良机，虾夷人的同伴就会增加，自己将无法拒绝与他们同行。尽管左思右想，阿高却未付诸行动，毕竟感觉上，关口的那些守监是遥远得没有心灵交集的存在，武藏则远在关内南方，藤太亦相隔千里，阿高于是在寒意中蜷身进入了梦乡。

季节完全倒行逆施，阳光消融不去的凝雪固结，四处不见草芽木苞。连续的晴朗好日，一到夜间气温反而骤降极冷，一旦天气转坏可就更惨，滂沱大雨中冰雪夹削，哪怕只是飘雪也不至于受此寒苦。雨雪毫不留情，将虾夷人的毛皮和头巾遍染透湿，山峰上低云覆垂，白霭缭绕着光秃山表，枯树影形成的薄墨情景正如隆冬。

南来的一行人继续在冰雨中无精打采地走着，终于停下脚步。恩多罗的视线穿透林间前方，伊利希以虾夷话迅速说了些什么，阿高也同样目不转睛，只见蒙蒙雾霭中出现几名骑马的男子身影，大约有十名骑兵。阿高第一次看见骑马的虾夷人，不觉模仿起田岛的方式观察那体型匀称的良驹，以及驾驭者卓越的精技……

那群骑马男子身穿简朴的皮铠甲，不过从纹面和手臂上刻画的涡纹、满脸浓胡、缠绑染色头巾等特征来看，与他所熟悉的倭兵形象全然不同。他们纵马疾奔到一行人面前，却无下马之意。阿高突然感觉不妙，他发现这群人中并没有依特普，依特普既然回去通报这群同伴，理当会随骑兵同来。

恩多罗举起手，以虾夷话寒暄示意，那位首领在下马后同样回礼。如此看来果然还是同伙，不过其他几人仍留马上，而且朝左右散开，阿高隐忍着不快，以惯有的经验来看，这种态度简直就是恫吓。

那名与恩多罗交谈的队长是一名架势十足的彪形大汉，两人之间的对话冗长，不解其意的阿高感到非常不耐烦，只知道恩多罗在询问，并由对方答复。

那位队长将话打住后，以锐利目光盯着后方的阿高，朝他说了几句虾夷话，并以手示意，似乎命他坐上自己的马匹。阿高不禁受那匹拥有修挺健足的苇毛骏马吸引，当他正想走近时，恩多罗突然伸手制止。

“不行，我们不能跟他们去。”

“为什么？”阿高惊问道。恩多罗语气硬涩地说：

“这群家伙是尼莫勒的手下，那人想利用你。”

还分不清状况，阿高就在恩多罗强烈阻拦下停步，那名队长看出阿高拒绝之意，便抓住他的胳膊一把拉过去。阿高想甩脱，被揪住的手臂却被岩石夹住般动弹不得，他只能任对方强行拉走，脚跟拖在泥泞地上滑行。

恩多罗奔来朝队长猛挥一拳，男子不堪重击松手，摇摇晃晃地倒下，突然被放开的阿高也朝地仆倒。受惊的骏马高举前蹄发出嘶鸣，队长迅速一甩头，从泥泞中站起来与恩多罗扭打成一团。阿高眼见他们陷入混战，便四下张望想就近找到武器，可是不但没找到，还发现那名队长的手下朝自己一拥而上。

“快！快逃！”打斗中的恩多罗对阿高大吼道。

少年不禁茫然暗想：原来同是虾夷人也未必立场一致……

或许这是理所当然，不过阿高还是深受冲击，总之必须先逃往刚才与伊利希同来的那座森林才行。可是对方骑马又人多势众，两人立刻被骑兵们绕至前方拦住去路。伊利希放箭威吓却效果甚微，没多久弓被抢去，接着你一拳我一脚地惨遭一顿修理。

这群骑兵不但缺少恩多罗的恭谨态度，对阿高也毫不宽容，少年因此吃了几记猛拳。他对自己很快放弃抵抗感到诧异，原本不该如此，可是身体却比毅力先做出让步，毕竟旅途中从没有一顿饱餐下肚，才沦落到这种地步。

虾夷士兵将阿高的手脚抓住，用皮绳牢牢捆紧。在阿高动弹不得躺在地上后，他们大为满意地垂眼看着他，想必是为了能把他当成小熊般利落活捉起来而洋洋得意吧。怒火中烧的阿高听见他们以母语交谈，甚至发出讪笑。

即使那是侮辱的言辞，他也宁可了解其意；就算自己只能乱骂一通，也希望他们能够理解。面对这种无法沟通的暴力相待，让他更觉得冷酷无情。

我绝不加入这群家伙，绝不成为虾夷人……

阿高回过神时，从头至脚已全沾满冷泥，顿时感受到冰雨的寒冻。自己被当成货物般任人抬往马前，载上队长的坐骑。阿高被绑在马鞍后方，抬头只见不远处尚有恩多罗和伊利希，两人被打得鼻青脸肿，手脚捆缚着躺倒在地。眼下他们暂无性命之忧，阿高松了口气，他也终于了解这果然是同伴之间发生的内讧。

现下阿高束手无策，既不能救那两人，自己也无法脱困。骑兵们对坐骑一声令下，撇下恩多罗和伊利希大胜而归。不知今后面临的命运将会如何，不过至少他会前往虾夷人的居处吧。阿高消沉地暗想，莫非就这样一路奔到底，一边在马背上扭动身躯抵制剧烈的摇晃。

梦中的阿高已经纵马奔驰。那匹马毛色漆黑、长鬃白亮，流尾犹如耀星，体型的比例完美无缺，身形轻逸迅捷，是难得一见的神品。不过阿高应该没有自己的坐骑，因为即使身为郡长家之子，还是必须等成人之后才能有专属的马匹。藤太和阿高都衷心盼望那天来临，还热烈讨论过品种，他们尤其留意今春刚出生的小马，等到两人二十岁时，它们就是三岁的壮马了。

然而这匹美丽的黑白雄驹，阿高早已骑过好几次，在记忆中它是属于自己的。周围一片幽暗，是几乎快与马身交融的漆黑，可是阿高毫不在意，享受那疾驰的乐趣，还想更快、再快！

为了更自由自在地驰骋，他突然想改变视野，接着双眼就轻易变成马眼，马身也化为阿高。强健的肌肉律动如鞭、心脏燃烈似火，阿高微笑了，这样最好，充沛的力量属于自己。雄驹如彗星流驰，已经不再驾驭它的阿高尝到无人能体验的喜悦。

如果不全速奔驰，不飞跃那条河的话……

不知不觉，阿高如此思索着。他留意到前方原来真的有一条大河，淌在幽暗河底的水流如黑耀石般闪烁。他甚至恍惚看见对岸发出这世上唯一的明亮，河水闪耀的原因也是光芒所致，那是一种较火炬更柔的暖光，在黑暗里圈起一大片光明。

藤太？

手中高举光明的正是藤太，他的光芒照亮黑暗的地平线，左右还有广梨和茂里。对于他们为何出现在此，阿高有些焦躁又难为情，不觉间眼眶开始发热。

他们不知道我在这里，无论如何我非到那里不可，必须飞跃那条河……

或许是扭动身体的缘故，阿高清醒过来，一道泪水划过脸颊，当他发觉无法拭去时，这才被拉回现实及痛楚的现状中。这不愉快的现实，就是手脚被人绑缚着骑在马背上。不过在马背上摇晃只是错觉，其实他是在静止的草席上。

阿高总算想起了他已经下马，经过一天还是两天，总之不断摇晃的结果就是连在铺草席的地面上也感觉像在起浪。骑兵队在抵达目的地后，被抬下坐骑的阿高就这样任人扔进小屋，在屋里沉沉睡去。

不能活动手臂的阿高费力支起上半身，将身躯倚在壁柱上，四下望着自己所在环境，只见草席是经过巧编而成的新用品，质感还不错。不过整体来说，屋内狭小简陋，是直接竖起的黑木柱所建，屋壁仅由小柴枝成排编成，户外光线可从柴缝透入，只要稍用力一踹就能轻易破屋而出。可是即使这样又能如何？毕竟阿高仍未松绑，他真想告诉他们不要欺人太甚，快点将手脚的束缚解开。阿高的指尖等处因血液循环不良而发麻，就算解开身上的皮绳，他也无力把附近的家伙狠揍一顿。

屋外传来踏着碎石的脚步声及人喧，阿高听见有几人走来，其中还有孩童般的小快步赶到，感觉上这里像是村落，或许是驻军地也说不定。阿高闭眼数着脚步声，听到其中有两声重重踏在门前停住，他一惊睁眼，听见那口音正说着自己能够理解的话语。

“最要紧的是本官想要沙金，上次不是跟你吩咐过了？出羽内地还有许多不为人知的丰富矿藏。你讲的话很有说服力没错，但毕竟黄金才实际呀。”

门外的男子撩起门口的遮帘，朝屋内窥视一番，灿烂的阳光照射在无窗的小屋内。男子高掀着遮帘端详了阿高半晌，又想进一步仔细观察他，于是走进屋内。阿高一眼便认出这名男子的装束，只见他身个子不高，穿袍服长靴，一副朝廷官吏的模样。

他似乎对阿高十分失望，“这不像女扮男装嘛，根本是不折不扣的脏小子。若是个姑娘，倒还有点儿利用价值。”

原想开口求救的阿高适时住嘴，这人眼见自己被五花大绑监禁在此，竟还说风凉话，看来不可能会维护自己。至于另外一人则站在官吏身后，此人明显是虾夷族，穿着花纹独特而华丽的袄服。相较于一脸穷相、五官平塌的那位穿袍官吏，他似乎相当讲究外表修饰，虽然身为虾夷族，却很罕见地将胡须剃光。小个子男人看似已届不惑之年，而这个男子则大约三十岁左右。

虾夷人进而以流畅的倭语说："可是，这名年轻人正是倭帝多年来寻找的对象，只要将他献上，圣上派遣征夷军的最大目的就达到了，而且您将会因为发现重宝建下奇功，这对未受重用的您来说，一定是稳坐高位的绝佳保证。"

"就凭这个灰头土脸、一无是处的臭小子吗？"

"他不会一直灰头土脸，我的部属下手稍微粗鲁了点儿才将他捉来，因此模样有些不得体。"

这个虾夷人就是尼莫勒，绝对错不了。阿高思忖，瞪着故作不知情的虾夷人。

"假如是个姑娘，还可以调教一番。"小个子男人叹气后，又改变主意说，"不过他要是会带来宝物，那又另当别论了。这家伙该知道传说中的宝玉下落吧。喂，臭小子，姑且说来听听，想保住小命的话，最好快快从实招来。"

阿高开口了，"我哪知道什么宝物？你在鬼扯什么？没脑筋是吗？拿虾夷人的鬼话当真，你也配在朝廷当官？"

那名官员再也吐不出半句话来，虾夷人也大吃一惊。沉默半晌后，眼看穿官袍的小个子男人脸上逐渐泛红，他一扭头，朝虾夷人恶狠狠地说："所以本官说要黄金才好嘛！金子不会开口，把这种浑小子送进宫里看看，不教本官脑袋搬家才怪。这家伙身上有啥宝贝，起码东西先到手才好商量，说不定还得看看情形再做打算。”

那名官吏重重踏步离开小屋，尼莫勒耸耸肩后跟随而去，看来谈判宣告失败。感到虚脱的阿高吁了口气，任凭人口贩子贬低到这步田地，那种颓丧感实在情何以堪。

2

隔了不久，虾夷人独自回到小屋。阿高以锐利的眼神瞪他，尼莫勒也仔细盯着他，然后以倭语说：

“那家伙真没眼光，难怪只是个小官，你根本就像绮萨儿再世啊。”他来到阿高面前蹲下，一副若有所思的表情，“至少该把脸擦干净……”

尼莫勒突然取出手巾，在少年脸上使劲擦起来。

阿高怒上心头，一能开口便立刻骂道：“混蛋！要抹脸还不如解开绳子，死人贩子！”

虾夷人平静答道：“那可不行。听说你很冲动，更糟的是嘴里不干不净，真让人遗憾极了，毕竟是在那种野地方养大的嘛。”

“总比在你们这里长大要好过千百倍。我们哪像虾夷族中还有这种出卖同伴、跟倭国朝廷串通的家伙呢！”阿高咬牙切齿地说道。

尼莫勒眯起眼望着他，“跟朝廷串通哪里不对？几乎所有的虾夷人都归顺朝廷。像阿弓流为那种死脑筋的人早该给时代淘汰了。十几年前我也愚昧地拿着武器作战，可是那位背叛族人的女神教我学乖了，做人只要善于逢迎就能活得更好。”

阿高感到有些挫败，仍不认输地道：“少推卸责任了，出卖同伴的人才最要不得。”

“你还有脸这么说？背叛虾夷、向敌兵卖身，对于尊你为女神、甚至不惜引发战乱的族人，竟然无情嘲笑并消失的你，凭什么说这些？如今你回家乡，究竟对虾夷有何企图？我不过是助你一臂之力，好心帮你达成替倭帝效力的愿望罢了。”

“听你这么说，我到底是……”阿高话未说完，尼莫勒狠狠托住他的下巴，不再让他说出话来。尼莫勒的眼中充满令人屏息的凶憎怨色，是阿高至今从未接触过的强烈恨意。

“想找借口是吧？你的确就是绮萨儿，我想看的就是这种眼神、这种目光，就是要让你尝尝我对你的唾弃，就是想看你这种惊恐的眼神。虾夷人之所以不再信任你，一切错都在你，我悔恨又悔恨，若能在导致这种局面以前，先下手将你这个所有灾难的元凶、酿成我族毁灭的祸种除掉，那不知该有多好。”

尼莫勒的手指掐入阿高的咽喉，少年感到对方吐出的怨毒气息，几乎晕窒过去。尼莫勒含着杀意睥睨着阿高，终于放松手。

“现在就算宰掉你，也无法挽回一切。反正我要把你高价卖给朝廷，你就是我们千辛万苦寻找到的王牌，而且绮萨儿拥有的力量还不曾觉醒。如果转生，女神还能恢复纯洁吗？”

总算能呼吸了，阿高不禁连声咳嗽。尼莫勒又再次扳住他的下巴，强迫少年面对自己。“还是说你那骚狐狸的本性，就算转生也脱不了臭？”尼莫勒的面孔近到几乎可以感觉他的呼吸，这种侮辱尖锐地刺激了阿高，他无暇多想，只有唯一的方法可行，那就是朝对方脸上一口咬去。

虾夷人发出惨叫跳起来，一拳击倒阿高，又用虾夷话恶毒地咒骂他，最后愤然离开小屋。

根本搞错人了嘛！天杀的……

纵然吃了拳头的嘴中含着血味，阿高还是心情稍微舒畅了些。尼莫勒的高鼻上绝对会留下齿痕，那样一来，想必很难向旁人交代吧。不过，他已受够被人当作母亲了，更何况自己又与他们无冤无仇，原本就对生母毫无印象，为何非要自己承担她的一切行为呢？

为什么她要舍弃族人？

连阿高也想问问母亲，她似乎在虾夷族中地位甚高，为何还会不顾族人而选择父亲胜总呢？他躺倒在草席上，心灰意冷地想着若没发生这种事，此时自己也不会尝到这般苦涩。

似乎日落了，柴缝间透洒的淡光不再，转由暗夜来访。反击必遭报复，阿高当然心里有数，但直到夜里总算明白下场如何，那就是连一顿饭也没有送来。

即使态度粗鲁的骑兵队也知道该给俘虏吃饭，自从被囚禁之后，阿高对体力不断流失感到懊丧，正想着无论给什么都该吃下肚时，竟然遭受饥饿折磨，简直令他火冒三丈。而且本来也只有用饭如厕的时候才会松绑，现在尼莫勒连这点自由也恣意剥夺了。

阿高烦躁地转动手臂，突然暗暗一惊。慢着……

他感到绳索变松了，起初连扭动身体都十分困难，后来经过多次重绑，最后士兵们也开始打马虎眼。突然涌起希望的阿高精神大振，专注地努力挣脱束缚。

费了好长的时间，所幸阿高掌形秀气，他终于抽出一只手，只要单手自由，其他问题都好解决。他甩开缠在身上的皮绳，又格外费劲地用手拆解脚踝的缚索，那种解放感真是说不出痛快。他手脚大大一摊，暂时先睡个舒服。

……不能这样耗下去了。

子夜三更，或许已近破晓，阿高完全无意向尼莫勒示弱，他不是可以任人摆布的那种性格。母亲所做的事，在他心中自有定夺。

阿高起身窥伺屋外动静。总该有人看守吧？若是突袭，要收拾一两个家伙倒也不难，尽管如此，还是不能忽视现在的不利情况。阿高对此处的地理环境完全陌生，无法预想逃生之路，而且自己的手脚能发挥多大实力，目前还是有点……不，是很不牢靠。

下次不管多难受，只要有东西我一定要吃光，否则会不战自降，真没出息，就算被恩多罗他们取笑也认了……

如今即使没有胜算也必须行动，他摸索着找到丢弃的皮绳，至少可以用来充当武器。

就在阿高伺机冲出去时，突然听见一阵嘈杂。正在纳闷不已，屋门突然打开了。其实并非“打开”这种温和手段，而是把门扯个稀烂。他暗想可别就此耽误了时机，因此奋力朝门口的人影撞去。

对方摇晃一下却没摔倒，一下子逮住险些侧身溜掉的阿高。少年拿起皮绳往他身上抽了几下，但自己的胳臂既被男子抓住，想抽也抽不掉。阿高心里涌起绝望，这个怪力汉绝对是骑兵队队长，然而男子以虾夷话大吼几句，接着重新用倭语说：“别怕！不必担心，我是你舅妈、舅妈啊。”

这家伙在胡扯什么？

阿高傻瞪着眼，黑暗中看不清对方形貌，不过声音确实不是队长。

“是舅舅才对。”另一名男子在他后面更正道。

“阿弓流为大人，男性不称舅妈，而是叫舅舅。”

那人的声音似曾相识，阿高惊呼问道：“你是恩多罗？”

“正是。阿高，你一切还好吗？”

霎时涌起的安心感，让阿高胸口甚至痛了起来，最后见到恩多罗时，他浑身泥血倒地不起，没想到此时在星光下，他的身形看来十分健朗。阿高没想到自己与恩多罗再会竟然如此欣喜，他摇晃地朝他走去，问：

“你的伤势还好吗？”

“这点小伤不足挂齿，只是我能力不足，让你吃了许多苦。”恩多罗的语气，也只有在这种时候才带着一丝感性，“请别挂心，这位是你的舅父阿弓流为大人，他听说你遭人挟持便立刻赶来救助。我们给尼莫勒那混蛋一点厉害看看，竟敢如此虐待你，他肯定疯了。”

舅舅？

阿高回头重新打量对方，阿弓流为蓄着浓胡的脸上露出笑意，并张开双臂说：“哦，绮萨儿，是我啊。能平安见面真是谢天谢地。”

我不是绮萨儿……阿高如此想着，但渐渐觉得无所谓了，反正终于不必再被尼莫勒囚禁，只要能维持现状他就心满意足了。或许紧绷的情绪突然放松，阿高这才领悟自己原来一直强撑着，才刚与阿弓流为相认，他便双膝一软，恩多罗惊讶地扶住他，阿高却站立不稳，自此失去了意识。

阿高终于与虾夷的亲人见面，也来到族人聚落，不过仍然无法得知外界的情景，因为他彻底病倒了，高烧让他连身边有谁在都浑然不知，就这样被抬来此处，接连几日只能卧病在床。

尽管如此，这里有妇女妥帖地看护阿高，分别由老、中、青三代轮流照顾。他第一次见到虾夷女子，她们不分年龄皆结发辫，穿着及膝长衣，还佩戴耳环首饰。

现在秾东只要不是祭典的舞娘，就不会佩戴这类饰品。这身穿戴看似盛装打扮，但除了装饰用的镶石或钗环，衣料大抵相当粗糙。若是考虑此地气候酷寒，那么单衣的质地似乎又太过单薄。

不过服装差异不是问题，无论何地，女性皆细心与关怀兼备。阿高并不排斥受人照顾，而且不管别人怎么想，他本来就并不讨厌女生，只是面对那些扭扭捏捏、害羞脸红，以缄默却殷切的眼神凝望自己的女孩，他实在不晓得该如何回应。倘若是家里的女眷，那他全都喜欢，不仅对藤太的母亲十分敬重，大方的美乡则可说是他最喜欢的姑姑。

阿高之所以能切身体会到妇女们的亲切，或许是由于身体虚弱吧，正因为平日不知病痛四处活跃，发起烧来才更显得无助。他许久不曾像个小孩子一般受人照顾，因此觉得很开心。阿高顺从地饮用她们煎好的药草汤，任人协助更衣，努力吃完送来的饭菜……他是一位高度配合的病患，因此康复得很快。

阿高歇息的屋子虽然打理得十分妥善，但基本上与先前被囚禁的小屋类似。屋壁是小柴枝编架而成，躺卧的是狭窄睡榻，其余空间全铺成泥地，虾夷人的房屋要拆要建似乎都不费力。屋内中央掘有坑炉，虽然会为病人不断添加柴薪，不过这里几乎不曾炊煮，饭菜煎药都是从别处送来。妇女们好像也住在附近，不远处还会传来婴儿的啼哭。

妇女们之中就属送饭的女子最为年轻，因此由她打理各种琐事，而她留在阿高身边的时间也较长。即使年轻，她可能还是比阿高年长，阿高实在不会猜女人的年龄，不过从那稳重的态度来看她应该已婚。而她也是三人中唯一能听懂倭语的人，阿高只要表示需要什么，女子就会遵照办理，只是总是一语不发。阿高在发烧时也无力去质疑这件事，直到能稍微注意到周围环境，才开始在意起她为何绝不对自己开口。

某日当她递碗给阿高时，他就率直问道：“你保持沉默，是因为不会说话吗？还是为了必须遵守规定才这样呢？”

女子的面容散发出光彩，黝黑的眼瞳也突然生动起来，或许她正期待阿高如此询问吧。原来，女子是等待阿高康复到能向她询问时才愿开口，她滔滔讲了一串虾夷话，在阿高露出不解表情后，这才缓缓指着自己：

“……ㄌㄧˋ ㄒㄧㄤ……”意思是说“我是利乡”，这一猜就懂。她的名字和美乡很相似，阿高感到有些亲切，女子继而指向阿高，“……ㄚˋ ㄍㄠ……”

接着利乡陆续指着盆内的东西，这是碟子、筷子、青菜、肉……每样都以虾夷话讲一遍，又带着问询的神情望着他的反应。

原来如此……

既然已经来到这里，就算语言不通阿高也不想整天关在屋里，与其期待对方能说倭语，不如自己来学虾夷话更容易沟通，他发现先前自己竟没察觉这么简单的道理。为了让阿高学习虾夷话，利乡自愿当他的老师。

“好啊，我就来学吧，反正我会的事还太少。”阿高说着，利乡就高兴地频频点头。

学习语言的效果十分显著，利乡的头脑灵活，她通晓倭语加上教导有方，实在是最胜任的教师。阿高的学习能力也很强，反复念着利乡所说的词汇，逐渐大有进步。

对阿高而言，虾夷话有进步固然值得欣喜，不过最高兴的莫过于利乡抛去客套的态度。阿高虽不多言，不过总有藤太做伴，习惯身边有人照应，之前那种孤零零的空虚感难受得实在超乎他想象。

即使不起眼的小事也无所谓，只要身旁有人点头应和、笑着共鸣，康复的状况便不可同日而语。就像每个刚学新语言的人一样，阿高有时也会错得离谱，让利乡几乎笑得要死，她会忽然像小女孩般，想纠正却岔了气，又为自己的模样笑得东倒西歪。看见利乡变得如此开朗，阿高觉得被她取笑也无妨，能有共享欢乐的同伴才最可贵。

3

阳光日渐灿烂，阿高在稍微恢复体力后，实在无法学老人坐在向阳的炉边烤火。尽管利乡等人神色不悦，他还是在好奇心驱使下乘隙溜到户外，在屋子附近闲逛一番。

高耸的山峦前后相迫，此处是山谷间一处规划井然有序的小洼地，民居环状排列成半圆形，门户疏疏落落，是个极小的村庄。笔直细挺的山毛榉林点起青苍嫩叶，将这处村落包围。村边有条小河，融化的雪水汩汩流淌，土堤上生着款冬和蕨类，晚春方才有意绽花展姿，阿高总算有置身北国的感觉了。

仿佛想挽回迟来的春日般，北国的新芽一举盛茂，盈满的生息让空气生辉。日光下肌肤舒爽，阿高并不想回屋，他在土堤的嫩草上双脚一伸坐下来。

刚要打盹，突然感到有一团小小的黑东西在眼角晃动，仔细一看，原来是一只毛线球般的幼犬。走路还摇啊晃的，尽管跌跌撞撞，仍在独自练习散步。阿高脸上不禁泛起笑意，起身走到小狗面前蹲下。

“小不点儿，你从哪里来？”

保持戒心的小狗想努力皱起短鼻，阿高笑了笑，亲切地抚摸它。

小狗一下子丢了戒心，摇着短短的尾巴开始跟他闹着玩。阿高想起竹芝家中的阿黑也曾如此幼小，它还不知疼爱自己的人已来到如此遥远的地方，或许还在盼望他回家的足音呢。一想到此，阿高就感到于心不忍。

小狗的模样实在讨人喜爱，阿高简直忘记还有母狗存在，只见草丛中蓦然出现一只大型犬，他惊愕之下发觉不妙，这只狗有生着刚毛的黑颈，以及一大簇绒尾巴，并不是这附近的犬种。母狗显然具有野狼血统，两眼正闪闪发光盯着阿高。

它会袭击我吗？

若是飞扑过来他会立刻没命，真是千钧一发，然而母狗似乎拿不定主意般定立不动，阿高也丝毫不敢动弹，彼此对瞪了半晌，不久母狗像是失去了兴趣，掉头威风十足地离去。阿高抱起一直在玩他手的小狗，彻底放心地轻轻一笑。

“喂，小不点儿，你娘好凶喔。”

“真服了你，好大胆子。”不知何时利乡已站在他身后，“那只狗叫肯露，绝不会亲近陌生人，更别提让人摸它的小狗。”

利乡以虾夷话说着，如今阿高大致能听懂，就以简单的虾夷话答道：“动物还蛮喜欢我的。”

“我过世的母亲常提到绮萨儿也跟你一样。”

第一次从利乡口中听到绮萨儿这名字，只见她的眼中泛起泪光，阿高感到十分惊讶。

利乡痛惜地说：“如今我了解你果然是绮萨儿，你当真回来了。”

“……难道她原本不能回来吗？”阿高结结巴巴地问，“……听说我母亲背叛了你们，这是真的吗？”

利乡以袖拭去眼泪，调整心情般深深叹气，接着说：“阿高，你必须去见阿贝乌其芙奇，我教你母语的目的也是希望你能与老夫人沟通。稍后阿弓流为大人会来这里，你的舅父应该会带你去岩屋。”

阿高放下臂弯中的小狗，一想到要与虾夷的掌权者相见，心底就凉了半截，“女长老不住在这座村里？”

“是的，阿贝乌其芙奇不分寒暑都住在山峰上。这里是在山脚下养育孩子的妇女所居住的屋子，男子们都住山上。”

阿高暗想，难怪只见到女性，总算明白她们不希望自己四处游荡的原因了。

“利乡，绮萨儿究竟是什么人？”阿高问道。他希望在见到那个什么女长老之前能得到答案。

利乡注视着他，不久答道：“绮萨儿就是我们的明亮之火，是光辉女神，那位光明灿照的公主就是我们的荣耀。”

“那么，她为何会生下我？”阿高感到喉间泛起苦涩，因此悄声问道。

“阿高，别那么沮丧嘛。”仿佛几次在阿高发烧时安抚他，利乡以冰凉的手指轻摸他的脸颊，说：“你很快就能认识绮萨儿了，阿贝乌其芙奇将会告诉你。比起我来说明，那样才是更为虾夷人着想。”

小狗自然留在阿高身边，他实在舍不得扔下这只暖乎乎的小家伙，母狗似乎察觉他的心意，也就没来带走它。

夕暮时分，来取阿高衣物的伊诺看见他拿自己的盘子给小狗喂食，就蹙起了眉头。阿高相当过意不去，即使在竹芝，若有这类举动，也必然会遭到斥责，这时若是藤太出面，他就会露出纯洁无比的笑脸蒙混过去。如此一想，阿高试着挤出一丝犹豫的笑容，惊讶的是这招果然奏效。

伊诺顿时表情化为柔和，她是一位性格严谨的中年妇女，总不可能有所宽待，不过阿高的笑容实在太难得了。

“狼犬若不在这种幼小年纪就加以调教，是永远不会亲人的，一旦驯养就能成为最优秀的看家犬，还可分辨主人和饲主的同伴。不过，它终生只对唯一的主人忠心，阿弓流为大人很想要肯露的孩子，但这只小狗却找到了自己的主人。”

阿高听她如此说，不禁兴奋问道：“我可以要这只狗吗？”

“这件事还需问过阿弓流为大人的意思才行，明天你就能见到他。”伊诺指着叠好的衣服，“明早请换上这套衣服，因为你必须准备出发。”

只见袖口及衣摆皆有花纹，是精心巧缝而成。接过衣服的阿高有点迟疑，毕竟连衣服内侧也经过细致处理，实在是远胜伊诺等人所穿的上等之物。

我受到如此优厚的待遇，是因为他们念及母亲的缘故？

迟疑片刻后，阿高问道：“绮萨儿是那么与众不同吗？”

伊诺突然露出怀念的神情，道：

“可以这么说……小时候还住在这村里时，她和我们玩在一起。绮萨儿很会玩游戏喔，虽然也会吵架哭泣，不过只要有她在，我们都好开心，她很调皮，还跟我们一起整男孩子。直到绮萨儿必须去岩屋时，我才知道她原来是巫女公主。”

伊诺望着自己瘦骨嶙峋的手指，激动地说：“虾夷女性就像狼犬般永远誓守忠诚，我们知道绮萨儿引起战争是情非得已，因此不惜奋战到底。但是……战争导致土地荒废、民不聊生，我们的生活在长期争伐中日渐贫苦，即使还能忍受贫困，可是每逢春天，就切身感受到族人年年锐减，那才是最凄惨的事。如果这场战争是因绮萨儿而起，我相信也该由她来结束，因此我们一直等待着她……”

这出乎意料的回答，让阿高惊讶不已。“我来虾夷的目的是为了平息战争？”

伊诺霎时露出狼狈表情，“这种事还轮不到我这样的人插嘴，只能说都有可能，是因为你先问起我才这样答复。是的，绮萨儿的确与众不同，我所认识的她绝不会让大家长久处于水深火热之中。”

或许后悔多言，伊诺不安地环顾周遭后匆匆离去。阿高默默伫立原地，俯视那只喂食小狗的盘子。

翌日，勤劳的利乡在清早就把阿高赶去小河，让他泡在冻人的水里，接着，又帮忙不停嘀咕的阿高穿上新衣，细心为他将湿发梳得光亮。阿高连在祭典当日都没穿得如此光鲜，当利乡还想替他在额际绑上饰带时，他连忙摇头拒绝：

“不要，别绑了。”

“为什么？这是特别为你准备的。”

“我不需要绑这种玩意儿。”

“就绑绑看嘛，今天是特别的日子喔。”

“我才不管什么特别的日子。”

就在争论不休时，利乡背后响起一个沙哑声音：

“要绑额带才行，你应该正装去见阿贝乌其芙奇。”门口投映着一个小身影，一位弯腰驼背的老婆婆拄着拐杖走进来，阿高突然温顺下来，他决定不要违抗这位药师婆婆的意思。利乡得意起来，仔细检点放弃挣扎的阿高。

“真好看，而且很合身，怎么看都像虾夷的美男子。”

老婆婆走近阿高，对他说：“仪式一旦结束，或许会赠你一柄虾夷长剑。老身是指仪式结束后，你若成为真正的族人才有可能……”

这番话让阿高感到一阵慌乱，他重新意识到自己还欠缺心理准备，于是回过头对利乡说：“仪式是指什么？”

利乡忽然含糊起来道：“……去见阿贝乌其芙奇就称为仪式。”

药师拉起阿高的手，这是老妇一贯的诊断方式，只要触摸掌心就知道对方的健康状态。

“已经不需吃药了，往后必须靠自己恢复体力才行。山峰上比这里更难挨，可别轻易被击垮了。”

阿高也知道这座祥和的村落并不代表虾夷国内各处都很安定，此处只是需受照顾的人暂时歇息的安身之所。外面纷争恶斗不断，身强体壮者必须面临这些挑战。

“您认为我会成为虾夷人吗？”

“这不该问别人，但是任何人都能成为某人最需要的对象，而你正是多数人不可或缺的存在，只要别忘记这件事就好。在应付重大的责任时，巨大的力量才能充分发挥。”

中午前，来了五六名骑马的男子，正是阿弓流为和他的几名部属，恩多罗也在其中。恩多罗轻身跃下马，就在阿弓流为与出迎的老妇等人打招呼时，他直接过来找阿高。

“简直认不出你来了。”恩多罗仔细打量少年，穿着虾夷服装的阿高依然清瘦，不过气色好转许多，表情相当平静，不再像那时情绪紧绷到令人不忍。

恩多罗知道三名妇女有悉心看护，放心地道：“你恢复健康了。我无法得知你的病况，因此很担心。”

觉得活像穿着戏服的阿高感到很困窘，伏下眼问道：“从那次以后，究竟发生了什么事？”

“我与阿弖流为大人的部下追去找尼莫勒，可惜让他给溜了。那家伙与镇守府串通，如今藏在向朝廷示好的虾夷伙伴那里，因此无法处置他。”

“是吗？”一听到尼莫勒的名字，阿高内心涌起了苦涩，尽管如此，在亲身面对那人时所感受的厌恶消失后，他反而涌起一股痛切之感。

“现在像尼莫勒那种投靠朝廷的族人应该很多吧。”

恩多罗听见阿高在喃喃自语，便大声道：“绝对有人想抵抗倭国的暴虐统治，只要有阿弖流为大人，我们就誓不投降，坚持战到最后。”

“明明不可能胜利的。”脑海浮现伊诺的话，阿高没来由地认真起来，“这根本就是没有指望的战争，就算暂时赶走敌兵，圣上仍会派新兵攻来，据说下次将派十万大军来挑战。既然如此，为何虾夷族还要作战？”

“因为我们还有希望。”恩多罗微露威猛的笑容后不再多言，只向后退一步，“你舅父来了，请向大人问安吧。”

阿高注视走近自己的巨汉，从恩多罗的语气推断，他应是叛乱军的首领。此人有威风凛凛的双肩，以及满脸的浓胡和大粗眉，微笑时眉梢下垂，表情并不吓人。

“今天你总算可以自己好好站稳了，真是太好啦、太好啦！这阵子我很心痛喔，外甥竟然一见到舅舅就晕了。”阿弓流为以虾夷话大声说着，在场的众人听得一清二楚，阿高不觉脸红起来。

“先前受您很多关照，我叫阿高。”少年以虾夷话回应后，阿弓流为的笑意更深了。

“你叫阿高？欢迎回到虾夷。我很想与你再度相见，我绝不相信你母亲绮萨儿会抛下我们。”阿弓流为的语音嘶哑，却相当温和。他伸出大掌，抓住阿高的肩膀亲切摇撼着，“绮萨儿为了十七年后的今天，为了赐给我们一位年轻武士，才隐身至今。那么，现在登上山吧，去和岩屋的阿贝乌其芙奇见面，成为我们的族人。”

这些话正如药师所说的一样，阿高因此感到退却，“等一下，我还没……”

就在他嗫嚅着无法表达混乱心情之际，身后突然传来尖锐的吠叫声，他一回头，只见小狗连滚带爬地奋力奔来。午觉一醒后它发觉无人在身边，感到惊慌失措。阿高不禁蹲下，对着小狗叫道：“小黑！”

他将小狗抱在臂弯里，阿弓流为凑过脸瞧看。

“这是哪来的？”

“它是肯露的孩子。”阿高想起该向舅父提出要求，就说，“对了，这只狗可以给我吗？”

一听是肯露的小狗，阿弓流为有些吃惊。他显然相当失望，但仍高声哈哈一笑，咧嘴大笑时露出缺牙，模样倒有点儿可爱讨喜。

“你出手倒挺快的，能够驯服肯露真让人佩服。算了，就当作重逢的纪念礼送给你吧。最要紧的是瞧它这模样，以后看是不会跟我亲了。”

在旁的恩多罗面露担忧说：“狼犬若没好好管教就会变得凶暴，

你真的要它？虾夷族里也没几个人能驯养狼犬。”

“可是它选了我。”阿高说着，觉得自己说话时恢复许久没有的自信。小黑四处嗅着他的新衣，不久从衣襟口钻进少年怀里，它似乎很喜欢留在怀中，还得意地发出鼻哼。

又在给我脸色看了……

阿高抱着窝在簇新衣服怀中的小狗，仿佛感受到妇女们的不悦表情，可是毕竟舍不得让小狗出来。尽管他对事态演变感到惶恐，但是这只小狗是难能可贵的同伴。

4

阿高将小狗放在怀里，与送行的妇女们告别。阿弓流为一行人越过小河，穿越原野，不久开始登上只容一列成行的山路。阿高巧妙地控着马缰，男子们见他能轻易克服险道都十分纳罕。刚抵达村里时，他还像个小姑娘受人呵护，因此难免被人低估。阿高的坐骑很听话，也熟悉山崖坡道，让他得以享受久违的骑乘之乐。

沿着蜿蜒山路翻越高岭，再越过山脊，但见森林渐疏，出现一片有小湖的高原。阿高的视线很快受湖畔奔驰的马群所吸引，原来此处有一座放牧场。

“那是我们夏天的居处，融雪后，就会举村迁到这里。”跟随在后的恩多罗说明，这种生活感觉奔放自在，让阿高相当向往。

“你们住在很辽阔的地方啊。”

“所以才会跟倭人合不来。”这话听来像无心之论，然而恩多罗语重心长地说，“而且因为地广人稀，无法像倭人那样繁衍众多族人。好了，到夏天的居处就能歇息，若要前往山峰，接下来还要继续爬呢。”

一行人来到可望见村落的地点，民众纷纷聚集，与山下村里不同的是此处全是汉子。

“阿高，欢迎你回来。”群众中有人高声说着，仔细一看正是伊利希，而依特普也在场。发现熟面孔还是令人兴奋，阿高不禁举起手，不仅是他们，全体村民都涌来围绕在少年身边，阿弓流为于是吼道：

“不行！不行！绮萨儿一直在生病休息，别累着她，在她从山峰回来这里以前，什么都别多问，要保持安静。”

男子们善解人意地散去，阿高困惑地询问阿弓流为：“对这些人来说……我还是绮萨儿？”

“这样才好打发他们。”阿弓流为说得直截了当，“而且我也没在哄骗村民，你和绮萨儿命运相系，她虽没有喂哺过你，却以生命来换取你。神明预言男孩活不下去，她还是毅然生下了你。”

“神明的预言？”利乡没教过的语汇让阿高茫然不解，阿弓流为便嘴角一抿。

“就是阿贝乌其芙奇的预言，这位女长老能预卜未来，绮萨儿也一样，但是她们两位年龄悬殊的女神目睹的神谕完全不同。”

阿高在稍事休息及用饭后继续上山，接下来的路程禁止骑乘，一行人皆徒步前往。据说只能抬轿上去，但是阿高早已拒绝，因此没有备轿，倒是随从比先前增加了二十人左右，若非阿弓流为限制人数，恐怕全村都会一窝蜂跟来。这让阿高切身感受到对虾夷人而言，自己与阿贝乌其芙奇在岩屋会面是多么备受关注的大事。

如今阿高的怀里还藏着小狗，原本犹豫是否该寄放在村落，不料小狗十分温驯，也就错过交托的时机。或许衣服层层裹身之故，阿弓流为和其他人都完全没留意阿高的附带品，少年也没询问是否能带小狗同行，可能问了也不会准许吧。

阿高终于明显察觉去见女长老让自己忐忑不安，仿佛有什么攫住内心，或许那就叫恐惧。

我就这样再也不能回家乡了？

阿高这个少年，个性敏感但缺乏自省心，因此无从发挥他敏锐的特质，总之每当察觉自己的心意时，通常都悔之晚矣。数着至今造成的失败，他在懊悔之余，还是不免深思自己来此的理由及目的。

其实就是想知道有关母亲的事，最初的理由便是这么单纯。然而母亲在阿高愈了解真相想去追寻时，就愈牵绊着他。阿高并非为了成为虾夷人而来，不过一旦来此，也就是已经选择成为虾夷人了？这样真的妥当吗？在沉默前进的队伍簇拥下阿高登着山路，内心焦躁渐生，眼前不时浮现藤太的面孔。阿高能笃定的唯有一件事，那就是今后若永远见不到藤太，他会后悔一辈子。

眼前只见林木萧疏，削尖的乱岩耸峭，冻雪埋覆在日荫下和洼地间，一行人应该已来到高处。这座虾夷人仅称山峰的山岳究竟位在何处，阿高毫无头绪，不过还是生平第一遭攀登如此高山，他对空气稀薄感到惊讶无比。

阿高为只有自己喘息不休而沮丧，死也不肯让人牵手上山，昔日的少女绮萨儿或许就是这般偏劳众汉登往山峰。

“累了吗？再加把劲儿，岩屋离这里不远了。”

阿弓流为说着指向前方，阿高顺势望去，只见到夕空下峥嵘耸峙的山崖而已。然而前进不久后发现一处入口，在天然洞穴的岩缝前方建有一座大型瞭望楼，此外还有几名哨兵。没想到岩屋的规模如此壮观，阿高不觉愕然屏息，他原本想象的不过是修行僧喜好的那类小岩洞罢了。

哨兵们走下瞭望楼并确认一行人的身份，穿过耸裂的入口后，果然不出所料，内部是一处岩洞，而且宽阔得令人惊讶。洞顶高敞不至于窒闷，空间足够容下约五十人。洞内深处狭窄阴暗，点着几处火炬，可见一道经过削凿的细长石阶直通往上，视线随阶一路循去，但见约在屋檐高度之处有一片岩棚，阿弓流为默默朝阿高背脊一推，催促他继续前进。于是两人踏上石阶，随行的几位男子则留在原地，阿贝乌其芙奇似乎只想接见这对舅甥而已。

登上台阶后，三位衣摆长及足踝的妇女出来迎接，她们已经韶华不复，表情肃穆沉默，淡光中浮现的身影宛如移动雕像。她们二话不说便为来访者领路，阿弓流为似乎习以为常，但沉默让阿高感到困窘。

巨岩近迫及身，前方的通路显然是假手人工削凿而成，岩表遗留的凿痕斑斑醒目，由支柱加以撑架。妇女们并未在走廊般的细长洞穴里前进太久，从气流能感觉洞穴还继续延伸下去，然而前方已消失暗中，领路的妇女止住脚步，她所面向的地点正挂着毛皮拼缝的厚重垂幕。

妇女微微揭开毛皮的缝口，向阿高和阿弓流为点头示意，两人穿过幕缝，里面的空气与外界隔绝似的暖意袭人，一股异香弥漫其中。也不知在烧什么，总之并非兽类或草木。阿高竭力隐忍不快，说也奇怪，闻到那股味道就心神不宁，或许是不习惯让他起了轻眩。

这是在岩间的低洼处所设置的小房间，在缭烟迷蒙的房中央有一座积着灰的方炉，发出含火炭的赤辉。透过隐约光线，才终于看清炉边有个人影，原来是个伛偻枯槁的老妇，身形较那位老药师更矮小，长霞般的白发在炉火映照中微染红意。

“阿贝乌其芙奇……”阿弓流为开口了，他以进行仪式般的语调继续说，“神火回归我族，我们曾失去的绮萨儿回到虾夷了。就像昔日老夫人的指示，已历数十七年的岁月。”

老妇微抬起头，气若游丝地喃喃说：“绮萨儿，你回来了？”

“我才不是绮萨儿。”阿高没好气地说道。怀里的小黑微挣一下，又乖巧地安静下来。

阿高努力东拼西凑寻找语汇，接着说：“大家都说我的母亲是绮萨儿，这事大概错不了。我想知道她做了什么，所以才来这里。可是我不是绮萨儿，而且对虾夷还有你们的事一概不知。”简单凑成的句子虽然听来无礼，但是阿高只想将要讲的话一口气说完，“绮萨儿为什么叫作女神？叫她是宝物是什么意思？您若愿意告诉我，宝物就还给你们，可是若把我跟母亲混为一谈，我真的很困扰。”

“相信你一定很为难。绮萨儿女神的本质并非守护虾夷族，因此才会有我这位虾夷之火的守护神存在，她只是神赐的瑰宝。在倭帝起意搜索虾夷族之前，我与我炉畔的子孙们长期以来都对绮萨儿呵护有加。”

老妇对阿高的态度没有愠怒或感叹，只保持一贯的语气说道。阿贝乌其芙奇的苍老声音，似乎不懂得表达感情。

不寒而栗的阿高发觉这是神明在说话，借老妇之口道出原委。女长老仿佛入梦般双眼半合，轻晃着身体继续说：

“我必须先说明倭帝的来历才行。昔日原本没有那种族类存在，而是人神未分，热闹欢娱地生活共处。将天地划分两界的大御神，也就是辉神及暗神，各自留守天地两界，与人类毫无瓜葛。直到流有辉血之人降临世间，这才开始发生异变，天界的光灿来到地面，宛如成了毒蛇猛兽。这个当时称帝并君临天下的族类正是辉族后裔，他们具有镇压众民的统御力，激昂的烈血导致世间永无宁日，不断造成争乱不息，只顾散布毁灭而从来不知厌倦。

“不过，暗神哀怜大地的儿女，便将身上的宝玉传给世间，逐渐镇伏辉族的狂暴烈血。象征明亮之火的绮萨儿正是这位宝玉女神，而且也是最后一位传人。当倭帝进攻陆奥，绮萨儿拥有的力量也就此觉醒，只有她能对抗那位帝王。倭帝虽有意将绮萨儿据为己有，可毕竟无法以暴虐的手段得手。”

老妇停下来，阿高催促道：“然后呢？圣上现在还不是过得好好的？”

“可是我梦到他即将毁灭。”

“您做了梦？”

“就靠恶路王。”

“恶路王？”

“拯救的对面就是毁灭，暗辉两方的力量都同样可怕。只要绮萨儿在此，我们就不必畏惧倭帝，可惜她在放出恶路王后便失踪了，与倭帝派来的镇压军里的一名士兵双双躲藏起来。”

“为什么呢？”阿高不禁喃喃自语。

“尽管绮萨儿拥有神性，毕竟还是个女孩，她被一位眼神澄澈、从关内南方来的小伙子给迷住，因此无法继续维持自己的力量。我知道她即将产子，便预言那个男婴会活不成，可是绮萨儿还是奋力生下，将自己的性命给予了那孩子，让他逃往关内南方。然而绮萨儿放走的其实是她本人，她想逃离自己引发的战争。”

这番话让阿高的内心舒畅多了，倘若不是深仇大恨，尼莫勒应该不会对自己深恶痛绝，原来是因为绮萨儿背叛族人，那么阿高就算被憎恨也只好认了。

他努力克制内心的激动，沉默片刻终于问道：“那么，您究竟想要我做什么？是想找我来代母赎罪吗？”

身边的阿弓流为开口说：“这里没人会怪罪你，绮萨儿有她的生存方式，这也无可厚非。但是希望你明白族人有多么需要她，多么渴望能借助她的力量击垮侵略的倭军，守护族人的性命。我决心奋战到底，宁死也不向倭国屈服，可是光凭我的力量无法让虾夷长治久安，遗憾的是我族已被逼入绝境，倭帝迫使我们走投无路，虾夷人却不可能去讨伐那位稳坐京城的帝王。”

阿高迟疑地望着阿弓流为，“……您是说绮萨儿可以做到？”

阿弓流为的大手按在他肩上，“当然可以，你刚才听过恶路王的事情了吧。”

“没想到她竟想除去在京城的圣上。”

即使从秫东去京城都太过遥远，阿高没到过京城，只听去献马的长辈谈起那里有熙来攘往的大道，还有深居在几重宫阁中的帝王。

他带着豁出去的语气说：“绮萨儿做的事，我可半点也搞不懂，那种无法无天的事轮不到我来做。我根本不知该怎么办，也不懂她为何需要如此。”

阿弓流为点点头，“所以才希望你能忆起往事，唤醒绮萨儿回来，再度像以前一样与我们并肩作战。只要你愿意接受，恶路王就能为我们效力。”

“恶路王到底是什么？我不知道那是什么鬼玩意儿。”

“能对倭帝造成真正威胁的就是恶路王，绮萨儿在还没除掉倭帝前就离开人世，但是你回来了，阿高，你就是为了这个使命存在，与我们并肩作战吧。”

阿弖流为的声音含着让人激昂的力量，不知不觉间，阿高的好战心也想随起应和。倘若能加入这种不计后果的决斗，任谁都会热血沸腾！

“可是有什么方法？我该如何才能得到绮萨儿曾有的神技？”

老妇对他说：“我来唤起绮萨儿吧。只要追溯她的记忆，这样也能唤醒恶路王。”

“要我睡着才能唤醒她吗？”

“没错。”

“那我就不再是自己了？”

阿弖流为加重语气道：“你的过去和现在都是绮萨儿，只不过是暂时失去记忆罢了。在关内南方居住的日子算不了什么，这里才是你的归属地。”

怎能说算不了什么……

对方将阿高的十七年当作白纸，少年察觉时惊愕至极，他正想抗议，阿弖流为先声夺人：

“你的归属地就是虾夷没错。”

是啊……阿高猛然想到似的，怒火也平息一半，他思忖着：没错，我来这里是因为在竹芝没有立足之地……

他感到痛苦、心乱如麻，指甲嵌入紧握的掌心。此刻的阿高若承认阿弖流为说的话，就表示这十七年来的岁月被抹杀也无妨。至今的见闻感怀、和藤太一起成长、旧事忆往，以及对未来的梦想，充其量都不过是绮萨儿过眼的幻影罢了。

想更清晰地思考，脑中却一团混乱，他的心智受阿弓流为的声音和情感所动摇。接受这位卓越武将的召唤，在他坚强的意志下战斗是多么痛快。阿弓流为没有迟疑，阿高也不想迷惘，昏乱让他任人摆布，一心只求解脱。

“如果……可以的话……”他慢吞吞地开口，“我就……”

这时，阿高感到怀中一阵蠕动，他蓦然住口，原本彻底被遗忘的小狗一觉睡醒了。小黑挤到衣襟口，阿高还来不及阻止它就快活地跃出来，不料距地面仍高，它有点跌相难看地滚落在地，发出汪汪痛叫。阿弓流为和女长老都吓了一大跳，老妇惊吓过度，竟在炉边摔成了四脚朝天。

“狗，竟敢给我带狗来……”

阿高手忙脚乱去捉幼犬，就在抓住小生命的身躯之际，忽然雾霭散去似的恢复神智。或许是阿贝乌其芙奇点燃的异香作祟，他直觉自己差点就变得凡事唯命是从。

“我不想在你的炉边回答。”阿高冷冷说道。

阿贝乌其芙奇气得猛打哆嗦，说：“把畜生带来神圣的火炉边成何体统？老身这百年来都没见过如此无礼的举动。阿弓流为，快将那只狗带到别处，屋内都沾上晦气了。”

“没这个必要，我要跟小黑一起走。”阿高发觉终于能掌握自己想表达什么，就说道，“你们跟尼莫勒一样，虾夷人全当我是绮萨儿，认为她的意志绝对就是我的想法，光顾着想任意利用别人。然而我不可能为虾夷而活，虽不希望虾夷毁灭，但也不想去消灭倭国天子。我要走了，这里也不是我的归属地。”

阿高手中的小黑猛然竖起毛，奋力朝那两人龇牙咧嘴，摆起防卫姿态的少年和小狗倒是像得令人发噱。

阿弓流为低声喃喃："狗儿是我给他的，多少我该负点责任。"

老妇应声说："当然了，你明知绮萨儿容易吸收野兽的力量，如此一来，我们休想说服他。"

"可是送男孩一只小狗，这是习惯上内亲该做的事啊。"

阿贝乌其芙奇轻蔑地哼了一声，"把他带去岩洞里，只要三天三夜野兽的气味散尽后，身体就能清净了。"

阿弓流为拉着阿高到垂幕外，一手拿起插在柱上的火炬，兀自走向走廊深处。虽然只是单手拉住少年，阿高奋力挣扎却无法脱身，一直被带往深处暗穴。

"我不想为难你，可是别无他法。"

侍女们拿走阿高的小狗，小黑咬她们的手，最后还是被塞进袋中。眼见小狗在袋底挣扎不已，阿高奋力想夺回它。

"到底想对小黑怎么样？若敢杀了它，我绝不放过你们！"

"担心小狗，还不如担心你自己。"阿弓流为说着，一把将他推进石壁洞穴里。

阿高向前栽倒在地，背后那座具有坚固框架的牢门已关，并扣上门闩，怒气冲天的阿高跳起来抓住门框。

"竟然这样对付人，休想要我加入你们！"

"这还很难说。"阿弓流为冷静地答道。

"把小黑还我！"

"不会要它命的，只是代为保管直到你恢复冷静。"

这位虾夷舅父手遮炬光，望着阿高，"你可知道岩屋的黑暗渊底究竟有多深？一旦进了这里，再厉害的豪杰也会乖乖就范，就算十恶不赦的罪人也会悔过自新。如果可能，我实在不愿意用这种手段对付你。"

“休想我会让你们诡计得逞。”阿高说着，但已声嘶力竭。眼睁睁看着舅父将唯一的光明——那支火炬拿走，阿弓流为虽以哀怜的眼神注视他，终究转身离去。

众人无情地离开，最后一道光线消失在走廊彼端，足音余韵也渐渐消失。近乎刺耳的死寂、浓稠如墨的黑暗，正虎视眈眈着被抛下的阿高。能控制疯狂不尖叫求饶，唯有将嘴唇咬到绽裂和紧闭双眼而已。

藤太……

阿高发觉在失去一切后，自己仍呼唤这个名字，只要意识尚存，他就仅能向这名字求救。即使蹲在黑暗渊底，至少眼帘内能索求搭档的影像。

5

已不知从何时起变得如此，岩屋中的黑暗没有时间，即使听见动静，也不知是耳鸣还是真有其声。阿高本身也分不清是沉睡或未入眠，虽然不至于寒冷冻死，但潮湿的丝丝沁冷却直将身体冰透。

周围有巨岩威迫而来，他仿佛遭到活埋般只能残喘，反而被融入无尽的黑暗，为了身躯消失感到骇然，自我正被黑暗的触手缓缓削夺殆尽。

如今，阿高努力不去胡思乱想，任何想法只会令人丧失理智而已，纵然如此，他的心灵仍不时凝视着幻影。

听见声响……有人来了。

阿弓流为等人返回打开门闩的幻听已不下数百次了，即使有动静，阿高也无动于衷。他仰起脸，甚至还会出现望见灯火接近自己的错觉，这次也一样，是在眼里游忽的幻觉。他知道是虚妄，在伸手不见五指之中，仍紧盯着那宛如一点斑痕的幻影。不断伸缩的光线逐渐变亮，照映出黑色框状模样的影子，忽然间，阿高想起自己面前隔着牢框。框影进而落在地面，远近距离变得更清晰，他发现自己正置身于此，盘膝坐在牢框内。

带着明亮来到岩屋前的是一名女子，手中持的那盏小灯火称不上火炬，行动有点鬼鬼祟祟。阿高以为她是阿贝乌其芙奇的侍女，于是抬起头，发觉果然还是幻觉，因为侍女的面容正是利乡。

"阿高，是阿高吧？没想到你会在这么凄惨的地方。"利乡压低的语气含着颤抖。

"因为我带小黑去见女长老，所以才在这里。"

"这种傻事只有你才会做。"利乡在灯火中浮现泪光，手掌搭在阿高搁在牢框的手上，他总算开始相信或许不是做梦。那掌心触感温暖，幻境无法营造的生息正透过手指流注而来。

"利乡，你怎么会在这里？"

"我是从女子通行的山路上来，有一条路可以从村里通往岩屋，那是侍奉女长老用的路径。"

阿高偏起头，"你成了阿贝乌其芙奇的侍女吗？"

利乡含着痛苦的表情微笑说："不，我是为了向她复仇才来这里喔。阿高，我是为了救你才来。"

"为什么这么做？"

"有些事我并没有告诉你。我没有勇气，真的好懦弱，所以无法向你说明。"低下头的利乡重新仰起面孔，隔着牢框注视着阿高，"我母亲曾经长期侍奉绮萨儿，并负责看守，她更在谁都不知情的情况下，将绮萨儿的婴孩送到倭人的住处。阿高，那孩子就是你啊。"

阿高无言以对，只回望着利乡。

“因此倭人在撤军时抱着你回到关内南方，母亲谨守秘密没向任何人泄露，因为她明白那会遭族人严惩。只在临死前，母亲才告诉了我，她直到最后一刻都在忠实达成绮萨儿的心愿。”

“你的确说过只要见过阿贝乌其芙奇，就能得知绮萨儿的真相。”阿高喃喃说，“那是什么意思呢？我还是完全不懂。”

利乡突然恼怒地匆匆道：“都到这个地步了，你还不懂？绮萨儿很痛苦，虽然身为拯救者，却遭到扭曲，为了找回原来的自我，她需要救助。挽救她的是一个从远方来的倭国男子，可不是虾夷人喔。”

利乡一边卸下门锁，一边急迫地继续说：“我们虾夷人全受到阿贝乌其芙奇的炉火保护，因此我很难过讲出这些事。但是她不该这样使用绮萨儿的力量，应该还她自由才行。当我得知你被带来虾夷时，实在惊恐极了，可是我仍和大家一样自私，以为或许可以借你的力量结束战争……”

深吸了口气，利乡结束说明，“正因为没将知道的真相告诉你，才会有这种下场，是我错了，能将绮萨儿受的痛苦告诉你的人，就只有我而已。当我知道有倭人来救你时，才终于恍然大悟。”

“是谁？”阿高紧紧握住牢框，“有谁……来救我？”

“是一位高大的京城人，还有三个来自武藏的男孩，其中一人说是和你同岁的叔叔。”

“藤太？”取下门闩，牢门大开，阿高直冲出来，喘息问道，“该不会是藤太、广梨和茂里？”

“对，就是叫这些名字的孩子，我带他们来到岩屋下面。”

自己说出口的这些名字刺痛了他的内心，如今他首次感到自己来到如此遥远的地方，犹如几个月以来无论多少个早晨来临，他都不曾清醒。然而，此刻阿高意识清晰异常，他的十七年岁月绝非虚梦，而是一切都无法取代。

在确认阿高的表情恢复神采后，利乡眯起眼睛。

“你这表情像极了藤太，那几个孩子全都跟你有点相似。光从这点来看就再明白不过了，你虽然是绮萨儿，却不是真正的她，你有倭国的同伴，所以还是回去你的故乡吧。”

利乡指着与阿贝乌其芙奇的房间相反方向的走廊深处，“后方的道路很少有人通行，因为那里有悬崖，不过仍有一条小路。你别迟疑，一直往下走，在瀑布下方应该有倭国的同伴。”

阿高听从她的指示正欲离去，突然回过头问道：“利乡，你不走吗？”

静静伫立的利乡回望着他，“登上岩屋的女子必须遵守不能再回头的约定，因此我不会返回村里。”

“这怎么行？”阿高慌张地折回来，抓住她的手臂，“你不能留下来，如果让他们知道你放走了我，你明白自己的下场会有多惨吗？”

“既然背叛阿贝乌其芙奇，我从一开始就是抱着决心而来，早有心理准备了。”

阿高明白她决意牺牲，十分彷徨无措，“我不能让你这么做，留在村里的婴儿该怎么办？”

利乡露出一抹寂寞的笑容说：“我没有机会像母亲一样将自己的行为告诉女儿，这是天意如此。”她轻轻放开阿高的手，继续说，“你一个人逃走吧。我丈夫在前年的战争中死于倭人之手，或许在自己孩子的眼里，我也是个叛徒。即使如此……我还是继承母亲的遗志。

求求你，阿高，请让那孩子相信我是正确的，希望那孩子长大时没有战争就好了。”

“利乡！”阿高以责备的语气对这位姐姐般的女子说，“这样不行，一起逃吧。不论是到武藏还是何处，你跟我们一起走，别轻易放弃，今后还要活下去才行。”

利乡睁大了双眼，“去武藏？”

“走吧，利乡！”

“……好。”不知不觉间，利乡答应了。在阿高的强势催促下，她诧异之余，还是任由少年拉着手往外跑。

前方通往外界的出口出现一道裂缝，薄紫色的拂晓已至，阿高无从判断时刻，只知道即将黎明。他们从岩洞来到外界时正值破晓，云霞覆罩的大地上微现薄辉。

旭日未现，从亮度推断应该会升自岩山彼方。极目所见净是荒凉岩地，阿高对于能到外界高兴不已，尽情地深深吸气，享受飘霞天空，任肺腑浸染舒息。

“感觉就像在岩堆里蹲了一百年，我真受够了。”

“那的确太遗憾了。”一个并非发自利乡的声音在他身后答道。

阿高一回头，只见有个黑影投在他肩上，原来是神色从容的阿弓流为踏着岩端朝下俯视两人。

“阿高，快逃！”利乡叫道，但是走避不及，十几名持着弓箭长棍的岩屋侍卫从岩石间现身。

“难道我没讲过阿贝乌其芙奇会未卜先知吗？”阿弓流为不愠不火地说，“老夫人知道有人接近岩屋，还预料到利乡会登上山峰，当然也知道她带来的敌客，那群顽固家伙这时正冲着岩屋来呢。”

藤太他们有危险了。

阿高明知逃也没用还是跑了起来，一下子被交叉的长棍挡住了去路，几只手伸来将他抓住，他只能频频喘息。藤太等人已找来此地，自己却无法与他们会合，岂止如此，事态变得不可收拾，利乡也遭逮捕，只见不断反抗的她再度被拉往岩屋。

“别对利乡动手！”阿高朝阿弓流为叫道，“还有藤太他们也一样！只要我不逃跑就行了，那捉到我不就一切都解决了吗？”

“那可不行，因为他们全都想危害我族。”阿弓流为表情冷硬地说着，走下岩石站在阿高面前，托住他的下巴说：“如果你也想反咬一口，那同样饶不得你，先前是我太大意了。”

阿贝乌其芙奇那瘦骨嶙峋的指节间正揉碎着某种东西，不久将粉末撒在火上，啪地冒起白烟的同时，一股呛人的熏香笼罩了周围。

“原来如此。这孩子受到倭人身份及命运从中作梗，他与绮萨儿不同，这些将会造成他抗拒同化成为虾夷人。绮萨儿就是借此发现不受任何人拘束的脱身之道。”

阿弓流为交抱着胳臂凝视炉火出神，苦闷地深深蹙起眉头，“无论如何也找不回绮萨儿吗？她难道想见死不救？虾夷族真的没望了？”

“至少绮萨儿不希望如此。”

“难不成她认为我们这些除了在野山谋生，此外别无所求的虾夷人，比那位就算在千里之外也要来抢地盘的贪婪倭帝错得更离谱？她只想袖手旁观，眼睁睁看着我族遭受迫害？”他大步重踏转朝此处走来，炉柴也为之微崩。“我们寡不敌众，对付倭帝实在人数少得可怜，若能就近借助强大的力量又有什么不对？难道没有让绮萨儿归属我族的方法可循？守护虾夷之火的女神，请您帮帮忙吧。”

阿贝乌其芙奇拱着身躯答道：“无论过去还是今后，我都是守护虾夷之主。只要是为了炉畔的子孙，我会全力以赴，如有过错就由老身承担吧。或许强行逼迫转生的绮萨儿去唤醒恶路王实在过于残忍，但是这也只是权宜之计。”

红光染照在白发上的老妇稍微挪动身体，伸手取下背后陈列的几个土罐，打开其中一罐后，将少许黑色液体倒入木碗里，又拿水壶在碗中注满水递给阿弓流为。

“给那孩子喝吧，他该渴极了。”

留在房间一隅的阿高事不关己似的冷眼旁观一切，刚才不得已闻到老妇点燃的熏香，让他不管听到任何事都变得漠不关心，手脚也懒得动弹，仅像个摆饰般呆坐不动。如今望见阿弓流为端碗走近，他的内心微微悸动，表情却依旧呆滞，想伸手也无力举起。

“喝下它吧，这样会舒服许多。”阿弓流为说着，竟然细心地托住阿高的头，好让少年喝下碗中物。

不能喝……

内心仍在抗拒呐喊。赶快想起现在发生的事！快想起重要的同伴正身处险境……

然而无法抵抗口渴，自从关进土牢后就滴水未沾。纵然如此，阿高还是虚弱地轻微抵抗，就在对方从迫近面前的碗中泼洒一点水滋润他的燥唇时，他已完全抗拒不了诱惑。

阿贝乌其芙奇的喃喃低语传入耳膜，“那么沉睡吧，不要再以阿高醒来。”

“做这种事有什么好处？”阿高想对老妇吼叫，嘴唇却不听使唤，“这样只会让我厌恶你们而不是圣上。放开我！别逼我恨虾夷人……”

“做这种事有什么好处？”

阿高感觉声音发于自己，这嗓音格外澄澈清亮，但此时他情绪激动无暇细想。阿贝乌其芙奇仍在炉边凝坐不动，应该在旁的阿弓流为却离去不见身影，岩屋的垂幕里只有自己和老妇而已。

“我有守护作战的义务，遵照您的指示放走恶路王，为何如今还要在我身边布下结界？”

遭到对方盛怒诘问的老妇只平静地说：“因为虾夷不想失去你，这场战争就交给男人吧。他们都是勇士，没有你守护也同样能一举退敌。”

阿高觉得有点奇怪，眼前这位老妇的华发中还掺有几根黑丝，端坐在炉边的她并没有白霞生辉的苍发，皱纹刻布的脸没有太大变化，却看似有些出入。更何况，自己在语无伦次些什么啊？

“我不想见到无谓的牺牲，只要放走恶路王，他们就会弃战逃回关内南方。请让我去战场吧。”

“绮萨儿，你还年轻，对倭国还不太了解。更不知道倭国人多势众，以及倭帝做过多少伤天害理的事。”

啊，原来是绮萨儿……

阿高连忙想道。这么说他的确有印象，记忆中的自己就是这个少女，在村里出生长大后，某日被告知宿命，因此随同一群男子登上山峰……

阿贝乌其芙奇的这番话更加激怒了绮萨儿，她相当强势，对于来到山峰这五年的修行充满自信。

“我除了学习还知道许多见闻，倭人不在乎森林及河川的赠礼，只会滥伐滥砍、填河阻流、强取豪夺，天神的后裔领导他们走向无知。

“而且那股力量正危害到我族，天神后裔想从虾夷手中夺走你。倭人不惜千里，也会召集大军进攻吧。有朝一日，我们会被逐出这片祖先遗留之地。”

绮萨儿的面颊泛起红潮，阿高也同样感觉到了，“我绝不会让他们得逞，才不会像几经转手的物品般任人轻易夺取，我会奋战下去。可是您为何要将我关在岩屋里呢？”

老妇以蒙暗深陷的眼注视着少女，“我比你守护炉火的时间更长久，不知见过多少次饥荒、争伐、天灾、灭族的预兆。但是，有这种灾祸还是第一次，我们在招引倭帝犯境啊。”

“所以请让我的恶路王击退倭军不就好了？”

阿贝乌其芙奇叹气说：“渡海来临的美丽绮萨儿，你不是生在这座炉畔，人人依然仰慕你、推崇你，如今男子们都为你之名而战，若不想藐视这份尊荣，就待在岩屋里吧。”

绮萨儿愕然起身，感受到她身体的阿高有些困惑，那是一种柔软、轻盈、重心略低的娇躯。

“您已经预知什么了吗？因此才如此惩罚我？我到底将犯下什么过错？”

“倭帝与你，仿佛是互相抗衡的存在。在渡海之前，原本你就该被赠给天神后裔。”老妇以疲惫的声调诉说，“打从在海上拾起你，将你留在我们的炉畔祭祀，老身就早该察觉才是。”

“太过分了。”绮萨儿喃喃说着，颊上的热潮霎时消退。这时她血气尽失，原本想再争辩，冰冷的嘴唇却不断抖颤，“为何您到现在才说这些？”

“或许是到该说的时候了。”

阿高感受到少女的内心在激创下盈满哀伤，他只能任排山倒海的悲痛席卷而来。

“您说我不能成为守护神，而且非但不能、简直就是毁灭一族的祸首。您将百年来亲近这片土地，关爱森林、河水、生物的绮萨儿，说成像是不相干的人。我才不属于倭帝，也讨厌所有侵入森林的倭人，请解除结界放我出去，就算要赶往京城杀死倭帝，我也会证明给您看我是怎样的人！”

阿贝乌其芙奇一直专注倾听她的话语，最后还是摇头拒绝，“留在这里吧。你当巫女还太年轻，处理任何事情都还很生嫩，就照老身的话去做。”

绮萨儿心有不甘，颤抖着纤躯悲泣起来。

她原来是这样的女孩……

绮萨儿将乌黑长发一拨，哭着冲出垂幕奔向走廊。那身体好轻盈，可是无法机敏地律动，阿高一边觉得她跑得飘飘忽忽，一边随着她前往岩道。他茫然不解，疑惑自己为何变成了绮萨儿，只是无法想起答案。

6

绮萨儿回到自己房内，那是比阿贝乌其芙奇的炉边还小一圈的房间，陈设大同小异，也同样挂着垂幕。她坐倒在铺着大片熊皮的地板上，哀泣不停。一名侍女看不下去，就掀起垂幕走进来，她也是豆蔻年华的姑娘，拥有丰润的面颊。

“公主，哭成这样会伤身呢。”

“普特佳，不为这种事哭的话，那还用得着眼泪吗？”绮萨儿抽噎着告诉她，“老夫人要幽禁我，说我不是虾夷的守护神。”

“哎呀，炉畔的老夫人当真如此说吗？”

“人家当巫女登上山峰，难道就为了听这种话？原本想替大家尽心尽力，就算倭军来袭我也绝不示弱，老夫人反而说是我招引倭帝，人家对那人讨厌得都快吐了，为何偏偏会变成这样？难道我就不能留在虾夷吗？”

泪如泉涌的绮萨儿一发不可收拾，“为什么要赐给我这力量？假如不是以这种方式出生，不知会有多幸福啊。我爱我诞生的国度，也喜欢大家，真的很想为族人做出贡献。”

侍女普特佳温和地说：“我们全都喜欢您，自从渡海来的绮萨儿加入虾夷人的炉畔之后，全族就充满了灿烂光辉。无论山兽游鱼，只要有您祈祷，就会欢欢喜喜奉献给族人。我们怎么会不让您留在这里？即使是前往河川下游的少主和军队，也全都将头巾染成象征您的纹印。”

所谓少主，就是族长之子阿弖流为，刚成年的他英俊挺拔、奋勇果敢，是一位前途无量的年轻将才。虽然是异母兄长，但绮萨儿因在山峰修行舍弃俗家，侍女仅称阿弖流为是少主。

绮萨儿的啜泣逐渐平息，普特佳灵巧地走向垂幕外，一会儿端来一碗热饮，暖烟飘着抚平情绪的香草气息。

绮萨儿喝了一口便说：“我知道大家是为我好，老夫人也一样，我不能像个任性的小孩子般哭闹。但是我不会改变心意，也绝不会一直留在这里。”

“请别这么说，先躺着歇息一下吧。”

听出普特佳是在哄自己，绮萨儿倔强地翘起下巴。

“我才不会任人当什么宝贝收藏，如果只为了看到有人因绮萨儿的名牺牲，那为何还要赐给我力量、为何还要修行？我不该受人守护，而应该守护人喔。我才不会眼看族人绑着绮萨儿纹印的头巾去送死，还为此沾沾自喜呢。”绮萨儿又追问侍女，“如果是你，就能明白我的心意吧？我登上山峰以来，一直受到你的关照，其他人不会像你这样对我无微不至，只有普特佳才明白我的心情，不是吗？”

“您究竟想要我做什么？”普特佳一脸认真地问道。

从侍女的神情来看，阿高猜想绮萨儿至今不知多少次向她死乞白赖。这次，她又同样露出纯真无邪的表情说：

“只要一点嘛，一点点就好。拜托你去拨动老夫人炉里的木柴，只要这样她的结界就会出现破绽，我便能乘隙逃出去。”

普特佳不禁面带忧色说：“还请您三思，这次情况非比寻常，炉畔的老夫人不惜布下结界禁止公主外出，一定有很深的用意。”

“普特佳，难道你也替老夫人说话？连你都离弃我的话，绮萨儿就无依无靠了。”

绮萨儿悲哀地睁大眼眸，“我绝不会让你受责罚的，就照上次的方法，老夫人还不知道就算再小的缝隙，我也能穿过呢。”

普特佳这次仍抵不过少女的苦苦恳求，对于这位言出必行的巫女公主，她只能屈服前往阿贝乌其芙奇的房间，战战兢兢地轻推一下炉柴。在此同时，阿高对于强人所难的绮萨儿是既感惊愕，又有些佩服，这个少女比想象得更有活力。

就在普特佳拨动柴薪时，绮萨儿霎时神采奕奕地起身，“做得好，这样就能离开了。”

她立刻解开长辫，松开的柔发像是粼粼细波摇曳，从背脊飘然展至腰际，接着解开额带、取下耳环和翡翠首饰，又松绑长衣束带。

慌张返回的普特佳几乎快要哭道："公主，请您别走……"

"不要紧，我会很快回来。你必须假装一切如常，我会留下自己还在这里的气息，只要老夫人没亲自来访，就不必担心露出破绽，何况她绝不会起身离开火炉边的。"

绮萨儿说着，长衣从肩上滑落，层层衣服重叠落在熊皮毯上，那肌肤在灯火中隐约透着白辉。她毫不排斥裸身，但阿高被迫看见自己的高挺双峰时，还是受到相当打击。

"那我走了，其他事情就拜托你了。"

这就是女神的神技吗？纯白的光辉占据整个视野，此外阿高什么都看不见。他也没感受到绮萨儿的意念，因为无法随着她变化而被遗弃在此。

阿高不知自己置身何处，彷徨了好一会儿，总算感应到绮萨儿。他拼命把这种感觉拉近后，尽管感到一层跟至今为止不同的薄膜将自己隔离在外，但已能透过她的视觉看到景物。即使如此，他还是无法看清眼前的景象，因为自己正快速晃动到令人眼花缭乱的地步。

阿高终于恍然大悟，原来绮萨儿正以超乎常人的速度奔向山路，显然她现在并非少女，而是以四蹄踢踏地面奋力奔驰，阿高从那轻快的跳跃和律动得到一个结论：她变成了一只鹿。

即使没去寻找化身为鹿的少女绮萨儿，即使她已改变形象，阿高还是清楚意识到她的确存在。变成鹿的绮萨儿丝毫没丧失明晰的感知力，除了眼见耳闻，还能保持思考。雨后的森林散发着浓郁的杉木香，枯叶堆积的地上绵绵软软。日影西倾，尚需片刻才隐没山间，鹿开始敏锐嗅闻，辨识即将前往的地点。

这是焦烟味，隐含一股血气，血腥味竟然传得这么远。战争已经开始了，草木为之震颤……烽火连天，许多载着武装士兵的沉重战马蹂躏大地，千刀万剑正在交击，空气发出酸腐臭气，有好多人死亡……

直想作呕的绮萨儿咒骂着大举进攻造成无辜牺牲的倭兵，虾夷人对入侵者绝不手下留情，但只要不受侵犯，就不会发动流血战争，为何倭人不了解这个道理？她在激愤下跃出杉木林，奔向秋草丛生的广原。

战场近在咫尺，不过战势大致已成定局，当然是倭军败北了。可是，虾夷的伤亡也相当大，究竟有多少伤兵呢？

她轻巧穿过高茂草丛，突然驻足，频频转动鹿耳探听动静，又改变方向奔跑。有某种带着强烈血腥味的东西在草中缓动，那是沉重拖曳的脚步声，似乎有伤兵在此。

绮萨儿略一迟疑，因为以兽身出现在人前会犯忌讳，更重要的是这副模样实在有失体面；然而，任伤者独自喘痛见死不救会让她良心不安，至少该确定对方是敌是友，于是她轻轻走近。

才瞥一眼，绮萨儿便后悔了。对方竟然是倭兵，而且还两人同行，其中一名伤势严重到无法步行，能走路的另一人将他搭在肩上拖曳向前。那名士兵也受了伤，气喘吁吁几乎倒下，仍咬紧牙关想一步一步向前挪进。士兵脏污的脸上大汗淋漓，这时突然抬眼一看，发现了草丛中的绮萨儿。

“益成，你看，有只白鹿，它真漂亮。”他深吸着气，对搭在肩头上的同伴说道。

鹿则小心翼翼地转动双耳，优雅地伫立原地，原来绮萨儿学过倭语，了解士兵所讲的意思。

“白鹿是吉兆，我们运气真好，快到守寨的围栏了。”

他是个年仅二十岁左右的年轻士兵，声音虽嘶哑，仍含着少年语气。另一人则无法抬起面孔，绮萨儿心中感伤，扶着同伴的士兵虽不断向他说话，但那人早已气绝身亡。

“放下他吧，那人救不活了，就算拖着走也没用。”战败士兵的下场怎么会这么凄惨呢？绮萨儿悲哀得浑身难受，很想指责参战士兵的不是，“还不明白吗？放下那个死人吧，否则连你也回不了守寨了。”

抵达倭人守寨还有很长一段距离，她发现年轻士兵的侧腹染血，这种情况不可能走到目的地。她终于忍耐不住，伸着鹿颈轻轻说：

“你若不想变成白骨，就放下肩头的同伴吧。他已经死了，必须回归大地喔。”

那名倭兵或许意识模糊，不曾留意是鹿在对自己说话，只答道：“不行，怎能让益成在这种遥远地方化为尘土？我们从小一起长大，当然也要一同回武藏。”

阿高惊讶地注视这名士兵，绮萨儿也睁圆眼眸望着他，那是一张带有污泥、看似固执的侧容。年轻士兵继续前进，好奇的白鹿随在他身边来到草原旁的土堤，那人终于体力不支，即使缓坡也无力爬上去，身体一晃便倒地不起。

“好倔强的人，既然活得不耐烦，干脆让我把你们一起埋掉算了。”绮萨儿又对士兵说道。

她微感愤怒，觉得对这种快断气的人多话简直白费唇舌。士兵倒在地上痛苦呻吟，但是听见她说话，就抬眼一望。

“没想到鹿还会讲这种话啊。”他苦笑般喃喃说，“你要埋人？我倒瞧你怎么挖坑？”

“就这样挖。”绮萨儿莽撞地恢复少女身姿。

她的本性向来冲动又率性，不过这次实在过火了点。恢复女身的绮萨儿除了长发如波之外，简直一丝不挂，然而她将头一翘，挑衅似的低眼瞧着这名士兵。

士兵大惊失色，望着蓦然现身的少女，他横卧地上茫然注视着她的身姿，不久泛起微笑。

“我快死了……竟能看到这世上最美的东西。”

听见他的低语，绮萨儿觉得有些遗憾。本来有时还更漂亮的……

绮萨儿有美丽的衣裳，等到祭典时才会穿着装扮、梳整光鲜，戴着琳琅佩饰出门。她觉得那时的自己相当好看，此时真不凑巧，身上不带任何点缀。

“这就是吉兆？在死前能见到女神？”

绮萨儿点点头，“对，我是绮萨儿，就是虾夷炉畔之火的女神。”

想起方才与阿贝乌其芙奇发生争执，冒用老夫人的名号让她感到难为情。

“火的女神……怎么是白火啊？”

年轻人又想微笑，却只能露出扭曲的表情。他接着费力解下颈项的绳线，好不容易将它取出来。

“虾夷女神，您能听我说一个心愿吗？我不想将这东西埋在此地，希望能送还家父。无论是谁都行，能否请您将它转交给倭人呢？家父是武藏国足立郡郡长，名叫丈部总武……”

线端垂着一块小石，是由半剔透的白石雕成的勾玉。绮萨儿见他拼命忍痛才找出这块玉石，不禁心肠一软接过来，她知道这块勾玉看似小巧，对年轻人而言却是无价之宝。当她接过玉石后，士兵将手无力地垂落草地上。

“我会记得令尊大名的，不过还没问你叫什么名字呢。”

绮萨儿迫不及待想询问，年轻人已闭眼不再回答。她连忙伸手探他的手腕，脉搏并未停止，不过显然再耗下去，他也会和战友一样变成亡魂。绮萨儿垂眸望着失去意识的倭兵。

竟没向我乞求捡回小命呢，他一定是不想向虾夷女神讨饶。当着我的面，居然只交托了这块小石头。

绮萨儿带着不满的语气说：“我这双手既能挖坑，也能救人，你还真顽强，难道除了石头就没别的心愿？”

她忽然想到，究竟什么是敌我？为何要互相厮杀？这名年轻人出生在关内南方，奉倭帝之命远征虾夷，他的生命和虾夷人同样皆由父母所赐，他曾经成长茁壮，与友人谈笑风生，并且关怀同伴，也会感受喜悦、伤悲和美丑。

绮萨儿想起当他望见自己时，无心说出的那句话：“怎么是白火啊。”那份率真与倭帝的野心毫无瓜葛。好想再听到他的声音，好想再次确认那些赞美是否出于真心，在没有仪式或装束修饰下的自己，果真如他所想的那么美丽？

替他疗伤也好，别让他死去，只要有药草和净水，应该能活下来。

绮萨儿终于打定主意，以纤指迅速解下士兵的盔甲，只要将他抬往土堤前方的树林，那里便有一处涌泉。当她想抱起年轻人时，突然发现身旁有东西发出光辉，于是一惊住手。

光芒正发自从他手中接过的勾玉，由于绮萨儿双手忙得不可开交，只好仿照士兵将它挂在颈上。于胸间摇晃的玉石此刻发出光芒，半透明的玉中央泛出淡红色柔辉。她以为是夕阳返照，便圈起小手观看，即使在暗处也同样如此，这块勾玉自行发光，在她掌中晶莹闪耀。

7

绮萨儿与阿高的父亲胜总如此邂逅了。从那日起，无论士兵是睡是醒，少女总是目不转睛望着他的面孔，阿高一直想知道胜总的面貌，如今已熟悉到不能再熟悉。胜总的五官具有竹芝族的特征，但是并不像藤太。然而在他伤势稳定，表情变得丰富后，无论是蹙起两道凛眉，还是突然露出哈哈大笑的模样，阿高都不禁联想到藤太。

托给绮萨儿保管的勾玉竟然发光，连胜总也啧啧称奇，发出薄红光彩的玉石即使在他手中也同样光芒不灭。

“这块勾玉是传家宝，听说久远以前在祖先落脚武藏时曾带有光芒。不过，为何在虾夷女神手中也会再度发光呢？”

“这块玉石或许是一种器具，也就是力量之器。”绮萨儿一副很懂的表情说：“是绮萨儿女神拥有暗神的力量，才让这块勾玉发光。你那位持有玉石的祖先，一定是得到与绮萨儿同样的力量。这个嘛，该怎么说呢？意思就是在古代我们曾是同族哟。”

就在绮萨儿惊讶地屏息说明时，胜总竟然泼她冷水：

“才怪呢。在秎东，我的祖先据说是远逃到东国的皇族后裔，大家都相信有此一说，所以竹芝府里必须率先响应皇命征召才行。”

绮萨儿不禁嘟起嘴，“真过分，人家是好意才这么想的。当然了，你就是那个倭帝的子孙，怎么可能跟我同族嘛。”

她来到涌泉，在旁边搭起一间简朴小屋，让疗伤的胜总藏匿于此，衣物粮食等必需品皆由普特佳暗中送来。然而胜总虽然获救，言行却有点出乎绮萨儿意料。年轻人在能起身后，就绝不顺从地赞美她，时而调侃时而反驳，完全没将她当一回事。绮萨儿自成为巫女公主后，就没试过有人敢如此态度不逊。

不过阿高却是旁观者清，以胜总的立场来看，要将绮萨儿当成高高在上的女神似乎有点困难。她的确悉心看护胜总，但是向来受人照顾的她要独自照料伤员，实在是辛苦，尽管绮萨儿对药草了如指掌，能让伤员退烧，不使伤口化脓，然而除此之外，她几乎什么都不会。

胜总醒来后，不久便发现这名美少女的纤指布满伤痕，无论劈柴还是炊煮，绮萨儿全都笨手笨脚，不断造成让人爆笑的失败。更何况她动不动便涨红了俏脸生气，实在令人忍不住想逗逗她。

此时胜总又望着她，露出藤太般的笑容，“别那样动不动就发火，你不是女神吗？生起气来就像普通女孩。”

“你一定瞧不起我吧？那就别赖在这里呀，快回去守寨好了。”

“假如我是当今圣上的皇子，就不会响应征兵，离乡背井来这里和虾夷作战了。不过，那样也就不会有幸与你相识。”

胜总赔罪般伸出双臂，绮萨儿瞪了他片刻，在那抹无辜的神情下只好让步，主动依偎着他。

“天神的血脉曾受到诅咒喔。假如你的祖先传说是真的，那么你身上为何没有出现任何征兆呢？”

“或许你说得对，如果得到虾夷族的力量，也许就能破解诅咒。”

绮萨儿偎在胜总的臂弯里，将头靠在他肩上说：“假如真能如此，你就不是倭帝的爪牙了，我想听你多谈些家乡的事。”

“如果能带你回武藏就好了。”胜总喃喃说道。当然他很清楚这是痴心妄想，绮萨儿也同样心里有数。她知道两人不过是在空谈寤梦，不禁俯下脸庞，胜总连忙改口说：

“对不起，不说这些了。倒是我以后可以叫你‘白儿’吗？以倭语来称呼，你会不会生气？”

“你想叫我‘白儿’？”

“是啊，第一次看到你我就立刻想到了，因为你像明月一样皎洁白亮。”

他知道名字蕴含力量吗？绮萨儿暗忖。不，不是的，他只是纯真地将我当作一个女孩……

在胜总眼里，她只是个女孩，对绮萨儿而言实在弥足珍贵，他径自编织的梦想，连自己也想亲眼看一看。感觉自己不再是受人景仰、尊崇的绮萨儿女神，而是恢复自身的少女。

面对胜总，绮萨儿才晓得自己的权威不过形同虚设，只是借由阿贝乌其芙奇的威光为盾的空权象征罢了。自己不过才活十六载，成为女人身也仅三年而已。

“好啊，你想叫我白儿，就这么叫吧。”绮萨儿答道。

在此瞬间，她掌握了自己的命运，却始终不知阿贝乌其芙奇于遥远的岩屋里发出了呻吟。

不会长久的……

绮萨儿从不安的浅眠中惊醒，凝眸思考着：可是，我应该有心理准备……

满怀空虚地注视火炉另一侧，赫然发现胜总的床上竟然没人。头一遭发生这种事实在心慌意乱，她仓皇奔出门外。

搭建临时小屋的时节方值初秋，周遭还存着夏日余韵，林木依然青翠盎绿。如今景致迅速染上缤色。幸好是这种时节才能粮食不缺，只不过北国的严冬已在虎视眈眈。

刚奔出小屋就发现胜总，原来他只是在屋外捡残枝劈柴。他挥起绮萨儿的小柴刀，木柴应声裂成两半，年轻人得意地望着她道：

“我比你的技术高明多了吧？以后让我来劈，不然老是心惊肉跳，真怕你的手几时会被砍掉。”

绮萨儿不禁闭上双眸，接着缓缓说：“木柴不用砍那么多了，你已经能走路，可以回倭军守寨了。”

“也许吧，可是我有点不放心，这么久都没回去，大家会怎么看待我呢？”

胜总静静放下柴刀，转身对绮萨儿说：“或许我在更早以前就能返回守寨，可是好想跟白儿在一起，不想这样离开。我能不能留在你身边一起生活呢？”

绮萨儿轻轻问道：“你想违抗皇命？”

“是的，这里原本就属于虾夷国，想来并吞才是伤天害理。”

“你愿意不惜抛弃祖国的同伴和家园吗？”

“我不在乎。这条命是你救的，我想为你尽心尽力。”

刹那间，绮萨儿窥见了幻影。她像普通女孩一样与胜总共组家庭，还见到在等待丈夫归来、为了育儿加入村里女伴之间的自己的身影……然而，这一切太过渺茫。

“你这么说，我高兴极了，可是……你我都绝不可能实现梦想。”

绮萨儿伸臂环着他的颈项，轻轻拥住他。这不是喜悦的拥抱，反而蕴满千愁万绪。林梢镶饰的朗空发出飒飒声响，高处狂风阵阵呼啸，她清楚感觉到无形的黑翼魅影存在。

“……这里完全没有我们的立足之地啊。”

“这样的话，我有一个想法原本不想说出，那就是带你去武藏。秭东离京城很远，可以无拘无束地生活，就像我的祖先一样……是任何人都能安心居住的地方。家父虽是个讲规矩的人，却很有胆识，不致让朝廷有干涉的余地。儿子既然带女神回来，他才不会光为这点事情就畏惧权势。我们全家老小一定会喜欢你，真想让你看看竹芝的府邸呀。”

胜总的语调充满热切，绮萨儿想象他反复诉说的故乡情景，那片在遥远南方，有青草摇曳、清风徐拂的国度。绮萨儿心中描绘的景象，与阿高熟悉的地方其实差距颇大，不过可以感受到那抹凄楚的憧憬。

“我想去武藏，有一天绝对会去，但不是现在。此刻我必须送你回同伴身边，因为留在这里将有危险，你必须在明晨出发才行。”

绮萨儿心痛如绞地告诉胜总，同时暗想，自己若没预知能力该有多好。

最后的夜晚，两人在小屋中相偎相依，久久凝视着炉火，似觉有飘霜，简陋的屋内变得寒冷异常。

绮萨儿凝视火光说：“我不觉得和你一起生活，就会轻忽女神的神技。不可思议的是当我有你相伴时，反而比以前更尊敬女神，更能以喜悦及谦虚的心情尊奉绮萨儿女神。我知道绮萨儿是绝美无伦的，因为你的眼神已诉说一切。”

胜总轻轻笑起来，“可是，你真的很美。”

“不，美的是女神。”绮萨儿坚持道，“我没有那么美好，既会加入战争杀人，也常心怀怨恨，直到最近都还如此，甚至认为倭帝倭兵个个罪该万死。我们虾夷族会替猎物祈祷，因为野兽所赐的肉和毛皮是来自它们的珍贵赠礼，必须心存爱惜及感谢，让它们带着这份心意回归冥土。不过，我虽会为野兽祈祷，却不愿替倭兵安魂喔。”

“战争就是如此，我们也憎恨虾夷人，在与你相识之前，我一直以为虾夷族都是没血没泪。”胜总如此说着，绮萨儿深深叹气，将头倾靠在他肩上。

“我没有祈祷……还放走恶路王。你若知道真相，一定不会再像现在这样喜欢我。”

“无论你是什么，就算是来自阴间的妖怪，我也绝不讨厌你，只会重新认识你的原形。如果妖怪的脸也长得这么可爱，那倒挺不错呢。”那不带矫饰的语气，引得绮萨儿泛起微笑：

“你是倭人、流着倭帝的血，还这样安慰我。幸而有你，我才知道绮萨儿女神的真姿，不再有怨恨。绮萨儿女神的神技，就是像这样伸出友善之手。”少女的纤指缠络着胜总的手，说，“我的手掌好小，容不下太多的爱、太深的恨，必须从更亲近的人开始付出。若让女神自由，她会毫不犹豫选择爱情。”

“自从你让勾玉发光后，我就懂了。”胜总轻声说着，吻住绮萨儿的手，“白儿，我纯白温柔的女神，我们一起去武藏吧。”

这夜，绮萨儿不再放开他的手，双双在火炉同侧做着一样恬梦，直至夜空发白、鸟啭告晓。

翌日，绮萨儿变成白鹊在高空盘旋留意四周情况，又翩然飞下，在步行的胜总身畔不离左右，时而停歇爱侣肩上，真是难舍难分。

即使望见倭军搭造的围栏，绮萨儿仍不舍离开，不久瞭望台上的士兵发觉竟然是胜总，便开始议论纷纷。胜总向岗哨报上名后，寨门打开了，绮萨儿在最后一刹那才依依不舍地飞走。当白鹊从胜总肩上展翅离去之际，几名目送它身影的哨兵简直是目瞪口呆。

回到涌泉后，从鸟身恢复少女的绮萨儿呆立了半晌。胜总的气息已然消失，这处藏身小屋显得冷清又寒碜。无精打采地走进屋中，拾起脱下的衣物时，她惊愕地注视着地面，原来衣裳下正放着那块发光的勾玉。

这是胜总默默留下来的传家宝玉……以及他的心意，都是为绮萨儿所留，希望她能决心同赴武藏而留置的明确承诺。

胜总，我不能离开你……

绮萨儿紧握着散发薄红光芒的玉石，任泪水尽情滑落，好想即刻插翅飞往守寨，将脸埋在他的怀里。然而她知道不可能，小屋四周开始喧噪，马蹄、马具、人声，来者的数目足以包围这间狭小陋屋。

“公主。”是普特佳在呼唤。绮萨儿一咬唇，毅然走出小屋，只见侍女的身边站着高大的阿弓流为，后方还有他率领的精锐部属，形成一堵高墙成排凛立。

“是你背叛了我？”绮萨儿平静地低声问道。

“公主，请您原谅，真的请原谅我。”当场跪倒的普特佳声泪俱下，“我无法忍受失去您，绝不能让您被倭人夺走。”

“那个哄骗虾夷巫女，把绮萨儿拐来这里的倭国混蛋在哪儿？”阿弓流为咬牙切齿问道。他正值血气方刚，彪悍的性格显露无遗，“给我搜出来碎尸万段，撒在地上喂狗！”

柳眉倒竖的绮萨儿说：“不要侮辱绮萨儿！我不会被哄骗受拐，我是心甘情愿留在这里。”

“你是虾夷的守护神，怎么可能上当？绝对是中了倭兵的卑鄙毒咒！”阿弓流为坚持主张道。看那怒火熊熊的眼神，任她如何辩解也只当耳边风。

“无论你多想杀他，都休想动他一根汗毛，除非你去攻陷倭军守寨。不过我不去，我要留在这里，所以别追究了，绮萨儿是不会被夺走的。”

“夺去你的心等于夺走你的人，这是亵渎女神。我要去讨伐他们，把倭贼打个落花流水！”

绮萨儿叹着气，“阿弓流为，还有比那更重要的事，就是把我送回岩屋。你若还顾念绮萨儿，当然应该先护送我回老夫人那里啊。”

尽管无意回岩屋，可如今已别无选择。数年后，阿弓流为果真如当时所言，攻陷倭城并大肆焚城。

阿贝乌其芙奇见绮萨儿归来后，不闻不问，那出奇的沉默透着诡异，至于绮萨儿也同样毫无表态。她心知多说无益，只会平添老妇的预知能力。

再度开始巫女修行的绮萨儿变得沉默寡言，对任何人都不再敞开心扉，独自沉浸在自己的座席间。心如刀割的却是普特佳，绮萨儿再也没责备过她，可是她宁可公主狂怒相待。

至今以来，绮萨儿总是个率直的女孩，将喜怒尽情表露无遗，连普特佳都能感同身受，但是她发觉自己永远失去了最不想失掉的情谊。纵然不需再为绮萨儿铤而走险，可如今这份默契已失，普特佳为此难过极了，有时在照顾公主时还会突然失控哭泣。尽管如此，绮萨儿依旧缄默，仿佛对她的眼泪视而不见。

绮萨儿其实一直好迷惘，没有自信是否能彻底背叛虾夷族，以及追随胜总远赴武藏。这不仅毫无方法可循，还是对决心的考验，该如何做才能让大家都称心如愿呢？

如今她能做的不过是在独处时，悄悄将藏在衣里的薄红勾玉取出来凝视罢了。这是无从向人诉说的唯一慰藉，当她看见闪闪玉辉时，胜总的表情和声音都在脑海浮现。

绮萨儿在一筹莫展下度过了两个月。某个寒日，当她正在私室里冥想时，突然眼底浮现一个幻影，那是太阳变成紫黑，丧失光芒坠落地平线的景象，她骇异地倒吸一口凉气，不禁微微欠身而起。

刚才的异象该不会是什么预兆吧？那应该不是预兆，假使如此，就太可怕了……

狂悸在体内轰响，当她努力保持冷静时，一个声音响起：

“你看到了？”

绮萨儿回过头，老妇正倚着拐杖而立。阿贝乌其芙奇竟然亲自走来她的房间，的确可说是让骄阳化为暗日，几乎绝无仅有。

“老夫人，这究竟是……”绮萨儿匆匆站起身，发觉老妇的个头只到自己胸前，又慌忙跪坐下来。

阿贝乌其芙奇以凹陷的老眼凝视着她，眼中浮现的净是疲惫之色。

“年轻的神明啊，我将自己的预见告知于你，那个倭人……你在关照、为他疗伤看护的那名年轻人，此刻正死于倭军守寨之中。”

“骗人！”绮萨儿一时只能想起这个字眼儿。

“老身绝无虚言哪。”

如遭五雷轰顶的绮萨儿脑中浮现了阿弖流为的怒颜，“您知道是谁杀死他？是阿弖流为吗？”

“绮萨儿，他不是遭虾夷人杀害，而是死于倭国同伴之手。”

“这是阴谋！”绮萨儿叫道，“一定是为了拆散我们才这样设计陷害。”

“不，不是的，那名年轻人是被倭人处死，他遭到问罪入狱，被当成通敌而导致倭军战败的奸细。”

“为什么？为什么要这样对待他？”

老妇以平板的语调继续说：“倭军武将想为战争失利找理由辩解，因此需要找个借口，这是他们使得出来的招数。倭国朝廷只当虾夷是无足轻重的蛮族，认定皇军不该吃败仗，因此将领们才让那名年轻人成为代罪羔羊。朝廷传旨速斩卖国贼，他已经遭到处决。”

绮萨儿惊愕屏息，一时无法言语。无论如何也要拖着死去同伴回守寨的胜总、不断向她重复谈起竹芝家人的胜总，竟然会枉死在同伴手中，逼他背负莫须有的罪名，不容抗辩就即刻处以极刑。远在千里之外的倭帝既没见过胜总本人，也不了解他的为人，竟狠心这样妄下钦断。

“为什么？若是虾夷人杀了他，我还能以死谢罪，可偏偏是倭人，他是被同伴处死的！早知如此就不该让他回去，应该留他在这里一起抵抗倭帝！”

断断续续叫嚷一阵后，绮萨儿跌坐在地上，又握拳捶打岩地，发出尖叫般凄厉的恸哭声。

阿贝乌其芙奇极力忍耐着，等待少女狂乱稍减，才沉声告诉她：“这样你总算明白了吧？拿掉肚里的孩儿，那孩子已经受到诅咒，即使生下来也没用。”

绮萨儿激动地摇头拒绝。

“那孩子活不了的，因为他是男婴，无法成为巫女。”老妇沉重地宣告道。

如今，绮萨儿抗拒的不仅是割舍骨肉，也是降临在自己身上的宿命。

她叫道："把胜总还给我！还给我！"

阿高想掩住耳朵，可是办不到，绮萨儿那撕心裂肺的痛苦就存在自己体内。然而，阿高多少意识到这正是老妇及阿弓流为企图让自己听见的悲唤，于是他拼命想抓住那片朦胧意识。

不能待在这里，必须逃走才行……

第三章 明玉

1

“藤太……”

阿高的声音似是穿透黎明的白雾而来，藤太连忙抬头，随即知道那是幻觉，因为不曾听见脚步声接近，亦无人喧动静。茂里和广梨同样蹲在一处，冷得抱紧身躯，他们跟着藤太抬起头，不约而同叹了口气。

他们全都彻夜没合眼，躲在险峻山下的瀑布水潭附近，等待利乡回来。现在该是虾夷女子回来的时候，她承诺带阿高同返，却一直迟迟未归。

“好慢喔。”广梨喃喃说，“她真的信得过吗？”

“我相信利乡说认识阿高是真的，因为她一看到我就猜是阿高的亲戚。我的直觉很准，她在虾夷人里算是很识大体，不像会做出蠢事的女人。”

听见藤太替利乡说情，茂里半调侃道：“说到女人，藤太的直觉根本不准，比谁都还容易轻信。”

“你觉得她有鬼？那怎么不早说？”藤太回嘴道，茂里轻摸了一下鼻子。

“我不是不信任利乡，她的倭语还没流利到能编出那些事吧。不过，我怀疑的是那位介绍我们去跟她见面的人物。”

茂里瞄了一眼那个叫尼莫勒的虾夷人，他是田村麻吕待在多贺城市街时收留的部属，正和冻僵的三人稍微保持距离，将毛皮铺在岩石上，舒服地安歇着。那副仪态端正的模样，简直让那些以为虾夷就是粗鲁蛮族的人也为之改观，他穿的是由官方配发的衣服，因此怎么看都像是倭人。

尼莫勒利用密道巧妙带领一行人潜入虾夷国核心，若没有他从中牵线，是绝对无法侵入重地。然而，这些来自武藏的年轻人感觉尼莫勒相当可疑，他在田村麻吕面前装出由衷地恭顺，不过三名半调子随从却察觉到在那掩饰的表情下，其实藏着晦暗的眼神。

“这座山是虾夷圣地吧？哪有可能轻易闯进来？我觉得未免太容易了。少将大人为什么对他那么放心呢？老实说，我真是百思不解。”茂里压低声说道。

“我也不明白京城人到底想些什么。”

“不，少将大人自有打算，所以别想太多。”

“是啊，提到京城人，你连对男的都很友善。”

听了藤太这番话，广梨轻轻笑起来。

藤太对于在朝廷担任近卫少将的田村麻吕，其实并不像茂里般打从内心敬佩，他如今仍为随侍此人是否妥当感到疑惑。虽然从虾夷手中夺回阿高是彼此的共识，但是从有朝廷为后盾的使节在寻找阿高这件事看来，其中恐怕隐含意想不到的理由，因此让藤太等人十分担心。

这是自从白儿指名道姓说是秭上以来的不安，藤太努力不多想，无论再担心阿高，也知道自己等人能力有限，确实只凭三人力量，是不可能如此快速接近留在岩山的阿高。

无论是白河的关口或多贺城的陆奥镇守府，田村麻吕凭着显赫官衔发挥了强大作用，不只是随意要求寝食衣具或是探听当地消息，只要有需求，就算借派一支部队也不成问题。

然而，田村麻吕只选择这名精通倭语的向导，他无意添兵增员，人马皆留在山下待命，自己则深入重地，想彻底单打独斗一番。

藤太转头望着田村麻吕，这高大的京城人借着小火堆的微光擦拭长剑，他的装束与藤太等人无异，皆是黑衣裤和防寒背心，象征朝廷官员的袍服从一开始远行就没穿过，如今他满脸胡髭、双腿盘坐的模样，活像是山贼头子。然而他全不放在心上，一副惯于野宿的态度，这正是此人最不可思议的地方。

愈和这号人物接触，就愈了解他的豪迈大胆，有时甚至不知是何种动机让他临时起意行动。对秭东人而言，这种蛮勇更显得平易近人，贵为近卫少将竟然如此率性，因而博得广梨和茂里的好感，原本对京城就怀有憧憬的茂里更是大为叹服。

然而，田村麻吕并非没有野心。只要不违逆他的野心倒还相安无事，一旦与藤太等人对立，他还会如此友善吗？

迟早会看透的。万一发生事端，也可以借此看清他是否表里如一、值得秭东人尊敬……

藤太一边眺望着审视手中长剑的田村麻吕，一边如此思忖。风波绝不可能避免，尽管在这之前他们不曾遇过敌人，一路顺利来此，但是不管怎么说利乡也未免太慢了，只能猜想她恐怕遭遇不测。

“阿高……”

藤太朝着雾霭笼罩的彼方，对他发出心灵的呼唤。这里严寒犹如隆冬，不愧是极北之国。自己竟然追到千里关外，可是，至今，曾经片刻不离的搭档仍在遥不可及的深地。

阿高看到了什么？都做了什么？他得知了藤太不了解的事，变成不再熟悉的陌生人了？藤太在心浮气躁中，为涉入险地的广梨和茂里感到忧心。两人坚称无关紧要，不过藤太仍觉得事实上是自己害他们卷入风暴。

阿高和我们难道无法平安回乡吗？

忽然间，田村麻吕将长剑锵的一声收回鞘中。他握住护手，对其他人说：“看样子最好还是离开这里，等雾散了立刻下山。利乡恐怕不会回来了，她无法偷带阿高出来。”

“该死的，竟敢背叛我们。”尼莫勒小声说着，广梨忍不住脱口道：

“对虾夷人来说，你才是叛徒。”

这真是言多必失，果然尼莫勒面带怒容，反驳说：“我的作为都是替虾夷着想，消除蛊惑人心的绮萨儿是族人的心愿，我是为了让大家的噩梦清醒才会如此。”

“谁管什么绮萨儿，我们要找的是阿高！”

藤太正想说出自己的想法，忽然察觉周遭情况有异。

“喂，我们没空等到雾散了。”

瀑布掩盖的喧声，如今在润湿的空气中清晰传来，那是浩浩荡荡的移动气息、物体声响，还有在林间隐约可见的移动身影，似乎是挟弓持矛，总之对方确实携有伤人武器。

“是虾夷兵，从三方包抄过来。”

“我们被发现了！”田村麻吕显得不慌不忙，“这种迎接场面未免太夸张了，难道不明白我们就这几个人？如此一来，只要浓雾不散，反而便于行动。”

“您的意思是让对方误以为我们人多势众而有所顾忌？”藤太问道。

“不，我是指可以别管对方。后面就是瀑布水潭，无论对方人数多少，不突破重围就别想下山。”

藤太在惊讶之余，感到愉快起来，他很欣赏田村麻吕的应对态度，便拿起弓，一弹弓弦说：“那么，我们秎东武人可以大显身手了。”

广梨和茂里应道：“没错。”

他们相视并咧嘴会心一笑，他们这一伙都不算赌命决斗的生手了。

三人朝敌人射箭后，虾夷兵马上还击，然而两方的箭全在雾中射偏，几乎没有命中目标，倒是敌人不免阵脚稍乱。

田村麻吕拔出长剑示意，喊道：“我们走吧！继续突围！”

藤太等人也抽出自用小刀奔跑起来，田村麻吕率先冲往前方，至少他不是那种让部属做挡箭牌的武将。然而一阵风起吹散朦雾，突然清晰的视野里，只见虾夷兵超乎想象之多，大批军队正将他们团团围住。

“且慢！”田村麻吕同样以下令突围时的声量大吼道，“改变战略，快丢下武器！”

“现在才说改变战略？”藤太吼问，田村麻吕显得相当干脆，将长剑一抛，道：

“你也快照我的话去做，现在我们还没杀人，他们也不会乱开杀戒。”

“开玩笑，我们可是闯入了虾夷圣地喔。”

“这就要赌赌看虾夷人的待客之道了。”田村麻吕以不知是开玩笑还是当真的语气说道。

藤太犹豫不决，但是身为随从，总不能不顾主人立场率性而为。就在藤太等人不甘心地抛下武器、茫然杵在原地之际，全副武装的虾夷兵将他们一举包围。

在敌人面前弃械投降，可比决死突围更需勇气。一脸凶煞的虾夷兵望着他们，正苦思该如何惩治。藤太等人不禁窥伺着田村麻吕会作何反应，只见他傲然挺胸，与站在多贺城镇守府将军面前的态度一般无异。虾夷兵很快取出绳索绑住投降者的手腕，将他们串连成一排，田村麻吕依然镇定。

绑缚完毕，虾夷兵强拖着俘虏步行出发，似乎即将前往村落。正如田村麻吕所料，四人并未当场送命，不过却遭受牲畜不如虾夷兵的拳脚欺凌，藤太不禁咬牙切齿，自己等人从没忍受过这般屈辱，也压根儿没想到会去忍受。

在历经艰苦的行军路途后，一行人带着小枝枯草所刮的累累伤痕，被领到虾夷人的暂居地，四人全被丢进无窗的小屋里。串绑他们的绳索虽解，取而代之的是戴在手腕上的坚硬木质对铐。

士兵在闩门离去后，怒火无处可泄的藤太冲着田村麻吕说：“您就这么贪生怕死，情愿受这种侮辱？”

在旁的广梨有气无力地说：“尼莫勒不知何时失踪了，那家伙只顾开溜。”

“他该不会一开始就存心不良吧？”茂里喃喃说道。

藤太瞪着田村麻吕，“这么说都是您不对，竟然没看出那人狡猾多诈，还委托他带路。”

“冷静点见机行事吧。总之先坐下来休息怎样？”田村麻吕稳坐着悠然说道。好在地面上仍铺着少许干草。

“不妨静下心重新思考来此的目的，我判断若要下山卷土重来，还不如想办法留在虾夷深山里还更省事，所以才不惜留下来。性命固然重要，但是达成任务更要紧，我的任务就是找到阿高，从虾夷人手中将他夺回来。”

藤太不禁哑口无言，田村麻吕继续说：“何况尼莫勒并没有那么恶劣，他有自己独到的正义感，也讲道义，这次失手未必全是他的责任。”

“我实在不了解您的想法。”藤太无力说道。无名火既消，他霎时感到虚脱疲累，只好席地坐下，切身意识到双腕间的束缚，“在这种情况下根本没有希望，如今我们只能任人宰割。”

“嗯，没错。不过只要一口气在，或许能想出什么好点子。”田村麻吕的回答实在太过乐天。倒是广梨灵机一动说：

“假如有阿高在，也许他能救我们。”

“是啊，要是他能得知我们的消息就好了。”

真丢脸……藤太背倚墙壁如此想着。陷入困境的原本就是阿高，大家不正是为了救他才来这里吗？

“阿高真的还活得好好的？”

“藤太，你怎么讲这种丧气话？”

一旦情绪跌落谷底，在这种密室里实在很难保持乐观。藤太垂下头，终于喃喃说：“我对不起你们，竟然还陪我一起来送命，假如害你们也回不了家乡，我真是难辞其咎。”

“算了，是我们硬要跟来的。”广梨安慰着。

藤太又说：“这都是我自作自受，阿高跟虾夷人离去也是因为我的缘故。我想隐瞒事实，没告诉阿高其实他有一半虾夷血统。我也不晓得自己为何那样，或许是怕他离我而去吧。阿高说得没错，我一直把他当跟班，究竟是要他怎么办。”

望着意志消沉的藤太，广梨感到意外般频频眨眼。

“我曾怀疑你们无法区别自己和对方的差异在哪，但我不觉得是谁在顺从谁。搭档不该是这样，而是像车有双轮般共同运转，保持绝佳的平衡，因此才无人能取代你们。”

藤太没有回答，广梨伸脚踢了他一下，说：“别沮丧，只要见到阿高就立刻能明白，你们这对搭档又不是才刚认识而已。就算阿高是虾夷人也好，哪有可能轻易断送你们的关系？”

一直保持缄默的茂里开口说：“是啊，藤太不必觉得责任重大，我们是对你们这对搭档效忠，又不是针对你个人。”

“你不是很讨厌效忠吗？”藤太不悦地说着，茂里诡异一笑：

“是啊，亲族间讲这些全是屁话。你和阿高是郡长家的少爷没错，可是我绝不当你们的喽啰。喂，想想从前吧。我跟头脑简单的广梨不同，还常跟你们唱反调呢。”

“谁头脑简单了？”广梨插嘴问道。

茂里也不搭理他，径自说下去：“我啊，算是素性不良吧，所以幸好没被送进寺院或国学，不过在我留意到时，却发现周遭没半个家伙爱啃书，全都生得一副呆相，武藏真让人闷死了。我看到你们哥儿俩好就心烦，身为郡长家公子还游手好闲，我就是想毁掉什么鬼搭档，才跟你们亲近的。”

“有这回事啊？”藤太偏起头来纳闷，他是那种既往不咎的性格。

茂里小声笑道：“我就是这副脾气，而且记得可清楚哩。原本绞尽脑汁非搞怪不可，但你们没被整垮不说，竟然还一起收拾残局。对我来说，你们才是武藏唯一不可小觑的对象，所以才决定加入当你们的同伴。我就是这样，只愿意效忠自己心服口服的人。”

茂里注视着藤太说：“要坚强才行，你不是需要阿高吗？他也同样需要你。我们是看在你们搭档的分儿上才跟来，就算阿高有一半虾夷血统，我们也会认同那就是搭档的一部分。”

“我明白了。”重新打起精神的藤太点点头，“总而言之，最重要的就是相信阿高，我们也是为此而来的。”

忽然间，田村麻吕开口说：“虾夷族很尊重杀人的方式，即使要处决我们这种侵犯圣地的罪人，也应该会重视祭神的礼仪。如此一来，就能想办法接近山上岩屋，在重重守护下的阿高也有机会得知我们的行踪。”

2

四人被拖出小屋时，周围暮色已至，身旁围绕的士兵备好火炬，让他们徒步走了好长一段距离。夜空清朗，独有满月明晰浮现在靛蓝渐深的净澈山脊上，虾夷兵默默前行，对于被带出陌生村落的四人而言，的确是一段惶惶不安的路程。

总算抵达的地点是距村落相当远的岩山脚下，藤太望见阴暗的岩棚上凿有无数小洞穴，不禁十分诧异，随即猜到是墓穴，真让他浑身发毛。岩棚围绕的洼地形成了小广场，中央竖着高柱般的细长巨石，周围则有柱石排列成放射状，尽管这副景象有点陌生，不过众人皆知那是举行仪式的地点。

押送藤太等人的士兵队伍走向广场边缘，将四人带往首领模样的人物身边。那是一名体格魁梧的大汉，两侧有年轻部属严阵以待，额际绑着豪华饰带，身穿花纹华丽的衣装，还佩着长剑，浓黑的胡须掩住面孔，同样浓黑的眉下生着一双锐利大眼。

“哼！”大汉嗤之以鼻后，以虾夷话说，“我以为只是几只老鼠，没想到看走了眼。站在那里的大个子倭人，你不像是钻后门的鼠辈，为何出现在这里？怎么没耍花招来个正面突袭呢？”

田村麻吕仰起下颚，迎上他的视线，“以这种方式与你会面，我是万不得已……”他口中喃喃后，这才拼凑着以虾夷话说，“听说你就是名将阿弓流为？”

“正是本人。”阿弓流为显得颇为自豪。他站在高于俘虏位置的地方，不过估量之下，田村麻吕与他的身高相差无几。阿弓流为看似比较老成，下腹略微外挺，感觉上他们俩风格类似，彼此在对视中也心照不宣。忽然间，藤太首次发觉田村麻吕即使身在虾夷人之间，也不会显得不协调。

阿弓流为逐字逐句地说：“那么，倭人，你是何许人物？”

“我是秭上田村麻吕。有朝一日，本人会以统率大军的将领之姿与你见面。”田村麻吕说道。

“行，我会记住你。不过，可惜没机会了，你们犯的是私闯圣地的重罪，只能以命相抵。”

田村麻吕平静地试着反驳道：“我们只是为了带走一个倭国孩子而已。”

“没有那个人，我们找回的是虾夷族的女神，苏醒的绮萨儿将会制裁你们。”阿弓流为朝士兵打个手势，他们就将四人推向中央的石柱。

“那人讲些什么？”听不懂虾夷话的藤太小声询问田村麻吕。

“他说绮萨儿会制裁我们。这么说，阿高可能会来广场。”田村麻吕答道，“假如就像尼莫勒透露的一样，他们将阿高称为绮萨儿，那么他将会来到这里。”

藤太自语道：“也就是说，阿高会来制裁我们？”

接近石柱时，发觉已经有人先到，原来是利乡站在此处。只见她头发散乱，衣服破损，没有趋近细看之前，简直认不出她是先前那个仪容整洁的女子。利乡并没有绳索绑缚，却露出失去一切希望的神情。

利乡望着被押来的四人，绝望地轻声说：“请原谅我，没想到会变成这种结果，阿贝乌其芙奇早已洞悉我们的一举一动。”

藤太很同情她的处境，并不责怪反而问道：“你有见到阿高吗？他怎么样了？”

“阿高……”利乡欲言又止，掩起面孔，“完了，阿高落入那些人手中。他可能已经不存在，因为中了阿贝乌其芙奇的魔咒，变成了其他人。”

利乡的泪水从指缝滑落，“如今我才知道自己辜负绮萨儿的遗言，在最后关头，她将婴儿交给我母亲，而母亲为了达成她的遗愿，甘愿冒险潜入倭人守寨，最后终于重获绮萨儿的信赖。偏偏我这个不肖女，又将她的苦心付诸流水。”

“阿高发生什么事了？”藤太不禁大声问道。利乡啜泣着说：

“绮萨儿不会饶恕倭人，会向他们释放出恶路王，我们恐怕将成为献祭品吧。因为住在山峰上的女长老能够扭曲阿高的意志。”

绮萨儿？恶路王？藤太难以置信地在心中默念这些奇异名称。

岩山的棱线逐渐转为黑沉，月影愈显皎白，明衬在清冷的夜空中。地面上数十支炬焰升烟，照得广场一片光耀。围绕的虾夷人显然正紧张等待着什么，他们压低声交谈，时而仰望耸立于暗夜中的黑峰。

广梨按捺不住对利乡说：“喂，就算乱猜也好，快告诉我将会发生什么事，反正我有心理准备。”

利乡缓缓答道：“绮萨儿的仪式已经十七年没举行了，我也不清楚是她将来此处，还是会显示什么异象……”

围绕在广场的虾夷人突然发出喧嚷，炬焰也随之晃动，喃喃的祈祷声此起彼伏。藤太等人仰望黑峰，终于看清骚动的原因。原来有一道青白光焰，如巨星自天而降出现在山棱上，那发光体颤抖似的闪烁一阵后，立刻以骇人速度冲下山峰。

“那是什么？”最初只是惊讶自问的广梨霎时说不出话来，因为他立刻明白那团发出磷焰的物体正冲着广场而来。众人目不转睛地望着极其骇人的景象，那家伙显然不是寻常生物。

“惨了……”田村麻吕的低声自语几不可闻。

只见发光体来到峰下，藤太等人只能眼睁睁呆立原地，沉重喘息的利乡终于发出尖叫，藤太差点也随她喊了起来，又紧咬住嘴唇，望着那只浑身围绕青白光焰的物体。那不是人，而是一只巨兽。

犬……犬神?

它拖曳着发光的尾巴，于岩间敏捷地飞跃，原来是一只披有白银毛皮的野狼。那是明显饥饿的瘦削躯体、熠熠生辉的眼瞳，从咧开的血盆大口边暴露着红舌。只见虾夷人围绕的圈子从山边开始溃散，众人仓皇逃往广场两端聚集。

接近岩棚的野狼俯视着广场，它一时盘踞在岩端，朝夜空发出嚎叫。那声音回荡在岩壁间，是一种宣告饥饿嗜血的残忍嚎唤，让全场人士几乎浑身冻结后，野狼径自跃下广场。

藤太等人一瞬间畏缩不已，就在此时，怪事发生了。异兽不理该去攻击的献祭品，反而一见虾夷人便袭击。这时在场的虾夷人也同样发出恐惧悲叫，发光的野狼跃进人群，众人像小蜘蛛四散逃逸。它浑身辉光闪烁，戏弄般冲散人群，藤太等人只能怔怔注视一切。

“为何要攻击他们？好像弄错对象了。”田村麻吕开口说，“这不是我们能力所及，一定是月亮使然，我们乘乱快逃吧。”

话才说完，田村麻吕将手铐顺势往柱角敲去，木板应声破裂，他随手将坏掉的木铐一抛。藤太等人也纷纷仿效，却没这能耐，只能在手铐半毁不毁之间，焦躁地跟着他离去。田村麻吕健步如飞，早已穿越广场奔得老远。

“你也快点！”藤太仓促地催着利乡，一脸惊异的她望着少年。

“你跟我们一起逃吧，留在这里准没命。”

“你们真的好像。”利乡喃喃说着，突然抓住藤太的手臂一起狂奔起来。

几步之差，两人和先跑的同伴失散了。慌不择路的虾夷人潮逐渐漫涌而来，两人不知不觉跟着众人逃命，然而虾夷人对他们视而不见，原来青白光焰已从后方扑袭过来。

听到一声惨叫及倒地的声响，藤太忍不住回头，目睹逃生不及的一人沦为牺牲品。发光的野狼足不沾地，轻巧敏迅地越过那名虾夷人的头顶，光是如此，男子便仿佛人偶般瘫倒在地，紧接着又有人发出高声惨叫，对异兽而言，几乎全然没有敌我之分，只陶醉在血腥中，继续搜寻新的牺牲者。

双手困住的藤太不便逃跑，他上气不接下气地对在旁奔跑的利乡说：“你先走，别管我。”

“不行！”利乡坚决地简短答道。

“现在不是磨蹭的时候……”藤太无法将话说完，因为下个目标就是他，缠绕青白光焰的异兽掠过身旁的刹那间，藤太感到一阵灼烫，幸亏他立即以手铐抵挡，后颈才免遭袭击。

原本以为只是轻轻招架，手铐却应声粉碎，藤太在冲击下摔得四脚朝天，连带利乡也跟着跌倒，他们已无路可逃。

异兽在两人眼前如流星辉灿般着地，那发光的青白狼毫，以及连尾端都充满力量的流线形体，从近处看更令人惊恐战栗，却又绝美无比。异兽的双眼金焰炯炯，连摇曳的火光都为之黯然失色，中央则是钉孔洞穿般的冷酷眼瞳。

利乡的喉底发出不成声的悲鸣。

“快逃吧，利乡。由我来对付它。”藤太向她轻声说着，他实在没把握自己能否应战。如今他毫无防备，当野狼摆出蹲低姿势准备跳跃时，他不禁双眼紧闭。

然而，等了半晌并没有狼吻攻击，藤太一张眼，只见异兽仍保持蹲坐姿势。他诧异地眨眼，这时发光的野狼竖起毛茸茸的尾巴，感觉像在缓缓摇摆，还将头伏低，露出狗儿在嬉闹前惯有的动作。藤太不禁哭笑不得，可是情况正是如此，异兽并没有攻击之意。

阿高……不知为何会有此念，藤太的内心浮起这个名字。

发出青白光焰的灵兽没有任何阿高的残影，无论如何细看，那对眼睛分明属于野兽，散发着残酷而恐怖的光芒。为何会想呼唤阿高的名字，藤太也百思不解，心底的声音却在宣告它正是来找寻自己的阿高。

这只狼认出了我，它认识我。它就是阿高?

只要鼓起勇气伸出手，就能抚摸刚硬的银色兽毛，藤太受到吸引般几乎伸手，却仍有点迟疑不决，摸一下或许就能得知一些什么，但是他觉得可怕极了。

摸了又如何？就能确认它是不是阿高？我能就这样相信它是阿高吗？

藤太似乎犹豫不决，此时一支箭划空飞过，掠过他和利乡身旁，插在土堤上。就在藤太惊觉之际，发光的野狼翩然飞跃而起，置身在箭距之外。他连忙朝射箭方向望去，只见田村麻吕不知何时已握着弓，他一边搭弓射箭，一边朝此而来。

“少将大人。”

“待在原地别乱动，否则连你也遭殃。”田村麻吕说着，再度搭满弓弦。

藤太不禁叫道：“等等，请仔细看看这只狼，它没有袭击我，不该杀死它。”

“你太轻敌了。”田村麻吕不由分说又一箭射出，野狼闪身避开，箭偏离目标朝它后方飞去。“安静点，别让我分心。”

田村麻吕又再次射箭，仍没有命中异兽，但是他镇定自如，最后朝高空一射，满意地垂下弓。这时藤太才注意到他并不想命中目标，反而是瞄准野狼四周。

田村麻吕使劲踏稳，双手摆出相连手势，从腹底挤出声音般念诵道：“唵，桑嘛亚，萨哆般。四方结界，谨遵不动明王，驱除毒龙恶鬼。”

是咒语，没想到京城人会使咒……

藤太讶然屏息，了解田村麻吕正与灵兽交锋。野狼倒竖起青白鬃毛，开始发出低吼，田村麻吕定睛望着它，又改为手指相交的手势。

“那呜嘛古，桑曼怛，叭萨喇旦，先怛嘛卡啰沙怛，萨叭怛亚，唔，哆啦卡，喀曼……”

在藤太和利乡眼前，只见不断念诵的京城人笼罩在透明的烟霭里，空气中隐含某种异变，而且沉重压迫逼来，令他们几乎窒息。

“唵，悉哩悉哩。”

专注的田村麻吕手臂往下一挥，在此同时，发光的野狼暴出长牙一跃而起。一瞬间，空中犹如金属相击般发出电光石火，藤太等人不禁抱头蹲下。

等回过神时，并未听见任何动静，藤太惊讶地抬起头，只见田村麻吕独自静立原地，那只异兽已消失无踪。虾夷人也尽数不见踪影，石柱耸立的广场上除了留下几具死尸之外，只有一片空寂。

“您刚才究竟使了什么招数？”藤太一边吐出积压在胸口的郁气，一边问道。

“没什么好奇怪的，那只是驱除恶鬼的法术。我道行不深，但是对付这种东西最重要的是全神贯注。”田村麻吕拾起弓，一本正经地答道。

“我以为您只是近卫少将罢了。”

“近来宫中护卫如果不懂一点方术就不能任职，只要是居住京城的人，这些都是最起码的常识。”田村麻吕说着，又望向坐倒在地的年轻人，“藤太，那家伙是被什么妖物附身了，连这种法术它都能脱逃，我想来想去都觉得那是个祸害，这点你懂吧？”

“我……”藤太感到空虚洞穿五内，“我觉得那可能是阿高。”

田村麻吕并不惊讶，只露出严肃神情，无言片刻后又说：“或许你们不知道京城目前常常有类似这种异兽的妖怪出没，那并非血肉之躯，而是超自然的物类。它们见人就杀，我们称之为‘怨灵’。这次我奉皇上密令，也是为了寻找封住怨灵的对策，根据卜卦显示，传说中持有明玉的玉主拥有灭灵的力量，因此我才抱着一线希望来寻求勾玉。”

藤太注视着他，“这就是你找寻阿高的目的？”

“异兽绝对是阿高，不过没想到是在这种情况下得知的啊。”田村麻吕苦笑般歪起嘴角，“所谓怀有封住怨灵之力者，也就是能与怨灵势均力敌。原本可以立刻到手，却还是晚了一步，看样子我们无法夺回阿高。”

藤太一跃而起，“您是指阿高已经变成怨灵？”

“我没有讲，是你说的。”田村麻吕冷静地望着他道。

“不，我才没说他变成妖怪呢。”藤太忍不住想上前找京城人理论。

一个细弱的声音从他背后响起，在冲击的余悸中保持静默的利乡此时开口了。

“藤太……那是阿高哟。”利乡近乎哭泣般呻吟说，“他认出了你，那是阿高啊。那些人怎么这么狠心待他……”

“别说了，利乡。”藤太悲痛地阻止她。

田村麻吕以微带哀怜的语气说：“虾夷人将阿高变得连他们都难以掌控，一切都太迟了。无论如何，目前我们也无计可施，只有先逃离保命才是上策。”

3

“喂，藤太，你没事吗？”

广梨和茂里朝此奔来，不只他们，还有一群武装援兵随同前来。两人的手铐已卸，手持弓箭，完全恢复健朗。藤太傻眼望着忽然冒出来的援兵，发现其中竟有尼莫勒。

那个虾夷人奔向田村麻吕，机敏地告诉他：“这场骚动造成大门的戒备松懈，现在只要通过门外通道很容易就能下山。在下已备妥各位的坐骑，请在阿弓流为措手不及前离开这里。”

田村麻吕泛起满意的笑容，“果然万无一失，继续留在这里只会夜长梦多啊。”

竟然是被叛徒解救的……藤太暗想，心里略有不甘。尼莫勒并非只顾自身安全，而是在脱身后与山下士兵取得联系并搬请救援。但对于有先见之明的田村麻吕，藤太还是不太服气。

“看你没跟来差点把我给吓死，你没受伤吧？”广梨问道，藤太默默摇头，伤害还没严重到负伤的程度，心情却像遭受重创似的只想呻吟。

广梨蹙眉探视他的反应，又连忙催道：“总之先逃走再说，我可受不了再跟虾夷人有瓜葛了。”

一行人跨上尼莫勒备妥的坐骑离开虾夷村，既不见追兵出现，也没有埋伏，似乎不需迎战。他们在了解情况后卸下防备，一鼓作气尽快驰向山麓。

对于惯于驭马者而言，快骋在明月清照的前方路上并不算危险，比起攀登深山险崖时的那段艰苦长程，这恍如是置身梦境，不一会儿工夫便望见山麓，他们沿着河岸朝南方奔驰。

藤太身后坐着利乡，纵然马速不落人后，他却显得心不在焉，多亏有利乡共乘才勉强集中注意力，否则单独一人难保不会落马。那只闪着青白光芒的异兽在眼前挥之不去，视线几乎模糊不清。

爹，我该怎么办？假如那是阿高，看到的那双兽目就是阿高的眼神，我又该如何面对……

藤太内心茫然，想到永远无法挽回，体内就发出悲吼。那个曾与自己形影不离，拥有明亮眼瞳和柔韧体魄的少年已不复存在，今后他只能习惯单独行动了。

真的消失了吗？阿高……

自懂事以来，阿高总是陪在身边，两人凡事同享，打架次数多到数不清，因为两人固执的个性很相似。倘若对阿高有亏欠，藤太也会由衷承担，不希望让他落单离去。

明月在河面上投洒粼粼银片，每逢穿过暗林，河面映月的流光照耀在藤太眼底。望着幽夜中的月色闪耀之际，藤太终于忍不住扯紧缰绳。

不，他已经认出我……

藤太突然勒马驻足，其他领先的同伴只好慢慢折返。

田村麻吕安抚躁跳的坐骑，非常不悦地说："怎么回事？抵达伊治前可别耽误时间。不要以为阿弓流为重整旗鼓会耗很久工夫，追兵转眼就到。"

"……我应该能帮助他。"藤太悄声呢喃，随后抬起头告诉他们，"我要留在这里，不能这样丢下阿高回去，请你们先走一步。"

"你不要命了？"田村麻吕冷冷地说，"事到如今，你还不了解一切都已无法挽回？我们现在不可能对付那只异兽。当然我也很遗憾，因为无法达成圣上御命，不过我不相信你能驯服那么顽强的妖怪。"

"我才没想过要驯服它，只是很想见阿高一面。"

"阿高已不存在了，只剩下虾夷人培养的怨灵。"

"不可能！"藤太大吼着否定，随即又消沉地垂下头，"就算如此，我还是不甘心。所以别管我，请先走吧。"

“藤太，你是怎么回事啊？”广梨的语气充满惊惧地问道。

藤太避着他的目光，只摇摇头，“拜托，你们也先走。我不过是个笨蛋，别再考虑陪我做糊涂事，你们的好意心领了。”

不知如何是好的两人只能静默以对，藤太又朝身后的利乡说：“事情就是如此，抱歉，请你下马，看要不要改乘他们的坐骑好了。”

岂料，利乡语气坚定地答道：“不，我不下来，我要和你一起去。”

“利乡，我无法保证你的安全。”

“这我明白。我不怕死，早已下定决心为阿高牺牲。”

田村麻吕默默听完这番话后耸耸肩，“既然这么坚持，就随你们去了。不过，我们可不能眼睁睁地学你们去喂恶狼，必须全速奔向伊治，识时务的就继续赶路吧！”

尼莫勒随后跟着京城人拨马离去，在动身前，只听他说了一句：“你也真蠢得无药可救，跟你娘完全没两样。”

“家母还没像你这么蠢，舅舅。”利乡不甘示弱地答道，尼莫勒无视于背后的反击径自远去。不久藤太也掉转马头，无意一直目送同伴离开。

利乡朝着任马踏行在河滩的藤太轻声说：“你好有勇气喔。我在想只要克服畏惧，阿高一定会重现在你面前。”

“我恐惧极了，说不定比你还害怕。”藤太老实回答，“但是我带来了爹想交给阿高的勾玉前来虾夷，不能没交给他就厚着脸皮回乡。”

“你说阿高的勾玉？”利乡突然热心地反问道，“是失去色泽的勾玉？就是绮萨儿的玉石吗？”

“我也不太清楚，那是阿高从婴儿时就有的随身之物。”

利乡点点头高兴地说：“啊，就是那块玉，家母曾多次提过呢。

绮萨儿去世时勾玉就失去光芒，不过在那之前，她曾为孩子亲自系上勾玉。”

“那就是竹芝的勾玉，是与竹芝血脉相连的印证。”藤太喃喃说着，又重新考虑一番，回头对她说：“是否可以多告诉我一些有关绮萨儿的事呢？”

“喂喂，你们别打得火热，否则以后去跟千种告密喔。”

回过头的藤太不禁屏息，在他坐骑后方，广梨和茂里正摆出一派若无其事的表情跟随在后。

“你们……”

“再前进一会儿，就有在此待命的士兵专用的野营地，只要将那里当成暂时的居处就行了。”

“少将大人是这么说的。”他们来到藤太身旁，充满活力地说道。

“笨蛋，竟然做这种蠢事……”

“别当一回事啦，彼此彼此。”

“你们根本不了解状况，阿高……他完全变了样。”藤太隐忍着痛苦，努力挤出话语，“或许如少将大人所说的，他可能永远无法恢复人身。”

“关于阿高的事，我觉得至少你的见解比较正确，少将大人又不了解他。”茂里心平气和地说，“我们也了解阿高，所以觉得就算别人无法达成，藤太也能将他找回来。若是这样，有我们陪伴才方便吧。”

忽然间，藤太的泪水几乎夺眶而出，他俯下脸，为两人如此信赖自己而心头一热。一行四名同伴相偕骑马前进，不久发现河滩上出现筑有墙垣和避雨处的野营地，于是决定在那里等待残夜将尽。

云雀在高空飞翔，半梦半醒的藤太听见轻快活泼的歌声就一惊跃起，不知不觉已是日上三竿。

“你总算醒了，没想到你很会赖床呢。”利乡寻他开心似的从围栏外朝里探望。阳光明照下，她的声音也充满活力，藤太环顾四周，柴篱内原来只剩自己。

“其他人呢？”

“别担心，阿弖流为没来袭击，他们在河边洗澡，你也去洗如何？”

藤太这才发觉浑身脏透了，模样十分落魄，衣衫也四处破绽，身上无数个不知何时造成的刮伤，目睹时才觉痛楚。

“这里还有士兵留下的少数行囊，也有更换衣物，以及布料和干药草，所以你先洗个澡，稍后帮你包扎伤口。”

藤太在利乡鼓吹下动了念头，接着想起该脱去脏衣，便从怀中取出一只小盒。

“这是昨晚说的勾玉，你能暂时替我保管吗？”

“让我看看好吗？”

藤太打开小盒让她观看，利乡默默注视了半晌说：“真漂亮，可惜不会发光，据说绮萨儿的勾玉就像清晨的霞空般灿烂呢。”

“你说这原来是红色的啊？”藤太问道，利乡有些生气地摇头。

“才不呢，是更漂亮的颜色喔。”

藤太不解利乡为何如此坚持玉的颜色，但是感受得到她对绮萨儿的憧憬。假如绮萨儿就是那位白儿，那他多少能领略那种心情。

日光闪烁，河边土堤上的杉菜和黑豆草柔嫩萌芽。从历法来看，武藏可说是初夏时节，但此地樱草花还未凋。河水存着几分清冷，不过风和日丽，不畏寒的藤太仅穿一件兜裆裤，就加入在河中沐浴的同伴里。

嬉闹蹦跃时的水花宛似水晶飞溅，彼此身上的新伤让人无法把灾祸忘却，然而三人依然尽情欢乐。水流迟缓的浊沉处暗藏鱼儿，让人忍不住想紧追着别让游去了。炫目的光景中，藤太仿佛看见阿高泼水嬉笑的身影。在阳光下，阿高就算突然出现其中也不足为奇，藤太如今比先前更能痛切体会那种感觉。

不管怨灵还是女神，阿高都不属于这一切。他是我们的一位伙伴，存在于我们之中……

回到围栏，只见利乡就地使用留下的食粮，勤快地炊煮杂烩粥。这位勤勉的虾夷女子毫不闲怠，藤太等人为此暗自咋舌。他们不但享用了热乎乎的杂烩粥，利乡还用缠布为他们仔细包扎了伤口，这几日的苦难仿佛梦魇一场。

“照这种情况我们能撑上好几天，虾夷人也会觉得搜寻我们没啥好处了。”这日他们难得轻松安闲，广梨甚至说出这种乐天的想法。

暮色又暗，是一个凝云淡起的夜晚，月儿朦胧，薄透的浅光柔和照耀着枯苇原，利乡走向正仰望月色的藤太。

“这个送给你，但是请拿出勾玉再借我看一次。”利乡的手中有几条红线编成的细绳，藤太知道她刚才一直熟练地编着东西，但不知是什么用途。

“勾玉就是由细绳穿起来挂在身上，这样才比较不易弄丢，还可作为护身符。”细绳穿过玉孔，利乡绑起两端替藤太戴在颈上，“绮萨儿也是这么挂着，小盒要是丢了可就糟啰。”

“是啊。”藤太也承认，几番骚动竟没遗失勾玉，这也算是奇迹。

利乡凝视着勾玉，突然说："阿高一定会回来，只要大家的信念坚强，他绝对会在此出现。至于是否能恢复原貌，那就看他的意志力了。"

"我也相信阿高会回来。"藤太说道。

"假如那只狼始终维持狼的样子，你还愿意相信那就是阿高，想带它回乡吗？"

"当然想了。"藤太不假思索答道，"如果那是阿高，我不会再犹豫不决。"

广梨突然凑过头来，"你们在讲什么？"

利乡回头温和笑道："对了，你也说些阿高的事情给我听吧。"

茂里也加入话题，利乡的询问技巧相当高明，引导藤太等人生动地谈论同伴。然而在她不断探问之下，藤太略带惊讶地问道："利乡，你怎么问个不停啊？"

眼中兴奋闪烁的利乡望着他，"这就是在招魂，如果由衷想念某人，全心全意谈论此人的话，他一定会出现。"

藤太等人面面相觑，的确他们也常有所谓"言及者必现身"的说法，那应该不是咒语或奇术之类使然。不过，利乡表情严肃地说："谈论就是一种呼唤，诱使那人亲自现身，众人凝聚的念力胜过个人心愿，因此……你看，它出现了。"

藤太等人半信半疑地顺着利乡所指的方向望去，在河滩幽暗处确实出现了青白光焰，众人不禁凝住气息。

发光的异兽轻捷地走向此处，正是那只生有银毛、体型流线的野狼。在夜里闪烁着青白光芒的形体，与先前一样让人望而生畏。然而，今夜异兽不曾狂暴，毋宁说是刻意避开人烟，无意接近藤太等人的野营地。

“它走了？”

“不，好像停了下来……”

几名年轻人紧张地注视异兽的举动，藤太终于沉不住气走出围栏，“它不过来，干脆我出去应付好了，大家在这里等我吧。”

“喂，别太胡来。”其他人以无助的目光望着赤手空拳的藤太，然而他露出毅然决然的神情。

“我若救不了他，谁去也没用。”

藤太毫无把握，可是他发誓不再逃避，就凝视着异兽直步走去。异兽在河滩站定，紧盯着藤太渐渐靠近，但在近至十步开外时，异兽立刻垂下双耳，开始发出低吼。那不成声的沉颤吼叫隔空传至藤太的耳膜，他不禁裹足不前。

镇定点……藤太紧张吞咽着，暗暗祈祷。几乎在恐惧的同时，涌起一股说服自己眼前只是野兽而非阿高的心情。金色斑点的狼瞳似要贯穿藤太，那是与阿高截然不同、没有一丝怜悯的眼神。然而，藤太勉强重新告诉自己，他还不曾遭到狼吻，假如异兽扑上来，大可瞬间解决他。

藤太发觉自己想开口却拼命咬紧牙关，挤出字句还需要一番努力。闭紧双眼的他总算吐出一句：

“我来找你了……一起回去吧。”

藤太轻声说出寥寥数语后，忽然心头一轻，便将自阿高离去的那夜以来积压许久的心意，向异兽娓娓道来：

“阿高，坦白说我也不知道这到底是否有为你着想，但我实在无法不来找你，希望你留在我们这群武藏伙伴身边，留在我们的竹芝府邸。就算你不理我，或变成别的样子，我都不会放弃这个心愿。以前从没注意其实我们绝不是双胞胎，更不可能像连体婴那样理所当然地黏在对方身边，所以求求你，让我知道你的想法。”

藤太说着，取下颈上的勾玉握在手中，“这是你的勾玉，是爹交给我保管的。爹仍在等你，不仅如此，全家人都等得心急如焚。希望你别忘记，还有好多人惦念着你。”

藤太将弯月形的勾玉递到发光的异兽面前：

“我们一起回武藏。阿高，一定是你吧？”

勾玉在青白光焰照射下愈发显得灿耀辉白，藤太知道异兽正凝视那块玉石。忽然间，他忘情地走向前，将手放在银辉闪烁的狼首上。

就在碰触的这一刹那，强烈的白光刺入藤太双眼，他在尖锐的剧痛下举臂掩面，眼前金星乱窜，霎时什么都看不见了。藤太好不容易恢复视觉后，发光的异兽已无声消失，藤太伸手的前方空留黑暗，正当他陷入极度失落、几乎想发出痛苦呻吟之际，突然发觉数步之外有个悄立的身影，那是个与藤太身形相当的黑影……正是阿高。

4

凝视发光异兽的藤太眼底，映着一个幽暗深沉的人影，他不会错认的外形。朦胧的月光下，只见阿高浑身寸丝不挂、未结发束，变得消瘦许多，肩膀及下巴相当尖削，然而他不是别人，正是阿高。

“藤太……”

阿高仿佛缺乏自信说出口，以嘶哑的喉音悄声呼唤。

“藤太！”

于是他再度发出充满安心感的呼唤。霎时心情一松的阿高激动啜泣起来，藤太伸开双臂抱紧搭档，胳膊中感到阿高的体温，即使接触也不会消失。藤太在惊叹的同时，也确认这不是梦境，他真正找回阿高了。

藤太也深知愿望不会全都成真，即使盼到五内如焚仍会有所失去，比方说早逝的小马……不曾现身的人……射偏目标的箭。可是阿高回来了，响应藤太的心愿，从遥不可及的地方归来。

“别哭了，用不着哭的。”藤太轻声说道。

“你自己还不是在哭？”阿高声音模糊地答道。

藤太连忙擦拭脸孔，突然感到足踝旁有暖融融的东西，他吓得跳起来，又朝脚边重新仔细端详，只见草丛中有只未离乳的小狗正频频嗅着他的脚。

“这家伙从哪冒出来的？”

“是我带来的。”阿高一脸无奈地说，“我们化成一体，变得形影不离。”

藤太目不转睛地望着他，“我想你该不会要说发光的异兽巨狼，就是这只小狗吧？”

“那正是小黑啊。”阿高点点头，“我在它体内没错，自从脱离绮萨儿后我就逃进小黑体内，和这家伙同时迷失自我……既然无法找回自我，唯有变成异兽了。我不知道恢复的方法，只好跟着异兽行动。”

阿高开始颤抖，连藤太也感受到微颤，他决定不再多问，将勾玉挂在阿高颈上。

“你会冷吧？详细情况稍后再说，赶快回大家身边，那里可以烤火，还有御寒衣物。”

阿高触着勾玉，喃喃说：“我知道这块玉喔。藤太，它会发光的……”

“是啊，利乡也这么讲，爹也说过远祖时代它曾发光。”藤太匆匆迈步答道。

阿高拿起勾玉，高举在藤太眼前，“就像这样……”

于是藤太也目睹恰如薄红花瓣的玉色，从玉芯渐绽光芒。

其他人松了口气，招呼这对并肩走进围栏的搭档，他们也亲眼见到那只异兽消失踪影，不过藤太身旁的阿高过于真实，让众人迟疑着不敢上前拥抱。

广梨等人忍不住问他：“你光溜溜跑出来，是想去哪里啊？”

唯有利乡留意到那块蕴宿光辉的勾玉，因而浮现畏惧的表情，但只有在发现阿高发抖前如此，喜欢照顾人的她随即抛开疑虑，让阿高穿上多留的衣物，又开始煮热水准备煎药。

“要不要给它吃点东西？”阿高指着小黑，不太好意思地拜托广梨。

没想到重逢后第一件想说的事竟然是小狗，他们认为不愧是阿高该有的举动。说起阿高的怪癖，同伴们都知道他会随意捡小动物来饲养。

“不只小狗，你肚子也饿了吧？”茂里望着他问道。阿高穿衣后就蹲伏不动，并未要求自己也吃一顿。

他摇头小声说：“现在不想吃，我还没……脱离那种一直受困的感觉。”

阿高颓坐的模样，就像是劫后余生的人，或许对他而言，这的确是一场浩劫，火光映照中的面孔流露着曾经承受强烈的身心重荷，深深刻画着疲惫的浓影。

他似乎难以启齿，众人小心翼翼避免打破砂锅问到底。在喝下利乡的热药汤后，阿高的表情变得缓和了许多，原以为他会谈起自己的遭遇，不料他却靠着藤太呼呼大睡了。

“怎么办？阿高的情况还不能即刻动身。”望着藤太扶着阿高躺下，茂里如此说道。他凝视阿高的清瘦睡容，犹豫着立即打点出发是否有欠妥当，“我打赌追兵不会过来，就在这里多留一晚如何？”

藤太咬着指甲沉吟不语，不久断然摇头，“不，不行。既然阿高回来了，必须尽早前往安全地点才对。”

利乡也点头同意，“的确没错，但至少让阿高多睡一会儿，就算短暂休息，也是为健康着想喔。”

他们避免吵醒阿高，安静迅速地为出发做准备，除了装佩马鞍、捆妥行囊，还张弓搭弦。然而此时，敌方抢在几人摇醒阿高之前便迅速来袭。

有亮物在夜空中划过一道弧形，飞入围栏中。藤太等人愕然抬头，只见一支火箭正插在柴篱上。藤太急着想给冒烟的小柴篱灭火，只见河滩上骑兵集结成群，他以硬涩的语气对同伴说：

“我们慢了一步，看样子形迹已经败露，那是阿弖流为的人马。”

月光下约有四十名虾夷兵，他们不断以火箭进攻。藤太等人也隔墙应战，但无法尽数抵挡来箭，芦苇覆盖的单面屋顶和柴篱各处冒起赤焰，呛人的烟雾猛烈高蹿。

“把那群倭鼠熏出来！”

虾夷人纷纷叫嚣，不消说围栏难以久守，火焰肆落，脆弱的单面屋顶像要塌毁般，究竟该留在这里葬身火窟，还是冲出去中箭毙命？若只能二选一，那么藤太宁可不当箭靶，继续留在这里竭力反击，直到被烈焰吞噬为止。

藤太在浓烟中连声猛咳，仍打算继续搭箭，这时有人从后方按住他的肩头。一回头，只见清醒的阿高站在身后，他裹的那件衣服过于宽大，憔悴的模样实在不堪应付危急，不过与刚才迥异的是他的声调和目光已变得清锐。

“让我出去，你们乘机快逃吧。”

“少说蠢话，等你有本事逞强时再说也不迟。”

“没那闲工夫了。”

“你出去没半点用。”藤太顶他一句后，这才猛然惊觉，“难不成，你……又想变回异兽？”

阿高只望着他没回答，藤太狂吼道：“不行！无论发生什么事，我绝不准你乱来！”

阿高按捺着情绪道：“这样下去大家全会被杀，就算生离也好过死别。在这儿牺牲你们的话，我宁可不回武藏。”

“你在鬼扯什么？你该回家乡，本来就讲好了。”面对气势汹汹的藤太，阿高的眼神掠过一丝动摇，仍平静地继续道：

“对我来说，有大家来迎接是多么值得庆幸的事，我实在难以言喻这种心情。现在让我来报答你们，求求你，给我一次竭尽所能的机会吧。”

藤太凝视着阿高，那块垂挂的勾玉如今依旧光辉，浓烟滚滚中唯有玉光朦胧。藤太察觉如今的阿高与自己之间仍有隔阂，为此他十分无奈。

“你打算回虾夷族？”

“我永远都不会回去，是藤太让我领悟到自己是竹芝人，但是这必须由我本人来解决，不能让你和广梨、茂里白白送命。”

“我懂了，就叫大家快逃吧。”藤太终于下决心说，“可是我要跟你去，因为我发誓你一旦回来，我们哥儿俩从此不再分道扬镳，你就尽力而为吧，我不会再丢下你一人，这是我可以保证的。”

阿高默默靠着藤太的肩膀，片刻后喃喃道：“即使我变成失去理智的野兽，还是能嗅出你的气味。对不起，藤太……让我随在你身边吧。”

眼见燃烧的围栏中跑出两个人影，阿弖流为歪起嘴角。

“小喽啰被熏出来了？”

他带着怜悯正想耻笑一番，笑容随即僵住，因为阿高以虾夷话大声道：“阿弖流为，你撤退吧！否则野狼还会袭击你们。”

横阻于烈焰前方，毫无惧色在说话的年轻人正是阿高，身旁还有另一位体型相当的年轻同伴，阿弖流为眯起眼想看清两人模样。

“真令人惊讶，你是怎么恢复人身的？连阿贝乌其芙奇都束手无策了。”

“无论是虾夷人还是我自己都无法做到，但是来到虾夷的藤太找回了我。再说一次，你撤退吧。只要是为了同伴，我还会再变成异兽。”

马背上的阿弖流为命令部属放下弓箭，接着交抱起胳膊，轮流望着两名年轻人，“长得真像，原来原因出在这里，绮萨儿女神的力量就是因为混有倭血才会减弱。”

“没错，我不是绮萨儿。”阿高回嘴道，“从一开始我就讲明，别再把我当成她。就算你们恳求毁掉倭国，我也绝不为虾夷效力。”

阿弓流为不再退却，这位虾夷猛将以浑厚的嗓音说：“你还有太多事不明白，变成异兽和丧失心智全归因于你想逃避，完全不理解力量的用途。我们想呼唤的并非敌我不分的野兽，绮萨儿是为了我族、为了守护虾夷才呼唤它的。你口口声声要再次变成异兽，但你对这股力量究竟了解多少？”

阿高不禁无言以对，阿弓流为继续说：

“现在正是回舅舅身边的时候，我会教你如何驾驭力量。你应该无法忍受现状，既然曾抽离自我成为异兽，就不可能恢复以前的状态。你一定很不安，对自己该如何做没有把握，你这股力量只会培植出真实的形体，真正的恶路王而已。为了与倭帝战斗，这种神妙力量才会存在；假如失去目标，你就会在噬血的异兽中迷失自我，那时一切都完了。”

藤太不禁望向阿高，即使听不懂虾夷话，也明白阿高内心正在动摇。刚才触到阿高时发觉他体温偏高，原本这种身体就无法承受站在虾夷族长面前。

阿弓流为摆出更高姿态说道：“如果你愿意乖乖回到虾夷族，我就不追究那小伙子。他踏入禁地本不可能活着离开，但是看在是你亲戚的分儿上，就放他一马，这完全要看你决定了。”

阿高痛苦地瞥了搭档一眼，藤太轻声说：“别气馁，不管对方说什么都不可以考虑分开，我们不是约定好了吗？”

阿高口中喃喃说：“藤太，无论你怎么说，我都不想连你也赔上一命。”

“赌一下才知道喔。”

“少说蠢话了，还有人在等你。”阿高似要哭泣般说道。

就在此时，远方一阵马蹄声随河风而至，原来有一支为数相当可观的队伍，正从下方河畔驰近岸边土堤。

阿高和藤太以及虾夷众兵纷纷住口回头，阿弓流为因面对新局势而紧张，就在勒紧缰绳之际，有人率先出现在骑兵队前方，从远方大声呼喊：“阿弓流为，就到此为止吧。本将要秉持正义收拾你！”

那声音正是发于自信过人的稚上田村麻吕。

在近到彼此可以认清形貌时，阿弓流为认出一马当先的那位人物。

“你不是早该夹着尾巴逃回倭寨了吗？”

“只消一日，我就能迅速折返。”全副武装的田村麻吕颇为自豪地说，“我早就驻兵在伊治城，光这点人马虽不尽如人意，但这次我是依约以将领身份来与你对决。”

阿弓流为发出洪亮大笑，愉快地说：“那好，让你见识一下我的本领。”

田村麻吕率领的骑兵看似六七十名，在战力上虾夷居于劣势，然而阿弓流为不会轻易败阵。月光清洒的河滩上，展开一场敌我难分的混战。

对于事态演变至此，藤太一时茫然无措，原以为田村麻吕早已舍弃他们，不料竟然专程赶来相救。不过从他率军迎战时的快活神情来看，似乎并非只为了向阿弓流为耀武扬威才来这里。

藤太回过神后抓住阿高手臂，他知道他们必须乘机逃跑，“阿高，跟我来！”

阿高步履摇晃地跟着他，藤太找到一匹马，努力安抚对烈焰惊狂不已的坐骑。他让阿高坐上马背，自己跃向后方执起缰绳，终于得以脱离险地。

5

藤太任马沿河岸飞驰，前行不久就安然找到事先避难的茂里、广梨和利乡。三人脸上熏得乌黑，但全都平安无事，连小黑也从袋里快活冒出头来。看见藤太和阿高随后来到，他们放心地分享这份喜悦，相偕朝南方继续出发。行至距伊治城辖地不远处时，夜色才渐透曙白。

“一旦来到这里，就不必担心被虾夷人逮住了。我们在此休息，顺便观望一下少将大人的军情也好。”

藤太如此提议，于是全体勒马停止前进。他认为田村麻吕等人不至于遭到危险，但是战况难料，自己身为随从，实在不该率先逃往安全地带。不过担心的只有一件事，那就是阿高的身体状况。

“你不要紧吗？能跟大家一起等下去吗？”藤太询问身后的阿高。他与阿弓流为对决后就几乎没有开口，而且正发着高烧，双眼迷茫而表情呆滞。

当他发觉藤太忧心忡忡地注视自己时，这才回神开口说：“不要紧，但是我想尽量躺下来。”

“你睡好了，我去找能坐下来休息的地方。”

随着朝霞转为明亮，严凛的树影渐晰，只见这一带赤松林广布，落叶厚积的地面赤色柔软，藤太等人拴好坐骑后，四下环顾着松林。黎明之际寒意袭人，似乎该为阿高升个火堆才是。

阿高留下来看守马匹，他望着藤太等人进入林间。几人才刚离去，他忽然体力不支蹲在树根旁，身躯沉重如泥，他明白是体力耗尽的缘故，既然曾经达到极限，那么这次他想避免再像那样突然晕倒。

尽管如此，此时藤太等人陪在身旁的感觉实在不同。阿高身心的支柱，来自于更想实际感受同伴们的存在，以及更想确切地听见他们的声音，只要有他们活力洋溢的声音，阿高就觉得能驱走黑暗噩梦的经历，可以获得依靠。

阿高终于抬起脸，以涣散的视线注视森林。这时，只见一名男子静静伫立在迷蒙缭绕的霞霏中。

阿高并不惊讶，只定睛望着那人影走近，因为他穿着倭兵军服。然而，认出那名男子相貌，他霎时倒吸一口凉气，就是那张令人毕生难忘的面孔，原来走近的正是尼莫勒。阿高想跳跃闪开，却发觉无法敏捷行动，尼莫勒手中握着虾夷短弓，走至二十步外的树林，然后搭起弓箭。

箭几乎命中目标，掠过阿高头顶，射中一棵松树。阿高再次坐倒在地，短弓威力虽弱却精准无比。阿高再也站不起身，只能屏息凝视着对方。

“我要亲手杀死你。”尼莫勒沉声自语道，搭起了第二支箭。

“为什么那么恨我？”阿高喃喃问道。

从尼莫勒狠命咬紧的齿缝中，挤出了惊人之语，“告诉你吧。那是因为对我来说，无论过去或现在，绮萨儿都是唯一的挚爱。”

尼莫勒说着，臂腕使劲拉满弓弦，“我与倭人声气相通，是为了族人的将来设想才做的最后打算，我一点也不后悔。可是眼看女神向倭人卖身，实在让我忍无可忍，只要解决你，我就能与昔日虾夷的一切美好诀别，告别自己失落的所有回忆。唯有绮萨儿，我非亲手葬送她不可。”

对这家伙来说，我自始至终仍旧是绮萨儿?

实在不愿被当成绮萨儿送命，只想为自身背负的命运死去，可是已无法逃脱尼莫勒的锐箭了。就在阿高浑身血液凝冻般盯着瞄准自己的箭头时，弓弦发出一声残酷的锐响。

阿高听见疾箭射中身体，可是那并不是自己。他望见空中有辫发在舞动，却发不出叫喊。保护他的利乡背部中箭，痛苦地旋转后仆倒在他身上。

尼莫勒？

藤太一回首，发现为时已晚，望见利乡倒在阿高身上之际，他霎时忘记自己的处境，无暇细想就迅速搭起弓箭。尽管距离尚远，搭满弓仍能命中目标，满腔怒火让他使出浑身解数。

藤太的箭力道十足，尼莫勒低估了对方的目测距离，在发觉时箭已贯穿他的胸膛。尼莫勒一脸难以置信，低头望着插在自己胸前的箭羽，短暂保持同样的姿势紧接着仰面后倒，散落的赤松叶随之漫空飞舞。

“利乡，振作点！你伤势不深，不要紧的。”

阿高拼命在她耳际说着，抱住那身躯，为她按住喷血的伤口。

“你怎能为我做出这种荒唐事啊。”

“你是重要的人，绮萨儿……”利乡断续说着，瘫软无力地恳求阿高，“请让我仰起身子，再看一次那块灿烂的勾玉。”

阿高将她的躯体横放在自己膝上。望着弯身的阿高胸前垂挂的玉石光芒，利乡微笑说：“啊，绮萨儿，我真的与你相遇了呢。我不再有遗憾了。”

“利乡，我是阿高啊，而且你不是要跟我们去武藏吗？”

猛烈喘息后，利乡告诉他："虾夷的箭上染了毒，我没救的……"

"怎么可能？"阿高不禁面色铁青。

"请您看在我的分上原谅尼莫勒。我和他很相像，只是表现方式不同，但都同样仰慕着您……"

利乡的声音愈转细弱，阿高狂乱地摇撼她。

"不行！为什么非牺牲你不可？我不要你死！"

利乡的泪水夺眶而出，"我只担心留在村里……的孩儿，战火也将波及那里吗？孩子是否能平安长大？"她想将手伸向勾玉，但却无法动弹。她死心地轻轻说："您必须让这份力量发挥在正途上喔，不要再有……战争……"

利乡还想再说，然而只能颤抖嘴唇，旋即气绝身亡。

一阵响彻林梢的喧嚣传来，仿佛无视利乡死去，那是马蹄和甲胄震击所发出的声响，原来田村麻吕率领的队伍返回此地。

广梨伸出拳头使劲抹脸后，喃喃说："我跑去看看喔。"

"我去好了。"茂里不放心地道，他却摇摇头。

"我跑得快，你留在这里吧。那两人现在瘫在那里，不只阿高，连藤太也相当惨……"

阿高仍待在利乡身边，怔怔望着她的面孔，藤太仿佛慰藉般抱住他，自己脸色也煞白吓人。唯独小黑在松林间四处奔跑，时而不安地前来观望他们。

广梨轻声说："这还是他头一遭杀人，我们来陆奥时虽有心理准备，可是藤太还是第一次啊。"

"要是我来下手就好了，藤太的个性那么和善。"茂里掩口轻声说道。广梨往他肩上一拍，便起身跑远了。

茂里仔细聆听动静，不久广梨似乎阻止行军的士兵，人声马响皆沉寂下来。片刻后只见广梨回来，田村麻吕那一身铠甲装束的高大身影也随同出现。

“您真是行事利落呢。”茂里向田村麻吕说道。这名京城人意气风发，看似豪猛而愉快。

“哪有，我是着了他的道啰。阿弖流为的撤退技巧高明之至，不过这才是开始，下次我非得——”然后他留意到利乡，声音变得消沉，“她死了？真不幸啊。”

“利乡为了保护阿高以身挡箭，因为尼莫勒追踪我们来到这里，还想暗算阿高。藤太立刻射死了他，其他人都平安无事，可是利乡已经……”

田村麻吕一眼望去，只见松林不远处倒卧一具男尸，他若有所思地说：“没想到尼莫勒竟做出这种事，看他行事机灵，难道是我识人不清？虽然他叛国又叛敌，不过曾身为我的部属，也立过功劳，至少该替他处理后事。”

田村麻吕走近阿高和藤太，站到他们身边。藤太举目一瞥，没做任何表示，阿高连眼皮都没抬一下，倒是田村麻吕大感兴趣地打量他们。

“费尽千辛万苦，我们总算见面了，这个少年就是阿高？没有想象的那么像藤太嘛，不过我很明白你们为何会是搭档。能将你唤回来真不简单，当我看到那只青白光芒的异兽时，以为你没救了。当然到头来我还是小有贡献……咦？这是什么玩意儿？”田村麻吕的声调变了，目光投在阿高胸前垂挂的那抹薄红光芒上。

“这是竹芝的祖传勾玉，我受家父之托将它转交给阿高。”

田村麻吕伸出戴着护手的手掌想碰勾玉，“这是明玉……果真如传闻一样，没想到它真会如此发光。难道传说中的幻宝，终于让我得到了吗？”

原本一直对周遭漠不关心的阿高，此时突然迅速拂开他的手，“别碰它！”

阿高抬眼睨着对方，瞳中发出日照般的耀色，令人联想到野狼。田村麻吕难免有些退却，藤太小声责备阿高：

“他不是坏人，是京城的近卫少将——税上田村麻吕大人。我们能够来此全是托他的福。昨晚紧要关头时，也多亏税上大人倾力相助。”

田村麻吕对藤太说：“好好介绍我吧。对阿高来说咱们是初识，我不想遭人嫌弃。”

阿高感到疲惫而垂下长睫，几乎就此闭上双眼，“为什么他会认识我……”他口中喃喃，几乎是自言自语。

田村麻吕摇摇头，向广梨和茂里吩咐道：“详情日后再谈，你们去叫四五个士兵来，最好用担架搬送阿高，两位往生者也一并抬走吧。”

两人跑走后，田村麻吕突然望着藤太，语带调侃道：“怎么了？活蹦乱跳的你几时变得这么乖？是因为陪伴阿高才变成这副德行？”

藤太怏怏答道：“不舒服的只有阿高而已。”

他望着仰倒在地的尼莫勒，那个不再动弹的虾夷人。

谁会后悔啊？那家伙是来取阿高性命的，利乡如果没有在场，我们面前躺的就会是冷冰冰的阿高……

藤太咬唇想着，先前早对那人没什么好感，尼莫勒对阿高露出那种偏执的态度，自己等人早该有所警觉才对。那种人是罪有应得！

然而他在中箭时的惊惶表情，却烙印在藤太眼底挥之不去。

一旦动手杀人，就不再是从前的自己，终其一生，那个尼莫勒都会深刻在藤太内心。藤太与离开武藏之前不同了，他想起毫不知情的千种在故乡织布，并盼望自己早归的情景，心情就更加沉痛。

由于来到陆奥，阿高不得不面临巨大转变，他承受的试炼是以无法挽回的严酷方式达成。纵然恢复自我意识，他也不再是原来的阿高；至于来找寻搭档的藤太，亦不可能毫无损伤。今后既然决心留在阿高身边，那么从今以后，两人皆难免有所改变，藤太预感着前途将会风波暗涌。

6

镇守府将军在获知吓退阿弓流为之后，一时心情大悦，在多贺城以贵宾之礼款待并犒赏田村麻吕。随从的藤太等人也沾光，享受到生平从未体验过的隆重待遇。

城内的住处属于唐风建筑，地面铺设石板，还有床榻和桌椅等陈设，让来自武藏的四人很不习惯，室内装饰鲜艳华丽，行住坐卧还真不自在，但与野宿相较之下，这里可是供人盖着上等棉被入眠的高级休息处。

至于膳食，简直摆满整张高脚几，海岸离多贺城不远，海鲜十分丰盛。几名年轻人大快朵颐一番后，阿高不消说倒头就睡，其余三人多少也需要休养。田村麻吕既有城内侍从效劳，自然免除他们任务，几人因此得以充分消除疲惫。

刚抵多贺城之际，阿高高烧不退，还受利乡之死的梦魇困扰，众人为此担忧不已，幸有藤太片刻不离左右，阿高意外地很快恢复平静。

这时户外已是翠叶沁润视觉的季节，清空一片澄朗，阔海蔚蓝无际。恢复饱满精神的广梨和茂里时而带着钓竿出游，两人曾向城下的名钓手请教海钓的绝佳地点。乘坐小船出航，呼吸潮风垂钓的感觉让人消闲忘忧，藤太和阿高迟早也会加入吧，他们知道阿高已在康复中，四人又能同乐的时光将指日可待。

“说到阿高……”

一直默默操作钓具的广梨挥出鱼竿后，缓缓开口了，“你觉得他要是能动身，会不会跟我们一起回武藏？”

“你怎么会问起这种事？”紧盯着钓线前端的茂里反问道。

“那是因为我们几个都好说话，但是想来想去，问题就出在那位少将大人。”

广梨若有所思地说：“我差点忘记他是有所企图才来找阿高的。我们从虾夷手中救回阿高，也是受了那人协助。虽然不清楚少将大人到底为什么需要阿高，不过他绝不会眼睁睁看着阿高回竹芝去吧。”

“我们不是从离开家乡前就心里有数了？”茂里不快地说，“找到阿高让自己达成目的，在这点上，少将大人与虾夷人的想法相同。但是不同的关键在于虾夷人想拆散藤太和阿高，少将大人却带着藤太来找搭档。今后要看那人如何说服阿高，不过至少他会询问阿高的意见吧，而阿高八成又会询问藤太的意见，所以暂时不用担心那对搭档会因此分离。”

“是啊，不该拆散他们的。”广梨略显放心，又突然望着他，“这么说，你认为他们两个是不回武藏了？”

“少将大人应该会带阿高去京城，而且我猜藤太也会去。虽然不知会遇到什么情况，不过他不是那种丢下阿高独自回乡的人。”

茂里轻描淡写地说着，广梨反而沉不住气。

“那对搭档不回武藏怎么行？少摆出不干我事的样子，得想想办法，看怎样能让他们回去才可以啊。”

“我要是有办法就好了。那两人要去京城的话，我也要随行；如果不打算去，我也作罢，就这样。”

广梨恨恨地瞪着他，“我懂了，你从一开始就想乘机去京城。”

茂里的长脸上露出超然的笑容，“我的确对朝廷有兴趣，也想到京城里增长些知识见闻。不过，最重要的理由是没了那对搭档的武藏，对我来说实在没有意义。”

“你那么嫌弃家乡啊？”广梨略显惊讶地问道。

茂里注视着水波说：“我最后之所以没进国学，就是知道在武藏求学，充其量只能当个地方上的芝麻小官。家乡根本没有让我满意的地方，也没有哪个家伙跟我有共识，我一想到就心烦，幸亏有那对搭档同在。不过说也奇怪，那两个小子怎么看都笨头笨脑的。”

“他们的确跟我一样不爱念书，老是躲着师父一起逃学去玩呢。”广梨避免听起来像在自夸，努力地证明自己的见解。

“他们拥有的不是知识，该怎么说呢？拥有的应该是知识要迈向的目标，以及知识的根源才对。如此说来，那就是力量，是转动世界的无形之力，他们正是具备这种力量，这次的事件让我终于明白自己为何会受他们吸引，为何难以抗拒他们了。”

广梨小声说：“我也得到了教训，原来阿高有那么夸张的威力。”

“不，藤太也有力量，这就是他们被称为搭档的原因。我好奇的是藤太以后将如何面对力量之源的阿高，如何面对这个若使力不当，就会成为极端邪恶或威胁的家伙。”

“你还真会说风凉话呢。”

“我哪有！为了他们，我可是赴汤蹈火呢。这不早证明了吗？”茂里一脸严肃地说，“你回武藏好了，我可没强制你行动哟。可是我必须一直守护他们。”

“听你这么说，我哪能单独冲回故乡啊？”广梨争辩似的反驳道，“当然我也要去，可是理由跟你不同。我才不管阿高是否拥有力量，总之不能丢下他不管。没想到变得这么离谱，那两人跟我们同年耶。”

茂里口中应声“是吗”，再度沉默地注视钓线。

“你说要去哪里？”

“海边，我看到广梨和茂里在小船上钓鱼。”

“不行，海风太强，第一次出门就选近一点的地方吧。”

阿高表示想骑马，因此藤太陪他外出，不过还是有些担心。一直卧床的阿高应该适应了这种生活，才刚复原就无法待在室内，这种心情藤太也不是不了解，毕竟这几日天气实在晴朗到令人陶醉。

“我说过不要紧了，还是藤太另有想去的地方？”迫不及待跨上牵来的坐骑，阿高不耐烦地问道。

藤太不搭腔就跃上马，略微迟疑后说：“我们去利乡的墓地吧。广梨和茂里说过有去献花，但我还没去祭拜过啊。”

表情消沉的阿高由衷地点头，“啊，真是好主意，我们也去为她献花吧。”

在途中，两人摘采绽放在原野上的白卉黄花，相偕走向墓地，随即发现新土堆砌的利乡墓冢。虽是单单竖立木牌的简陋墓碑，却显露出曾受细心供奉的痕迹，也看到广梨他们献的供花。墓旁还有一座新冢，并没有献花摆饰，不必确认也知道那是尼莫勒的长眠处。

“不知道利乡是否希望被埋葬在此……”阿高喃喃说着，将鲜花放置墓前，“至少她有亲戚做伴。”

“都是那个混蛋才害死利乡的，她哪有可能获得安息？”藤太不觉尖声说道。

“利乡并没有怪他。”阿高语带叹息说道，又将剩余的花朵装饰在尼莫勒的墓上，“所以我也决定不再恨他，逝者已矣，我想若能忘记这一切就好了，可是，我永远都不会忘记他们。”

“我也一样。”

两人各怀怅然，无言凝视着墓冢半晌。阿高终于站起身，放眼望着茂草丛生的古墓遗迹。

“你有没有想过或许在十七年前，我爹就葬在这里的某处？”

藤太略显惊讶望着他，“没人知道胜总兄是否在这里牺牲的喔。”

“可是他的确死在城下，而且是遭到处决，据说是因为犯了通敌罪。”阿高平静地说，“如今我保存了绮萨儿的记忆，那是阿贝乌其芙奇强迫我唤起的回忆，仿佛是亲身经历般鲜明。绮萨儿送胜总到围栏前，他在门后消失，那是绮萨儿最后一次目睹他的身影。绮萨儿很想依约前往武藏，可是不久后却得知胜总遭倭人杀害。”

“你说大哥是受刑而死，并不是战死沙场？”藤太难掩惊愕，“不可能！老爹应该也告诉过你，胜总兄是堂堂正正的秭东武人，而且他很引以为豪呢。”

“老爹不肯明讲，只说等我们二十岁时再讲的其实就是这件事。我想老爹随后赶来陆奥时，应该已知道实情。当然胜总是无辜的，倭军败北错不在任何人，胜总一直到最后都顾念着同乡。”

“要是这样，大哥不是含冤而死吗？”藤太愤慨道。突然想到什么似的，语气消沉地道：“是啊，原来如此。怪不得爹再也不希望竹芝家中有人出征。”

“你不觉得不太合理？”

“嗯，的确不合理。”藤太承认。阿高又径自问道：

“你觉得倭帝可恶吗？”

“你说倭帝……是指在京城的圣上？”藤太有些心虚地反问。虽然据传他们家族具有皇族血统，然而对成长在武藏的藤太而言，当今圣上不管贤明或暴虐，总之是他连想都没想过的遥远支配者。

阿高瞥了他一眼，叹气说：“果然这种感情是发自于绮萨儿，在我心内翻腾着她所感受的怨恨，她十分清楚自己与倭帝的关联。这似乎与绮萨儿的力量有关……倭帝想将她从虾夷夺走，因为她的拒绝而掀起一切争端。或许不知情反而还好，但事到如今已经无法回头。藤太，我好怕受到绮萨儿的怒火支配。”

藤太望着幽幽诉说的阿高，“绮萨儿很恼怒圣上？”

“那当然了，可是虾夷人不该利用她的愤怒发泄在战场上。若是绮萨儿陷入绝望，只会造成更严重的破坏，阿弓流为等人引出的正是这种力量。虽然我能逃脱，但是逃跑只会让事态更恶化，沦为异兽最要不得，比受阿弓流为等人摆布更糟，光想着逃走是行不通的。”阿高咬着唇默默无语，继而微微颤抖，“我已经牢记这场教训，不会再发生那种事了。如果没有藤太来相助，我一想到后果就不寒而栗。”

“别想那些了，就当没事吧。”藤太急忙说道，他很了解阿高的负荷有多沉重，“与其这样，倒不如想想幸亏获救的事。不止你回来，连广梨和茂里也都平安无恙，还是有几桩值得庆幸的事情。”

阿高凝视着利乡的墓碑，有些失神地喃喃说：“假如利乡还活着，就可以问她了。阿贝乌其芙奇让我看到的回忆只到胜总死去就中断了。可是后来绮萨儿生下我，将我送到倭军阵营，她若心怀怨恨就不会这么做了，为何绮萨儿会有这种举动呢？”

“因为她很想去武藏吧。”藤太回答得很干脆。阿高惊讶地回望他，藤太接着说道：“你不是说绮萨儿和大哥有约定吗？一定是为了信守承诺，她才希望由你代替自己远赴武藏。我觉得绮萨儿的心肠很善良，若非如此，她就不会归还勾玉。她应该到最后都没有怀恨在心吧。”

“就像利乡那样？”

“嗯，没错。”

藤太想起自称白儿的那位巫女公主的面容，如此说道。

若是出于怨念，应该会表现出更强烈的恶意，可是白儿总是帮助着藤太，虽然有时给他带来困扰，不过从未包藏祸心。

“我知道绮萨儿天生不会恨人，利乡仰慕绮萨儿并不是因为她是强大的虾夷女神，而在于她拥有受人喜爱的特质喔。”

阿高无言片刻后，小声问道：“那么我回武藏住好吗？”

“当然好了，你该回家乡，就像绮萨儿期望的一样，应该回武藏。”藤太的语气充满笃定，“她就是为了实现这个心愿才生下你，不是吗？你并非女神而是阿高，就是这么一回事啊。”

这时，两人后方响起一个出其不意的声音也附和着藤太，“另外还有一种解释，那就是她为了将生前未完成的使命交给阿高达成，因此才将他送返武藏。”

两人愕然回首，只见那人正是田村麻吕。藤太没料到让他听见对话，不禁面红耳赤。

田村麻吕觉得他们的沉默隐含责难之意，想要辩解似的举手说："我不是在偷听，只是想找个时机和你们打招呼。"

"您怎么会在这里？"藤太寒着脸问道。

自从来到镇守府，田村麻吕就恢复京城官僚的面孔，忙不迭地参加各种接待应酬，与藤太等人多时未见。平素见惯他浓胡未剃，眼前这位冠束整齐的官员宛如他人。

田村麻吕浮现笑容说："怎么？当然是还有话要跟阿高继续谈了，我是一直等他康复到能来上坟，才来叙叙旧的呢。"

阿高注视着对方，比藤太还认生的他在面对不知底细的陌生人时，通常会面无表情，"您刚提到绮萨儿没有完成的使命，那是什么意思？"

"你觉得自己那块发光的勾玉，到底是有何目的而显示力量？"田村麻吕指着玉石问道。

"我不知道。"

"不，你应该心知肚明。因此我想告诉你的不是这些，而是要说绮萨儿没完成的使命曾引发什么灾祸，那就是目前京城发生的危机。"

田村麻吕事先做了说明，然后才告诉他。

"我以前向藤太提过一点，也就是京城正饱受怨灵之苦。宫城四隅、庭苑荫下，人们看见凝聚的黑暗和青白光焰，凡是见到此物的人将陆续身亡。那种灵怪几乎都在三更半夜现身，谁也无法得知它们的真面目或弱点。具有法力的祈祷僧侣或术士，甚至各方人士，都出面亟欲消灭怨灵，结果只是徒添冤魂而已。最可恶的是怨灵不时出现在宫中，侍卫和宫女的牺牲人数太多，甚至来不及补派新员。更糟的是圣上的皇族也遭到危害，帝妃及皇太子妃首当其冲。前年是皇太后，去年则是皇后相继崩逝，今年初皇太子终于不支倒下，目前仍无法查明病因。事到如今一刻也耽误不得，消灭怨灵一事维系着京城的存亡。”

7

藤太暗自庆幸是在光天化日下与田村麻吕会面，毕竟这种话题实在吓人。阿高一脸镇定，却紧紧交握双手。

“您是说京城的怨灵和绮萨儿有关？”阿高冷冷地问道。

“这种事谁也不敢保证。”

“那种东西从何时开始出现在京城？”

田村麻吕抚着下颚，语气慎重地说：“原本京城这种地方多少会有灵怪出现，那里是无数人孕育着野心及斗争，甚至抱憾而死的地方，因此怨念也乘机盘踞在那里。为了摆脱平城京积滞已久的沉疴，当今圣上才迁都到新京城，然而长冈京几乎从迁都以来就怨灵出没不断，而且在建都时便曾发生灾难。我为此探索前因后果，只能确切掌握一件事，那就是十八年前虾夷曾在北方叛乱，正当朝廷穷于讨夷对策之际，京城也同时灾厄频传。”

听了这段引人联想的回答，阿高不由得尖声问道：“您认为那就是绮萨儿在作祟吧？”

“我早说过不是她作祟，而是她没有完成某个任务。假使明玉的力量能尽早献给圣上，就不会酿成这种灾祸。这就是阴阳寮[1]的占

---

① 律令制度下属于中务省所管辖，是担当占卜、天文、时间、历法的机关，并设有阴阳博士、天文博士、漏刻博士、历博士等职衔。

卜所推算出的结论，简直讲了等于白讲。不过，我同时也得知了拒绝侍奉倭帝，甚至导致虾夷叛乱的那位拥有明玉的巫女早已转生，于是我为了找寻下一位明玉之主，不惜远道前往东国。”

藤太不禁开口道：“阿高的勾玉是竹芝的传家宝，与您说的完全无关，它一定不是明玉。”

“唉，传说总有不合理之处嘛。我只是奉命行事，负责找出发光的玉石和玉主，这样就够了。”田村麻吕重新注视着阿高，“我直觉你就是要找的玉主，埋没深藏的宝物正现身在我眼前，如今甚至可说是在掌握之中。但是不论明玉少女的传说如何，我非常了解我们目睹的绝非善类，实在难以联想成柔情的少女。”

一听此话，阿高眉头微蹙，这时田村麻吕单刀直入地说：“你变的那只发出青白光焰的异兽，与被称为怨灵的妖物实在太相似了。你们的力量也属于同类，莫非你有本事召唤怨灵？”

藤太不禁屏息，阿高极力压抑声音说：“把发生在京城的灾难怪到我头上也没用，我根本不了解怨灵是什么，至今从没听过、也没想过会有这种东西。”

“若是这样，你应该去亲眼确认一番才对。就算不了解，说不定绮萨儿真能召唤怨灵，没尝试过的事是不能全盘否认的。”

阿高陷入沉默后，藤太反而开口说：“你的诡计就是要带阿高去京城，让他背负不实的罪名，设下陷阱让他自投罗网？这种做法太卑鄙了。”

“我只是讲出自己的想法而已。”田村麻吕全然不以为意，“起先我也不抱任何企图就来找寻传说中的玉主，姑且不管传说的勾玉有何神效，我认为只要能宽慰圣上就心满意足了。可是在目睹阿高的力量时，我改变想法了，那真是强悍的力量，而且正因为如此，只要稍有不慎就会形成危险至极的力量，那潜宿着可能威胁圣上的骇人之物。”

田村麻吕如此说着，仍然露出相当感兴趣的表情，“反过来想，再也没有比具有怨灵之力的人物更能和怨灵相抗了。阿高的力量能与怨灵抗衡，甚至比至今在京城设下的任何防御手段还有用。目前拯救京城需要的就是放手一搏，你愿意自告奋勇随我赴京消除怨灵吗？”

阿高一脸疑虑，仰望着对方：“消除怨灵？”

“我当然也要参加。”身旁的藤太对阿高悄声说，“这人会使咒术，所以我必须同行。”

田村麻吕嘴角浮现微笑，“我的胞姐以皇妃身份进入后宫，由于怨灵作祟而继皇后之后也撒手人寰。你们若想了解我的除妖动机，这样的理由还算充分吗？甚至从我这个近卫少将的立场来看，消灭威胁宫廷的灾厄才是当务之急，反正都要面对，我想借此立下功名。如今在京中能享盛名的都是一些驱灵除邪的能士，即使野心家云集，恐怕也还没人能像我这样占得先机吧。”

“您还真坦白呢。”阿高有些失笑，“换句话说，您是为了升官才利用我？”

“那当然，没人会不为私欲行动，更何况有谁没事会想铤而走险？”田村麻吕对藤太笑道，“你曾经称呼我为大将军，这点我也考虑过了。就算目前是区区使节，若能借此一举成名受到重用，那么成为征东大将军并亲自率领部下来此，或许不再是梦。”

田村麻吕仿佛想象英姿焕发的自己，在朗空下环顾青影连绵的北地山岳。阿高视线投向利乡的墓碑：

“利乡的遗言是希望不要再有战争……”他喃喃着，稍微提高嗓门儿向田村麻吕说，“我打算去京城，那是为了结束绮萨儿引发的无谓战争，而不是让你飞黄腾达。如果能觐见圣上，我会传达停止调派征夷军的心愿。”

“无所谓，你不妨试试。”田村麻吕说着，表情对自己的企图充满信心。

阿高注视着他，挑衅地说：“那就带我去京城。”

田村麻吕莫测高深地笑笑，望着他道：“你可别反悔喔，那么，我这就向朝廷致书吧。”

藤太目送田村麻吕满意地转身返回多贺城后，抵了阿高腹侧一下。“大可不必答应他的怂恿嘛，你真的打算去伏魔？”

阿高微一耸肩，“我承认是有点不甘示弱，但我知道他无论如何都不会轻易放走我的。”

“我当然明白，但就算如此，还是有方法可以逃脱。”

阿高摇头否定，“不可能，绮萨儿留下的任务或许就是到京城与圣上会面，所以在我代替她去见圣上之前，会一直受到这种宿命驱使，这是不可避免的。”

“要是这么想，连怨灵出现都怪在你头上啰。”

“京城的怨灵若与绮萨儿完全无关就好……”阿高的语气含糊暧昧，藤太蹙起了眉心。

“你该不会有什么怪念头吧？”

“我没任何印象了，真的是一头雾水，不过，我在意、在乎的是阿弓流为等人说的恶路王究竟是指什么，连我也完全不明白。”阿高低声到几乎听不见，“据说绮萨儿向倭国放出恶路王，那到底是什么？我实在百思不解。阿弓流为曾表示要教我使用力量的方法，我拒绝接受并且恢复人身，但那莫非就是……”

阿高极力保持平静，睁大的眼瞳却映出内心的恐惧，藤太忍不住抓住他的肩膀。

“为什么你非扛下这么重的担子？没人会责怪你，不必去担负那些事。”

“我不能就这样逃避责任，若没继承这种力量就好了。”

“走一趟京城便能真相大白，只要去看看就知道怨灵到底有没有关联嘛。”藤太负气似的语气咄咄逼人。

“你说得也对……”

“那就去好了。”藤太冷不防说出口，阿高吃惊地问道：

“去哪里？”

“笨蛋，当然是京城了，要去做个了断才行。”

阿高小心翼翼询问：“你也打算一起去？”

“这种节骨眼儿你还想独闯？要不是才康复，不然真要把你痛骂一顿。我说过好几次，当然要去，放你一人准没好事。”

“可是，藤太……”阿高一时欲言又止，接着小声说，“这样好吗？千种还在等你，而且也不知何时能回去。”

“尽快结束行程回家乡吧。千种说过希望我带阿高一起回去，如果失约就当真回不去了，即使跟我见面，千种也不会谅解。”

藤太下定决心变得更坚强，不是怕无颜面对千种，而是将身负的使命转为强大的力量，成为在她面前堂堂屹立、坚定不移的男子汉。为此他不得不坚持守护阿高到底，必须不改初衷带阿高回武藏。

“我现在和你去京城，这样一来就能最快达成目的。你只要解决和绮萨儿之间的问题就好，无论到哪里我都奉陪。不过事情结束后，必须跟我一起回武藏，我是为此才当跟屁虫的。”

阿高点点头，表情略显扭曲般微笑道：“是啊，希望有一天藤太能带我回去，真对不起。”

“什么对不起？”

“因为我是个怪胎。为何变成这样，现在我还是莫名其妙，关于绮萨儿曾做的事……存有这些回忆的我究竟是谁呢？”

“那么让我来告诉你吧。你就是阿高。”藤太一扯对方头发说，“全讲给你听好了，当你昏睡时，我不分昼夜陪在身边，老实说是因为我一直在期待白儿出现，反正你又不省人事。可是，她并没现身，我觉得她永远不会出现了。到目前为止你都不认识白儿，现在却能回想她的记忆，所以你不该一意孤行才对。”

“真是这样吗？”频频眨眼的阿高喃喃说道。

“好好珍惜那份记忆，你是以阿高的身份来接受她，或许因为如此，你才能成为真正的阿高。我以前对白儿的印象很好，根本不在乎你变成现在这样，懂吗？”

“我懂，可是你的讲法真怪。”

“那是因为你是个怪胎嘛。”

感到内心暖乎乎的两人相偕踏上归途，此时觉得凡事都变得不再重要，应该能面对一切了。与昔日闲散的搭档生活相比，如今两人有许多共同维系彼此的事物，他们借着本身的明确意志互相联系，因此不像从前那样能轻易断了牵绊。

回到住处的小屋，提前返回的田村麻吕传唤两人前去。

他手中拿着信函，神情诧异地问道：“你们何时动作这么快写信回武藏了？”

“我们没写啊。”

“这是总武郡长寄来的回信，他之前的确收到你们的信呢。”

阿高和藤太面面相觑。说来说去，他们都不可能先动笔，逼不得已非诌一篇文章不可的话，绝对是想办法推给对方。

“我记得从没写过……”

“信上写着藤太、茂里和广梨三人代表竹芝同乡与阿高一起赴京，因此希望能按照原本的随从身份同行，至于往返全程皆托由我来关照，甚至还提到已经寄送暂时所需的费用和行李到我的府邸，接下来还会附函讲明事情经过。这究竟是怎么回事啊？”

“我想爹准是中了邪，大抵上根本没必要让茂里和广梨也去嘛。”讶异的藤太刚这样说，就发觉那两人不知何时已杵在他们后方。

“好了，既然信上这么写，那就该打理打理去京城的行囊了。”茂里愉快地说道。藤太错愕地望着他，这才恍然大悟。

“你们……写信的八成是茂里吧？”

“郡长大人都开金口了，谁要去京城你也管不着。”

“你到底在信上乱掰什么啊？”

“给你猜啰。”

阿高起初张口结舌，接着犹豫地说道：“你该了解跟我一起去京城准没好事，情况最糟时，说不定会让你们后悔莫及。”

“不知道是什么原因，我们到现在都还没对曾做的事懊悔过呢。”广梨说着窥探他的眼神，阿高于是垂下眸。

“你不怕我？我……好怕自己。”

“你从以前就有点危险了，但我不在乎，反正有藤太做伴嘛。”广梨泛起友善的笑容说，“船到桥头自然直，到时再一起想办法吧。对我们来说，若没发生这种事，也许一辈子都没机会去京城。”

田村麻吕注视着他们的一举一动，终于耸耸肩说：“我无法发表意见，以个人任务来说，有阿高一个就绰绰有余。这必须由阿高自己来决定，若要跟他同行便去京城，若不想的就请打道回府吧。”

阿高迟疑不决似的低下头，又微仰起脸。

“我想和同伴一起去。能恢复成自己，都是因为有在场的大家鼎力相助，为了永不忘记这份情谊，我希望大家一起去。面临危险的话，我会试着靠自身的力量保护你们。”

田村麻吕满意地点头。

“阿高这样想就好，你们在场的三人正好可以牵制他。对我来说，这趟危险的伴虎行动若有你们相随，实在是求之不得。”

过了半晌，阿高又出现在田村麻吕面前，不好意思地说：“可以再带一只小狗去京城吗？”

小黑在他脚边频频摇尾，或许是在城内吃饱喝足，它的毛色光滑发亮，这一个月来体型约长一倍，四足也稳健有劲，总是忙着跑跳嬉耍。

田村麻吕在桌子另一侧对他说：“这城里要领养它的人多得是，不该专程带它远离出生地。这是一只狼犬，怎么看都不适合带到京城，你不觉得自己一个造成骚动就够了吗？”

“可是，它选的主人是我。”阿高歉疚地说，“它是一旦选定主人就忠贞不贰的良犬，留它在此是很容易，也许生活还更好适应，可是小黑不会忘记我，也许会一直等下去，明知这样还舍弃它，我实在不忍。”

田村麻吕瞥了他一眼，指责道：“就是因为那只狗，你才会变成异兽的吧？”

阿高正视他的目光，“那是最后一次迷失自我，我绝不让小黑再像那样受我影响。”

小黑停止玩闹，以探询的黑瞳仰望着他。阿高发觉小狗似乎有所感应，就继续说：“或许之前我们曾融为一体，因此我感觉到的一些事物，现在也能传达给小黑。有时它好像能懂人语，我想它也许对我们大有帮助。”

田村麻吕思索一番后，终于答应他的请求。“这时讲什么都没用，又不是带一队士兵去，顶多是只狗嘛。”

离开田村麻吕的房间，阿高欣喜之余，不禁抱起小黑。许久不曾抱在怀中，感觉小狗体重增加不少。

“太好了，你也能进京。就像一起去见阿贝乌其芙奇一样，这次也跟我去京城，还能看到天子喔。”

小黑回应主人似的舔舔他的脸孔，它与藤太一样，一开始就毫不迟疑地跟随阿高同行。突然间，阿高开始回想自己刚才说的话。

至今为止我从没想过天子究竟长什么模样，到了京城觐见圣上时，那位绮萨儿憎恨的对象，想将她占为己有的人物出现在眼前时……我究竟会做何感想呢？

如今再熟悉不过的那种毛骨悚然的恐怖掠过了后颈，若能不受绮萨儿的感受牵绊就好了，可是他没有自信可以免受影响。不到京城就无法得知真相，无从确定任何事。

“你站在这里发愣做什么？”

广梨突然呼唤阿高，性急地说道：“少优哉了，赶快打理行囊吧。”

“啊，我忘了。”阿高连忙放下小狗，随着广梨而去。

“这次只有你是新当差的随从，要听前辈的指示快快行动。”

面对摆起架子的广梨，阿高苦笑起来，看来似乎没闲工夫让自己胡思乱想。有藤太在，还有广梨和茂里陪同，热闹的哥们儿就是自己的支柱。

没问题的……

阿高深深呼吸，仰望着天空如此暗想。无论发生什么事，一定能克服困境吧。只要不辜负同伴之间的信赖，应该就不会迷失自我。

第二部　苑上

……此时，贵居深宫之帝女独立帘畔，倚柱眺庭之间，闻一男子如是自语，遂甚感兴趣，欲知瓢箪迎风摇曳何方……

——《更级日记》

第四章　少年

1

苑上的眸光从翡翠纸镇移向父皇，这位倭国至尊的当朝天子，御容实在衰老骇人。昔日驾临后殿时的父皇英姿焕发，眼神锐如枭鹰，举凡活动无不热衷，不曾有片刻稍闲。他喜爱户外，爱好骑马猎鹰，面孔总是晒得黝黑。如今那份豁达已蒙上晦影，双目辉采尽失，下眼睑愈见垂肿，掩在胡下的嘴角不再挂有笑意。

“您的意思是要女儿去伊势？”苑上反问，一时不敢相信眼前那张憔容及他所说的话。

坐在紫檀椅上的倭帝穿着艳纹袍服，并系有镶石皮带，众臣恭候在侧，仿佛想找碴儿似的对她紧迫盯人。苑上当然了解这次面圣多少有点正式，因此刻意装扮整齐前来觐见，尽管簪钗沉甸甸的戴不习惯，但自己勉强也算是独当一面的公主。正因如此，她实在忍不住想反问。

倭帝困惑回望着苑上，语气慎重地说：“你有何不满？伊势的斋宫夫人[①]因你丧母而深表同情，希望你能成为谈心的对象，你的生活可以比任何人都安全无虞，这岂不是美事一桩？”

伊势确实是庇护自己的绝佳地点吧，苑上苦涩地暗想。历代皆从公主中遴选一位巫女，以斋宫的名义派至祭祀皇族先灵的神社。苑上并没有获选，像自己这种神明看不中意的女孩待在深山神社里，岂不是无聊透顶？

“只有女儿去安全的伊势，这样怎么放得下心？贺美野该怎么办？我们一样失去母后，连住惯的宫殿也没有了。”苑上字斟句酌，将话锋巧妙转向皇弟。自从皇后崩逝，后殿早已拆楼毁屋，苑上和贺美野只能暂居东宫御所[②]角落的一处临时宫舍中。即使贺美野年龄尚幼，还是不能寄住在巫女的神社。

“贺美野有大秦公自愿担任养亲，不必你来操心。大秦公一族与皇后亲族有血缘关系，他们原本就具有百济王室的血统，是性格相当开朗的民族。他表示会有曾经渡唐求学的博士随侍贺美野，也会全力提供关照及教养。”

啊，原来如此……

苑上总算会意。她的异母兄弟多到连十根指头都数不完，母后只产下皇太子、苑上和贺美野三兄妹而已，贺美野如今还只是个体弱孩童，不过以野心人士来看，他可是一位前途无量的皇子。

但是没人想收留我，连生母的亲戚也没人在乎我……

“袭击皇后的灾厄绝不能再次降临到你们身上，除了安殿皇子因为东宫身份不能离宫以外，朕已筹划万全，至少让你们姐弟在宫

---

① 于天皇即位时，选拔至伊势神宫祀奉神明的公主或女王。

② 皇太子的居所。

外有安身之处。这么一来，朕才能安心哪。”

父皇如此解释，苑上听来却倍感空虚。与其说设想周到，倒不如说像是在赶走她这个麻烦似的。如果父皇是因为不幸接踵而至才感到精疲力竭，自己等人还不是一样？苑上如此暗忖，觉得十分落寞。

“父皇的厚意，实在让女儿感激不尽，可是苑上……想留在宫中，不知可否允许女儿不必去伊势呢？”

“此为何故？”果然倭帝浓眉深蹙，昔日扬鹰般的容貌依稀浮现。

她鼓足勇气道：“女儿也是皇族嫡系，请您准许苑上以族人身份对抗这场灾变，如今势必要铲除宫中灾厄，女儿希望至少可以尽点心力。”

倭帝注视着她，这个面泛樱红、眸瞳看上去好强又率直的少女，丝毫没有皇后的昔日身影，那坚定的眼神应该说是得自父亲，不过倭帝对此却漠不关心。

“自己要懂分寸。”倭帝语带斥责道，“你若有这份心，就乖乖待在伊势与斋宫夫人一起祈祷。你留在宫里有何用处？皇后不在人世，你耗在后宫也多半不能随心所欲。朕提议伊势之行的原因正是在此，你这孩子偏偏冥顽不灵，还需朕来点破。”

苑上咬紧唇，父皇的确言之有理。在拆毁后殿的同时，宫女们躲的躲、逃的逃，如今留下来继续随侍这对姐弟的侍女也寥寥无几。大丧既毕，今后迟早是由新的妃子母仪后宫。

眼看苑上像是想隐藏表情般垂下头，倭帝突然语气和缓下来：

“别以为父皇是铁石心肠，宫中对你来说是不祥之地，对朕及贺美野亦是如此。将有灾厄从东北方的鬼门来临，目前为止只显示前兆的大灾难确实正直逼京城，既然能逃就要尽量远避才行，你是皇后的遗孤，朕当然重视了。”

苑上闭起眼眸，她向父皇要求的不是这些怜悯，“请恕女儿轻率提议……一切还遵照您的指示。”

倭帝颔首，看似松了一口气。苑上原本步履沉重地离去，脚步却逐渐加快，也不顾那些恭送的男侍瞪傻了眼，最后竟然狂奔出殿厅。

逃回东宫角落的宫舍，和衣而卧的苑上抑制不住泪如泉涌。

父皇根本不管我的死活……

即使装出世故的面孔，苑上毕竟只有十五岁，少有机会结起发髻和穿上华裳礼服。两年前举行过成人式，此后终年服丧缟素，几乎没有盛装之时。母丧结束后，父皇即刻传旨觐见，让苑上乐得几乎飞上了天，万万没想到父皇只是为了打发包袱才传唤她前去。

屋墙的另一侧是回廊，可以听见东宫的男侍们忙碌急促的脚步声，不时还发出大声对嚷。这里是无法清静的场所，与母后的深宫迥然不同。苑上原本咬着袖口饮泣，仔细聆听外面动静后也无心哭了，不一会儿便收住了泪水。

到伊势后或许能痛洒一番眼泪，反正只有山间野兽听得见，可是哭个半死又如何？她不想借此博取斋宫夫人的安慰，即使与那位夫人年龄相距甚远，自己毕竟是皇后嫡女，论起身份还是居高。

若是生为男儿，我就不会没人要了……

苑上头倚着手臂，如此茫然想着。她虽然是在皇太子之后出生，却没有受到同等尊崇。公主能继承皇位已是昔日古老的传说，父皇的男嗣又多到满地跑，如此一来，身份过于高贵的公主反成了烫手山芋，即使下嫁皇族或重臣，对方也顾及她是皇太子之妹，觉得难以高攀。

“哎呀，公主怎么这样糟蹋重要的礼服呢？”乳母榛名取来更换的衣裳，走进屋责备床榻上的少女。

苑上不乐意地站起身，乳母迅速替她脱衣，同时说道：“榛名全听说了，这不是太美满了吗？只要去伊势，就不用恐惧悲伤，榛名也能放心了。”

“是啊，那里一无所有，完全没半点开心或好玩的事。”

乳母摇头说：“安心度日才最要紧，妖怪这样到处出没，还闹出人命来，宫里实在无法继续安居。榛名要不是为了公主，早就告假请辞了。”

苑上忽然在意起来，小心翼翼地问道：“榛名，你也会陪我一起去伊势吧？”

乳母抚平礼服上的皱褶，再度摇摇头，“您已经是能自立的公主，以后不需要乳母了。榛名的夫婿也因升迁要到大国赴任，榛名当然舍不得与公主离别，不过今后还是会考虑在夫婿的任地那儿生活。”

“是吗？”苑上泄气般喃喃低语，“你也不管我啊。”

“公主，您必须明白榛名是有苦衷——”

苑上转身走出房间，此刻她只想逃开每一个人。

苑上走向宫苑，从回廊沿台阶一路走下来。此处有个小内庭，不需担心与人相遇，自从迁居东宫后，她想独自清静时就来这里。有松树和苦竹为篱，这里虽空间局促，但至少有一洼小池，水面浮着田田莲叶。

再过不久，当这片睡莲绽放之际，京城也是迎接夏日晓晨的时节了吧，不过恐怕自己无缘得见了。蹲在池畔的苑上幽幽叹息，庭石和莲叶间掩映的身影，让她觉得公主尊严尽失，模样相当落魄不堪。

“皇姐，原来你在这里。”

一个少女般清亮的声音在呼唤，原来是贺美野朝她跑来。他耳侧结着一对环髻，身穿开肩的蓝色礼衣，是个比实际年龄看来更小的大头少年。不过他睫毛纤长、白肌通透，因此很受女眷们疼爱，这种体质或许是久居室内造成的吧。苑上曾是人人头痛的活泼孩子，贺美野却一向深居，稍有不慎就发高烧。

贺美野手中紧握着练字纸，气喘吁吁地递给苑上，“皇姐，你看，博士画了好多圈喔。”

自从母后在一年前病殁，贺美野就将以往对母后的撒娇完全转向她。苑上也理解他是因为年幼才会如此，可是自己又不是母亲，她时常为此感到不耐烦。

“你记了好多很难的生字嘛，这些连皇姐也看不懂。”她不太起劲地应道，然而贺美野仍兴冲冲地说：

“博士说我悟性很高，就算国学生[①]也很难学会，所以我决心要读好多的书喔。”

“是吗？”苑上突然对能受教育的弟弟产生一股怨意，她也练过常用习字，博士却两言三语敷衍了事，“那太好了，你去吧。”

贺美野频频眨动长睫，注视着皇姐。

“赶快走吧，我想一个人静一静。”苑上支着头，转开视线避免看他。

然而贺美野并未离去，不知所措地窥望着她，终于问道：“皇姐见过父皇了吧？我也想与父皇说话，他讲些什么呢？”

“你只要好好读书就行了。”苑上喃喃说着，突然改变主意回头望着弟弟，“告诉你吧，皇姐要去伊势，那座神社很远，必须越

① 律令制规定，指在中央大学及地方国学的就读者。

过东方高山，再越过一峰又一峰才能到喔。皇姐到那里以后就要与斋宫夫人一起生活，不能再和你做伴了。”

贺美野的小脸逐渐惨白，“我不要，如果皇姐去伊势，我也要去。”

“不行，只有女生才能住神社，你要去母后的亲戚府上才行。”

“不要！”贺美野难得坚持己见，“如果不跟皇姐在一起，我死也不要！我要去跟父皇说。”

“不行，皇姐已经触怒龙颜了，实在不想让你也挨骂，父皇早就心意已决。”只要一人受责备就够了，苑上告诉贺美野，“我们已经无家可归，不能照自己的意思过日子，只能听从命令到该去的地方。”

“是因为母后不在了吗？”贺美野泣声问道，苑上克制自己又将勾起的百感交集，装作若无其事地答道：

“对啊，你很明白就好。”

贺美野哭起来，那如小猫哀诉的细泣，让苑上于心不忍。

“好了、好了，就算再哭，皇姐也没法子。”

如果有可能，苑上真想像他那样宣泄情绪，姐姐也一样为丧母彷徨、一样在寻求庇护和安慰。贺美野可以向她撒娇，她却无人依靠。苑上深陷绝望之中，想起了另一位兄长。

皇兄呢？不知皇太子会怎么想……

同样居住东宫，皇太子却与苑上等人相隔甚远，并不曾见面。自从新年以来，身体不佳的安殿皇子在各方驱邪除魔的术士围守下，一直幽闭在东宫深处的内室。那种戒备森严的气氛，让苑上来东宫后也对会面一事难以启齿。

干脆去和皇兄谈谈好了……苑上正出神思索时，贺美野紧紧抱住她。

“我不要皇姐走！母后死了，假如连皇姐也见不着，我会发疯的。”

苑上不禁悲从中来，搂紧幼小的弟弟。就算是作为母亲的替身，如今或许唯有这个皇弟需要自己而已。她叹气暗忖着：

为什么我就不能多疼贺美野一点呢？身为姐姐理当照顾幼小，可是我竟对他这么无情。我一点也没遗传到母亲，是因为性格不像女孩子吗？我为何会这么令人讨厌？是因为缺乏温柔？

2

醒来后，只见帐幔另一侧的白壁在阳光下耀眼夺目，仰望着床榻的罩顶花纹，苑上发觉自己睡迟了，看来她早已适应东宫的喧扰环境。

做了迁都的梦……

即使惯居后殿，那里毕竟是在新京城建造的宫殿。从平城京迁都来此时，苑上已年满九岁，清纯年轻的母亲，还有豁达开朗的祖母，对新居不便之处颇有微词，苑上却毫不在意，只为崭新的宫柱及靛蓝的垂帘感到欣喜，甚至跑遍了宫廷各个角落。苑上由衷觉得那时真是不知忧愁的年纪，为何能那么无忧无虑呢？她隐约察觉母亲等人不只是担忧迁都后的居住感觉那么简单，但她还是认为严重的问题只需大人费心就好了。

可是，从那时起就开始发生不幸，半夜里喧嚷大作，有消息传来说是造宫的大臣惨遭杀害，从此陆续闹出人命。事件发生后不久，十二岁的皇兄就取代猝逝的皇叔被立为太子……

安殿皇子成为皇太子后，祖母就时常走访后殿。起初，苑上害怕这位与母亲性格迥异、凡事有话直说的皇太后，不过她却逐渐成了苑上最喜爱的至亲。名为高野上的祖母是一位熟稔唐传[1]知识的聪慧妇人，难能可贵的是身为皇太后却坦率而不矫揉造作。

高野上也是唯一称赞苑上活泼好动的人，母后及侍女们皆是闺秀出身，不仅举止从容，也不喜欢大声喧哗或随兴奔跑，只有高野上袒护受责备的苑上，对她的行径一笑置之。

“苑上，祖母看到你就想起从前的自己，那时我就像你这个年纪，光着脚丫子在山野里奔跑。祖母可对天发誓，从没想过有一天会成为皇后。尽量去跑、去乐吧，你是个健朗的孩子，和祖母同样有活力，可以走得好长好远。”

皇太后……苑上按着眼角，忆起某次在深夜惊醒，听见祖母与母亲在月下露台交谈。那实在是一段痛心的对话，母亲似在隐声啜泣。

高野上说：“不要紧，别顾虑我这老朽之身，只要能拯救皇族就安心了。唯有皇太子不能因此遭殃，否则我族担负的仇恨将变成无法挽回的悲剧，必须有人来阻止才行。”

母亲细声说道：“请您召唤他人代行就好，别亲身犯险。”

“不，我已经开始行动了。”高野上坚持，又语气缓和道，“你我都不是真正的皇族出身，只是嫁入宫中的妇道人家。不过产下皇嗣，就必须同时担起保卫之责，为人母就是如此，这个道理你也明白吧？”

母亲似乎表示同意，“儿媳明白，也有所觉悟。”

自那夜之后不久，皇太后就崩逝了。失去祖母的母后变得更坚强，可是去年春季她也终于心力交瘁……

苑上坐起身，拨去覆在脸上的发丝，在拂去这些回忆时，她下

---

① 指从中国大唐传来的文化。

定了决心。

去见皇兄吧，与他会面把事情告诉他好了。

苑上的心愿并未遭到冷淡拒绝，但在引往皇太子的接见室之后，安殿皇子迟迟不露面，似乎在婉拒多方的会见。隔着屏风，另一侧似有使者与男侍争论不休，苑上也等得心浮气躁，差点没大声抗议。

随侍的榛名轻轻一拍苑上的膝头，“下次再来如何呢？”

“我们同样都住东宫喔，与其下次再来，我宁可在这里耗。”苑上悻悻说道，榛名连忙顾忌地四下环顾。

“这种话可不能让人听见。”

“人家是讲真的嘛。”苑上说，实在久等到疲倦不安。或许安殿皇子在十二岁以前的确是苑上的兄长，可是再怎么说都是皇太子，与一般皇子身份不同，而是继承天子一切的人选。自从立为太子后，安殿皇子就迁离后殿，由专属侍从照顾并负责教育。

为了打发无聊，苑上开始闲谈：“榛名，你还记得吗？就是皇兄背我去摘梅花的事。当我抓住高处的树枝时，皇兄绊了一跤，留我挂在梅枝上，树枝承受不住断了，我掉在皇兄身上，害他被压得头昏眼花。”

乳母无奈地应道：“榛名当然记得了，能一脚踹在未来天子脸上的人，也只有公主一个。”

“可是皇兄一点也没生气呢，以后摘下的梅枝也没有那时好看了。”

脚步声终于响起，一位与男侍装束相异的人物现身了，头巾披戴在略微花白的发髻上，身穿长衣还蓄着细垂唇髭，看似个性相当严谨。

“这位是东宫殿下的主治大夫，名唤永德。此人有要事需向公主禀明，因此前来参见。”男侍如此介绍，永德俯首行礼。苑上心烦不耐，仍隐忍着倾听老者说明。

“殿下对公主来访分外欣喜，吩咐实时会见。不过，公主，在下以主治大夫的立场，想请您避免谈起让殿下添忧的事，比方说现在不宜谈起已逝者的话题。”

苑上深吸了口气，“你的意思是让我别提母后或皇太后？谈这些事情有这么敏感吗？”

“殿下患有重疾，这是由心智耗弱而起，严重时数日饮食不进，只能卧床昏睡。今天稍有起色，但情况绝非良好。”

苑上小声说：“我也难过得食不下咽，贺美野连日发烧，我们彼此分担的痛苦都一样。”

永德心情沉重地摇头，“皇太子的地位何其重要，恐怕您是难以理解的。即使当今圣上担任皇太子时也曾几次卧病，但安殿皇子却比圣上更加脆弱，又接连遭受不幸的打击，因此变得虚弱不堪。”

苑上唯有点头同意，拉起肩上的披巾，“我明白了，那么请让我见皇兄吧。”

大夫吩咐榛名在此等候，只为领着苑上前往深殿的回廊。

穿过贴满符咒的门扉，来到最里侧的房间，此处罩顶覆盖的床榻已拉起帐幔，安殿皇子正坐在厢房里的藤椅上。从这间屋宇低倾的厢房彼端，可看见苍翠绿意，檐下悬挂几只鸟笼，传来呖呖清啭。苑上暗讶此处如此幽静，实在难以联想是置身东宫。

安殿皇子留意到来客，就挺直背脊。

“真高兴你来，好久不曾这样轻松见面了。”

那声调和动作绝对不带矫饰，苑上了解皇兄是真的喜出望外，也就将刚才等到发火的不满抛在脑后。

“皇兄身体可好？”

“有时生病反而是件好事，原本公主来访必须按照礼数接待，现在这样反而可以轻松交谈。你先坐下，我这就吩咐送茶。”

安殿皇子未结发髻，头发垂散在轻披于肩的薄外衣上，虽然是病人姿态，神情却不带憔悴。这位皇子曾是纤瘦少年，度过六载后身材修长如昔，如今已是愈发优雅的十八岁青年。

品貌方面得自母亲遗传的最多就属这位皇兄了，清秀白皙的面容略带一抹忧郁，微笑时泛起温和的笑纹，这些无论历经多少岁月都不会改变，苑上想到就觉得心满意足。

“皇兄的身体比我想象的好太多，这样可以放心了。刚才那位永德大夫拼命吓唬我，将病情说得好严重呢。”

“让苑上忧心了，原本不是什么重病，大家却煞有介事，其实只是闭关没有外出而已。”安殿皇子的语气听起来很轻松，“你和贺美野迁来东宫，我却无法关照，等身体状况转好，我们再一起出游吧。你以前不是很想到野外玩吗？”

“原来皇兄还记得这件事。”苑上不禁露出笑颜，不过知道希望很渺茫，“其实能与皇兄见面的时日不多了，我即将前往伊势。”

“你要去伊势？”

苑上心情沉重地点头，“听说贺美野是前往大秦……我们将会分开，可是我想留在宫中。如果可以的话，我想留在皇兄及大家身边。”

安殿皇子的语气透着意外：“当然了，你不需要去那么远的地方。

城里不久将有好事，难道父皇不想让你亲眼看看吗？”

苑上大吃一惊，抬头望着皇兄：“将有好事？”

“灾祸即将获得救赎，此刻天女正前来京城。”安殿皇子的语气充满热情，“只要见到天女，我的病就会痊愈。苑上也知道明玉献给皇族的传说吧？仿佛是依照远古的承诺般，已经发现玉石和那个少女了。”

“明玉？”

安殿皇子偏起头望着皇妹笑说：“你还记得贺茂婆婆说过的话吗？”

苑上尴尬地小声问道：“她说了什么？”

“就是黄泉女神拥有祭祀及镇伏天神的八块勾玉的故事。明玉或许是其中的最后一块，它失落在东北的虾夷国，隐埋在那片北地，一直等待与皇族相遇。天神就是我们的祖神，这块玉石正是与天子相约的信物，无论如何辗转流离，最后还是终归我族。”

“那是指明玉目前真的存在吗？”苑上半信半疑地插嘴问道，安殿皇子点点头。

“确实存在，当然很少有人提起它。各代帝王曾暗中搜寻，数度遣人远赴东北。父皇也继先帝之后寻求明玉，就在即将发现时遇到虾夷人横加阻挠，甚至引发叛乱，如今继续征派征夷军也是为了明玉。”

安殿皇子在膝上交握起十指，“父皇也无法得到明玉，因为时机尚未成熟。现今时候已到。你看，我这么说是有充分理由的，为了拯救蒙灾的京城，少女如今来得正是时候。”

苑上努力想了解皇兄所说的话，因此凝视着他。

“她来与我相会了，不是来见父皇，是为了解救我而来，我才是少女履行承诺的对象。”安殿皇子吁了口气，突然微微一笑，“天女即将来临，这场梦我做过好几次，她总是在清新的拂晓，从霞空中翩然飞来我身畔。那是一位身披薄红绢纱、手持光辉彩玉，让人净心涤魄的美少女。我将接受她的明玉，到时一切病魔都会被驱走的。”

苑上不知该如何表示，只能小声说：“真是好美的梦喔。”

“你也相信吗？那梦境美妙极了，真想让苑上体会一下呢。”皇兄有意表明心声，苑上却觉得他不太对劲，多少理解大夫所言不虚。

安殿皇子近来对任何不幸消息都充耳不闻，对任何事情一概视若无睹、不想不烦，只为了沉醉梦境而幽闭室内，拼命想疗愈心伤。那种脆弱感，苑上觉得轻易一言就足以粉碎他。

我必须守护皇兄，只要与皇族有关，我就必须帮助他脱离深渊……

注视这位和善的兄长，苑上思忖着。在此同时，少女不禁想到皇太子头衔造成的压力是多么沉重，足以将他逼入如此绝境。

一切都被蒙在鼓里……

走在归途的回廊上，苑上不断思索着。与皇兄会面的真正意图虽没达成，但如今反倒无所谓了，能得知皇太子的病情才更重要。

安殿皇子只微笑诉说着美丽天女的梦境，绝口不提任何愁苦，只是悠然静坐，不改温文的态度。即使如此，苑上仍觉得皇兄在发出悲喊期盼得到救赎，天女的梦可以说很不吉利。

或许大家的谣传是真的，这次妖怪袭击的目标说不定就是皇兄，从那种情况来看，何时出事都不奇怪……

苑上想得入神，不觉停在回廊中间，榛名诧异地说道：“怎么了？不快点走可会耽误时间，下午圣上派来的使者将会决定前往伊势的日期，让对方久等很失礼喔。”

苑上瞥了榛名一眼，背转过身，“你去和使者商量好了，我不想赶时间。”

“您怎么这么任性？”乳母鼓起腮帮子，“我们少数几位随侍全都为了公主去伊势才分担这种重任，您要是这么说，榛名真的先走一步了，其他侍从可会为了不知如何应对而手忙脚乱呢。”

榛名当真说到做到，气呼呼地先行离去。渡廊[①]上已经让闲杂人等回避，因此苑上独自留在这里也不受干扰。榛名不顾她远去后，苑上反而松了口气，想到这是难得不被她唠叨的好机会，就走近栏杆转角试着倾出身子。只见厢房另一头有个铺白沙的外庭，还有贵族的男侍牵马来往，少仆捧着包袱轻快奔走，连苑上看来都觉得是罕见光景。

这样下去不行，我绝对不去伊势……

苑上突然萌生强烈的念头。

或许父皇想把我打发走，认为公主无论做什么都有失体面。可是父皇不知道母后和皇太后如何用心良苦、如何与妖怪对决，事到如今只有我能了解。我与伊势斋宫不一样，至少知道在这灾难频发的时候，静心祈祷是派不上用场的……

苑上很羡慕广场上那些来往的人步伐充满朝气，自从移居东宫以来，她的行动范围便遭严格限制。原本公主就不宜出现在皇太子的寝殿附近，通过渡廊时必须先谨慎让众人回避，她还曾受过叮嘱，

---

① 连接殿宇之间的长廊。

尤其绝不能让在东宫任职的男侍们听见自己的衣裳簌簌，身为公主最重要的就是不得有一丝轻忽大意，以免遭到男性留意。

我为何只能这样低调又不受重视地过活？难道我对任何人一点用处也没有？身为皇族难道就一无是处？

不知不觉间苑上凭栏沉思起来，突然感到有视线在注视自己，连忙起身环顾四周，却不见有人凝望。她有点不寒而栗，反省刚才的举止有欠庄重，只好离开栏杆而去。此刻她一心想要回房，不料，却有人从廊柱后闪身而出，挡住她的去路。

“您是苑上公主吧？在下有事求见……”

应该已经让众人回避了，为何还会？

对方是一位穿着官服的人物，面对这种胆大包天的行径，困惑的苑上只能僵在原地。

3

“公主请安心，在下并非图谋不轨之人。”那人轻快走近说道。从薄绯色的袍服来看可知官授五位[①]，虽然不像身份可疑之人，但奇怪的是此人贸然与公主搭讪，却带着一副有恃无恐的自信。

苑上慌忙背转过身，那人更轻松地说：“请公主看看在下吧。若见了这张面孔，保证您愿意接受在下辩解唐突冒犯的原因。”

苑上决心回头一望，映在眸里的是俯视她的凉澈目光，原来竟是一位头戴漆冠、身形窈窕的风流人物。苑上为此人的凛然之美所吸引，细看之下，方才发觉这位肌肤嫩致、唇瓣如花的官人，确实

---

① 律令制下的位阶制度，在五位以上者为贵族。

拥有女性才有的特质。

她是女子？

竟然有女子穿着官袍呢！苑上瞪圆了眼眸凝视，此人年龄大约才过二十，不仅姣美如含芳盛绽的花，而且身形高挑修长，兼备了青年的潇洒气魄。无论袍服裤幞皆相宜，这身装扮更衬托出她的威凛气质。

“公主了解在下请您安心的用意了吗？”她笑意更深说道。

“你是谁？”苑上终于问道。没想到自己竟然脱口询问起对方，不过转念一想，既然对方是女性倒也无所谓。

这位作风独特的人物行过臣下之礼后，声调中微透笑意说道：“初次拜见公主，还在此唤您留步，不当之处务必敬请见谅。自从公主来到东宫，在下就期待能有幸亲会一谈。在下与已故皇后同样是藤原式家之后，名唤藤原仲成。恕仲成斗胆，其实与您还是血缘之亲。”

“原来如此，我完全不知道有这回事。”苑上深吸了口气说道，她从没听说过有这位耀眼人物系出母族，“你的名字叫……仲成？”

“还有另一个名字，不过请您称呼仲成好了。自从受冠朝服以来，在下就一直使用这个名字，并受任担任卫门佐，这是属于编制外的官衔。”

“你是女性，为何偏要担任武官呢？”

“因为在下曾立过誓，决心在达成愿望以前保持男儿身。”仲成毫不迟疑地说，“圣上也认同允许。宫中人人皆知，其实过世的家父就是如今人称的造宫大臣。”

“啊……”苑上掩住口，霎时忆起那个半夜奔走相告危急的恐怖日子，“原来如此，你就是曾经辅佐父皇的那位重臣的千金啊。”

“多谢公主夸奖，家父能受如此赞扬，如今可是绝无仅有了。”

仲成歪起嘴角微微一笑，那抹邪邪浅笑，反而释放出独特的魅力。

“自从京城灾祸横行以来，兴建长冈京的家父声望也日渐低落，有人还将侵袭城内的灾祸归咎于往生者。”仲成以怜悯的眼神凝视着苑上，“在下对已故的皇后诚心表示悼念，公主在这场灾厄中痛失亲族，仲成能切身体会这种悲伤。”

在那细长的美瞳凝视之下，苑上不禁怦然心动。不料突然出现破坏好事的家伙，原来榛名左等右等不见苑上回房，一气之下又返回此处。

“公主，您在这里磨蹭些什么？”

仲成一耸肩，快速对苑上轻声耳语：“看来您那位唠叨的监视人回来了，在下还是尽快避走才好。下次另找机会吧……能在夜里与您相见吗？”

苑上一惊抬起头，仲成却无暇多言，迅速抽身离去了。那来去如风的气势，让苑上只能傻眼目送而已。

“公主也真是的。”榛名气喘个不休，一把扯住苑上的衣袖，“没几天就要前往伊势，应该更加谨言慎行才是。若出什么差错，榛名可无颜向圣上交代。”

“没什么好大惊小怪的，刚才那人是女子，而且还是藤原式家的后裔。我与母后的女亲交谈又有哪点不对？你从来就没告诉我有这样的人呢。”

苑上口气多少有些埋怨，榛名眉毛一挑说：“那么刚才那位就是藤原药子了？”

“她自称仲成，我想和她多聊聊呢。”

“开什么玩笑！”榛名愈发激动起来，苑上惊愕地望着她。“那种人哪，跟其他当官的公子哥儿没两样，公主绝不能与她交谈。那种异端、怪癖狂，真是个祸害，连藤原氏的众亲族私底下都受不了她。请您发誓下次绝不再接近她，那人会对公主非常不利。”

“她的父亲是父皇信任的心腹重臣喔。”

苑上不以为然道，榛名催促似的边走边答：

“现在提到造宫大臣可会犯忌讳，何况药子是个偏激分子，公主还是少接触她为妙。”

在决定前往伊势的日期、举行出发仪式等无聊的程序之后，榛名忙着恭送使者离去，苑上唤来收拾残桌的两名侍女，她们眼见公主招手，就捧着器皿诧异地走来。

苑上唤她们来到屏风后，悄悄问道：“你们知道藤原仲成这个人吗？”

侍女们立刻彼此对看一眼，其中一位回答：“公主，所有的宫廷女官都知道那位大名鼎鼎的月宫贵人呢。”

“月宫贵人？”苑上如此反问。侍女说明：

“我们都是这么称呼卫门佐大人。她在动静之间都超然不群，仿佛是月宫来的贵人。”

苑上点头表示理解，另一名侍女也乘势开口说：“这还有别的意思，就是指仲成大人像是月宫仙人般遥不可及。在宫里很难见到她，因为那人总是神出鬼没、行踪成谜，虽然有点风评不佳，不过我们年轻女官全都支持她。”

苑上从座椅上倾出身子，“什么风评不佳？说来听听嘛。”

她们再度面面相觑，有些为难似的吃吃笑起来，“听说仲成大人比任何一位贵公子都经验老到呢。”

“怎么经验老到呀？”

“这种事若回禀给公主知道，奴婢可要受榛名责罚了。”她们高声笑着，小鸟似的逃走了。

一想到自己和两名少女年龄相仿，苑上就觉得颇不是滋味。即使不懂人事，她也多少明白榛名为何会气杀了。

原来世间也有这样的人……

既有人替她取雅号，又可接受姑娘们的热情崇拜，还能以男装之姿随心所欲地阔步，竟然有这种女性存在呢！好想多了解她一点。想起仲成的轻声叮咛，苑上忽然心跳加剧起来。

夜里的宫中，如今完全是随时可能遭妖怪袭击的危险禁地，然而女眷们照样谈论深夜幽会。她们以为公主不知情，其实都传进苑上耳里，只不过她认为自己这辈子都不可能跟这种事沾上边。

真想见那人一面……

榛名的斥责从一开始就被当成耳边风，苑上暗想，正因为自己必须立刻动身到伊势去，才更不想留下任何遗憾。

贺美野在灯畔打开《论语》，挺直背脊读诵着，不一会儿眉头轻蹙，注视身旁的皇姐。苑上看似心不在焉，平时虽也不热衷听他读书，至少还会表示一下关心，今日的模样可说完全换了个人，不但坐立难安，还盯着半空发呆，视线左来右往地游移不定。

“皇姐，你怎么了？”停止读书的贺美野问道，苑上连忙放下支着头的手臂。

“我在听你念喔。”

“皇姐怎么脸红得像在发烧，还是吃药休息才好。”

苑上作势咳了一声，“你今天才该早点睡呢，明天不是要练习骑马吗？”

“去练习的话，说不定真的会发烧呢。”贺美野小声说着，其实他最怕骑马了。

“不熟悉骑术便无法成为堂堂的亲王喔。”苑上谆谆告诫，贺美野突然话锋一转，道：

“那我明天专心去练好了，不过有个交换条件，皇姐要让我看刚才那封信。”

苑上凛然一惊，望着弟弟，“什么信啊？”

“就是在晚膳之前不久，有个陌生侍从递给你的那张小纸条。”

“倒给你这鬼灵精瞧见了。”弟弟耍起小聪明，让苑上哭笑不得。“你别告诉任何人喔。要是说给人家听，皇姐真的不理你。”

“我不会说的，借我看嘛，是什么信啊？”

那是在一张几乎与仲成袍服同色的薄绯色纸上，仅写一行没有署名的短句：“亥时①于公主庭内见面。”苑上了然于胸，她满怀期盼和不安，迫不及待希望相见时刻快来。

贺美野一脸愠色，审视着笔迹问道：“皇姐也要去跟男人幽会？”

“真是的，小孩子怎么学些不三不四的话。”或许长期待在屋内和女眷之间，贺美野也听到不少有的没的。“写信来的不是那种人，皇姐才不会做见不得人的事。”

“可是你没告诉榛名吧？”贺美野一针见血。

苑上显得有些不知如何是好，又立刻坚持道：“事情好坏是由皇姐决定，跟榛名没关系。如果连你也阻止，以后就别叫我姐姐了。”

① 指夜间九点至十一点。

“我才没阻止你。”贺美野大吃一惊答道，“不过要带我一起去喔，行不行？”

苑上张大口又闭紧，“你说什么？”

“皇姐有点爱冒险，我必须跟去才放心。”

一脸严肃的贺美野断然说道。

到了令人伤脑筋的亥时，宣称要当跟屁虫的贺美野在自己房内睡得不省人事，苑上探头一窥，确定他发出熟睡的呼吸，就竭力忍住想笑的冲动。

还说大话，根本是个小娃娃……

不过苑上对于贺美野有这份心意多少有些惊讶，一想到他以小孩子的立场保护胞姐，就感到又悲又喜。还是不想叫醒弟弟，苑上轻轻关上房门，专心地放轻脚步走向暗夜中。

夜气湿溽，沁着炎夏将至的气息，随着淡风似有若无，药草园里的栀子花雅香飘袭。在始缺的明月下，足畔一切皆清晰可见。她不曾在月下独行，仲成约定的地点，除了苑上常去的内庭之外不会是别处，如今她才庆幸能暂居东宫，否则绝对无法轻易外出。

池中蛙声阵阵，苑上在台阶上环顾一阵后吁了口气，心想对方还没来到。岂料林间有人悄声走出，苑上不禁屏住气息，只见苍月下，如幻影一般现身的仲成恰似月宫降临的贵公子。

“您来了。”仲成上前伸出手，苑上毫不迟疑地让她牵起。以女性而言，仲成的掌心热切而强劲，但也可能是苑上的手温原本就比自己想象中更冷。

“请放心，这庭池四周都布下结界，就算规模很小也能防备任何妖怪入侵，而且能避人耳目，如此一来，没人会查问我们了。”

“你这么做，是因为常与人在夜间会面吗？”苑上语带保留地问道。

“为什么公主会问这种事？”

“女官说你经验老到，所以我才这么猜的。”

仲成悄声笑起来，笑意在苑上掌中微波荡漾，“反正我是女子，三更半夜约人外出可没好处。”

“那么，为何还邀我出来呢？”

仲成让苑上在池塘石畔坐下，自己则端坐于地，接着突然语气一改，认真地说：“请恕仲成冒昧，有件事情必须请问公主，由于不宜在众人面前宣扬，恐怕还不便让其他人得知，在说明时或许会引起公主伤感，可以事先请您见谅吗？”

如今不同于先前的另一种激动，苑上内心又开始狂悸，她仿佛出神般盯着仲成的眼瞳，弱声说：“你想问什么呢？”

“就是有关皇后与皇太后崩逝的原因。即使同处宫中，公主并没有受到妖物波及，我必须知道妖怪如何选择袭击目标，还有为何出现牺牲。”

这是苑上最想逃避，同时也最期待有人倾听的问题，因为这些话毕竟无法向皇兄诉说，没想到仲成会直接问起自己。

苑上在惊讶叹服之余，害怕地轻声说：“你不像是女官们说的那种人，也不是月都中人，而是身在更严酷的地方啊。”

仲成轻轻点头，“在下身处暗冥，久视暗影，若非如此，实在不需这身伪装。”

苑上无言以对，仲成温言相劝：“请相信这份诚意，仲成的宏愿与皇后的心意一样，都是为了保护安殿皇子顺利继承帝位。身为藤原式家之后，怎么能不乐观其成呢？这个心愿进而是为了守护家父建造的京城，以及消灭横行肆虐的妖怪。”

“你真坚强，简直不敢相信是一介女子。”苑上终于叹息地说，“你能替我保护皇兄吗？他需要一位可靠的守护者。”

“可以请您告诉我真相吗？”

苑上垂下头，在膝上双拳握紧，“我不想在这里详细说明，那东西……与黑暗很类似。我只瞥见过一次，或许那是妖怪第一次出现，就在皇兄房内，那东西首先袭击的就是皇太子。”

仲成倾出身子，“公主遇过妖怪，但是平安无事。”

苑上无力地点头，“我能逃过一劫全是受皇太后庇佑，她曾施展唐朝传来的咒术驱除妖孽，母后也同样试过。咒术的法力虽强，稍有差错反而会让施咒者丧命，她们都对这些早有觉悟。”

“那位温柔的皇后也会使用咒术啊。”仲成喃喃说，“是因为不想借助他人之力搭救皇太子吗？”

“母后在临死前，仍不断梦呓似的频频提到皇兄，连我在身旁都认不出来。我在枕畔一直听她说到临终，或许正因如此我才觉得无法坐视不管。”

苑上突然哽咽，但仍忍住哭泣，在努力抚平情绪后，仲成轻轻将手放在她的肩头，那抹掌温及平静的语调，让苑上的心情逐渐平静。

“公主提供的内情绝不会白费，这些作为了解妖怪的线索实在太宝贵了。皇太子成为受害目标，还有唐传咒术不具伏妖效果，这两条线索逐渐验证了某个事实。”

苑上抬起头，“你说的某个事实是指什么呢？”

仲成注视着她。

“公主可曾听过一些传闻，就是从东北方会有灾祸来临，或是圣上曾派遣一名亲信前往东国暗中执行使命？”

4

翌晨，苑上睡到从床榻上被赶下来才清醒，坐在已冷的白粥前，脑中还一片茫然。

仲成并没有讲太久，在深夜时即送苑上回房。入寝后苑上无法合眼，迷迷糊糊中黎明已经到来，晨光格外耀眼。

她心不在焉地搅着白粥，想起昨夜仲成的话语。

“公主不需刻意留意暗影，您是光辉之子，只要注视着光明成长就行，这种生活才适合辉神后裔。不过世间没有不落影的光明，除非遥居月宫，否则无可避免。”

那是因为苑上表示想留在京城，仲成才如此表示。即使表达方式不同，大致上就是榛名所说的“公主不必了解世间险恶”之意。苑上想到连仲成那样的人都说出这种话，不免有些失望。

如果是指皇兄，那我也知道他是光辉之子，有理由保护他，可是我又不同……

苑上吃着粥，贺美野探头道：“早安……已经中午了。”他在苑上背后小声说着，随即来到桌边站住，“皇姐，你昨晚去做了什么？”

苑上横了弟弟一眼，反而专心吃起粥来，“人家在吃饭，别来啰唆。”

贺美野垂头丧气，无所事事地反绞手指，“我又没睡着，只是闭着眼睛。”

“也许吧，可是你好像没发现皇姐离开呢。”

“你还是去……幽会了。”

“别说那种难听话。”苑上不悦地指责道。

贺美野只好默不作声，不久开口说：“假如只有女生能去伊势，那我就扮成女孩子，连衣裳用品都准备好了。可是跟人幽会的女生是不是不能去伊势啊？”

苑上险些被粥呛到，“你怎么说出这些怪话？”

“因为榛名或清濑说过嘛。如果公主闹出那种事就不能成行了，她们也没脸见人。”

苑上正想开口辩解，突然一道灵光乍现。她频频眨眼，紧接着丢下汤匙，用力摇晃着弟弟的双肩。

“贺美野，你喜不喜欢皇姐？”

差点被吓昏的少年答道：“当然喜欢。”

“那你能不能救救皇姐，别让丑闻传出去？然后你打扮成女孩子，代替姐姐去伊势？”

贺美野愣愣地望着她，“我当替身去，那皇姐又怎么办呢？”

苑上露出会心一笑，“我不去伊势，改扮成像你一样的男孩模样。”

贺美野提心吊胆地问道：“你不会是认真的吧？”

“皇姐从没这么认真过呢。那么，你说要改扮女生去伊势，也是开玩笑吗？”

“我是说真的，人家不想跟皇姐分开嘛。”

“贺美野好会替皇姐着想喔。”只见弟弟点头，苑上就凑近逼视那双眼睛，“那么，你会为了救姐姐去伊势啰？”

贺美野表情有些狼狈，终于点头同意，“如果这样真能帮助皇姐，那就去好了。”

苑上顾不得左右为难的弟弟，光为想出大胆点子就差点没乐翻了。这绝对不只是妄想，能知道长在深宫的公主相貌和实龄的人可说少之又少。

去约仲成谈谈好了……就这样吧。

前晚仲成曾说若有事相谈，就在庭院松枝上结绳为记，还交给她一条彩色编绳，见到这个标记就在原定时刻等候。苑上想到能与那人再次交谈，心中不免澎湃，丝毫没发觉仲成带给自己的影响有多深远。

“想出这么荒唐的主意，你会取笑我吗？”

“不……”

苑上抬头探询对方的反应，仲成微笑否认，“在下只是惊讶而已，公主难道不想求个安身之地吗？能到伊势净地的特权，可不是人人皆有喔。”

倘若是仲成，自己就能将无法向人倾诉的心声说出来。苑上交抱起手臂道：

“仲成，我的存在本来就无声无息，注定将是没有任何作为、在世上了无痕迹过完一生的命运。虽然以皇太子之妹的尊荣备受礼遇，也只不过是个无用之人罢了。如果在伊势被人遗忘，了此残生，那么死在哪里不都一样？就算我不待在那种地方，又有谁当一回事？我一直梦想自己是男儿身。”

“仲成了解自己的行径相当过火，不过公主似乎更加不计一切。”

她摇头尚未说完，苑上就极力打断道：

“我明白会带给你困扰，可是还是希望能把握机会。我已经受够了，失去太多重要的人，无法相信祈祷就能解决事情，我想实际付诸行动，不再只是祈求而已。”

仲成以年轻人常见的姿势将手抱在后颈，思索了半晌说："如果以个人立场来说，仲成当然会欣然接受公主的要求，目的之一就是为了保护贺美野皇子。其实，皇子的前途让在下相当苦恼，他若能代替公主去伊势，再也没比这个安排更安全了。此外还有一件事，那就是公主愿意协助的话，仲成便能得到莫大的精神支持，因为遇过妖怪的幸存者寥寥无几。"

"那么……"苑上吸了口气，仲成的表情严肃依旧。

"您真的不在乎吗？一旦踏入暗界，就会感受原可不必承受的悲伤，无论是谁都不会眷顾扮成男儿身的公主。此外，仲成也将一心奋战，说不定还会利用您喔。"

"我不在乎，这是我自愿提出的请求。"信心十足的苑上说得痛快。仲成突然莞尔一笑：

"在下常想贺美野皇子如果能到公主这年纪就可放心了，但是没想到他的皇姐是这样了不起的人。"

苑上联想到另外一件事，就问道："你刚才提到贺美野，那孩子怎么了？"

"大秦公也是仲成的亲戚，以前难道没向您提过这层亲缘关系？"

苑上恍然大悟，"这么说来，你原本要随侍贺美野啰？"

"是的，在下认为有守护的必要，因为他是二皇子。即使年纪尚小，但听说非常聪明伶俐。"

"大家都这么说，他是个人见人夸的孩子，你也很重视他呢。"苑上的语气有些沉重，仲成并不以为意。

"因为在下判断这场灾变将来会危及贺美野皇子，不过皇子亲自表示想去伊势，那就尊重他的意思，谁也不会料到皇子人在那里。"

“贺美野怎么会有危险呢？”

仲成再度微微一笑，这次隐去眼中笑意，“公主，您也处于险境呢。您明知如此还有这样的提议，实在太可贵了。毕竟在下如果要保护幼小皇子，当然就无法断然行动，在这灾厄的主凶渐渐来临的节骨眼儿上，还真让仲成烦恼不已。”

苑上不禁发问：“你会让我加入作战吧？”

“会的，不害怕吗？”

苑上摇头说：“才不呢，请让我尽力而为。能让自己有发挥力量的机会，我开心极了。”

仲成伸手轻抚苑上的秀发，“在下不会辜负公主的勇敢，即使一介女流，仍然需要坚强的心志和体魄。温柔和坚强是一体两面，公主以后必然会明白这个道理。”

前往伊势的日子终于来临，由于不是兴师动众的启程，看不到主君众臣的送行，不过多少该讲究一些形式，因此一心想恪尽职守的榛名从黎明起就没片刻闲过。苑上经她悉心照料过了头，一直被跟东跟西，心中难免七上八下起来，担心自己该不会就这样被推上轿送往伊势去了。

“随轿的队伍到了。”清濑前来通知。

“啊，离别的时刻终于来临。”榛名依依不舍地说道。

“你不用去招呼宾客吗？我一个人不要紧啦，有同行的侍女照顾就成了。”心神不宁的苑上催促着。榛名瞪她一眼：

“今后再也不能相见了，您还忍心说这种话。”

仔细一看，原来榛名忍着满眶泪水。苑上原以为她将自己打发走后，便大可轻松前往夫婿任职的领国，这时才发觉自己真误会了她。

“您总算长这么大了，公主从学步开始，榛名就一直战战兢兢，您不是从树上摔下来，就是栽进水池里，还碰伤了脸，榛名担心得整夜阖不上眼……”

苑上不禁有些不知所措，“榛名……”

“我老是提这种不光彩的事情，都是因为公主总让人放不下心。既然有哺育之情，今后榛名会一直惦记着您。”

苑上再次由衷地牵起乳母的手，长年以来她和自己是如此熟悉。

“榛名，对不起。谢谢你过去的照顾，请爱惜身体，今后多多保重。”

她诚挚表达了心意，同时又开始心浮气躁。榛名绝对会目送自己坐上轿舆，这身公主礼服再换穿上也要费不少工夫，真的赶得上与弟弟换轿吗?

前一天，贺美野已随大秦派来的迎接队伍离宫，仲成自从表示必须筹划安顿方式后，迄今尚未现身。此时苑上无计可施，觉得自己被抛弃了。

说不定仲成改变心意，她觉得带我同行是吃力不讨好……

对仲成而言，即使不依约行事也没有损失，只要按照最初预定的将贺美野安置在身边，至于前往伊势的公主就算心有不满也只能暗自认了。

难道那人从一开始就敷衍我?

无视于苑上的忐忑不安，清濑再度出现，告知随同前往伊势的女官们正来向榛名辞行。她身后跟随几个穿戴五彩缤纷的女子，只见泪汪汪的榛名忙着话别，更让苑上陷入了绝望深渊。

遮帘对面，几名女官客套地向榛名表示：“请将尊贵的公主交由我等照顾，在伊势的一切起居全由我方负责，请乳母不必挂心。”

“那么有劳各位照顾公主了。”

苑上小心翼翼地从屏风缝隙望去，只见随行的女官们皆是年轻聪敏之辈，一名身穿青色唐衣、宛似高菖蒲花般容姿窈窕的女官也在其中，少女为她那雍容华贵的举止所吸引，不禁瞧得出神，随后发觉此人有些面善。

莫非是？

苑上再度打量之下，差点没翻倒坐凳。原来那名女官正是仲成，巧施艳妆、展裙端坐的模样，简直像换了个人。不过唇角微挑的淡笑神情，绝对是她没错，那略含邪气的笑容浮现在灿涂的丹唇上，愈发显得妖艳迷人。

不久在女官们的陪伴下步出殿外，苑上终于找到机会轻声向仲成说：“你会陪我一起到伊势吗？”

“当然不会。”裳声簌簌的仲成一口否定，不过横眼望向苑上时，眼瞳透着一缕笑意，“请安心上路吧，途中会请您下轿，这支队伍都是由在下等人精心安排，秦氏的财势可不容小看喔。”

贺美野离京后路经山背，在平城山下等待苑上一行人抵达。就在随行众人于春日中歇憩之际，苑上发现头上覆着罩衣的贺美野悄悄走进屋内，她心下一宽，将弟弟拉过来。

“你在这里太好了，我还在想该不会就这样被逼到伊势吧。”

取下罩衣一看，只见贺美野完全变了模样，梳成垂髻的浓发衬托出可爱的脸孔，外形与华美衣裳十分相称，任谁看了都相信是公主，或许比苑上更适合这身装扮。

“穿上才知道女生的衣服好热喔。”汗流浃背的贺美野蹙眉抱怨道。

“只有礼服才这样，平时倒还好呢。”

“那就在坐轿时忍耐一下了。我决定在伊势读书，没事就待在房间，绝不会害皇姐丢人现眼。”

贺美野看起来像受过许多叮嘱，他努力向苑上保证道。苑上突然感到十分内疚，这次交换身份虽说是将贺美野送往安全地点，但绝不是出于为他着想。

仲成向同行的女官招招手，让贺美野与几人见面，“皇子，这些女官很清楚状况，因此请别客气，有事尽管吩咐。至于如何应付斋宫夫人，她们自会妥善处理，请一切不用费心。”

贺美野紧紧揪住苑上的衣裳，似乎不舍离去。但他终究还是松手，小声说：“那我走了。”

苑上见他没哭出来，不禁松了口气，不知何故内心竟然百感交集起来，于是说：“要保重身体，在伊势别挑食，晚上早点休息喔。代替皇姐的任务就拜托你了，等京城一切恢复安定后，姐姐会想办法安排你回来。”

“皇姐也请保重，小心安全。我好担心皇姐改扮男生怎么办，骑马没问题吗？”

苑上听他一说，就露出微笑。

“真想骑一次看看，皇姐不怕的。”

贺美野悲观地说：“骑过就知道厉害了。”

随从们在休息结束后，轻轻抬起乘着少年的轿舆，若无其事地朝伊势出发。苑上披着贺美野的罩衣站在屋檐下，目送后续队伍进入蓊绿的丘陵，直到从视线中消失。

如果我变得坚强点，是否会对贺美野更温柔些呢？

这时苑上只觉得自己这个做姐姐的很无情，离别时还没贺美野来得悲伤。不过她会与仲成并肩作战，只要遏阻京城灾变并拯救皇兄，那时自己或许便能对弟弟更和颜悦色了。

伫立不动的苑上目送一行人远去，仲成走向她平静问道："贺美野皇子走了，公主会后悔吗？"

少女转过头，显得更加开朗地说："不会，一切都很顺利。贺美野一定能适应，我也没问题，这样就可以没有后顾之忧地扮成男孩子了。"

仲成探询地注视苑上的面孔，泛起微笑后一拂发丝，"那么我们该换下这身束缚，穿久了还觉得女人衣裳真累呢。"

仲成步入客栈，苑上追随而去，她知道不能打退堂鼓，眼前有仲成在。注视着那挺直的背影，苑上重新下定决心。

无论前往何方，我绝不后悔……

5

苑上至今从没有自行穿过衣裳，榛名不便来时，一定有其他女官代为整装，由不熟练的女官服侍穿衣的日子，总让她浑身不得劲，心情也郁闷到极点。现在看着仲成独自利落地更衣，这才领悟到原来由自己动手才能穿出最舒服的感觉，如此简单的道理以前竟然没发现。

"想自己试试看吗？穿法很容易记住的。"仲成笑着说，苑上立刻尝试练习起来。不过实际的穿法竟比想象还难，因为更换的服装是她从未穿过的样式。仲成递给她的是淡青色单衣和宽摆裤裤，以及少年所穿的细绢礼衣。眼见苑上费力拼斗，仲成边说明边帮忙。

“您看，很合适呢。”仲成为苑上梳发后，在耳侧结起环髻，递给她青铜镜子。苑上接过来，茫然望着自己的面孔。

“这种年纪还打扮成贺美野，你不觉得很怪吗？”

“完全不会，公主绝对能扮成元服[①]前的少年。仲成猜您一定合适，现在看来果然很搭配呢。”仲成与她凑着一起看镜子，接着轻笑起来，“因为公主的眼神很率真，只有单纯的少年才有这种眼瞳，您的眼神是遗传自圣上吧？”

苑上耸耸肩，“父皇常训我盯着人猛看很没礼貌，可是这种坏习惯对少年来说反而成了优点？”

“当然是优点，假如公主是皇子的话，说不定仲成更想支持您呢。”

苑上一听此话，叹息说：“果然我生来就注定吃亏啊。”

仲成笑声一止，语气严肃地告诉她说：“没这回事，您若是与皇太子年龄相近的皇子，众臣必然划分成两派，只会徒增无谓的纷争吧。对众人来说，您生为公主反而值得庆幸。”

苑上喃喃道：“我明白，可是有时不免会想干脆掀起纷争好了。从出生以来就受万人珍视呵护的感觉，真不知道是什么样子呢。”

仲成将手放在苑上肩头。

“请别这么说，您能如此率真地尽情成长，正因为您是公主的缘故。假如身为皇子，就无法拥有这份纯真的个性，这对在下来说是很值得庆幸的事，仲成期待同行的对象，正是至情至性的苑上公

---

① 指奈良时代以后为少年举行的成人式，举行仪式后必须改变发型及服装，一般是在十一岁至十六岁之间进行。

主喔。”

少女十分震惊，至今从未有人对她如此表示。

仲成细细端详着苑上的眼瞳，说：“您会与我一起奋战吧？愿意尽力挑战威胁皇族的灾凶，拯救安殿皇子脱离当前危机吗？”

“当然愿意，拯救皇兄才是我最大的心愿。为了达成目标，即使像母后及皇太后一样献出生命也在所不惜。”

苑上如此回答，仲成会心微笑了。

“那么请装扮成少年吧。”

“这不是顺应你的要求，而是我心甘情愿的喔。”

仲成问道：“您知道该如何表现才像个男子吗？”

寻思片刻后，苑上答道：“说话和用词不同，动作也不一样。”

“是的，装扮成男子，不仅是改变穿着而已，还必须调整用词和动作，在精神上必须模仿男性。不过这说不定很困难，人人心中都有阴阳两面，让男性特质外显的话，首先必须舍去无谓的优柔寡断，诚实按照愿望行动，因为他们不像女子在行动上动辄得咎。”

苑上觉得与仲成说话时不像与女性交谈的原因，正是在于她能掌握要领。

仲成察觉到她的想法，轻轻斜勾起嘴角，“男性忠于自己的欲求，更胜过考虑他人感受，尤其能敏感洞悉地位尊卑，善于服从命令。换句话说，男性是在欲求及命令下采取行动，因为单纯才能作风大胆。”

“我大概了解你的意思。”苑上点点头，“也就是说只要率性而为就是了，这点我最在行。”

仲成小声笑笑，接着又道：“以后就说公主是在下亲戚的公子，是来学习礼仪。贵族子弟随亲戚见习成为随从的情形并不罕见，有人问起时，请您务必如此回答。此外还必须有个适合的称呼，那么……就叫铃鹿丸吧。”

仲成说出这个名字，苑上顿时明白她是联想到越过铃鹿岭的贺美野等人，“我叫铃鹿丸？那好啊。”

“原本想派人来指导您学习随从的表现，不过目前人手还没来，那就先找其他侍从吧。”

仲成弹指一响，从柱后出现四名恭候待命的沉默男子。苑上对这些高大汉子有些畏怯，甚至觉得他们很诡异，只见浑身漆黑衫裤，举止如猫般悄静无声，细眼多骨的脸上毫无表情，苑上分辨不出四人形貌有何差别。

“这几人是从大唐渡海而来，曾在东土学习咒术，平日是仲成的随身护卫，不过也会视情况保护您，遇到危险时请留心别和他们分开。”

惊奇不已的苑上深深点头，原本高昂的兴致也减兴不少，她紧张起来，感受到这并非儿戏。

仲成继续严肃地道：“接着必须说明今后的预定行程，我们不会返京，而是从这里前往大津。原本该留时间让您适应，现在却事不宜迟，有传报指出寻获明玉的人正前往京城，我必须赶在那人及他的同伴进京前先确认才行。”

“你刚才是在说明玉吗？”苑上惊讶地欠身，“那么皇兄所说的都是真的？”

仲成表情严峻地望着苑上，就在此时，突然门口响起一个优哉声音。

“啊……我来迟了，卫门佐大人还在这里吗？”

仲成蹙眉朝着门口说：“佐伯，你真慢，到哪里隐遁去了？”

苑上抬眼一望，只见一名看似浓眉大眼、身形略矮的年轻人走进来。他穿着国学生配给的茶色素袍，头上剃得光溜溜，他将光头朝众人深深一低说：

“不好意思，以后请别叫佐伯，而是无空。本人最近遁入空门，称呼也改了。”

“你是当真？”仲成失笑地盯着那颗光头，“剃了头就别想回大学，至少你该知道没在戒坛前剃度出家是违法的吧。一时发心改当私度僧[1]，无论大刹小寺都不会接纳你，顶多沦为叫花子罢了。”

“我没说过要当叫花子，是要去化缘。我觉得以王法惩戒我们这些离世修行之人，简直是岂有此理。”

“没有王法怎么行？说来说去，你们不过是为了躲避劳役才离开居处、逃遁山里的一群无赖嘛。”仲成如此说着，无空转换气氛似的泛起微笑。

“我不想重返大学，就算被开除学籍也没什么好遗憾的。那里早就没啥可学了，如今真学问的焦点不在儒学，平城的大寺院里学僧云集，混进去还可以入堂听讲。老师的讲学虽不够精彩，但我对佛典还是很有兴趣。”

仲成摇头叹息，改变主意后望着苑上，“其实我原本想派无空陪你同行，直到昨天他还是个名叫佐伯的大学子弟，现在却这样纰漏尽出。原本老实做学问就能平步青云，不知从几时起这人变得狂逸放纵，反而误入歧途。”

“错不在卫门佐大人喔。”无空爽快地说，“剃度是一种手段，我还不想立刻归隐山林，暂时跟以前一样替您效劳也可以，无论有

① 律令制下，未经朝廷许可而出家的僧尼。

什么事还请吩咐一声。”

仲成思索半晌，终于说：“我们人手不足，没闲工夫去找代替你的人，只能拜托你了。”

这个怪人将和我同行？苑上的眼神中净是疑问。

或许意识到少女的疑惑，仲成回头做了说明：“拜托他是有原因的，这位佐伯……不，这位无空没其他本事，妙的是倒有对抗灵怪的顽强体质。他成为我的属下也是这个缘故，最近敢在京城走夜路的人实在少之又少。”

“没错，虽然目前我还不会持咒念法，不过别小看这颗聪明绝顶的脑袋瓜喔。”无空大言不惭地说道，瞄着仲成身后那几位恭候待命的黑衣人。

“我承认你是聪明绝顶，但不知你会把人给带到哪去。”仲成轻笑说道，在背后轻推苑上来到无空面前。

“这位是我特别关照的孩子，他名叫铃鹿丸，希望你能细心照顾。”

无空微蹙眉头，“看来我们要拎个娃儿上路了，带他去大津妥当吗？今后那里会发生什么灾变，谁也不敢保证喔。”

“所以才拜托你啊，就是有某些原因才不能让这孩子先回京城。”

苑上不太情愿地来到无空面前，斜眼一瞟，只见那人突然下定决心接纳自己似的，露出了开朗笑容。

“接下来你可有苦头吃啰。为何偏要来跟仲成学习呢？所谓择人不视其貌，人生愈早领悟这个道理愈好。”

一行人朝着大津出发，苑上跨上马背时尽量表现得不像头一遭骑马，但在得知无空能熟练控缰后，不禁暗自放心。意外的是无空很好相处，又喜欢聊天，即使苑上不问，他也兴致勃勃地讲个不停。

“我能认识卫门佐大人全是托妖怪的福。原以为赴京进了大学就能如愿以偿，可没想到所学不尽如人意，就在四处闲逛时，某天夜里忽然遇上妖怪。千钧一发之际才侥幸逃脱，却跟仲成撞个正着，那人在京城的四周监视，调查妖怪出没的地点，当我发现这个大胆家伙竟是个女子时，简直震惊到像被妖怪煞到。”无空在策马前进中率真笑道，“仲成问我是否愿意加入除妖行列，据说遇上那种东西还能捡回一命的人实在罕见，因此从此之后我偶尔也参与除妖任务。”

“到近江也是因为有妖怪出没吗？”苑上谨慎地问道，无空摇了摇头。

“不，我没听说妖怪在京外肆虐，不过在大津或许会遇上比除妖更重要的事情。其实，卫门佐大人在大津待命是奉圣旨行事。”

苑上暗暗心惊，说到圣旨，正是由倭帝钦命所传。是父皇直接命令仲成？

“这可是机密，如果无法阻止从艮方[①]来临的凶祸，在京城发生的灾厄将非同小可。所谓艮方就是东北方，从京城来看即是大津，而从大津来看，则是虾夷国的方位。”

虾夷国、明玉。苑上想起此事，轻轻问道：“据说有人发现明玉并将它带回京城，这是真的吗？所谓的凶祸，与这件事又有什么关系呢？”

“你也听到传闻了？”无空点头说，“是的，这全是由传说中

---

① 艮为八卦之一，古代方位在丑寅之间，阴阳道将之视为鬼门，即东北方。

的明玉所引起。最初阴阳寮的博士卜卦指出那块玉石能消灾解厄，因此选拔使者搜寻玉石，然而继续问卦后，反而分析出明玉正是招致灾祸的关键。明玉不该带回京城，不合时宜出现的明玉反倒成了灾祸之源，甚至在京城出没的妖怪也受其影响，因此卫门佐大人奉命执行任务。假如果真如此，就不能让明玉进京，否则将导致京城毁灭。”

苑上心中略受冲击，“可是明玉原本是为了拯救圣上而存在的。”

无空怀着期待似的仰望天空。

“你晓得明玉的传说吗？我是赞岐人，不太清楚京城的古老传说，但是拯救之力的确有可能转为毁灭的力量。”

苑上连忙表示自己不太知情，无空耸耸肩说：

“总而言之，或许能亲眼见到这场与帝势抗衡的力量存在。无论仲成是否有把握防御，我还是不能坐视不管，否则离开故乡就没任何意义了。”

苑上无言片刻，才悄声问道：“为什么圣上会指派仲成呢？”

其实应该还有其他适任者才对，苑上不明白，父皇既然不乏心腹猛将，为何偏偏倚重仲成？

无空低声说：“因为这是机密，我们不能在朝中泄露出主君面临的危难。如果说派遣使节前往虾夷国是最高机密，那么我们前往相迎的举动，也被视为是最高机密。卫门佐大人的官职原本就不属于编制内，是由于执行密探任务才能获得这项特权，仲成自己心里也明白。”

苑上似懂非懂地点头，无空又说：“其实她是个敢作敢当的女子，而且的确才识过人，气魄不让须眉。自从认识她后，我对女性改观不少。”

只见前方的仲成马姿稳健，腰间佩挂武官所用的黑漆长剑，即使不带阴柔，仍隐约透着纤楚韵致。黑衣人仿佛壮添气势般，双双并骑在她前后严阵以待。

“与她接触的人难免会引火上身，就算警告你还太早，仍要提醒一声。那几名黑衣人个个杀人不眨眼，还有指使他们的卫门佐大人，也同样不懂手下留情。”

苑上没好气地反驳：“那又怎么样？既然如此，为何你还要跟随仲成呢？”

无空忽然笑起来，接着愉快地说：“说得也是，心狠手辣正是她的魅力所在。”

苑上压抑着怒意暗想：我必须适应这个家伙才行……

尽管如此，无空的爽直态度并未引起她的反感。原本以为八成是个讨厌鬼，但在了解他就是这样快人快语后，说也奇怪，苑上并不觉讨厌。

6

印象中，苑上曾来过淡海[①]畔的大津。当时他们仍居住在平城，由于昔日建都大津的先帝是苑上的直系先祖，因此特来此地表示敬意。不过那时苑上年纪尚幼，只见四周空荡好煞风景，昔日帝都已荡然无存。

印象里觉得景象凄凉的原因，或许是父皇入神眺望这片宫城遗迹时的眼神所致。苑上回想当时父皇以晦暗的目光凝望着远方，祖

---

① 日本琵琶湖的古称。

父让位应该是在大津行之后不久。

如今，在苑上周遭是与记忆里相同的宽广草原，仲夏茂生的野草高过马背，踏行其中还颇为费力。草丛闷热及高温燠暑中，苑上感到轻微晕眩，此处不同于回忆里萧索冷清的宫城遗迹，如今已搭起新物。仔细注视草丛远方，那几幢白色东西正随风伏浪，原来是挂着幔布的帐篷，还有众多人高竖着旗帜列队相迎。这群人几乎都是魁梧大汉，全副金盔铁甲，手中还持弓执矛。

“这不就是一支军队吗？”无空环望四周，喃喃说，“总算知道圣上有多畏惧这个鬼门了，以后好戏愈来愈多啰。”

“这些人是谁的部下呢？”苑上慑于眼前的威严气势，悄悄询问无空。

“别担心，这里的主将正是卫门佐大人，她对指挥作战是习以为常。照这情况来看，我个人觉得仲成说不定连征夷军都会加入。”

苑上不禁蹙起秀眉，“你又吓我了。”

“这未必是假，受提拔成为征夷将领是最快的升迁之道，她有这种考虑不算意外。”

仲成偕同几位重要士官一起进入帐篷，无所事事的苑上等人暂时等待，不久野营地的士兵们开始炊煮，跟随无空的苑上生平第一次尝到用大锅煮的杂烩粥。

几名黑衣人独坐一处，简略谈论彼此相关的话题。他们没有加入众人，其他士兵也对那四人敬而远之。无空却完全相反，立刻与身旁的几名士兵闲聊起来。有些人觉得这个爱耍嘴皮子的光头青年实在稀奇，只见人群愈聚愈拢，日暮渐深时，在他周围已绕成一堵人墙。起先在他身旁的苑上终于招架不住，离开这群高声哄笑的士兵，缩往角落坐着。

眺望日落远山，但听夕风鸣草，就在独享这片刻悠闲之际，一名年轻士兵过来传话，仲成在帐篷等候，苑上雀跃地随同前往。

仲成在铺毯上单脚竖膝坐着，不同于外面星光闪烁，帐内燃起明灯，苑上安心地舒了口气，“我还以为要在外头打地铺呢。”

仲成请她坐下，微笑说：“今晚就与在下在这里歇息吧。就算只是一层围帐，也好过什么都没有。”

铺毯下与帐外的草地无异，仲成丝毫不介意睡在这种地方，苑上为此暗自咋舌。

“我还是无法像个男孩子。”

“不，公主的表现很得体呢。”仲成或许在安慰她，“本来刚开始至少该由在下陪伴公主比较恰当，不过在解决明玉事件之前，仲成仍无法抽身，明天就必须立刻率军行动。”

“即将开战了吗？”苑上怯怯询问，仲成蹙眉摇头道：

“情况还不确定，根据监探传报，带着明玉的那名密使已通过不破关进入京畿。这位圣上派遣的稅上大人有几名随从，在经过确认后发现并没有女性。”

“这么说来，天女是不会来临了？”苑上不禁喃喃自语，仲成平静地说：

“是的，拯救皇族的天女不会现身，明玉如今成了不祥之兆。”

“皇兄如今仍迫切盼望天女前来相救，传说中的玉石既然出现，为何成了不祥之兆？”安殿皇子的绮梦，反而让苑上对真幻之间的落差感到痛苦。

“那么，我就简要地将阴阳博士的说法告诉您吧。”仲成注视着苑上的眼瞳说，“从万物皆分阴阳的立场来看，辉神为极阳，因此皇族也属于阳，反之支配冥界的暗神则属于极阴。阴阳互相吸引，借由两极融合方成万物，进而出生时以男性为阳、女性为阴。因此拥有暗神之玉的少女来朝面圣，带给天威阳盛的帝王平静，这是合情合理，古今皆然。但是如今这阴阳之理发生异变，明玉目前并不在少女手中。”

“有人夺走了它吗？”苑上插嘴问道，仲成摇摇头。

“不，是少女本身起了变化。最初我们也没分析出明玉是在这种情况下受损的，而是在寻获玉主并得知对方竟是少年后才恍然大悟。对于位显极阳的帝王而言，能让传说之玉发光的人物必须是少女，除了纯粹属阴之人以外，是不可能拥有镇伏的力量。然而，明玉却受阳气所袭，双阳互遇必生抗击，这将引发征战，直到一方毁灭为止。”

仲成将目光移向油灯，“您明白了吗？如今有某种存在正逐渐削弱皇族原有的强烈阳气。妖怪出现的异变还只是表象，皇太子卧病也是出于同样原因，这些都与明玉受损有关。”

苑上轻声问道：“要如何才能解救呢？”

“在下只能这么说，那就是绝不可让玉主与圣上相见，因为这将造成真正的灾厄，必须先杜绝后患。”

仲成取过黑鞘长剑，拔剑出鞘后，苑上才彻底了解那绝非虚饰。她固然畏惧精磨的剑刃，不过在帐篷内的火光下，眼神严肃的仲成俊美得令人屏息。

“如有必要，仲成唯有亲自斩草除根，只要能安慰壮志未酬的亡父在天之灵，我就绝不犹疑。您也能为皇后及皇太后报仇雪恨吗？”

“我……”苑上讷讷地不敢保证。

“还请多加深思，这是非常重要的事，因为仲成想将这件东西交给您。”仲成收剑入鞘后，从袋中取出短剑，原来是一把鞘上镶饰螺钿的怀剑，作为精工艺品堪称无与伦比，外形则像是唐传之物。

仲成拔出剑，只见仅有五寸长的锐锋短刃迎光一闪。

“万一在没有护卫的地方遇敌时，可不能完全没有防身之器。”仲成执起苑上的手，将短剑交在少女手里。她的掌温，让苑上感觉握在手心的剑身也透出暖意。

“请别认为这只是女子防身之用，仲成已将您视为男性。剑身虽细，锋刃却足以夺人性命，请随身带着吧。”

苑上盯着短剑入迷，要说不曾幻想过随身携带武器那是骗人的。握住短剑，她感到自己从未如此拥有力量，焦躁不安的心情也为之平静。

于是苑上顺势说道：“如果你希望这样，那么我也能亲手击垮敌人。”

仲成点点头，不带一丝微笑地说：“如今您有这份心就足够了。其实，真希望刀剑永远派不上用场。”

苑上揉眼醒来时已是中午，被光线太亮吓了一跳，连忙朝身旁一望，仲成早已不见踪影，自己可真睡过头了。

她正欲起身时碰到什么硬物，原来是仲成交代入睡也不能离身的那把短剑。苑上从衣外探摸确认后，匆匆离开了帐篷。

附近一片静谧，烈风飕飕，覆挂的帐幕发出鸟儿振翅的声响，此处寂静到连这声音都传遍四野。没想到无空出现在眼前，他活像享受阳光的蜥蜴，独自坐在平坦的宫柱础石上。

“下次干脆一觉睡到天黑好了。”光头青年说道。

“仲成去哪里了？”

“她等不及对方到来，天才一亮就去迎接那群人，这时应该已到势多桥啰。这么说来，那一带的古战场闹鬼可闹得凶哩。”

“你怎么不叫醒我？”苑上惊嚷，这才发现自己是被离弃了。

“这么多士兵在行动还能照睡不误的人，实在没必要叫醒吧？”

苑上正想掉泪，突然改变主意。不能枯等仲成回来，逃离深宫可不是为了做这种窝囊事，而且仲成也了解自己不是这种角色。

“我现在去找她，或许还来得及。”苑上仰头说，揪住无空的衣袍，“昨天的马儿还在是吗？去架马鞍吧。”

“拜托喔。”无空惊讶地凑近望着苑上，“我是为你好，就在这里静观其变吧。连卫门佐大人都知道你去也没用，才留你在此。跟去那里有什么好处？还不是碍手碍脚？”

“威胁圣上的妖怪都逼近了，还要我待在这种地方？你怎么忍受得了？”

无空一耸肩，“没办法，我的任务就是遵照吩咐保护你啊。”

“那就以保镖的身份跟我一起去嘛。”苑上拜托道，“你不是说过想亲眼见到玉主吗？既然知道灾厄近在咫尺，就不会没出息到在此耗着吧。”

“你呀，还蛮晓得如何煽动人心的嘛。”无空愉快地说道。接着，只见他牵来的不是苑上昨日骑的温驯小马，而是高大威武的苇毛马。

“拖拖拉拉的就只能摸到天黑才抵达，还是两人共乘快点出发吧。由我来执缰，你只要抓紧就好。”

苑上在无空的扶助下跨坐在马鞍前方，青年跃上后方，伸手握住缰绳猛力一挥。

“快跑！一口气冲到势多吧。”

于是快马载着热血沸腾到忘我的无空，以及头晕眼花、像颗球儿被乱抛似的苑上，猛然驰过了草原。

这样下去会吃不消……

疲惫不堪的苑上如此暗想，所幸无空开始勒马减速，他不曾察觉苑上身体不适，只喃喃说：“你看那片云带有煞气。”

一直无暇注意天色的苑上转望前方空中，眼前是略呈下坡的道路，草原辽阔平坦，几处树丛点缀。前方的原野上阳光普照，远处天边却晦暗异常，只有那个方向覆罩在幽暗中。

“好像有不好的事快发生了。”

“如果只是雨云就比较好办。”无空才说完，雷声轰然炸响，坐骑吓得打个寒战轻跃一下。

无空勒缰稳住马势，苑上险些滚下马背。

“看样子下马比较安全，打雷容易让坐骑受惊。”

站在草原上的苑上庆幸不再坐得臀部发疼，她环顾四周，突然感到自己很渺小。围绕在四周的茂生草穗几乎与视线齐高，除了自己和无空之外，声音可及的范围内不见人影。

下马后，只见太阳逐渐隐没在幽暗中，一股温腥的诡风开始拂动茂草。雷声两三次响起，苑上仔细聆听雷鸣，甚至忘了前进。这时马儿突然发出嘶鸣，将前蹄高高举起，苑上感到又惊又怕，不禁瘫倒在地。马儿在她身边伸起巨蹄，踢得草叶四散乱飞，无空拼命想制住它，马却狂躁疯跳，最后终于脱缰逃走了。

无空将头埋在擦破皮的手掌里，咕哝道：“乌云带煞，原来是指这么回事啊。”

坐骑已然没了，苑上战战兢兢地起身，想起贺美野说得果然没错，马的确是一种难缠的动物。

“这么一来，只能重返原地了。”

“到势多还很远吗？”面对交抱着胳臂的无空，苑上问道。

“问题不在这。”无空望着苑上，表情是从未见过的僵硬，“势多那里绝对发生了异变，既然没长翅膀，我很遗憾不能亲眼确认。现在平安回到原地才最要紧。问题就是该如何回去。”

苑上激动地叫道：“半途而废的话还不如不要来，为什么不走去势多呢？”

“你没感觉到吗？”无空的声音低沉至极，苑上环顾四周，发现愈来愈暗，仿佛日暮情景。

她大惊之余仰起脸，只见头顶上乌云正翻卷腾涌，从泼墨般的云间似乎将要出现黑色怪物。那仿佛是黑夜的碎片从阴空裂缝中出现，又像是斑迹逐渐在扩散。苑上屏住呼吸注视这难以置信的空中异象。

“那是什么？”目不转睛的苑上喃喃地问道。

“我希望自己判断错误，不过恐怕不可能。以前我在京城道上遇过这类东西，原本以为只会在京城内出没，因为它看起来不会随意出现。难道这与来自东北方的人物有关？”无空也压低声，苑上不禁揪住他的衣袖。

“这么说，那是妖怪？”

“是的，它会发出异味，有那种气味八成就错不了。”

苑上察觉到确实有某种异臭，是草原不该有的一种腐臭与麝香混合的气味。在闻到恶心臭气的刹那间，苑上如梦初醒。

我知道的，是同样气味……

这是令她难忘的气味，一瞬间，她思绪回到八岁时。

7

那日安殿皇子高烧卧病，苑上整天闹别扭，因为原来答应带她去野外游玩的计划泡汤了。热切盼望与皇兄玩耍的苑上并不死心，一直纠缠到女眷们都懒得理睬后，突然想到了一个妙计。

干脆去替皇兄送药好了。

即使只是甘葛汤，但自己扮成药师恭恭敬敬地端去，皇兄一定会开心而笑吧。苑上非常想看皇兄的笑容，若能如此，她什么都敢尝试。

不想挨棒名责骂的苑上早早就寝装睡，暗自等到她们不再留意，这才偷偷溜出来。她手中捧着小瓶，光脚丫走向遥远的皇兄寝殿，渡廊比想象得更幽暗，她有些胆怯，不过这样反而不会被人发现。总算来到皇兄房间，苑上突然在门槛前停步，因为她闻到一股异味。

这种气味和房间熏香不同，苑上不禁皱起鼻子，还不知道那究竟是什么。在确定房内悄声无息后，苑上拨开帐幔步入室内。

灯台犹点着火焰，房中照得明亮清晰，安殿皇子睡在正中央的床榻上，覆盖床榻的绢被在烛光中鲜艳生辉，地板铺着唐风织毯，上面随意横躺一名侍女。苑上感觉不太对劲，又发现坐在身旁椅凳上的侍女也正垂头打盹。她不经意地朝那名侍女望去，几乎吓得心跳停止，原来屏风上有一部分全被染成漆黑，乌压压的盖过上面的彩绘。她起先以为那只是一块墨迹，后来发现那片漆黑并非固定不动，而是幽忽摇晃着移向熟睡的安殿皇子。

苑上倒吸一口凉气，发出一声划破长空的喊叫，叫声无休无止，她只顾忘我地拼命尖叫。突然有人从背后抱住她，竟然是高野上。当时苑上与祖母还不太亲，皇太后只是偶然来访后殿而已。祖母将苑上掩护在身后，拿起某种沙粉状的东西朝黑物撒去，那细微粉末发出一股浓烈的香料味。

“滚出去！”高野上以沙哑而坚定的声音说，“这孩子将是皇太子，绝不会被妖孽夺走，给我滚出去！”

黑物突然形状瓦解后伸展拉长，从中心发出青白光辉，霎时消散在空中。苑上记不清此后发生的事，不过好一阵子之后才听说，当时在房内的侍女全都丧了命。

苑上勉强捂住口，避免像当时一样尖叫不已，即使现在高喊也没有高野上赶来搭救。然而无从发泄的悲鸣在体内亢奋狂躁，她浑身打战不止，昔日的妖怪仿佛梦魇般出现在眼前。比墨色更浓的黑暗斑迹不断扩大延伸，在空中摇晃发出恶臭，正缓缓逼近自己。

该怎么办？在这原野中央……这种没人会来的地方……

“别看它，看了会被摄去魂魄。”无空摇撼她的双肩说，“注视那种东西的人会希望破灭，因此才丧命，不想变成鬼就别盯着它。”

“可是……”要自己不看那黑色蠢动的妖物，实在困难至极。

“谁都摸不清那妖怪的底细，反正没有斩妖剑或降灵咒，就算现在想对付它也是白费力气。不过还是有人不必跟它过招就能顺利开溜，那人就是我。好了，你要保持冷静听我讲。”

无空双手使劲抓住苑上的肩膀，少女仰望着他，边眨眼边点头。

他又继续说：“就算怕它也要假装不怕，然后一口气冲啊快溜。我开始跑的时候，你就朝反方向逃，这样存活概率比较大，绝不可以停下来或回头观望。那东西也许会尾随而来，不过只要别放弃活命的希望使劲跑下去，它就没法子要你命了。”

“用跑的……就这样？”好没把握的苑上问道。

“跑就是不放弃希望，必须坚持才能胜过妖怪。如今我没别的法子，只有飞毛腿能派上用场。”无空隐约泛起笑容，将苑上背转过身，“好了，别浪费时间，快走，别给妖怪追上喔。要尽全力跑，别忘了聆听心跳，这样保证捡回一命。”

他往苑上背脊用力一推，少女差点没向前栽倒就奔了出去，仿佛听见无空跑步声愈来愈远，也不知是否幻听，不久就剩她一人。

周围阴暗如夜，失彩的草海化为一片灰涩，这片幽暗是否因妖怪作祟而起就不得而知了，害她简直分不清东西南北。掠过的草叶无情削打她的手脸，或许有点刮伤，却无暇管这些。即使没回头，后颈还是强烈感觉到妖怪正在逼近，毛骨悚然的同时，她不顾一切地快逃，异臭仍缠绕不去，融混在急促吸入的空气中，闷在胸口几乎无法呼吸。

不可能……逃不了的。

苑上并不是能让妖怪甘拜下风、惯于长跑的高手，一向娇生惯养的公主简直不可能有这种能耐。其实她早就不中用地气喘不休，而且侧腹剧痛，两眼还直发昏。

摇摇欲坠地勉力支持一会儿，就在惊觉时已一跤绊倒，猛力仆倒在地。她想再度爬起来，手脚却酸软无力，汗珠涔涔掺着泪水潸然滑落，干涩的喉间发不出声，想叫唤求救也无人相应。

一想到自己即将孤零零死去，苑上就趴在地上动弹不得。然而最后倒地的姿势，让她感觉衣衫下有硬物触到身体，原来是那把短剑。即使希望渺茫，她依然紧握怀中的剑柄，此刻早就气喘吁吁、一颗心怦怦狂悸。

我不想逃避它而死，这是我能做的最后一件事……

就在她扭过头时，一道闪电劈下，整片天空转瞬化为淡紫色，黑暗霎时消失。苑上不禁惊惧地遮住双眼，强烈感受到身旁出现某种物体，即使无风，仍令她浑身汗毛直竖。她隐忍着打雷的恐惧，强迫自己睁眼仔细看清妖怪。

四周无声无息，不过显然已经起了某种变化。闪光的余晖消失后，黑暗又包围四周，空中不见妖怪，但是并非一切事物都消失，在苑上身旁，有一个轮廓更鲜明的黑物正伫立着，那是比苑上的身躯更庞大的四足物类。

那东西端立不动，苑上目不转睛地凝望着，喘息逐渐缓和下来。她发觉自己不再大汗淋漓之后，心中浮起一个疑惑。

这是怎么回事？

假如没有眼睛发花，她看到的应该是一匹马没错。外形俊挺的黑马偏头朝着苑上，以发自动物的好奇心在观察她的动静。灵敏的马耳不停晃动，还听见微弱的鼻息。苑上茫然不解的正是这点，若这就是在黑暗中蠢动凝聚的妖物，这匹马也未免太鲜活了。

威胁苑上的难道只是这匹走失的马儿？苑上认为并非如此。仔细打量下，她发现这匹马非比寻常，不仅没有配鞍拴缰，全身还有如经过抛光般漆亮，唯有马鬃和尾部带有青白色泽，那蓬松的白鬃和马尾发出夜星淡辉。

苑上几番犹豫之后，终于将短剑收回怀里，毕竟不该以剑刃相向的心情还是占了上风。即使对它还是存有戒心，苑上依然深感着迷。

至今为止她从不认为马儿特别好看，但是难以置信的是这匹骏马完美无伦。体型和四足坚韧又修长有力，似乎轻易就能迅速骋过大地，流瀑般的白鬃和长尾仿佛清雪般无瑕。最重要的是，苑上受到黑躯的温暖所吸引。她轻轻起身，马儿并没有逃走，苑上一边心想它会离去或消失，不过仍朝马儿走去。黑马谨慎地摇着头，依旧立在原地不动。

黑马的眼瞳掩在浓密长直的睫毛下，不知究竟在注视什么。此时的苑上存着一线希望，她不愿就此单独地留弃在暗原，她很想在这里实际接触除了自己以外的生物。

"来这里。"她喃喃着伸手召唤，黑马不理不睬，并没有马臀相向。稍微壮起胆子的苑上又向前几步，她当然知道若被踢中准会没命，却仍旧不想打退堂鼓。

苑上犹豫地伸手轻触着马首，黑马微微一震，依然十分温驯。她心中涌起喜悦，掌中触摸的感觉果然好温暖，的确蕴宿着生命的火花。她心情一松，又起劲地连摸好几下。

这时，有个声音按捺不住地说："够了吧？"苑上惊骇地仰起头，只见黑马正低眼瞧她，"痒死了，在我没蹦起来前快住手。"

苑上飞跳起来，连连倒退几步，黑马竭力忍耐似的浑身哆嗦一下，长腿朝地面一蹬。苑上知道自己神志不清了，涩声问道："你怎么会说话？"

"现在顾不了这些。"只听它马鼻一哼，"你怎么窝在这种地方？起码该晓得若是陷在这里就别想自行脱身了吧？"

苑上这辈子可从没被劈头教训过，但吓糊涂了也顾不得反驳，就答道：

"是妖怪追我才跑到这里，我根本不知道自己在什么地方。无空应该还在某处，可是我完全迷路了。"

"这里没有任何人，不是凡人能待的地方，你会徘徊到孤独死去喔。"

苑上环视一望无际的灰色草原，是一片无风的死寂，"这是哪里？"

"想回原来世界的话，快跟我来。"黑马霎时转身而去，苑上慌忙追赶在后。

她又仆又跌、踉踉跄跄，拼命紧跟着那匹马，终究还是喘个不停，因为黑马愈奔愈快了。

不想被遗弃的苑上提气奋力追赶，终于高声叫道：“等等，我跑不动了。”

黑马看似即将奔远，在发觉苑上直不起腰后，一阵风似的折回她身边，“这点路你也撑不住？”

“人家先前已经跑到快死了嘛。”苑上啜泣说，“就算不是因为这，人哪有可能跑得跟马一样快？”

“所以我才慢慢走啊。只要停下来就会回到原点，唯有继续跑下去才能脱离异界。”

苑上好沮丧，知道不可能再跑下去，“不行，我没力了。”

“没出息。”马儿摇摇白鬃，语气含着不爽。不久它回心转意，在她面前垂下头，而且稍稍低倾。

“下不为例喔，快骑上来吧。”

惊讶的苑上紧盯着高大马背，又战战兢兢问道：“马鞍呢？”

“我真的把你给丢下喔。”黑马威胁道。

苑上连忙一骨碌起身，试着攀上马背。

由于完全没有鞍辔，她不知双手该抓何处，拉住马鬃又怕惹它恼怒，费了好大一番劲总算跨上马背。黑马轻轻一晃，她又差点没摔下来。

“用膝盖夹紧嘛，这不是基本动作吗？算了，骑得不像样也罢，反正这样抱紧就行了。摔下来我可不管，先心里有个准备吧。”

黑马迈开步伐，不一会儿工夫，就飞似的快速奔驰起来，果然先前它的确有顾虑到苑上才缓步慢行。草穗霎时化成灰色急流，简直无法看清景物，马鬃随风扬曳，苑上的发丝也狂飞得几乎扯断。

不过苑上总算切身领悟到一件事，那就是骑马绝非短时间可以驾轻就熟的。

苑上听从它的话奋力抱紧，然而身躯在猛烈摇晃下逐渐倾斜，望着下方快速飞逝的景象，她感到恶心昏眩，深知一旦落马后果不堪设想。

不行了，我会滑落……

就在她开始觉得支持不住时，突然黑马一跃弹起，在毫无防备下，苑上只知自己被抛了出去，马影从眼前消失，双手探向空中，就在觉悟将摔落地面之际，她感到水花四溅。

一瞬间，她完全不知究竟怎么回事，手脚乱舞一阵起身后，发觉自己掉落水中，站起来后水深还不及腰际，原来是在浅滩里。她浑身湿透，即使站着也一样湿漉漉，不过她发现自己落马后毫发未伤，因此暂时伫立原地让惊魂稍定。

水中并不冷冽，款款摆荡着柔波。苑上发觉周围一下子变得明亮，水边茂生的芦苇叶鲜翠欲滴，天空蔚蓝，迫近薄紫山巅的夕阳显得烈红巨大，无彩的暗原消失了，这里是原来的世界。

时候已近暮晚，方才还悄寂无声，此刻群鸟啼声满空，交羽击翅着掠过天边。水流轻刷芦苇覆盖的狭岸，苑上知道自己就在淡海旁边，回头望去，水面青烟遥渡彼方，自远海涌来的微波金银闪烁。

苑上并不觉得自己获救，这幅壮阔景象令她心生畏惧，真想先找个屋檐下钻进去，确保安全再说。不过四下不见人家，她仍是飘零一人。

只好先慢吞吞上了岸，浸水的衣衫沉重无比，裤筒纠缠让双足寸步难行。苑上仍暂时原地等待，因为她还有点期盼那匹马是否会回头来找自己。不过似乎令她失望了，这里唯有水边拂风吹过芦苇叶的萧萧声而已。

接下来……该怎么办？

身体感受冷风，苑上打了个寒战。即使那匹马口气冷淡，她也希望能有它在身边做伴，因为它对各种情况相当了解。为何自己当初要放手，如今只能后悔莫及。

就在她无力离开岸边，茫然伫立之际，芦苇原附近发出一阵吠声。苑上吓了一跳，想起父皇在猎鹰时跟随的猎犬，就踮起脚打算溜走。她十分怕狗，还记得幼时天真伸出手，反遭狗儿咬一口。吠声逐渐响亮，仿佛直冲着苑上而来，还听见钻草的沙沙微响。她惊慌地左右张望，就在寻思至少该踏进芦苇丛时，一只黑狗从距她不到十步之外冲了过来。

原本以为是多凶恶的猛犬，不料竟是一只小狗，一对尖耳的脸型看似野狼，叫声十分低沉，不过的确是幼犬。看样子它并非因为嗅到苑上才来的，小狗视若无睹地从她身边跑过，直奔向水边朝着浅滩吠叫不止。

苑上探头望着小狗频频猛吠，不过就在此时，草丛飒飒地大响一阵，竟然出现一个人影。她顿时后悔起来，与其注意狗儿，更应该留心它的同伴才对。那个服装奇特的陌生人追着黑狗奔来，从他轻快跃下斜坡的动作来看，可知是个小伙子。他身穿粗糙蓝背心，露出晒得黝黑的手臂，随意束着发，还背着一只大麻袋。

“在那里吗？”年轻人对它问道，摸摸摇尾迎来的小狗，“带我来这种地方做什么？前面就是浅滩啊。”

小狗不耐烦地绕来转去，又朝淡海方向吠起来。

“他在水里吗？”年轻人挺直背脊，站在水边眺着浅滩，束发的后颈犹存着少年气息。持续长高的身形虽然修长，手臂却相当健壮结实。苑上从他背后怯怯观察，只见那绑腿和草鞋磨破了不算，还沾满飞灰尘土，她知道他是个漂泊旅人，却不知来自何方。

但愿他没有发现我就走开……

苑上暗自祈祷，不过年轻人暂时无意离开水边。

“啊，真的是他，小黑果然对了。”年轻人突然朗声说着，安心地放下肩头行囊，双手贴着嘴边朝湖面高声呼唤：“喂，阿高！我在这里，快上来！”

苑上凝望着浅滩，这才留意到炫光反射处浮现一个黑影，她压根儿也没想到水里还会有人。然而，从那举手响应的身影可以证明不是水禽，那人朝岸边划泳而来。

第五章　妖怪

1

“你到底在那里做什么？”岸边的年轻人交抱着手臂，朝游来的人问道。

“看了不就知道？我在游泳嘛。”水中的人擦擦脸说道。浑身湿透的他看不清长相，似乎也是个小伙子。

“你还真优哉，没看到我追小黑跑得满身大汗？”

“藤太也来游一下怎么样？这个湖很有名，回去一定有得聊呢。”

这声音是……

苑上不禁怀疑自己听错，那实在太像黑马对自己说话时的声调了，她险些探出头，又连忙一缩身。这时，那个叫藤太的年轻人哈哈一笑：

“够了啦，别逞强，快上岸，我拿衣服来了。要是我没来，你打算就这样泡成水球？”

“才不呢，我会自己想办法。”游向岸边的阿高回道，从浅滩站起身踏着沙地上岸，宛如生自水中。

苑上看到男子身体时并不惊慌，因为谁也没教过她不可注视别人的赤裸身露体。她毕竟觉得不太对劲而有些困惑，随后不禁大失所望。这个人怎么看都是普通人嘛，跟黑马完全扯不上边。

发间滴落水珠的阿高朝这名叫藤太的年轻人走去，在岸边等待的搭档从麻袋中取出衣服，审视般仔细打量阿高。

“看你样子暂时没事吧。还好留下小黑，没像在陆奥时又闹出乱子。不过见你恢复原状，老实说我真松了口气。”

阿高带着歉疚的表情说：“对不起，让你操心了。不过这回又学到一次教训，下回我会留心雷电，还有别让衣服泡汤了。”

小黑在他脚边热情玩闹着来回蹦跳，阿高迅速穿起上衣后继续说：

“老实讲，我自己也不太知道竟然会造成打雷，或许是近来天气不稳的关系。就是因为太容易引起打雷才会稍微伤到士兵，不过我还是有手下留情，应该不会有人没命。这次我没有迷失自觉，只是有点生气罢了。”

“有点生气就能打倒几十个人？你心里虽然爽了点，但实际上却惹出更大的麻烦。”藤太叹着气，“你啊，就是容易动肝火，或许不敢指望我们能平安抵京，但至少该问问对方为何想逮捕我们，然后再动手也不迟嘛。你那样把人家痛快修理一顿，以后可没商量余地了。”

阿高不悦地拍落发上的水滴，“那么你就能忍得下这口气？真受够了莫名其妙就被抓去关起来，我可不是为了又去蹲牢房才来这里。管他是天子还是什么，绝不让他们再把我硬捉去关起来。”

“我当然也受够了，可是广梨和茂里还在那些人手中，实在来不及让大家全部脱逃。我能追来找你是幸亏有他们断后，你总不能只顾自己吧？”

一听此话，阿高态度突然软化了，道：

“是吗？……他们被捕了？我没考虑到这些。”

“少将大人也留在军队里，原本他的立场就不适合逃走吧。”藤太有点自我安慰地说，“他们和少将大人在一起就不会遭到苛待，再怎么说他都是正式官吏，京城里也会有照应。就算两方意见分歧，绝对还不至于将他问罪。”

阿高颓丧地喃喃道：“我把那块勾玉托给少将大人的确风险太大了。虽然对他人来说不过是一块玉石，但那是竹芝的东西。”

“你说得没错。”藤太也呻吟道，“光想着交给别人保管比较安全，其实才是大错特错，这次充分证明你的力量就算不靠勾玉也能发挥呢。”

到底在说什么呢？

苑上望着他们只顾交谈，感觉十分纳闷。两人小声匆匆讨论，稍微保持一点距离的苑上只隐约听得到几句，他们的语法真听不惯，是一种带有浓重地方腔调的口音。

果然还是和那匹马无关……

苑上逐渐失去自信，站在夕照下的只是寻常小伙子，她以为他是黑马化身的念头简直太过异想天开。

那匹黑马或许才是苑上所见到的幻影，一想到先前置身的地方那么奇妙，就无法断定那匹马是否真实存在。倘若说出自己见过一匹黑马，却生着雪白的马鬃和长尾，而且很爱嘴硬，有谁会相信这种鬼话呢？不过若是虚幻，她不能理解自己为何出现在这里，淡海岸边除了小狗和两名年轻人以外，不像会有人出没。

从与藤太穿着同样蓝染衣衫来看，可推知阿高与他身高相当。阿高的肤色略微白皙，他不像藤太有两道凛眉，但就算陌生的苑上也看得出来两人是亲戚，彼此的态度间透着轻松不拘，声调亦十分相似。只是苑上也不知何故，就是觉得语气很像黑马的只有阿高而已。

交谈一歇后，藤太缓缓朝苑上望去，原本傻傻盯着他们入神的少女慌忙板起脸。

“有什么人在那里呢！”藤太发出惊呼，“这种偏僻地方，根本不可能有人出现，他在那里做什么？”

阿高随手拿起一条细绳绑起发束，头也不回地说：“那小子迷路了。”

“你认识他？”

“是我捡来的。”

藤太露出一脸受够他的表情说：“把我们都逼到了死角，你还有闲工夫去捡小鬼？”

“他待在那种异界，我不能见死不救，而且我知道要是不管，那孩子准没命。”阿高一耸肩又附带说，“也许是因为我引发那场雷电，才害他在异界徘徊。那里除了他以外，似乎还有别的异类存在。”

“你说的异类是指什么？”

“我也不清楚，好像是一团黑影。”

“我知道你不忍丢下他，可是这样不是自找麻烦？瞧他那副模样，倒像是高官贵人家的小孩呢。”

藤太大步朝她跨来，苑上不禁连连后退。对方身形高大，看似强健有力，她背后已是水边，无路可退。

“这小子简直是落汤鸡嘛，你游泳也穿衣服吗？”

浑身紧绷的苑上也不回答，只斜眼瞅着藤太，不知如何是好。

“这孩子真像人偶娃娃，穿的又是绢衣，该不会是贵族子弟吧？”

阿高也走过来，胳膊搭在藤太肩上，“你见过贵族子弟长什么样子？”

“当然没有，你还不是一样？”

“贵族应该会待在京城吧，这孩子却独自留在原野里。”

“至少像是来自京城的孩子嘛，别处不可能有这种装扮。”

苑上见他们露出稀奇的神情，方才领悟两人也对自己感到陌生，在这种情况下若表明是公主，他们或许无法想象吧。然而她没有为此安心，因为实在不知该如何对他们说明自己的处境。

见苑上闷不吭声，藤太就说：“总之天黑了，还是找个地方生火才安全，等明天再想该怎么处理这孩子吧。我们今晚必须找个睡窝才行。”

“你说得对。”阿高表示同意。

这时才发觉日落西山，一片金云缭绕，天空尚留淡青，不久应会迅速转暗。水边开始漫起薄暗，苑上匆匆一瞥周围，想到待在这种荒凉地方就不禁心中打个冷战。

这时，阿高突然理直气壮地问道：“你应该会说话吧，叫什么名字？”

“铃鹿丸。”苑上一惊，答道。

“那就一起来吧，铃鹿丸，反正你今晚哪里也不能去，好歹跟我们同行还好过些，留你一个什么都不会。”

果然……说不定就是他。

黑马对自己很不亲切，口气也绝不客气，但是它确实有救命之恩，若有机会苑上还想和它见面。不过如今苑上眼前只有这两个年轻人，因此不便贸然询问，然而他和黑马如此相像，让她无法忽略这种不可思议。

“铃鹿丸，这名字真怪。”藤太直爽地说，再度将麻袋一肩挑起，“我们出发啰，铃鹿丸。只要生起火，湿衣就会干了。”

小狗奋勇地飞奔而出，一行人离开夕暮将近的淡海岸边。

发现林边有一小块空地，阿高和藤太决定在此歇息一夜。就在苑上为之傻眼时，他们已于树枝上拉起绳索，使用带有树叶的树枝搭起一处尚可栖身的小窝，这称不上是小屋，连帐篷也相差甚远。

“要睡在这里吗？”原本打算尽量不开口的苑上终于忍不住了，“这简直跟野兽没两样。”

“动物可不会生火。”阿高答道，疑惑地望着她，“我应该有叫你去收集木柴喔，怎么还站着发愣啊？”

苑上想起刚才的确听到了，就问道：“木柴是哪一种木头啊？”

阿高深叹了口气，“我总算明白你的确是贵族子弟。”

他呼唤在旁的藤太，说：“替我生火好吗？我有点撑不住了。”

“怎么回事？”正在编架树枝的藤太抬头问道。

“就算被人说成野兽我也照睡不误，快困死了。”阿高瘫倒般坐下，身体仿佛突然失去支撑。

“什么都不吃吗？”

“不，先睡再说……”阿高才躺下，头刚沾地就睡着了。

藤太与甘拜下风的苑上对望一眼，耸了耸肩。

“他就是这种人，如果累就说累嘛。别管这人，他一旦睡着，就算踢呀打的也不会醒。”

究竟有什么神技能这样倒头就睡？苑上是百思不得其解。他仿佛开玩笑似的睡得既香又沉，小黑凑近用鼻尖顶他面颊也毫无反应。

“你要去哪里？”见藤太正想起身，苑上慌张问道。

他反而转头惊讶地说：“怎么了？我只是去找木柴，你也一起来吧。连木柴都不晓得，到底是怎么过日子的？”

过了一会儿，小窝中央堆起适合生火的枯枝，藤太熟练生起的火堆燃得红旺，霎时驱走了夜暗来袭，唯有枝叶围绕的这块空间突然变得明亮舒适。苑上这才安下心来，以前从不觉得火是如此重要。

“干脆脱掉衣服烘干如何，一定还很湿吧？”藤太望着苑上说道。

“没关系，这样自然会干。”

老实说，她心想若能脱下湿衣烘干不知该有多好，可是脱下外衫后，对方就会发现体型不同吧。这种显著差异，苑上刚才也一目了然。就在火堆的热气开始烘干上衣时，苑上的心情逐渐恢复宁静。

仲成不知怎么样了？无空能平安摆脱妖怪吗？

稍微安闲下来，思绪又飞向他人，恐怕谁都没想到苑上会在这种地方，与两个陌生的年轻人一起烤火吧。

要是能知道在势多发生什么事就好了……

藤太见她陷入沉思，便说：“别胡思乱想了，像阿高那样不想就睡最好，反正船到桥头自然直，大家总有办法解决。”

苑上抬起头，只见藤太从麻袋里取出几个类似圆年糕的东西递给她。

“饿了吧？这看起来不太好吃，却可以填饱肚子，空腹睡觉很难受喔。”

听到这些话，苑上想起从早上起就只喝过水，一整天都还没进食。接过藤太给的圆年糕，她将这些东西翻转着观察一番，虽然硬邦邦像石头，但感觉上是食物没错。

睡地上都不成问题，吃这种东西当然也能接受吧……

苑上鼓起勇气一口咬下去，可差点没把牙崩了。

“这不能吃嘛。”

“你在耍宝啊？这要用火烤过才能吃呢。”藤太连忙从她手中拿回年糕，放在炭火上，“真服了你，这么没见过世面。没瞧过年糕是吗？”

“有是有啦……”她知道的口感都是软绵绵的。

“你听我说，这样烤过就会变软，然后用树枝串起来。”藤太将串好的年糕递给她，随即觉得不妙，又拿回来提醒她说：“别马上啃下去，小心烫伤，懂了没？”

苑上不知道吃法，但是照他说的吹了几下后，吃起来果然可口，于是她对藤太十分佩服。即使只是一顿年糕和竹筒水的简餐，吃完后心情也是相当舒畅。藤太固然说话直率，苑上现在也知道他的亲切是发自真心，若见惯了那浅黑面孔和两道凛眉，其实一点也不怕他。

“请问你府上哪里？”苑上问道。

“武藏，我家在武藏的竹芝。”

见苑上没有反应，藤太泛起笑容说：“你大概不知道那地方吧？武藏是在箱根秭的东方。”

“是来自日本武尊[①]曾经前往的吾妻国吗？”

“是的，正是秭东。”

苑上只觉得十分遥远，对于距离多远也毫无概念，不过她想起这两人是从东方旅经此地时，突然又联想到某事。

“你有经过势多吗？”

藤太略微沉吟后答道：“嗯，有的。”

“我看见乌云笼罩，你知道那里发生什么事吗？”

“我知道，可是你为什么问这些？”

“我原本要去势多，那里有很多士兵吧？”苑上关心地问道，藤太掩口喃喃道：

“麻烦大了，原来你是这样迷路的啊……”

“快告诉我发生了什么事。”

“军队在势多桥端布下阵营，不过现在应该撤退了。”藤太语气谨慎地说，“我不知道他们究竟想逮捕什么人，不过并没有成功，因为在那之前落雷劈中了桥，有半数士兵吓得脚软，其他全部落荒而逃，打雷似乎是冲着他们来的。”

惊愕无语的苑上紧盯着他，藤太别过脸转望阿高睡觉的角落。苑上以为阿高睡醒了便回头，只见他仍酣睡未醒。蜷在身旁的小狗竖耳抬起头，阿高却是以天真无邪的睡容映在火光下，一个劲儿呼呼大睡。

---

① 又称倭建命或小碓命，《日本书纪》与《古事记》的神话人物，景行天皇之子，曾远征九州熊袭及虾夷的英雄。

2

不知仲成是否平安？

试躺下来的苑上辗转难眠，潮湿的地面起伏不平，凹凸的树根顶着身体，简直难睡极了。然而，此时藤太也发出熟睡的呼吸，苑上知道必须在任何地方都能入眠，否则身体无法承受。手脚酸痛可累惨了，但是想在地上轻松休息并不简单，刚才藤太的话语仍萦绕在脑中挥之不去。

逼近京城的灾祸若具有召唤雷神的强大力量，那么谁都无法阻止，这绝非人力可防御，就算仲成也不是对手。一想到此，苑上心情跌至谷底。

没有任何拯救的希望，才会令人如此恐惧。无论多严重的灾厄，只要救星伸出援手就能成为大家心灵的支柱。然而，这次竟然是救星变成了灾祸……

想起惊怯憔悴的父皇，还有恍惚做梦的皇兄，苑上不禁心痛如绞，如今她也感受到削减帝势的力量存在，她回想着原本解救父兄就是自己行动的目的。

我想成为男孩子，却一点也帮不上忙。我在这种地方做什么？到底该何去何从？

睁眼望着黑暗的树梢，苑上忽然觉得太暗，抬头一看发现看不见火光了。藤太分明说过会添柴避免火熄，看样子是睡着忘记了。苑上勉强起身，怀疑自己是否也会添柴。

她缓缓摸黑走向火堆余烬，不料还没到就隐约听见一阵微响，那是柴薪在轻声剥跳，确实是火焰的燃烧声。火堆还在燃烧啊！苑上不禁住手，又揉揉眼，果然还是看不到火光。

怪了……

就在暗觉不妙时，苑上感觉面前阻挡着某种阴森森的东西，她很清楚自己顿失血色，那寒气袭人的物体发出只能令人联想到恐怖的气味。她的脑海掠过必须快逃的念头，身体却在瑟缩中无法动弹，那个还记得她，想伤害她的妖怪出现了。白天漏网脱逃的猎物，这次趁黑夜才要活活生擒。

它追来了，已经无处可逃。

几乎窒息的恐怖紧紧扼住苑上，让她发不出悲鸣，手足麻痹冰冷，藏在衣下的短剑也毫无用武之地。面对只要注视就会丧命的妖怪，苑上终将难逃魔掌，唯有浑身僵冷地凝视这一切。

苑上的眼前是漆黑无比的幽暗，此刻从黑暗中浮现青白光焰，那形体摇晃不定，还生着一对如隆冬辉星般的怪眼，苑上望着那冷酷得几乎刺痛人的视线，不禁从内心深处发出低弱的悲鸣。面前正是青白色的饥馋，没有感情没有话语，只是想一口吞噬她的欲望而已。光芒中伸出青白色手臂，逐渐延伸，愈渐扩大，刺鼻的恶臭更步步逼近了。

死定了……

苑上仿佛着魔般暗想着，只要放弃一切就能解脱。她觉得对方像在轻柔呼唤自己，却想不起声音发自何人，就在她正想仔细聆听之际——

“你怎么这么容易掉入异界啊？”

一句外地腔调在她耳际响起，不仅如此，还有人扯住她手臂将她粗鲁地拉走，让少女的僵冷身躯感到一股冲击和剧痛。

“好痛，放开我！”苑上怒声嚷着，这才发觉已从妖怪的咒缚中解脱，阿高正在她身旁。

“你什么时候——”

“招惹这种东西来，哪有可能好好打盹嘛。”或许是睡眠不足，阿高没好气地说道。

苑上慌忙回头一望，细长手臂还在原处幽忽摇晃，她没有尖叫，反而紧抱住阿高不放，真的再也不想被那个阴冷东西纠缠了。

“白天出现的就是这家伙吗？看起来很凶恶啊。”阿高朝着妖怪说道。

苑上不明白他为何能满不在乎地注视那妖物，就连他为何站在黑暗中也令她觉得不可思议。但是阿高的身体好温暖，那胸膛的规律鼓动连苑上也感受到了，恐惧亦稍许减轻。

果然没错，他就是那匹马……

“这种妖怪不会出现太多，在京城杀人的怨灵应该就是这种东西，对吧？”

苑上听他慎重地诉说，就轻声道：“正是妖怪没错，在京城引起灾厄并危害皇族，任何人都无法消灭它。”

“谁都拿它没辙？”阿高喃喃说着，然后扳开苑上手臂，“别抱那么紧啦，真丢脸！既然是男子汉，就该自己好好站稳。”

阿高推开她，朝妖怪走近一步，苑上惊叫问道：“你想做什么？”

“只是去查看那里有什么东西。”

“你不想活了？”

“没什么大不了的。”眼看阿高处之泰然，苑上忍不住说：

“不怕那种东西的不是人。”

“也许你说得对。虽然不想谈这些，不过我见过跟这妖怪很像的东西。”阿高的回答透着玄机，接着他又趋前几步。这时青白光焰逐渐扩大笼罩着阿高，苑上不禁遮起眼眸。

“别去，快回来！”与其说为了阿高，倒不如说苑上是为了自己呼唤他，她实在不想留在暗中，她觉得自己总是被人离弃，一个人暗自哭泣。即使遮住双眼，苑上仍感到类似闪电的光芒，一瞬间不禁缩紧身躯。

“怎么了？”

弱焰微照着林间小窝，苑上僵立在火堆前，发现自己正遮着脸孔。

“你叫得惊天动地，发生什么事了？”藤太起身问道。他似乎睡得不省人事，因此讶异地望着苑上。

“有妖怪……”颤抖的苑上抱紧身体，“妖怪在这里，想来捉我……”她突然失声哭泣，再也承受不住压力，空洞般的阴冷记忆又重新主宰她。

“我差点以为在做梦，阿高是真的不见了，他去哪里？”

“阿高去找妖怪对决，还说想了解状况。”

藤太沮丧地说：“这小子真是胡来，早知道训他几句就好了。”

他四下望着幽暗的林间，尖声吹起口哨，“小黑在哪？”

附近森林中传来充满活力的吠叫，一会儿幼犬便窜出草丛直奔过来。

“好了，只要有它在就暂时没关系。”藤太露出放心的表情望着苑上，“别哭得稀里哗啦，再去找人很费力，他应该会平安回来。”

苑上觉得藤太是不知情才这么乐观，他不明白遇过妖怪的幸存者少之又少。不过，这时却传来阿高的声音。

“不必去找我了。”阿高和小黑同时从草丛中出现，他不但听到藤太这番话，还比他说的提早回来，那副说来就来的模样，让苑上惊讶得停止了啜泣。

藤太也像是服了他，问道："你去哪里了？这孩子说什么有妖怪出现，难道只是梦话？"

"不，是真的。"阿高答道，在火堆前坐下，"本来我想追上它却没有力气，肚子实在饿扁了。"

藤太凛眉一扬，"还好意思讲这种丢脸话，是你说要先睡的。"

"我知道啦，给点东西塞肚子吧。"

苑上霎时泪水全收，愕然了半晌，愣愣望着他狼吞虎咽。相形之下，眼前的阿高与那匹骄傲却优美的黑马简直天壤之别，苑上不免重新怀疑起来。

"那么，妖怪有什么反应？你知道那是什么吗？"望着阿高舒了口气后，藤太问道。

"不，完全没有线索，对方也仓皇逃走。大概是到目前为止，都还没遇过对手来挑衅吧。"阿高答道，喝了竹筒水后沉吟片刻，"虽然如此，但我知道那是一种异样的东西，还会引人不快，怪不得害那个爱哭鬼掉泪。也许妖怪不会就这样轻易罢休，我感觉那是一种想扭转强势的力量。"

"至少我知道它会带来更大的危害，那东西就是京城的祸害。"苑上提高音量说，因为被说成爱哭鬼让她很气恼，"从东北方来的灾祸逼临京城时，妖怪一定会露出原形。"

阿高一脸惊讶地问她："它是来取你的性命吧？这是为什么？是什么原因才找上你？"

苑上一时语塞，她能想到的唯一理由就是皇族血统，但是这话不便明说。

阿高见她缄默不语，就说："你最好想清楚喔。妖怪也许不会轻易放弃漏网之鱼，只要你活着，它会不断来骚扰。”

苑上不禁感到面色发青，怪物的确冲着自己而来，短时间内竟然来袭两次，下次绝对会食髓知味。

藤太鼓励地拍拍苑上的肩膀。

“别那么无精打采，只要跟着阿高就不用担心。虽然在前往京城的途中遇到一点麻烦，但是再怎么说，他也是为了消灭怨灵才远道而来。”

“消灭怨灵？”苑上小声重复着，“那是指妖怪吗？你们来是为了除妖？”

“如果他火气没那么大，我们本来打算如此。”藤太横了搭档一眼，阿高则一脸黯然。

苑上想起有事该问，便对阿高说：“你怎么不怕呢？你说见过跟刚才那种妖怪很像的东西，那是什么？”

阿高沉默片刻后回答，开口时却显得十分随兴，“因为那就是我。”

“何必告诉他这些？”藤太语带责备，阿高却继续说：

“既然有人问起我就回答，没必要特别隐瞒。有位来自京城的人见到我有神奇的力量，就说很像在长冈京肆虐的怨灵，如果属于同样性质，或许便有办法解救京城危机，因此我才动身来此。”

苑上瞪圆了眼眸望着他，“那么……你是说自己也是妖怪？”

“我不想被人这么说，所以决定消灭那种专门闯祸的东西。”阿高不悦地说道。

藤太又补充说：“阿高虽有消灭怨灵的力量，不过应该说那是他发挥力量的唯一途径。可是朝廷似乎并不知情，他们为何要拦阻道路和派兵监视呢？简直让我们无法前往京城。”

苑上努力在脑海中厘清这段话后道：“大家都期待有人能除去

妖怪，如果有人能防止灾厄发生，那么他将会是‘救星’。可是‘救星’不会来临的，仲成为了不让恐怖的事继续下去，因此想杜绝来自东北的凶煞。”

阿高和藤太不约而同眨眼望着她，“你是指灾祸会自行前往京城？”

“当然了，因为拥有明玉的人已经踏上来京之途。”苑上起劲说着，发觉自己竟然说溜了嘴。阿高和藤太一听就勃然变色，两人起先满脸震惊，继而逐渐愁眉深锁。事到如今，苑上总算察觉到真相，如果还没察觉那才叫反常。

“难道……”苑上涩哑地悄悄问道，“你就是那位玉主？”

“你怎么知道勾玉的事？”阿高质问她，藤太却代答道：

“我就知道迷路的铃鹿丸正是迎接我们的贵公子，所以我才说别在他面前透露太多。”

“为什么只有藤太知道？”

“因为你只顾睡啊，笨蛋。”

藤太重新转向苑上，认真地说：“事情演变成这样，彼此最好摊开来讲明吧。我们是在稚上少将的率领下正从陆奥赶往京城，他曾说长冈京需要阿高和勾玉来解救。对了，你的主人在等待的对象就是我们，而且当我们渡过势多桥时，就是阿高把他们打得落花流水。不过我们是受托赴京，从没听说过我们反成了灾星。快告诉我，这究竟是怎么回事？”

苑上一时无言以对，两人默默等她开口，她这才支吾地说：“明玉少女的勾玉必须由少女持有才行，否则拯救反会转为灾祸，是仲成这么说的，所以……”

“所以就为这个理由想除掉我们？”

“是阴阳博士这么说的嘛！”苑上加重语气道。

“少女的勾玉必须由少女持有？这个我能理解。”阿高平静说道。苑上和藤太还很激动，相形之下阿高已经恢复镇定，“这跟虾夷人好几次跟我说的一样，绮萨儿不该生下男孩的事我都听到烦了。原来如此，朝廷的说法也是一致的啊。”

气恼的藤太回头望着他，“这是两码子事，不相干的朝廷命官又懂什么了。”

“才没有不相干喔，藤太，还是有共通点。”

注视着火堆的阿高说道，苑上发现他的眼瞳浴着焰光闪耀。

“我自己也多少有点感觉，如果是绮萨儿，或许能更自由地驾驭这种力量。我没听过绮萨儿会引起打雷，这表示我无法像她一样掌控自己的力量。”

“别怪到出身上，阿高，这是逃避责任。”

“我明白，可是毕竟男女有别。都是因为我保管勾玉才让它的原有力量变质，其实这是很有可能的事。”

苑上注视着阿高。

阿高真的是明玉之主，却没有生成少女……

她终于了解阿高为何有与众不同的特点，但是仍不禁细细打量他，即使知道皇兄梦见的天女只是幻影，不过阿高和薄红天女的形象还是差距太大。

藤太对阿高鼓励道：“无论朝廷讲什么，你只能做自己决定的事，不是吗？”

“是啊。我是为了对决而来，是来做个了断。”阿高点点头，望着苑上说：“你怕留在我身边的话就离开好了，我不会强迫你相信我不是灾厄，也许你主人的见解才正确。但是京城灾变若是由在黑暗中蠢动的妖怪所引起，我也不会觉得心安理得。这不是为了任何人，而是为了自己，我不想被说成是妖怪的同伙。”

苑上静默了半晌。如照仲成所言，相信阿高的话就会丧命，因为他会带来灾厄，并向父皇复仇。然而苑上记得，自己曾在黑暗中听见阿高的心脏跳动，那与想夺取自己性命的冷酷妖怪完全不同，即使他有超凡的力量，也具备不同于妖怪的某种特质。

不应该墨守成规。照理来说，我应该要听信仲成的主张，不过现在我还是相信自己的亲身感觉吧……

心意已决的苑上吸了口气说：“我不认为你像妖怪，我恐惧的只有它而已，所以我会留在你身边。下次妖怪来袭时，也请你保护我喔。”

“是吗？”阿高并未露出喜色，只简短地说，“就这么办吧。”

这样妥当吗？我会敌友不分吗？

阿高离开火堆后，苑上感到剧烈战栗，不由得想起怀中的那把短剑。莫非是自己挫了原本该迎向敌人的锐刃？

然而藤太走向她，欣然微笑地轻声说：“你这小子真不赖，别看阿高那副德行，他很容易消沉呢。”

3

阿高走在前方，苑上朝着他的背影诉苦：“肚子咕咕叫，脚好痛。”

他头也没回地说：“只有这几句？”

“人家只想到这些嘛。”

“不会想点别的？”

苑上思索片刻，又换个说法：“骨头快散了，口好渴。”

叶间透洒的日光如点点缝线延伸在坡道上，上坡像是永无尽头。粗盘的树根和岩石不时出现，稍有不慎踏空便会栽跟斗，再没有比汗流浃背地前进更辛苦的事了。没想到阿高完全不以为苦，丝毫没察觉苑上对这种路吃不消，只见他不知疲倦地健步如飞，苑上为此深感不悦。

我为什么这么凄惨？

食粮已尽，藤太和阿高必须四处寻觅人家，不料刚在湖畔发现一个小村落，随即望见有骑兵监视。他们顾虑到此地离势多桥太近，只好改变途径朝接近山丘的方向走去，可是山边村落也同样戒备森严。

“行不通的，到处都在搜人，说不定是在这一带找我们。”勘查情势回来的藤太告诉阿高，“我们面对的不是硬拼一场就能了事的对手，他们不会轻易撤退，也不能小看后援，只要有圣旨，想召集多少官兵都行。换句话说，我们成了通缉犯。”

阿高将手指伸在发间，暂时陷入思考，接着说：“我真不想再发生昨天那样的骚动，让处境更糟也是逼不得已的。”

“我也同意。”

“没想到京城这么远。”阿高喃喃说着，从树根站起身，“总之不能抛下广梨和茂里，目前能忍则忍，必须找机会救他们出来。”

“我是不要紧，这孩子怎么办？”藤太望着坐在身边的苑上问道。

少女正抚摸着痛足，她简直无法相信有人竟会在辛苦发现村落后，还想路过就算。

“为什么不去那几户人家啊？我们又没粮食，怎么可能再到别地方呢？”

“你想一个人去村里？”阿高向她问道，“那样也好，只要不是可疑人物，应该会有一顿饭可吃，大概会有士兵骑马带你回主人那里吧。”

想到能回仲成身边，苑上不免心动，可是没有胆量单独前往，她既不知道村民如何，自己也没信心不被看穿是冒充少年。即使一夜露宿，还是与安然度过昨夜的这两人同行比较放心，最重要的是离开阿高的话，自己又将面对妖怪束手无策了。

“大家一起去嘛。”

“不行，我们不能被捕。”

“那么你们要去哪里？”苑上问道，阿高默默指着山岳。

结果苑上只好空着肚子跟他们一直走险陡的山路，双脚肿疼不算，身体各处关节咯吱咯吱的响让她达到忍耐极限。一跤摔倒后，苑上索性趴在地上哭起来，这已经是第三次栽跟斗了。为了避免她脱队而走在后方的藤太停下脚步，仔细探察蜷伏在地的苑上，前两次鼓励她起身前进的藤太这次终于说：

“喂，阿高，他走不动了。”

阿高停止前进，蹙眉回头说；“藤太，别惯坏他，这小子是自愿跟来的。”

“话是没错，可是这孩子的脚原本就不经磨，脚底板嫩得像婴儿，根本不可能长途跋涉。”藤太眼含希望看着阿高，“你来背他吧。这孩子可是很努力跟上来呢。”

“满口大道理，你怎么不背他？”阿高反问道，藤太刻意摇了摇变轻的麻袋。

“一路上都是我拿行囊，倒是你一直挺闲的。”见阿高无言以对，藤太又补充说：“这是你捡来的孩子吧？应该负起责任才对啊。明明很会照顾狗儿兔子，为何只对小孩不理不睬？”

“真拿你没辙。”阿高气呼呼折回来，背脊朝着苑上，“好了，快上来。”

阿高背起苑上，小黑不太服气地汪汪吠叫，遭主人斥责后只好乖乖离开。阿高一旦背起她就不再嘀咕，默默朝山路前进。

二话不说便让人背起的苑上不久后停止啜泣，开始在意起闷闷不乐的阿高。藤太说得完全有理，他既懂得关怀又善解人意，阿高为何就没有半点体谅之心?

苑上在有力气开口后，直接问出了心里的疑惑：“你怎么这么不体贴啊？”

“在人家背上还好意思说。”阿高回道。

“可是我说过脚很痛，你却不像藤太那样当一回事。”

“你不觉得自己跟小狗一样要人照顾很丢脸吗？在武藏，超过十岁的男孩都会很有担当地投入工作，并且引以为傲，京城的孩子好像缺少这种气魄啊。”

真是这样吗？苑上思索着。

“那么，昨天你把我甩到水里也是这个缘故？”

“那是……”话说一半，阿高浑身紧绷起来，“别提那件事了。”

“为什么？那匹马就是你吧？”她很想听阿高亲口确认，于是如此问道。骑在他背上，更让苑上联想起那匹黑马。

“我再也不会变成那副模样了，所以别告诉藤太。”阿高低声说着，似乎当真不愿意让跟在身后的藤太听见。

“为什么？”苑上执意问道。

敌不过她三番两次在耳边追问，阿高只好不悦地回答：“因为他铁定想骑嘛。”

“让他骑一下又有什么关系？”

“那可不是人人都能骑的，你对骑术一窍不通，所以在马背上时并没有和它融为一体。藤太却不可能，因为他太了解如何驭马了。”

苑上发觉阿高的声音隐含着恐惧，她逐渐了解自己曾经历一个多么独特的体验。阿高化身的对象或许不该称为马，在她脑里浮现的字眼儿是神驹或良骏之类。阿高连最亲近的藤太都不准骑的灵物，竟然被苑上紧抱着死也不放。

他一点都不怕妖怪的原因，就在于他畏惧的正是自己吧……

苑上沉思不语，阿高仿佛想转换气氛般说：“我们都在马群中长大，家里有牧场，大概在学步时就记住如何骑马了。武藏就是这种地方，无论照料还是驭马多半都是从小学到大。”

受到那坦诚的语气吸引，苑上于是问道：“也有小马吗？”

“培养小马成为良驹是牧场的工作，今年出生的小家伙们即将离乳，快要开始在夏季的放牧场上尽情奔跑了。当我和藤太二十岁时，它们就三岁了，我曾经好期待那一天来临啊。”阿高轻声说道。他描述着苑上不知道的远乡，即使在他背上摇晃，少女仍无法想象那幅情景。

武藏是什么样的地方呢？

有那种地方作为故乡的心情会是如何？苑上试着思考这个从没想过的问题。

对苑上而言，连这山间也像是边境异乡，向来看惯庭院林木的她，只见此处净是奔放错绕的树枝，蔓草郁郁苍苍。随着远离人烟渐入深山，层叠的叶荫下幽暗异常，周围的气氛愈发显得诡异，时而鸟鸣尖啸，分明无风，却不知从何处传来喧噪。

但是情况还不至于太糟，就在群鸟齐飞离去时，苑上一眼望去，只见山坡上突出的天仙果树结着成串的黄色熟果。藤太和阿高轮流爬上树，伸手摘下枝头上的熟透果实，苑上吃了一口，觉得从没吃过如此香甜的水果。

“要节制点，不然吃坏肚子可就惨了。”藤太提醒道，因为苑上直往口中送个不停。他们早就以少女从未见过的骇人速度将几颗熟果扫个精光，连嘴角都抹净了。

藤太伸伸懒腰说：“光吃这些不能充饥，去找点别的好了。”

他从包袱中取出一个物件，苑上这才看出那是一张弓。藤太熟练地弯起弓身，又搭上弓弦。

“我发现几处足迹，这附近应该有猎物，让我去试试吧。”阿高走近他兴奋地道。

“弓是我的喔，而且箭剩不多了。”

“上次你不是也相信我的技术精进了很多吗？”

阿高坚持要去，藤太只好让步。

“那就抽签决定，抽到的人去打猎。好，这下看谁抽中。”

阿高抽到有条纹图案的箭羽，开心笑望着苑上。

“爱逞强的到时可别露怯喔。”背后传来藤太不甘心的嘀咕，阿高扬了扬弓，带着小黑轻快离去，苑上觉得那副神气活现的模样真孩子气。

“阿高是你弟弟吗？”苑上问道，她觉得阿高在面对藤太时，会突然露出天真的神情。

“不，他是我侄儿，我还是第一次听人这么问呢。我们同年纪，你觉得我看起来比较老成？”

“不，我只是觉得你比较亲切。”苑上摇头说道。她也觉得和藤太在一起时，比跟阿高共处更自在，因为藤太拥有安抚人心的力量。

“阿高并没有恶意。”藤太说着笑起来，“他没有丢下你，不是吗？其实他才心地善良。”

“他确实救了我，但是并不情愿，好像还很生气。”

“他会认生啦，在一起相处习惯后就没事了，到时你就知道了。”藤太轻松地说道。

真是这样吗？苑上不禁暗想。倘若阿高不是对她板着面孔，而是露出像对藤太的那种表情，她一定会觉得相当愉快。

藤太倚着天仙果树干，在膝上交抱起胳膊，“现在我才明白阿高无法对任何人都和颜悦色的原因，那是因为他背负着别人无法代承的重荷，我一直在想能为他分担一半就好了。”

“你是指阿高的力量？”

“我们情同手足，为什么阿高会变成这样？我只能做到不离左右，带他回武藏而已。但是我非达成这个任务不可，今后消灭怨灵时无论发生什么事，我都会带那小子回乡。”

苑上试着询问自己从昨夜就一直惦记的事，“妖怪为什么会称为怨灵呢？”

“少将大人曾说全京城都这么称呼呢，难道不是吗？”

“我不知道，从没听说过。”苑上惊奇地说道，藤太也露出讶异的表情。

“这么说，在京城各地难道不都是这么称呼吗？少将大人说是宫里悄悄流传，街头巷尾也开始出现传闻。听说在黑暗中蠢动杀人的妖物，正是皇族的怨魂在作祟。”

“皇族的怨魂在作祟？”霎时感到荒谬至极的苑上不觉笑出来，“只有瘟神才有可能吧，皇族怎么会作祟呢？”

“据传有一位亲王饮恨而死，他原本可以登基，却遭杀害而无法如愿，听说就是他的冤魂起了异变。”

由于事不关己，藤太说得轻松直接，苑上的笑容却冻住了，突然察觉在百姓之间流传的事，自己当然不可能得知。

难道是……

藤太这时才留意到不对劲，望着苑上，“这么说来，我曾听说与皇族血缘愈近的人愈容易受妖怪袭击。铃鹿丸，你也和皇族有关吗？”

苑上双手紧握，努力压制心中的悸乱。她开口时，声音沉着到令人意外，“我是已逝皇后的血亲，也就是出身于藤原式家的族系。”

“果然如此，我也猜你是高贵人家的孩子呢。”藤太叹气后不再多问，苑上暗自松了口气。

然而，藤太所说的怨灵并非全是无凭无据的谣传。至今苑上从未思考过那种冷酷的妖怪是从何而来，还有父皇为何受袭，以及自己为什么也受威胁的原因。

仲成知道有关怨灵的传闻吗？

苑上认为她不可能不知情，但她却对苑上绝口不提，只说那是明玉引起的灾祸。一旦萌生困惑，霎时令她疑云大起，仲成该不会还隐藏什么秘密吧？即使没有刻意欺瞒，她却不想告诉自己。

苑上吞咽几次后，终于向藤太问道：“饮恨而死的皇族是指谁呢？”

“连你住在京城都不清楚，我怎么会知道详情？”藤太的回答让她的期待完全落空，“只有茂里最了解少将大人所说的事，若是他，也许就会知道，真不巧他与少将大人都被你的主人逮捕了。”

感到灰心的苑上仍抱一线希望而转问道：“那位少将大人是什么样的人物？”

“他是个怪人，感觉不像京城出身，但是在追求功名这方面很像京城人。他想消除怨灵，也想当征夷将军，说服阿高一起赴京的也是他。这么说来，我也不知道信任他究竟是对是错。”藤太叹息般说道。

苑上喃喃说：“如果阿高能除妖，或许仲成也会改变想法……”

“我也盼望如此，尽可能别逼我们这边改变想法。”藤太仰望树上说道。

阿高在天黑前返回，原本苑上对暗夜来临感到不安，在看到他出现时不禁放心下来，却见他没带半只猎物。

“喂喂，你是空手回来的？箭呢？”

“还剩很多喔。”

“这是怎么回事？”

阿高注视着藤太，突然粲然一笑，“真是重得抬不动，带你们去看吧，我射中一头雄鹿呢。”

“你在说笑吧？”

“才没呢，连我自己都不敢相信。”

藤太和苑上跟随前往，倒在洼地的鹿躯体十分庞大，让人瞠目结舌。藤太尝试拉扯后放弃，就在鹿旁燃起火堆。苑上见他们肢解猎物不禁吓得轻颤，决定还是老实地看守火堆。苑上的父皇也喜爱狩猎野味，只是京城的历代帝王尊佛不沾荤食，因此据说有人对天子的行径颇有微词，但父皇毫不在意，去见皇后时也不忘带着山禽野兽作为访礼。

阿高倒是比平常多开了话匣子，“射中猎物后，我才明白虾夷人的想法，感觉不是射到它，而是鹿奉献了自己的身体。为了报答鹿的恩情，必须虔诚地赞扬它，绮萨儿总是这样祈祷的。”

“原来如此，等打猎技巧进步些，我也来学祈祷好了。”藤太钦佩地说着。阿高则笑起来，“不过，鹿若听不懂虾夷话也没用。”

苑上感受到他们的振奋活力，穿在枝上熏烤的鹿肩肉顷刻间滴下肉汁，飘香四溢。她发现自己不知不觉间也有说有笑起来，阵阵欢笑中，连对妖怪的恐惧及对尚存的疑惑都抛到九霄云外去了。

就在三人即将饱腹之际，吃饱平躺的小黑突然跃起发出一阵低吠，他们惊讶地住口，听见背后传来踏进草丛的声响。可能是人，不然就是相当庞大的野兽。阿高和藤太默默交换眼色，正准备迎敌，听见一个清朗尖锐的声音响起。

“你们究竟是何人？闯入神圣的修行山中杀生，还在此烤食享用。若不是鬼怪，倒要听听你们如何解释了。”

4

那声音充满气魄，含着一种凛然威严。苑上等人抬起头，只见前方站着一名白衣僧侣，身影浴在火堆的焰光中，手里执着与身齐高的木杖，还包着头巾。尽管被遮住脸孔看不清面貌，但感觉上此人目光锐利，神情十分严肃。

藤太和阿高吃了一惊，苑上则察觉到他是个有修持的僧侣，应该是一位德高望重之人，想到自己等人行为失当，她不禁面红耳赤起来。

率先回答的藤太毫不气怯地说：“这里是禁地？我们并不知情才误闯进来。”

“此处是一乘止观院[①]的修行灵山，除了兴寺建堂，聚集的信众不在少数。你们的行为若亵渎了净地，就必须接受惩罚。”

树林后方火炬摇晃，至少有五六个人随僧侣前来，神情有些紧张的藤太使眼色制止阿高，“如果知道是禁地就不会擅自打猎了，因为我们必须自行张罗粮食才行。如果我们立刻离开此地，您能原谅我们的疏失吗？”

僧侣环视绕坐在火堆旁的三人，声音变得温和许多，“你们看起来不像鬼怪，也并非不懂分寸，外表看来都还是少年，为何在这种深山流浪？是因为无法待在乡里吗？”

藤太慎重地答道：“我们没有犯法，不过确实在逃亡。”

“是受到什么威胁？我们并非执法者，还是能视情况提供援助。”

“藤太，我们走吧。”不等搭档回答就阻止的阿高端坐起身，僧侣望着他，阿高也直视对方，“我为扰乱修行地道歉，我们立刻动身，所以请您最好别多管闲事。”

苑上提心吊胆，担心会否触怒这位僧侣。

然而僧侣望着阿高，不可思议地说：“你有光环啊。既然杀生猎食，怎么还会拥有比别人更大的光环呢？你究竟是什么人？”

藤太和苑上不禁注视阿高，年轻人不过只是立在火光下，外表

---

① 平安初期最澄（全心散大师）于比叡山所创设的草堂，桓武天皇时代被视为保京护国的寺院，而后发展为天台宗总寺的延历寺。

与常人无异。

阿高默默凝视僧侣，重新思考后开口说：“不知道，我也正在寻找自我。”

僧侣换手拿木杖，“你说得对，这世上大概没有人能知道你的真相。”

他将视线转回藤太，又观察苑上一番，似乎看出某些征兆。僧侣若有所思地点点头说：

“真是奇妙的组合，从没看过像你们这样的孩子，你们不知受到什么指引，但是三人是宿缘匪浅才能相聚在此吧。我等出家人应该慈悲为怀，避免让求助食宿的孩子深夜徘徊在外，你们不愿说明缘由也无妨，就随贫僧来吧，应该还有一间僧房可供歇息。”

“住持。”一位年轻僧人从后方犹豫地叫唤。

僧侣回过头，朝随同的几位僧人沉稳地说：“不必担心，这些年轻人确实业障较深，但不是鬼怪，由贫僧来供养杀生之业吧。他们需要救助，有时即使非佛门子弟，也该广施恻隐之心才是。”

既然没有理由拒绝，阿高和藤太决定随着众僧同往。数支火炬照亮之下山路仍暗，加上不见月影，这次是由藤太背苑上。其他僧人眼见浑身脏污的苑上举止不像惯处山野之辈，态度因此友善许多。

山寺位于略高处，有一座建有杉木门及草屋顶的堂舍，风格相当朴实无华，堂后有僧房分布在斜坡上，显示此处的修行者不少。一名僧人指着那排小屋向他们说明可以在此歇宿。那是仅容得下每人一张床榻的小屋，里面干爽整洁，苑上对于能有床入眠松了口气，然后又对自己会有这种反应感到好笑。

没想到我竟在看到这种床时几乎喜极而泣……

负责领路的僧人说："住持吩咐过，请各位在歇息前先到本堂，这就为各位带路前往。"

阿高和藤太露出不太情愿的表情面面相觑。

"我就知道跑不掉，准会灌输一堆大道理。"藤太悄声说道。

"我想去听那位师父的意见。"苑上说道。

"那就拜托你了，替我们好好接受教诲吧。"

苑上仰望着阿高，"你没兴趣吗？"

"没有。"他忍住呵欠，"但是还能忍到不会当场打盹。"

三人出现在本堂，只见住持坐在铺设地板的厅堂中，以素碗清水招待这几位访客。

住持看见他们正襟危坐的模样，就笑着说："你们以为贫僧想说教？其实我除了邀各位一尝清露之外并无他意，好好放松心情吧。即使我以杀生戒来晓谕各位，你们也不会有所改变，佛缘还需以无形来度化，我本身也常如此恳切主张。"

苑上捧着碗端详这名住持，在厅堂火光下，他比最初见到时感觉更年轻，恐怕才三十岁左右吧。以开创宗门、受人景仰的住持身份来说似乎太年轻，不过从温和微笑时显露的犀锐眼神，以及意志坚韧的嘴角来看，可知他是一位相当适任的英才。

"我不曾向任何人说教，因为我也正自行追寻真理，在彻悟之前决心不对众人说法，因此在此开设修行地。虽然有僧徒称师，不过贫僧还尚未悟道。"

苑上受阿高他们之托与住持应对，便开口说："我看得出您学养渊博，应该不是屈居草堂的人。"

住持以手指抚着碗缘继续说："你过奖了，贫僧也是在追求佛理并提出疑惑。京城的大寺院所阐述的佛法无法为我解惑，虽然我本身与多数僧侣一样志在东大寺戒坛，但在受戒时产生了疑惑。”

由于话题与自己相关，苑上略微促膝问道：“那么圣上拒绝将寺院迁往长冈京的行为，您认为妥当吗？”

父皇不准许大寺院迁到新京之举引发强烈风波，这件事苑上也听说了，只是完全不知父皇的用意何在。

“当今圣上的疑虑，与贫僧的疑惑恐怕都是同时升起的，也就是从亲王禅师的事件以后才开始。”

亲王禅师……

虽然许久不曾听过这个名称，但苑上还是有印象，他就是父皇的同母胞弟，也就是在安殿皇子之前立为皇太子的叔父。苑上还不太熟悉这位皇叔时，他就与世长辞了。这位皇叔在册立之前一直是东大寺的僧侣，策封皇太子的时间相当短暂。

“您是指那位亲王崩逝的事情吗？”

“亲王在遭废立后撒手人寰，或许你当时还小，大概不记得营建长冈京的造宫大臣遭暗杀事件吧？亲王禅师也因这起阴谋受到株连被问罪，甚至遭到废立。”

“我还记得……”苑上屏息喃喃说道。她曾耳闻，父皇因仲成的父亲惨遭杀害，在痛失能臣之余震怒不已，但有关立皇兄为东宫的理由，只听说是叔父猝逝。

“亲王禅师是为了表明冤屈才绝食而死，所有的人都知道他遭受不白之冤，被自己的胞兄无情制裁，实在不难体会禅师的心情。然而真正悲惨的是，当今圣上也是在前皇太子遭阴谋废立后即位，圣上非常了解为了争夺帝位以致手足相残的事，尽管如此，仍无法避免重蹈覆辙。禅师追寻的问佛一途无法带来救赎，大寺院对权力的贪婪，只不过在为血腥斗争推波助澜，而圣上则将声望日盛的皇弟视为妨害登基的眼中钉。”

住持注视自己的手边说着，不曾留意忽然脸色发青的苑上，“正因为能继承至高无上的皇位，皇太子总是沾染亲族的鲜血，如今佛教也无法拯救堕在暗冥的圣上。曾是德高望重僧侣的亲王禅师，正是天妒英才才会遭受污蔑被指为怨灵的，这有哪一点可说是出自佛理？怨灵引起的阴霾或许反映出倭国的执迷不悟，因此还需要新的智慧才行。”

现在我懂了……

仲成避而不谈，还有所有人都隐瞒自己的真相，如今彻底摆明在苑上眼前。父皇等人在极度机密中努力寻找救赎的理由，就是因为妖怪不在皇族之外，而是腐蚀着他们内心，而且正是存于皇室之中的阴霾。所谓父皇恐惧至极的灾祸，就是害怕被阴霾吞噬。

那么消灭怨灵……阿高即将除妖的事……

这等于将父皇定罪，不仅是父皇，历代先帝也会同样入罪。一想到此，苑上简直无法呼吸。

原来仲成主张不能让明玉进京的理由……我明白了。

“铃鹿丸，你怎么了？”

只见苑上双手捂住嘴，藤太发觉不对，“是不舒服吗？”

苑上无法用力点头，只拼命瞅着两人，藤太和阿高慌忙起身，“别又吐了，稍微忍一下吧。”

苑上在两人搀扶下离开本堂，蹲在堂外草丛里。胃中食物全部吐出后，恶心减轻许多，但心情依然沉至谷底。起初只是肠胃难受而流泪，后来简直满腹委屈，不再呕吐后，她忍不住泪如泉涌。

“瞧瞧这孩子。”

“该不会是吃太撑吧？”

“正好有借口可以打断话题啊。”

藤太和阿高显然不像苑上那样洞悉实情，两人对住持的话语只当耳边风，“总之让他回小屋歇息吧。既然没吃到馊掉的东西，只要静养就能康复啰。”

苑上任两人扶回僧房，半途中，拴在树上的小黑望见他们就发出哼哼哀求，领路的僧人蹙起眉头，阿高只好让爱犬继续拴在户外。

“忍耐一下吧。只有今晚而已，我们不会待太久。”阿高伸手摸摸它的头，安慰垂头丧气的小黑。

让苑上躺在床上后，藤太和阿高以为她立即睡着了，便取走灯火关上房门。留在暗中的苑上欲言又止，无法表达这种孤单，此刻她不想看见任何人，也不想多费唇舌。

天子正是罪魁祸首，妖怪萌生于皇族……这种事谁愿意承认呢？

父皇及皇兄绝不会承认，苑上当然也难以接受。这不仅彻底粉碎了缔造至今的皇统尊严，皇威治国的支配权也将备受质疑，这是无法允许、万万不可的事。

假如阿高是为了揭露真相而来，我还是应该遵照仲成的意思，用这把短剑刺死他……

然后苑上也将难逃魔掌，只能任怨灵宰割。如此一想悲泪又夺眶而出，两种选择皆是无间地狱。过去为何要对怨灵恐惧到那种地步？分明那就是皇族自作孽造成的阴霾。

躺卧的苑上凝视着黑暗，感觉阿高和僧侣等人离自己好远，他们是在声音传达不到——简直无法想象声音可以传达——的彼岸，独独留下苑上在这片黑暗中。妖怪就在这里，皇族血腥所衍生出来的怨灵，正因苑上流着同样的族血才会出现。比起阿高和藤太，她终于意识到阴冷怪异的怨灵其实最接近自己。

不能盯着它……

心中某处已然麻木，在苑上的视线上方出现了伸手可及的浓稠黑暗，它轻易显现在少女身旁，仿佛缠着阿高的小狗般牢牢纠缠苑上，说不定这原本就属于她的一部分。

这是皇叔？还是我心中的阴霾？

横躺着举起双手想触摸黑暗，触到前，黑暗一波波翻腾着避开。卷起帐幔的地点有一团青白物体，苑上迎视着那对窥视自己的青惨目光。她无论抱持多深的觉悟凝视它，都感觉不到一丝亲近，没有任何语言交流，唯有那对冷酷无情的眼神。

一想到自己即将沦为这种东西，苑上不禁悲从中来，如今她只能坐以待毙。青白手臂触到她的胳膊宛如冰霜，苑上很清楚被那手臂抱住准会没命，但是这不是一无所知地死去，任凭它来处置，让她感到飘然自在。就在这时，突然有个念头贯穿她的脑际——

不对！

苑上愕然屏息，以为拒绝是从自己未知的内心某处乍然涌现。但并非如此，这不属于苑上的心念，而是那团青白物体的想法——

这不是次任皇太子的人选。

就在苑上了解无言妖怪掠过自己脑海的意念时，她死命抽身离开，不敢奢望能够脱身，但是可以奋勇反抗。就在她胡乱挣扎的瞬间从床榻滚落在地，撞击让她恢复神智。她在地板上抬起头，毫不迟疑发出尖叫：

“快来救我啊！”

此刻她不想再任凭处置了，恐惧心也遽然大增，发现青白手臂不会让猎物逃脱，二度伸向自己时，苑上的喉间再也发不出声音。就在此时，阿高赶来了。

“这次大概可以逮到它。”阿高语气兴奋地说道。

苑上不禁佩服他的大胆，甚至暗想此人究竟是何方神圣。

“拜托，快帮我赶走妖怪，永远别让它再来。”

“与其这样，倒不如引出这个家伙，这次非要它跟我对决不可。”

阿高捉住妖怪，只见青白手臂分岔成无数触手纠缠到他身上。不亚于阿高的跃跃欲试，妖怪的贪欲也是强烈无比。看着青白物体渐渐缠满他的手脚，阿高不禁锁紧眉头。苑上心惊胆战地注视这场决斗，这才发现至今从未留意到的一件事。

他有光环……

沿着阿高的身影轮廓散发着薄辉。苑上此时总算恍然大悟，难怪自己在妖怪形成的黑暗中与阿高相遇时，他的身影总是非常清晰。

“铃儿，快到屋外！藤太就在屋前，告诉他立刻离开这里，愈远愈好。”

阿高的冷静语调中透着紧张，苑上看见他的身体正步步接近妖怪。

“可是……”

“没什么好可是的，不快点恐怕连藤太也会遭殃，赶快跑去通知他！”

苑上只能怀着歉疚转身离去，因为谁也无法帮他，即使引来妖怪的苑上也爱莫能助。虽然看不见门口，她一咬牙用力碰撞，木门应声打开，滚向屋外后，她闻到林木和水露的夜息。

“发生什么事了？”藤太就站在身边，抱起她后随即问道。

苑上喘息说："阿高说要快点离开小屋。"

藤太凛眉一蹙，望着小屋门口，苑上很清楚其实他想过去。"阿高，那小子有危险吗？"

"拜托你听阿高的话离开这里。"

"我明白。"藤太抓住苑上的手臂快跑起来，这时只见小黑尽情狂吠，扯紧绳索朝着地面猛扒。

"这家伙比我还了解状况。"藤太喃喃说着，这时有一名修行者从僧房探头咕哝说：

"吵死了，能不能叫那只狗安静点？"

藤太头一缩，帮小狗解开绳索，"就算阿高变成什么，这样做也好过让他送命。哪怕我的想法有错，还是非这么做不可。"

"都是我害的……"苑上涩声喃喃道，不知藤太是否听见。

松绑的小黑朝小屋疾箭般冲去，飞蹿进门缝，几乎就在小狗消失的同一刻，灾难发生了。

随着一声轰然巨响，小屋发出一道光柱，刹那间屋舍与天空相连。暗空在一瞬间清晰刻画出云形，空中布满青白光芒。苑上和藤太感到一阵强风扑袭，纷纷举手护身，破裂的木片不断飞来，等强风过后终于抬起头时，眼前的小屋消失不见，只剩下冒烟的木柴散落一地。

无法站稳的苑上疲乏地坐倒在地，注视着这幅情景，"他……阿高呢？"

藤太没有回应，一脸严峻地望着满目疮痍。不料顷刻间，小黑从堆积的残木下露出脏鼻头，蹦出来一抖身，毫发无伤地跑过来。小狗奔向藤太舔舔他的手，年轻人发出一声叹息。

"不要紧，阿高还活着，只是不在这里。"

"你怎么知道呢？"

“上次也是一样。”抚摸小黑的藤太说，“刚才的风暴正是由阿高所引起，那小子失去判断力时就会造成破坏。虽然不会丧失自觉，但看样子是这场反作用力造成他移动到别处。不管怨灵如何，总之阿高很平安，小黑也活泼有劲，光看这点就没问题。”

“真的吗？”忽然间，苑上不太希望阿高能平安脱险。她惊觉自己有这种想法时相当愕然，一抹黯淡袭上心头。为何自己这么自私？分明是为了救她并响应她的要求，阿高才会置身险境。

我真忘恩负义，从一开始就不值得他救……

当她回过神时，两人周围起了大骚动，这也在所难免，原来修行者们饱受天摇地动的惊吓，纷纷走出僧房一探究竟。住持也随着手持火炬的从仆出现在本堂，众人围着面目全非的小屋七嘴八舌，于是住持问道：

“这是打雷造成的吗？有人受伤吗？有谁知道这场灾难的详情？”

“住持，我有看见灾难的发生，从那只狗在吠叫时，我就发现情况不对。”那位抱怨小黑的修行者上前说明目睹的情况。

“就是那只今晚到访的访客带来的小狗吗？”住持说着，望向藤太和苑上，“另一人怎么回事？也受到波及吗？”

藤太为该如何向他说明而迟疑不决，几经犹豫后才说：“不用担心他。不过，我们最好还是先离开贵寺。”

住持听出话里有蹊跷，“这是那小伙子闯的祸是吧，贫僧早就知道他不是等闲之辈。他明明说过别多管闲事，我还执意留下各位，结果出了这么大的纰漏。”

藤太不悦地说：“阿高也不愿意让这种事发生，都是因为出现害他失去理智的怨灵才会如此。”

“这里本是布下结界的清净之地，怨灵会轻易破解出现，正是随你们一同闯入本寺的。”

苑上听到住持的指责，不禁低头感到难堪。

“他正是灾厄啊，的确宿业深重。”住持望着残木喃喃说，“简直就是凶神，为何区区一个少年能承受得起这么恐怖的力量？何况他是个不曾受教、与佛法无缘的小伙子。贫僧看得出来，今后他将面临可怕的后果。”

藤太的眼神变得激切：“他才不是什么灾厄，我不会让他变成祸害。”

从仆手中的火炬在雨滴中发出微响，骤雨紧接着雷鸣而落，只见雨势渐强，打在冒烟的小屋残烬上，淋湿伫立在场的众人衣衫。

5

敲打林叶的雨珠从檐端串落，加上夜间天候不良，总不能盲目冲去寻找阿高，藤太和苑上借留本堂的角落暂待黎明到来。两人彻底放弃睡眠，各自抱膝沉思，无言中只觉得漫漫长夜永不会结束，藤太幽幽开口了：

“一到天亮不管是否下雨，我都会带小黑离开。可是你要留在这里，因为我不敢保证会前往什么险境。”

“我也一起去。”苑上仰起脸说道，“阿高失踪当然与我有关，我不想对他的安危不闻不问。”

藤太将前发一拨，“就算如此，实际上也不可能，因为找不到坐骑，你又不能走远路。”

苑上终于知道自己是个累赘，的确没错，原本他们就没必要带她同行。

“你想留我在这种地方？”苑上茫然若失地说。藤太慌忙道：

“对迷路的你来说，这里不是最合适吗？在这种山中不但住持明理，寺院也整顿得很安全，这里的僧人一定会安排你回家。我们无法照顾你，明白吗？”

苑上没有回答，目光落向地面，藤太也注视着双手环抱的脚尖。“你应该了解跟我们同行没有好过的，如今遭到追缉，想找个像样的借宿地恐怕都没有着落，也不知道到京城时该怎么办，就连是否能到都还是未知数。我无论如何都要跟着阿高，可是没必要拖累不相干的你。”

苑上喃喃说：“明明又不是不相干。”

“也许没错，因为你是那小子捡来的。可是，女孩子毕竟不适合在外头露宿喔，何况还是名门出身呢。”

一瞬间，苑上怀疑自己听错，接着倒吸一口凉气，回头望着藤太。

“你知道了？”

“是啊。”

“什么时候发现的？”

“你不是不肯脱下湿衣吗？所以我就猜想是了。”

苑上简直不知如何是好。她一直深信不疑，以为这两人都相信自己是男孩子，万万没想到初次见面就被识破。

“既然发现了，还好几次对我说‘亏你是个男子汉’？”苑上质问着藤太，一想到他们故意装傻来取笑自己就好不甘心。

“那是阿高说的吧？”就在今夜，藤太才露出诡异一笑，“那小子照你想的一样完全蒙在鼓里，平常人早该识破了，但那家伙啊，在这方面是迟钝到不行。”

“除了阿高，谁都能一眼看穿吗？”苑上泄气地问道，藤太好笑地注视她。

“虽然不晓得你是在何处长大，不过也未免太没见过世面了吧？只要动作有点不同，哪有可能瞧不出来？只瞥一眼或许不知情，朝夕相处就自然明白了。阿高若扮起女孩，你会相信他是姑娘吗？”

苑上思索后摇摇头，阿高的五官乍看秀气，但还是不可能被误认为女性。

“对吧？就像阿高不是少女一样，你也不是少年。”

尽管如此，怨灵却认错对象，竟然阴错阳差找上了我……

苑上仰望着藤太，一心想说出实情。若是直觉敏锐、个性豁达的藤太，只要自己坦承过去隐瞒的真相，他应该会宽宏大量地接受吧。然而毕竟说不出口，因为告诉藤太，总有一天他会转告阿高，一想到阿高将做何感想，苑上就却步了。

虽然从没考虑过阿高的感受，但是不想再让他疏远我……

尽管如此，苑上不得不正视自己的心情。她恐惧在吐露皇族阴霾的真相之际，阿高将会如何看待及评价自己——甚至圣上……

夜空发白时雨势转弱，藤太正判断可以动身了，门前突然一阵喧闹，传来急促拍打杉门及传告访客的声音。即使是清晨，僧人们已开始诵课修行，几人开门后与来访者交涉。来访的人只有一种可能，因此藤太凛眉深锁，将身躯贴紧墙壁。

“糟了，该早点出发才对，没想到在这里形迹败露。”

“那是追兵吗？”苑上慌忙欠身问道。

“不然有谁一大早来访山寺？”

他们还来不及应变，本堂外已传来脚步声。藤太犹豫着是静观其变还是直接对抗，不料对方竟然呼唤他的名字。

“藤太，你在哪里？快出来喔。”

惊愕的藤太飞弹而起，一个箭步冲出檐外，只见广梨和茂里正站在白雾弥漫的细雨庭间。两人浑身湿透，神情却并不沮丧，一看见藤太，脸上霎时光彩生辉。他们眼见藤太震惊至极，不由乐得笑容满面。

“看吧，就是这种家伙，竟没把咱们放在眼里。”

“你们是怎么来的？”不敢相信眼前一幕的藤太没头没脑问道。

“当然是爬上来的。幸亏有人带路，不然在浓雾里摸到天亮还找不到这里。”广梨起劲地说道。

“有人带路？”

“算是自己人喔。那人帮助我们脱逃，正巧还知道这座山寺的地点，我们觉得事不宜迟，才请他带路彻夜赶上山。”

“可是怎么知道我们在这里？”

茂里轻轻一笑，“昨晚在各处都能见到这里打雷，我们一眼就看出那是阿高搞的鬼，不过赶来得正是时候。”

藤太心情一松，这才涌起与同伴重逢的喜悦。

三人互相拍拍背肩，彼此确认平安后，藤太痛切地说：“我很担心你们的遭遇，虽然想前往相救，但大批的士兵在湖边出没，阿高又闹出乱子。你们倒是一直从容应付嘛，少将大人也一起来了吗？”

“当然啰，他在问候住持后立刻会过来这里。阿高人呢？”

“没事的，我想可以找到他，原本我打算立刻动身出发，好险没错过跟你们会面。”

苑上从堂内悄悄观望，只见藤太在同伴之间兴奋说话，新加入的两名年轻人高矮明显不同，感觉上与藤太有几分神似，从说话态度来看可知他们是同乡。在他们之间，藤太流露出神采飞扬的表情，与和苑上说话时判若两人，显然他们是互相信任、同甘共苦的伙伴。

藤太将和那些人离去，留我一个在这里……

既然被认出是女孩，就不适合继续加入他们，藤太等人的喜悦和振奋，反而让苑上更加消沉。眺望片刻后，一位高大的武官和一名身形略矮的年轻人，从另一头相偕走来。苑上无心抬眼一望，不禁讶然屏息，那名年轻人不但有剃度，还穿着一袭茶色学生袍。

“无空！”

“该不会是铃鹿丸？这不就是铃鹿丸吗？”同样认出苑上的无空发出惊呼，来自武藏的三名年轻人听到呼唤纷纷回头。

“你认识这孩子？”藤太向他问道。

“当然啰，我还当是活见鬼了。铃鹿丸，你怎么出现在这种深山寺院？”无空快步走近，叹息着说，“简直不敢相信，我以为你被妖怪吞了，所以只好死心。早知你还活着，就该多仔细找找才对。”

“你怎么会和这些人在一起？”苑上也大感惊讶问道。

无空脖子微微一探，搔了搔头说：“这可是大有学问哪。直截了当地说，我背弃了卫门佐大人，我本来就不属于她的正规部下，因此自然求去了。”

“为什么？”

“我想见识一下明玉的玉主，再加上多少看穿了卫门佐大人的企图。老实说跟你也有关喔，目睹那人对你见死不救，我还是有点义愤填膺。”

仲成会见死不救？

一头雾水的苑上注视着无空。

这时，藤太见到田村麻吕，便郑重地说：“谢谢您来找我们，其实我以为您贵为朝廷少将，恐怕再也不会和我们一起行动了。”

“那是因为再这样耗下去可会让我颜面扫地，在这种关头突然见风转舵也不太好吧。”田村麻吕一贯大言不惭地说，“就算在我离京时圣上改变心意另有打算，我还是要亲自达成圣命，而且我要赌上尊严，证明自己的判断比较正确。我可不像藤原家的千金还在做白日梦，以为有办法掌控我们至今面临的危势呢。”

苑上瞥了一眼这位体格魁梧的武官。

原来他是父皇为了搜寻明玉而派遣的使节……

这位武官的模样正是父皇欣赏的那种豪爽汉子，这样想着，苑上觉得此人似曾相识，的确曾在某位皇妃的丧礼上见过。当时他列在百官中足足高出一个头，形貌极其显眼，侍女们低声窣窣，交头接耳说他长得一副虾夷脸。此时意识到她视线的武官转望苑上，那副表情仿佛与当日一样。

田村麻吕又更仔细地望着苑上，说：“你们带了这么贵气的同伴，他倒像京城出身的孩子，在哪找到的？”

“我不能透露太多详情，但不是我，是阿高捡到的。”藤太答道。田村麻吕又端详苑上，诧异地蹙起眉头。

“咦？”武官似乎从苑上的面容联想到什么，少女想起他对皇族了如指掌，就慌忙逃离现场。

他已经认出……我是公主了吗？

公主竟然出现在这种地方，穿着裤褂混在男人堆中，这若让宫里人知道，一定会吓破胆吧。连忙逃往厅堂后方的苑上正想抚平七上八下的心，却发现那里有一间相连的僧房，只见住持独自静坐，内侧安置一尊木雕观音像。

惊慌失措的苑上小声道歉说："真是失礼，我并没有打扰您清修的意思。"

"无妨，贫僧此刻并不是在打坐观想，只是凝思而已。"住持说道，温和望着苑上，"我正在思考你们来此的意义。你和那些年轻人的成长背景不同，尽管如此，也并非毫无瓜葛，你也遇上了一些疑惑障碍吧？"

苑上犹豫自己是否该保持沉默，然而终究涩声问道："您怎么知道呢？"

"长期修行的话，就能略识一般人难以看清的物象。我可以看到你们三人各自背负某物，当然就属那个小伙子的最显耀，连贫僧也是生平初次目睹那么鲜明的光辉。他必然拥有巨大的力量，但我却不免同情那孩子的处境，想必那样的人生将备尝艰苦。"

苑上不知该如何回答，住持继续说："至于你也背负了罕见之物，即使没有散发超越人智的光辉，你仍承受了某种宿命。看来你似乎是代祭用的替身，贫僧见到你与某位近亲的形影互相重叠。"

苑上感到背脊发凉，不禁抓紧手臂，"代祭用的替身？"

"如果你不知情，或许是遭咒术迷惑所致。最近你可曾携带别人所有的物品？"

经住持点破，苑上一瞬间眼前发白，霎时想起某件东西。

是怀剑……

本已平复的悸动再度激昂起来，苑上不待告辞便匆匆离去。走出檐下后，趁四下无人，又取出乌漆短剑仔细打量一番。不知何故，她晓得这是从大唐传来的珍宝，因为曾经见过类似物品。

这很像是贺美野的短剑……

恍然大悟的同时，苑上浑身起了战栗，想起给自己这把剑，还有仲成以郑重语气奉告时的表情。仲成明知一切原委，竟然还递交短剑，她当然了解怨灵会去纠缠苑上。

可是，都是我提出想和贺美野交换身份的要求，是我先引起事端的。仲成不过是助我达成心愿，并没有将一切事情如实奉告而已，不能只怪罪她……

苑上认为此时不应为仲成是否背叛自己而烦恼，因为她明白了怨灵已不再把自己当作目标。

我还有必须采取的行动……

就在苑上紧握短剑时，她听见哀求的吠声，抬眼一望，只见小黑正拴在檐下。看见苑上发现自己，小狗轻轻摇尾，可能是想恳求她松绑，这只黑犬还是头一次在意苑上的反应，甚至露出撒娇的神情。苑上相当怕狗，一旦被低吠过就不想摸它，更不愿意靠近。

“想去阿高那里吗？”苑上喃喃问道，注视着那对滚圆大眼。

小黑应该知道阿高的去向。

这时苑上冲劲十足，她走近小黑解下绳索，对它说：“想找就去找吧。可是，希望小黑也带我去。”

她不知道自己为何如此决定还说出这种话，反正豁出去了。眼前浮现藤太的困惑表情，可是今后苑上将与他们分道扬镳，恢复成深受保护的公主，回到任人摆布的自己。在此之前，她盼望至少能与阿高再见一面。

小黑跳跃着向前几步，又停下来观望苑上的举动，接着又跃出几步，再度回望着她。就在苑上抱定决心跟随时，小狗心有灵犀似的跑了起来。

天空开始转为清朗，不过依然绵雨如丝。路过僧房时白衣晾着未收，苑上借了一件罩在头上，继续紧追黑犬。就算脚再痛，此刻也顾不得抱怨，小狗从山寺后方穿出后开始跑下山坡。湿漉漉的坡道容易滑跤，苑上摔了几个跟斗，又三番两次滑倒，只见裤褂已惨不忍睹。

小黑不满耽误时间的少女，但没有跑远让她追不上，只像竭力忍耐般站定等待，它不仅想回到主人身边，而且决心为苑上引路去寻找阿高。或许它选择小狗容易前进的道路，这种标准适合阿高和藤太，对苑上而言却惊险万分，几乎让她快要昏倒。

努力克服坎坷后终于下山，苑上来到相当遥远的地方，只见坡路将尽处，山谷即在眼前。不知何时雾散雨歇，枝梢上连落的水滴犹似骤雨未停，周围一片清静明澈，迅速恢复明朗。苑上眼前出现白色花朵，她发觉自己来到水边，正巧此刻阳光破云洒落，林间闪烁金辉耀眼，在这里还有一处寂静的湛蓝水池。

竟然在这种地方……

水面点缀的白花原来是睡莲，她曾在殿舍围绕的小庭院里引颈期盼的夏季已然到来。仅在一瞬间疲劳全抛，苑上立在池畔，这才发现树林远方的皓空弯起一道弧虹，仰眺的眼底添染了缤纷锦色。彩虹是吉兆，无论是祥是祸，无疑是天造神奇之美。

如果这是与阿高相遇的征兆就好了……

小黑在岸边来回奔跑，就在苑上沮丧着抱怨还要走多远时，阿高突然从林间出现了。

“小黑！”听见他呼唤，幼犬兴奋地飞扑过去，浑身表现出与主人玩闹成一团的喜悦。阿高蹲着不断逗耍小狗，终于留意到苑上也在场。

“铃鹿丸？”

苑上凝视着阿高，为他完全如自己所愿地现身而惊讶。只见那衣服烧得百孔千疮，勉强还能蔽体，不过本人毫发无伤，也恢复了原状。想到那间小屋全毁，相形之下实在该为他的状况惊叹庆幸才对。

阿高显得有些疲倦，行动却仿佛没事一般，苑上简直无法相信眼前与小狗戏耍的小伙子，就是昨夜酿成灾变的人物。苑上原本打算重逢时想吐露的许多心声，此时反而难以启齿，只能茫然杵在原地。

“你一个人跟小黑到这里？”阿高问道。苑上点点头，他则露出一脸诧异，“小黑真会带路，藤太在搞什么？竟然打发你一个人来，发生什么事了？”

苑上摇摇头，这才小声答道：“这件事还没告诉藤太，是我先放走了小黑，因为我好想亲自来找你。”

“你这小子真怪。”阿高稍微在意地望着她，又将目光移向沾满泥泞的衣衫，“看来你摔得蛮惨的，为什么跟自己过不去？直到昨天你不是都还在发牢骚吗？”

苑上极力镇定心神，问道：“妖怪怎么样了？你知道它究竟是什么吗？”

“你想问的是妖怪？抱歉，我还没摸清那恶心家伙的底细，不过，它的妖力强到超乎想象。”阿高低头望着自己的烧焦破衣，“认真决斗的话或许能击垮它，不过破坏将不止于此吧。总之妖怪也多少尝到教训，应该知道来向你索命可不容易了。”

的确如此，妖怪大概不会再来，它知道纠缠我也没用……

苑上默然不语，阿高抚摸着小黑喉间的绒毛说：“你啊，真是个怪胎。”

觉得被阿高这种人这样说太惨了，苑上因此仰望着他。

“是吗？”

“从最初就是这样，你竟然不怕我。见识到昨晚发生的事后还能来找我的，原本以为顶多只有藤太而已。”阿高望着她的那对眼瞳，和小黑同样是青褐色。他微微一笑，临时想起什么似的补充道：“不过你原本就常遭来历不明的妖怪袭击，这点小惊吓算不了什么吧？”

阿高的微笑隐含一缕寂寞，苑上暗想：无论是谁，就算有藤太陪伴在身边，他也必然孤独……

阿高是以苑上所想的另一种方式，认为妖怪和自己同出一辙。察觉这种情况，苑上开口了：

“我已经知道妖怪的真相了，那是我的至亲变成怨灵所引起的，而且是从同血缘的亲族纷争中产生。我会遭到袭击，就是因为怨灵无法原谅即将成为皇太子的人。最初它袭击我兄长，因此有许多人代为牺牲，在得知无法夺取皇兄性命之后，接着又想杀害可能成为皇太子人选的二皇子。可是我不是皇弟，虽然扮成这副模样，我其实是他的姐姐。”

阿高惊愕地听她叙述，在听到最后一句时，更加扬起眉毛。

“姐姐？”

6

看到阿高大吃一惊，方才知道藤太所言不虚，他果真有够迟钝啊。

苑上有点了解他的性格之后，又说：“我弟弟是贺美野亲王，而我是苑上公主，铃鹿丸是仲成暂时替我取的名字。原本我该到伊势去，却由贺美野代替前往，而我决心扮成他来行动。”

“你是公主？”阿高喃喃说道，随即深深点头，把苑上从头到脚打量了一遍，“皇族应该跟老百姓不同，不过公主也会像泥人一样吗？”

“人家又不是天生爱摔跤的。”说实在话，表明真实身份的时候，自己变成这副德行，真让公主威严扫地。苑上不服输地说：“我也没想到明玉的玉主是你这个模样，简直无法想象穿得这么破烂。”

其实，阿高也没资格说别人，烧焦的衣衫勉强缠贴在身，几乎全都破光了。苑上忽然灵机一动，将罩头的白衣取下来。

“这是借来的衣服，你拿去穿吧。就算泥巴再多，也好过这身破衣。”

阿高也认同苑上的提议，默默接过递给他的白衣穿上。想到自己也能帮点小忙，苑上不禁心底一乐。阿高并不适合穿白僧衣，但至少不会破绽百出。

他小声地说：“早知如此，就该带点东西来吃啊。”

“我也是一大早空肚子到现在。”

从穿云的阳光高度来看已近中午，不曾休息的苑上一直跟着小狗来找寻阿高，虽然耽误了不少时间，对她而言可是破天荒的大事。

“你怎么会急着想来找我？”阿高穿戴整齐后重新问道，“你说想比藤太更早发现我，是为了告诉我这些事？”

欲言又止的苑上垂下眼眸，“藤太要我留在山寺，他从一开始就知道我是个女孩，还说除了你之外谁都一清二楚，所以希望我别再同行。”

阿高口中嘀咕着：“到时瞧我不把那臭小子教训一顿才怪。”

“还有，今天早上有你们的熟人来访，是两名年纪相当的同乡，另外有一位父皇派遣的少将，那位税上少将可能会认出我。”

“那是广梨他们，好家伙，大家都逃出来了。怎么不早点说？

这样就能平安会合啦。”容光焕发的阿高倾出身子，苑上在打定主意后凝视着他。

“我最怕的是你的反应，因为我知道是皇族之间引发仇恨才会导致妖怪出没，如今我也明白为何父皇和仲成将你视为灾厄。你拥有非凡的力量，不怕皇族的怨灵，因此连带也不畏惧圣上。我亲自来向你说明真相，是因为我觉得这样比较好，毕竟逃避无法改变实情。”

阿高似乎有些了解地点点头，“原来如此，假如妖怪真是皇族怨灵，那的确非常棘手。”

“可是你曾救了我。”苑上轻喃道，“这与你知不知道我的身份根本无关。你三番五次帮忙驱走怨灵，它既然源自皇族，能够与之抗衡的就绝对不是皇族，一定只有你才能做到，我相信你能拯救皇族。”

阿高一拨前发，静默了片刻，“你不是说过无法拯救吗？不是有什么权威术士的占卜这样宣称吗？”

“谁知道占卜是否正确？他们又没见过你。我与阿高相遇，知道你和妖怪不同，是能沟通、能求助的对象。”苑上两手祈求般交握，拼命鼓足勇气说道，“你要是觉得我们不值得相救，占卜所说的结果才会成真。因此我以皇族的一分子求你，请帮我们消除心中萌生的阴霾，让我弟弟脱离魔掌。怨灵想杀害的不是我，而是贺美野啊。”

阿高只凝视着她，没有任何反应。

苑上又继续说：“它误认为我是贺美野才会来袭击，弟弟即使人在伊势神社，如今也不能确保安全。妖怪已发现我假冒他，一旦找到他，就算对伊势神社也肆无忌惮。其他妖怪尚可应付，但是怨灵同样是从皇族衍生出来的。那孩子很危险，求求你，去伊势吧。”

“皇族的怨灵不惜远道前往伊势向你弟弟索命？”

苑上一咬唇，点了点头，“绝对没错，据说贺美野正是皇兄在登基后的次任皇太子。我们的手足关系就是如此，连我都曾有点嫉妒贺美野，怨灵当然更想对他不利。”

那种恐怖的阴霾也曾存在于苑上的内心，如此想来实在情何以堪，怨灵会知道贺美野在伊势，或许正是从苑上心底流露的吧。一想到这里，苑上便坐立难安。此刻能考虑的方法，就是无论状况多惨也非仰赖阿高的力量不可，为此她只有放下身段。

“如果不救贺美野，今后这种事将会永无休止。拜托，请助我们一臂之力。”

对方沉默依旧，苑上觉得她说出的话语正在阿高与自己之间飘移。高踞枝头的鸟儿突然发出清啭，日光照耀在池面上，绽开的睡莲浅绽微响。

阿高眺览情景半晌后，开口说：“到伊势有多远？”

“听说从京城坐轿需要五天。”

“骑马只需花一半的时间吧？”

“你愿意去吗？”

阿高朝满是期待的苑上瞥了一眼，仍板着脸说：“我只是临危受命罢了，可不是为了帮助皇族。”

看到苑上惊讶地回望自己，他又说：“谁都会珍惜自己的亲人，我明白你全力以赴的心情，不过坦白来讲，皇族的问题对我来说无关痛痒，甚至觉得让怨灵自生自灭也好。可是我也重视自己的亲人，也就是在武藏竹芝的家人。”

苑上不解其意，诧异地问道：“消灭怨灵对你的亲人也有帮助？”

阿高的目光投向池面，“我不能带着这种力量回武藏，虽然希望能回去，但大概只会在家乡造成灾难吧。无论如何，这种力量对安稳的生活没半点好处。藤太以前也说过，我的力量只能使用在与你们的怨灵对决上面。对手若是那妖怪，就算不必太手下留情也无所谓吧。所以我要跟它对决，如果是基于这种原因你也愿意，我就接受你的请求吧。”

“你是指降伏怨灵并非为了皇族？”苑上略微思索后问道，“刚才你说认真的话就能击垮它，是因为先前你有手下留情？”

“不是手下留情，以我的情况来说我必须决定要不要丧失自我。当我有意识时，至少可以控制不至于对周围造成太大伤害，而且也能恢复原状。要是丧失意识，我不知道自己会变成什么，说不定是怨灵之类的吧。以前是藤太将我唤了回来，因此我不再轻举妄动。若与妖怪对决，我担心后果不堪设想。”

阿高避免流露感情似的就事论事，但苑上多少能体会那种伤痛，于是说：

“你不用顾虑贺美野的安危，没关系，因为我也要去伊势。他是我的亲人，那孩子由我来解救，所以请别挂虑，好好和妖怪决斗吧。”

阿高有些哭笑不得地望着苑上，“你这家伙，在这种节骨眼儿上作风倒很干脆啊。”

“是吗？”她回顾自己的言行后说，“也许是因为我害怕怨灵更胜过怕你，可是你却畏惧自己。”

“真是个怪人。”阿高又重复一次。

苑上相当吃惊，没想到他归纳出这种结论。阿高朝小黑望一眼，幼犬察觉主人的暗号，一下子起身摇摇尾巴。

“总之先回去再说，藤太可能很担心，还必须和其他同伴见面。目前有什么打算，先等大家见过面再说。”

雨歇后变得闷热难耐，含水的空气滞浊，身体也沉重异常。苑上想到又要大汗淋漓地爬上刚才拼命冲下来的陡坡，就无精打采到极点。

“肚子好饿，脚痛死了。”

“听你这么说，我才快饿扁了，野草都能吞下肚呢。”

“果实也能吃吗？”

“能找到就行。”

阿高快步出发，在后面慢吞吞的苑上突然发觉自己都表明是公主了，他的态度还是丝毫未变，真让人啼笑皆非，不管苑上是男是女、是皇族是百姓，阿高的态度难道都一样？阿高的举动仿佛昨夜造成落雷的奇技般，总是带着一抹超然。

“昨晚你在决斗后做过些什么？”

阿高头也没回地说：“忙着找地方打盹，不巧下雨，还好有发现洞穴。我一觉睡到刚才正好饿醒，巨大的力量十分消耗体力。”

这人能吃照睡，盛暑流汗，寒天冻颤，也知道伤痛，还有值得珍惜的故乡和家人……

苑上如此思忖着。这位传说中的明玉之主，无论他是拯救者还是破坏者，感觉上都与这两种身份完全无关。正因如此，苑上才能像刚刚递衣服那样向他伸出求援的手，请求他的协助。

苑上和阿高抵达山寺时已是入夜，藤太和同伴们一脸安心地前来迎接筋疲力尽的两人。在被招呼进本堂前，他们一致认为两人最好稍微盥洗一番，住持表示可以直接使用木桶，藤太忍不住面有难色，这时田村麻吕上前说：

“铃鹿丸的事情就交给我吧。”

田村麻吕一手提起木桶匆匆离去，苑上迟疑地跟随在后。

他走进一间僧房，在某间窄室里放下木桶盛满水后，毕恭毕敬地问道：“请问在下是该转过身子为您看守，还是替您效劳比较好呢？”

他果然认出了我……

苑上在这一瞬间卸下心防，此人不愧是父皇挑选的密使，即使识破她的身份也不至于心生害意吧。

她吁了口气说：“那么请您转过身，这点泥巴我会自己清洗。”

“遵照您的吩咐。”田村麻吕矮身穿过门，在房外站直腰杆，他的头顶高过小僧房的屋檐，苑上好笑地注视着，朝那背影问道：

“您早就认出我了吗？”

“在下本来不敢确定，以前会见时您都在垂帘后方，不过在下曾见过几次贺美野皇子。”

“我们果然长得很像啊。”苑上点头会意，开始褪下脏衣。

“坦白来说，在下至今仍不敢置信，像您这样的公主为何在此糟蹋自己？圣上应该……蒙在鼓里吧？”

“是的。”

“连在下也深感痛心，公主不宜沾着一身泥在山中徘徊，应该要立刻停止这种行径。”

苑上想起之前的惨痛经验，于是微微一笑。

“只要人敢尝试就能做到，昨天我还走不动路，今天竟能主动来到这里，我终于明白原来自己有脚力也能远行。”

“这样有失公主身份，在下若不是碍于目前立场，一定会即刻带您回宫。”

“不，别逼我被逐出宫。就是因为身为皇族，我才这么做。”停下任水嬉戏的手，苑上以坚定的语气告诉他，“我想再当一阵子铃鹿丸，也还有必须进行的任务。您若重视公主的清誉，还请忘了这些行动，我和阿高将一起去伊势。”

另一方面，阿高比苑上更快洗净泥泞，他拿到一件劳动用的僧服换穿完毕，在与广梨和茂里交谈后，冷不防揪住藤太胸前衣襟，一把将他拖向自己。

“藤太，你故意不跟我讲铃儿是女孩。”

“你何时发现的？”

“是她这么告诉我的。”

见阿高认真恼怒的模样，藤太不禁喷笑出来，“一直等到别人点醒的家伙才叫白痴，真服了你，背着她还没发觉。”

“谁管得了那么多？为什么要瞒我？”

藤太笑着说：“我不想破坏好事，头一遭看你对女孩子温柔，可要好好成全才行。”

“少胡扯了，瞧我不扁你。”

“她单独去找你，就为了说这些？”藤太突然恢复认真问道，“不会光是如此吧？为何她会这样？我去看时发现她和小黑都不见了，说真的我快急疯了，明明已经跟茂里他们会合，却偏偏不能去找你这个关键人物。”

“铃儿是公主，她为了表明身份才来找我。”

听到回答，惊愕的藤太语尾提高了八度，“公主？”

在旁的无空说：“这是事实，卫门佐大人带她出宫扮成少年，然后与皇子互换身份，目的就是为了推迟怨灵引发真正的灾厄。”

“我真没想到。”

“任何人都会吓一跳吧。公主平日都在深宫，看到她时我也很吃惊，尽管她确实不懂人情世故，却是个寻常的活泼好孩子。”

“她要求去伊势，因为弟弟在那里，据说成了怨灵锁定的目标，而我竟然同意她。”阿高窥伺着藤太的反应，“若去伊势收拾怨灵，那些制止我们进京的家伙也没戏唱了。我觉得接受她的请求是两全其美，藤太认为呢？”

面色微妙的藤太回望着他，“你不在山寺时，可知我们在讨论什么吗？就是到底是否该去伊势。”

“怎么这么巧？”这次轮到阿高吃惊，茂里望着同伴说明道：

“那群想逮捕我们的士兵领官叫作卫门佐，那家伙取走少将大人的勾玉，而且朝伊势出发，我们能逃脱就是因为交出了玉石。卫门佐深信勾玉具有一切力量，但我们知道没有阿高那就起不了作用，因此决定不要立刻索回，而是先来找你们。”

广梨起劲地补充道：“那个叫卫门佐的女人真是美呆了，而且很冷酷无情，实在值得一见喔。”

“所以你打算追着她去伊势？”阿高哑然失笑地问道，反而藤太语气认真说：

“被夺走的可是竹芝的勾玉，爹交给我亲自保管的东西，怎么能任人随意拿走？”

“少将大人也和你意见一致喔。他说不能落在卫门佐的手中，再说，只有明玉能证明阿高的身份。”茂里如此说道，阿高不禁面露难色。

“就算如此，明玉只会发光而已，我未必非带着不可，而且我不认为我本身的力量与它有关，这样还有必要甘冒危险去夺回来吗？”

“我认为有必要。”藤太注视着他说，“就算现在不知道原因，可是你拿着它就会发光，这其中一定有什么含意。假如得知功用时却少了它，将来一定后悔莫及，我宁愿选择珍惜勾玉与代代相传的祖训。”

阿高还来不及回答，广梨不顾他的反应，径自快活地下了结论：

“反正意见一致，大家都去伊势吧。”

翌日，睡足觉的苑上变得精神饱满，她发现自己仍然是铃鹿丸，阿高和藤太不改态度，也不过问一切，无空亦如同往常，初次接触的广梨和茂里也随即仿效他们。即使知道田村麻吕有提前吩咐，苑上还是感到开心。

现在还没恢复公主身份，这样继续行程对彼此都好……

他们一致决定去伊势的事情苑上并不惊讶，反而得知仲成前往伊势让她大吃一惊。对于仲成的动机，苑上实在百思不解，不过可以推知她的行为与怨灵极其有关。

“我必须尽早动身才行。”苑上喃喃说着，藤太意味深长地笑笑。

“我们也这么认为，立刻准备出发。”

眼看一行人即将离去，僧人们掩饰不住庆幸的表情，多达七人的伙食费实在可观，加上又遭追兵缉拿，有此反应也在所难免。愿意藏匿一行人的唯有住持而已，这位僧侣最后招手唤阿高前来：

“贫僧有事想提醒你。”

阿高规矩地站在他面前，保持戒备姿势，“是什么事？”

“我无意指示你的去路，只点到为止。无论出生或死亡，人人皆是孤单。”

“这我明白。”

“你是世间罕有的青俊之辈，必须知道自己的力量之翼足以煽动万人，让他们卷入是非，甚至迷失自我。”

阿高以淡澈的眼瞳回望着他，表情始终不变，“我知道。”

“贫僧无法助你一臂之力，不过今后会时常思索这次相遇的机缘。希望你尽可能避免抹灭自我，因为你的人生有太多艰险。”

住持叹气说道。阿高点头会意：

“我心里有数。”

7

“那位住持在这一带可是赫赫有名，他宁可舍弃安逸地位而走入山林，是一名真正的求道者。不过他和我追求的略有不同，先前来时我就这么觉得，所以无法在此安顿久居。”

无空对茂里说道。这两人在不觉间变得无话不谈，苑上认为无空会兴起随行的念头，很大程度是因为和茂里很投契的缘故。

“为什么你们都对既有的教理感到不足呢？”

“他那叫冥顽不灵，只想闭居山寺，这点和我个性不合。”

“该不会是指你自己修行定力不够吧？”茂里笑起来。

“不，我比他的本事更高，那人只能目送阿高离去，我却为了学习世事法则随你们同行。”

“你不过是眼高手低罢了。”

苑上和无空共乘的时候居多，他并非受仲成指示，而是主动担起守护苑上的责任。保持距离的田村麻吕若无其事地关照苑上，武藏的四名年轻人则像忘记任务般自在行动。

苑上并不知坐骑从何而来，离开山寺时，众人的确孑然一身，经过一夜却冒出坐骑和行囊。如今一行人皆有坐骑，还携带足够数量的武器前往伊势。她暗中询问无空，回答是不得已先下手为强。

“是偷来的？”

“就是反击追兵嘛，算是战利品。这几个武藏来的小伙子只要肯干，手脚利落得赛过附近山贼呀。”

苑上彻底被这群莽夫打败，但是没理由好埋怨，马和武器都是赶赴伊势的必需品，只是不免思索原本可以乘轿平静度过的路途，为何偏偏带着这群家伙同行呢？

事到如今，自己失算也认了，只要能确认贺美野平安无事就好。那孩子在不知情的情形下还认命地远赴深山神社，但愿他别独自悲伤死去……

抿紧嘴唇的苑上思忖着。眼前反复浮现弟弟揪着她的衣裳，神情如诉般仰望自己的身影。

一行人在曲折山路上行色匆匆，越过最险峻的铃鹿岭，继而出现开阔的沿海地形，马儿不需加鞭便奔驰前进。到了第三天，眼看旭日升上地平线，当天内众人来到伊势神社附近。

这里就是伊势……

身体疲劳时，思绪反而变得清晰，苑上仰望着耸立的幽暗树林，海风猛刮的立崖朝上倾斜，一片茂密的森林遮覆到崖端。方寸大的海滩上有寥寥几处渔家点缀，森林黑沉静谧，与皓亮的海边形成鲜明对比。

这里是百袭姬为了镇伏祖灵而辗转各地的最终落脚处，也是镇伏宫中无法封印之物的地点……

古老的传说耳熟能详，苑上也没认真当一回事，然而眼前的景象让她浑身紧绷。这个寂寞地方像在对她诉说身为支配者的皇族所背负的重任，以及历经数百年后只成为例行公事、遭受轻忘的事物。目睹这处宛如流放之地的场所，恐怕历代的斋宫夫人都早已有所彻悟了吧。

我早该察觉这种状况才对……

无空和苑上一样感受到了某些感应，他在背后喃喃道："山间的灵气实在不同，不愧是皇族圣地。"

"我们还是第一次来到这么南边，生长的树木也不尽相同。"茂里谨慎地说。

"我的故乡就是这种感觉，毕竟在海边啊。"无空望着不远处的阿高和藤太，对两人说，"你们能联想到什么吗？在武藏，竹芝家族不是据说也是皇室后裔吗？"

"真的吗？"苑上并没忽略，她回过头，"难道你们是……"

藤太尴尬地道："那不过是传说，只在当地盛传而已，就算真有其事，也是老早以前的事了。不过来到伊势神社，这倒可成为话题喔。"

"但是……"苑上还是忍不住说，"阿高的力量该不会是因为皇族血脉才引起的？"

"真不巧，完全没有关联。"阿高冷冷地说。仰望着幽暗森林，他吁了口气又道："不过硬要扯上关系，竹芝的血缘或许有点用，现在想来倒是没错。"

"胜总哥是堂堂男子汉，别说祖宗的不是。"藤太反驳道。

无空微笑道："真是耐人寻味啊。"

这时田村麻吕回过头，表情严峻地告诉他们："要是我就会更关心别的事，这附近一定有仲成的手下埋伏。闲话少说，好好留心树荫底下吧。"

森林地面蕨草丛生，从河口往上的登山路经过整平，便于马行。他们一边留意周围一边前进，并无任何异状发生。不久树林豁然萧疏，浅谷即现眼前。蜿蜒的河川形成辽阔的河岸，曝照在艳阳下的岩石白耀鉴人，水流潺潺清澈。河川对岸更有茂林小山，延伸至深处的道路正前方，矗立一座苍旧的灰色鸟居，那正是神社入口。

"这里只有这条路能走，就算瞧不顺眼，也只能试试看了。"田村麻吕低声说道。

"怎么会瞧不顺眼？"

"因为没看到半个人影。"

确实如此，虽说地处偏僻，也未免太过静谧，河滩上空旷无人。倘若仲成带领部属来此，应该会留下蛛丝马迹。

"仲成真的会来伊势吗？"苑上小声询问道，无空也摇头不解。

"我也不明白，说不定临时改变主意了。"

马蹄踏响河滩上的碎石，无空下马后小心翼翼地牵马走向浅滩。不料他正步往河边，冷不防从远处射来一箭插在石缝间，原来是白羽箭。

"快撤退！"田村麻吕高喊转身，却见退路也插着白羽箭，箭纷纷落在一行人的左右两侧。

武藏来的四名青年愣愣望着箭矢刻意避开自己等人，田村麻吕却咬牙说："惨了！"

忽然间，苑上感觉有人攫住自己身体，她想叫喊却开不了口，仿佛遭人制服而动弹不得，更别提能发出声音。她拼命横眼朝众人望去，只见大家全都僵立不动。

“你们在我布下的结界中，挣扎也没用。”一个平静的声音说道。

苑上朝正前方望去，只见手持白木弓的仲成立在河川对岸，四周分明没有隐身之处，她却蓦然现身，两名黑衣人也同样肃立在身侧。

仲成一身官人的猎装打扮，远处即可见到那鲜明的雪颊和朱唇，只见她嘴角歪起一抹笑容，“无空，少装蒜了，我知道咒术困不住你，快带公主过河。”

无空沮丧地低头喃喃道：“我不想刻意欺瞒，实在是身不由己。”有些难为情的他仰望着苑上，少女与其他同行者同样连一根手指都不听使唤，“这是我的一项小特长。这时不能违抗卫门佐大人的意思，因此请别怪我。”

他轻轻将苑上抱下马，又抱着她开始横渡河川，苑上无法忍受变成无力的婴儿，却苦于不能表达怒意。渡河后，无空在河滩将苑上放下，她仍呆若木鸡。仲成扶着少女的背脊，在她面前弹指几下，她这才身体放松恢复自由。苑上在困惑之余，一下子怒气迸发。

“为何做出这种事情？”

“请原谅在下，总算将您救了出来。”仲成泛起凉澈的微笑说，“让公主几番受惊了，仲成得知您遭那群家伙挟持，心中实在难过不已。但是请宽心，今后容不得他们再这样放肆。”

近看之下仲成果然美貌非凡，认真的眼神亦含着担忧。想起自己曾多么憧憬、多么渴望以她为榜样，苑上不禁泛起泪光。

“我没有被挟持，而是心甘情愿，连来到伊势也是为了帮助贺美野才自愿来的喔。”

“皇子平安无恙。”仲成平静地说道。

苑上从怀中取出短剑，使劲递到她面前。

“那当然了，因为你竟然给我这种玩意儿。”

“在下本打算守护公主，可是没想到您竟然遭恶煞掳走。”仲成语气镇定，望着短剑不为所动，“您应该知道妖怪的来历吧。仲成的确没将真相全部告诉公主，也知道您十分痛心。”

“妖怪是皇族罪孽的象征喔，怎么可能一句痛心就能了事？”苑上轻喃说，“为什么称阿高是灾厄？他屡次在妖怪袭击时救我一命，连这次行动也是受我拜托才来的，灾厄出在我们皇族本身，才不是他呢。”

“公主错了。”仲成定定望着苑上说道。

“为什么？”

“来危害贺美野的祸患正是他们，我用这件东西诱引他们不到京城而来伊势，就是想借先皇祖灵的庇护，将他们镇封在这块土地。”仲成从怀中取出穿着红细绳的勾玉让她看，那是一块半剔透的平凡玉石。

苑上睁大了眼眸，“这就是明玉？”

“在对皇子造成危害前将他们诱来此处，为此我会不惜任何代价。”

“你推测错了，来谋害贺美野的是其他妖怪。”

“不，绝对是他们。因此您看，妖怪正落在我布下的结界之中。”

惊愕至极的苑上转头朝仲成手指的对岸望去，只见在阿高等人的所在之处，仿佛升起一片黑霞，像是盖碗将他们覆罩底下，无法动弹的一行人马只能任凭黑物活活吞噬。

“你究竟想怎么对付他们？”

“她打算让那几个人和黑暗同归于尽。”无空低声应道，他难得含怒地说，“连我也没看破这招，难道你打算让怨灵造成的恶行全由阿高承担？你们这样也能心安理得？最好别低估了那小子的本事。”

“希望你也别小看我部下的实力，这个结界连妖怪也休想破坏。”仲成凝望着对岸说道。

黑暗在河滩上形成半球状，看不清内部，无声无息的景象宛如目睹梦魇。

苑上声音颤抖：“快住手，阿高认真起来，力量将会压倒妖怪。但是那里面还有别人，有藤太和茂里、广梨，秭上少将也在其中。”

“公主。”仲成以劝诫的神情垂眼望着她，“您若是皇族的一分子，就必须庆幸能将他们一网打尽才对。”

苑上极力摇头，“不！我不要！”

“那些人正是造成祸患的原因，您难道还执迷不悟？皇族绝不能被揭发，无论多么微不足道的事，也绝不容许遭到质疑。”

苑上早已哭成泪人儿，“所以你才想消灭他们？那么我们才是最接近黑暗的人啊。”

“想来您一定了解这个道理，为此我才不忍让您亲眼看到这一幕。”

泪水让视觉扭曲了，苑上巴不得连自己和一切都彻底毁掉算了，如今连悲叹的资格都没有，光顾着哭泣的自己也未免太过愚蠢。

“您忘了一件事情，与其说忘记，应该是还不知情。”无空突然立在仲成面前，从容不迫地说，“阿高和藤太也受到这片土地的皇灵庇佑，因为他们也继承了皇族的血脉喔。”

“你在胡说什么？”就在仲成责问之际，突然地面发出轰鸣，同时激烈摇晃，叶声飒飒，鸟儿发出惊啼顿时齐飞。仲成倚着木弓支撑踉跄的身子，一脸严峻地望着部下。

“到底发生什么事？”

“结界毁了。”满头大汗的黑衣人一边拼命忙着以十指变化结印，一边答道，“不行，已经破了。”

“哪有这种蠢事……”仲成喃喃说着，只见半球状的黑暗逐渐变形，她不禁倒吸一口凉气。

黑暗起初如遭挤压般扁塌，接着直往上升，中央逐渐尖耸，然后被戳破似的迸裂四散。刹那间闪光疾现，苑上看着几名黑衣人像被撞击般远远飞抛出去，与此同时，只听一声轰然巨响。

是阿高！

苑上知道翔逸而去的正是他，黑暗震散后恢复清朗，吓破胆的马儿纷纷惊嘶着从原地飞奔而出，众人个个吓得魂不附体，不过看来并没有人晕倒或受伤，困在结界中的几个人所幸无碍。苑上一跃而起，踏着河水想走向他们，就在这时，一道闪电划空而过。

他发怒了……

苑上不禁抱住头，分不清自己是生是死。她想起阿高的话语，如今他会震怒也无可厚非，更何况他又再度回到丧失自觉的状态。

恐怖的雷击声发自苑上背后，她感到浑身血温尽失般回头，只见前方的森林蹿升起火焰，高大的杉木应声倒下，接着火浪继续翻卷，苑上知道神社屋宇的所在地点。她或许认同阿高有理由愤怒，可是，弟弟还在那间神社里。

“贺美野！”苑上穿过鸟居，不顾一切地奔向神社。

墙垣出现眼前，只见神社火焰飞舞，大批侍从争先恐后地逃出来，几乎全是吓慌的女子，没人顾及灭火，纷纷哭叫着袖手旁观。苑上不顾她们直冲向神社内，一片惊惶中无人留意到她。穿过几座殿舍，浓烟混着热风横扫而来，她不禁以袖掩面激咳不止，在她前方，整座神社已陷入猛燃火海。

我必须冷静思考那孩子究竟在哪里，漫无目标地乱走只会让浓烟吞噬……

虽然是初次来到神社，久居宫中的苑上大致能猜到贺美野会在何处。于是她咬紧唇，四下环顾后攀上渡廊，神社内侧应该还有其他殿舍。

他不会抢先避难，最后一定会被关在房内……

苑上确定弟弟会尽量避免见人，为了不让身份识破，只好隐居深室。她终于发现一处侧殿，跑过去拉开那扇对开门扉，果然不出所料，贺美野正在那里。

那是一处略窄的木地板房间，贺美野端坐房内，他的头发垂散未结，穿着清一色的红裤褂，身旁置着未合的书本。

他一瞬间吓得瞪视着门口，诧异问道："是谁？"

"是姐姐。"苑上上气不接下气地答道，"我来接你了，快离开这里吧。"

"皇姐？"贺美野张大了嘴，接着倒吸一口气，"皇姐，真的是你啊。你终于来了。"

苑上紧紧抱住飞奔而来的弟弟，初次切身感受到贺美野才是自己最无可取代的人。或许她至今为止都不曾坦然接受这种想法，总觉得在他人眼中，弟弟比自己更受重视，因此她拒绝自己对他付出。然而无论贺美野将来是否成为皇太子，他都是苑上的胞弟，而且只是个小男孩。

当这孩子需要依靠时，我就伸出友善之手吧。没什么好保留的，直到现在，我都只在乎自己得到什么……

“我可以出去吗？仲成曾来说过会有恐怖的家伙来到这里，交代我绝不能开门。”贺美野环抱着苑上的颈项问道。

“当然可以。这里会被烧个精光，反而更加危险。”

“是打雷造成了火灾，我认为那就是卫门佐所说的恐怖家伙做的。”

“或许你说得对。”苑上喃喃说道。

阿高从一开始就没有答应帮助贺美野，他并非站在维护皇族的立场，如今连神社都烧了，苑上也不是完全不懂仲成的主张，只是不想接受而已。

“走吧，口鼻要捂好，别吸入浓烟喔。”苑上奋力说道，握住弟弟的手正欲跨出门扉，只见正前方的殿舍逐渐熏得焦黑，紧接着霎时消失无踪，竟然落下一团漆黑之物阻碍了视线。贺美野掩住口，发出拼命压抑的尖叫。

阿高破坏结界了，所以怨灵也跑出来……

从冲击恢复冷静后，苑上突然升起一股无名火。在这妖怪面前，她还是头一遭不再畏惧，而是感到愤怒。

“给我滚开！多亏有阿高才让你优哉地到处闲晃，你到底有没有羞耻心啊？”

苑上将贺美野掩护在身后，冲着黑暗中闪烁的青白光芒毅然道：

“这孩子不会沦为跟你一样的妖怪，我以尊严保证，绝对不会让你得逞。就算你属于我们的一部分，也不能代表一切。”

那把短剑仍藏在怀中，苑上初次拔剑出鞘严阵以待，想起住持曾说短剑无法伏妖，不禁感到有些退缩。这时青白色的细长手臂伸向贺美野，满心抗拒的苑上不由分说就将短剑朝它掷去。

忽然间，一道火柱直劈而下。近距离劈下的雷电与其说是震耳欲聋，倒不如说是像给人一记闷拳，姐弟俩脚下踉跄，先后仰天摔倒，一时眼前金星直冒。

回过神时，妖怪早已无影无踪。附近冒着焦烟，走廊中央消失了一块，阿高正站在那块焦迹上。他的身体仅散发着微光，轻闪几次后光芒消失，只留下苑上熟悉的那个衣衫烧焦的小伙子。不知置身何处的阿高环顾四周，在认出苑上后更是一脸诧异。

"你在那里做什么？"

"你不是明明说过不来帮忙的嘛。"苑上小声说道。

"我应该有说过会来收拾妖怪吧？不过没想到功亏一篑。"阿高一边以手臂拭脸一边说道。

苑上当场愣住，终于轻笑起来，接着又一个劲儿笑个不停。

蹙眉的阿高走向她问道："有什么好笑？哪有人坐在火堆里发笑？"

"是啊，带我们离开这里吧。这点忙你应该会帮，不是吗？"

苑上安抚着受惊而紧紧抱住自己的贺美野，接着仰望阿高，"我相信你，同样的我也想对皇族更多一点信心。阿高，我希望你能见父皇一面，来证明看看你是否就是救星。"

8

贺美野起初不太情愿，在让阿高背起后恢复了平静。穿过燃烧的殿舍，跑到火舌尚未波及的地点，在得知安全后，苑上突然感到浑身虚脱。周围任职神社的众人趁仓库还没烧起来前，忙着抢救物品，只见大家东奔西跑，感觉上人数相当可观。

“斋宫夫人安然无恙吗？”苑上喃喃问道。不过即使暂时平安无事，现在也不是问安的时候，何况贺美野的事情尚未解决，此时最好还是乘乱离开才是上策吧。

“累的话先去休息喔。我担心的是那群家伙为何想对我们施咒。”阿高放下贺美野说道。一听此话，苑上方才想起差点忘记了仲成。

“我发现神社起火后，就没再回头找她。”

“那个女人绝不能原谅，竟然想将藤太他们一网打尽。”阿高怒声说道。

苑上屏息小声说：“可是大家不都平安脱险了吗？”

“不脱险怎么行？现在反而连怨灵也逃走了。”阿高注视着树林前方说道，“怨灵逃往京城，它可以从伊势或近江脱身，但在京城遇到我就无路可逃了，非得决一死战不可。”

那么京城将会毁灭……

首次意识到事态严重，苑上感到十分愕然，他的力量是造成神社火海的破坏之力，必然波及四周。就在她无言以对时，却听见有人呼唤阿高的名字，两人于是回头。

“阿高，你在那里吗？”是广梨的声音。苑上见他奔来时面色相当凝重，“幸亏你恢复原状，赶快到河滩去。”

阿高惊奇地问道：“你怎么知道我在这里？”

“赶快去，我是来向神社求救的。”广梨叫喊道，脸上表情扭曲，“藤太被暗算了，伤势很严重。”

阿高一瞬间不能理解似的望着他，广梨难以承受那视线而低下头，勉强挤出一丝声音说：“藤太想拿回勾玉，少将大人和我们一起去追那个女人，可是我们低估对手是女子，她假装听话交出玉石……”

“是什么伤？”阿高急声问道。

“中的是刀伤，从肩膀到胸口。”

阿高不再细问就飞奔离去，来不及跟上的苑上望着他的背影，与脸色铁青的广梨面面相觑。

“藤太该不会……”

“我不知道，少将大人正在为他止血。对不起，我必须去求救才行。”广梨泫然欲泣说道，掉头不顾姐弟俩就奔向神社，苑上于是咬唇望着贺美野。

“有一位重要的同伴受伤了。快跟着来，皇姐不能坐视不管。”

阿高抵达河滩时，同伴们正围着躺在草地上的藤太。一看即知他伤势严重，脸上失去平时见惯的表情，宛如换了人似的血色尽失，胸膛以下沾满血迹。田村麻吕撕裂衣衫按住伤口，布却浸血透湿，连手上也让鲜血染红。

“怎么会这样？”留意到喃喃自语的阿高，茂里微缩身子挪出藤太身旁的位子，阿高跪坐在地，茂里低声说：

“真抱歉，我们跟在他身边，还是遭到不测。”

阿高哽咽应道：“为什么不叫我……不交给我……处理？那些家伙的敌人是我，并不是你们。”

目睹藤太每次微弱呼吸伤口都渗出血水，阿高几乎晕厥，他受到无法守护藤太、不能一同行动的歉疚感苛责。

“他想拿回勾玉。”茂里难过地说，“我们不是只能做到这件事吗？可是藤太未免也太心急了。”

“笨蛋！谁想要那种东西，给她不就成了？为什么把勾玉看得比自己生命还重要？”阿高颤声说着，这时一句轻弱的责备回道：

“别那样说……”

藤太开口了，奄奄一息地睁眼仰望搭档，“别把我的行为当作多此一举……”

“藤太！”阿高凑近仔细注视他，恐惧地轻声道，“失去你才真是一切都白费，你难道不知道？”

藤太微动着满布血迹的手，接着张开手掌，掌心是那块半剔透的勾玉。他的掌心没有沾血，可知不管情况多危急他仍紧握在手。

藤太轻轻说：“这是你的，拿去吧。”

催促之下，阿高从他手中取过勾玉，泛白的玉石在掌心逐渐闪耀，发出生机盎然的薄红光辉。

“我知道勾玉需要你，你必须拥有它。”藤太心满意足地说，阿高紧紧握住了勾玉。

“不管什么传家宝，要是以藤太做交换，爹可会大发雷霆喔。拜托你以后别做傻事，我总有方法解决的。”

藤太微微一笑，闭上眼睛，“嗯……不会有下次了。”

望着力气耗尽的搭档，阿高惊慌失措极了，那身影仿佛与就此断气的利乡重叠。“藤太，你醒醒！”

阿高紧抓着藤太用力摇撼，田村麻吕严厉斥道：“混蛋！别动他。这不是聊天的时候，别增加伤员的负担。”

然而阿高充耳不闻，茂里慌忙将频频呼唤的同伴拽离现场。

苑上拉着贺美野的手来到时，阿高仍不停地呼唤藤太。听到那急切的叫唤，苑上不禁紧握弟弟的手。

“皇姐，好痛喔。”贺美野轻声发出抗议。

“藤太如果死了，阿高永远不会原谅我们……”苑上喃喃说道。

“就算我们没做坏事也不原谅吗？”

“是啊。”依苑上来看，也觉得藤太死去实在太不合理，恐怕阿高是不会放过京城的官民及皇族吧？或许还会让京城化为废墟。

尽管如此，苑上还是无法责怪他，因为她切身明白藤太是阿高的支柱，是绝不能失去的人。

阿高仿佛是拒绝听话的小孩，扯开嗓门频频呼唤藤太，身旁的茂里想劝阻，煞费了一番苦心。苑上注视这一幕，忆起看护临终母后时的景象。自己在母亲气绝时没有方寸大乱，即使悲痛到昏眩，即使周围女眷如何痛哭失声，苑上依然静坐不动，让哀思沉潜内心。

伤痛都一样，可是……

苑上不明白自己为何会萌生此念，不仅是同情，而且还想安慰阿高。或许是她略微察觉到阿高在任何方面都强过自己，外表似乎不受动摇，但在另一方面却比她更加脆弱。

神社免于付之一炬，祭殿和斋宫居所的范围内一切均安，只有几处殿舍和仓库在焚毁后控制火势，又恰逢落雨，淋灭了渐消的弱焰。

这时藤太被抬进残存的殿舍内，烧伤者之中无人重伤，不过众人皆知藤太的情况极不乐观，他毫无恢复意识的迹象，伤势引发高烧而导致梦呓不断。

田村麻吕唤茂里来到一旁，“这件事对阿高实在说不出口，不过只怕万一，今晚或许是关键。”

茂里咬紧唇注视着他，“他若丢下阿高，您知道后果会如何？”

田村麻吕并不回答，拍拍茂里肩膀便离去了。茂里叹了口气，回到藤太睡卧的房间角落，阿高和广梨在这片刻不离左右，漫漫长夜更似无尽了。

阿高完全饮食未进，呆坐在藤太枕边，目不转睛望着搭档的面孔以免漏听了细声呓语，更换额上的凉布时也不忘对他悄声说话。茂里和广梨同样忧心藤太，看到阿高的举动后，更是心如刀割。

藤太时而发出呻吟般的呢喃，同时在奋力与伤势引发的高烧搏斗。任何人都无法与他一起战斗，也无法代为受苦。真正设身处地之后，阿高方才了解藤太在听见自己提起怨灵时，为何总带一抹痛苦神情。

我对一切视而不见……总是只在乎自己。

就在阿高消沉地思考时，觉得藤太似乎在呼唤某个名字。阿高一惊倾过身子，起劲地在他耳边轻声说：“藤太，是我。你想要什么？”

只听见一阵短促喘息，就在阿高想放弃时，藤太痛苦地呢喃：

“千种……千种。”

阿高凝视着搭档，仿佛遭当头棒喝似的回想起一件事，那就是藤太从踏上旅途后便没在他面前提过这个名字。

“阿高，你怎么了？”广梨发出惊呼，原来阿高猛然站起身朝门口走去，他一言不发就跑向户外。广梨欠身而起，茂里却拦住他。

“让他去吧，我们没办法解决。”

苑上望着蒙暗落雨，姐弟俩走进空荡荡的仓库。她担忧藤太的伤势，希望尽可能待在那座殿舍内，不过就算神社陷入混乱，她也不宜带着扮成公主的贺美野露面。

无空帮忙取来各式用品，饮食寝具一应俱全。雨夜里，离地架高式的仓库或许比其他殿舍更为舒适，有苑上为伴的贺美野并不在意栖身仓库，早已安心进入梦乡。苑上也试着躺下，又翻身而起，想到黑夜中藤太在另一侧殿舍与死神挣扎，就让她睡意全消。

还是去看看好了……

她认为多聚一人祈祷，能带给藤太更多支持。等贺美野熟睡后，苑上心情浮躁起来，那几个年轻人一定彻夜未眠吧，自己绝不想成为最后一个获知藤太噩耗的人。

谨慎步下阶梯，雨势相当急，苑上伸手遮顶前行，环视着燃灯的殿舍，很快发现了光芒所在。她微感诧异，以灯火来看似乎显得朦弱，那是仿佛融在雨间的微辉，光泽恰似薄红花朵。

苑上不曾见过这种光芒，觉得太过不可思议，然而不知何故她并未心生恐惧。寂静的淡辉清莹而引人怀思，仿如花绽枝头般唤起感动，而那抹光晕也在她心底唤起某种意念。

犹豫仅在一瞬之间，苑上朝光芒走去，阑夜中的悸动加快，她留心步伐前往殿舍，只见光芒四周隐约映着一个人影。仔细观察后认出对方，苑上惊讶地停住脚步，问道：

“你怎么会站在这里？”

只见阿高立在雨中，发出淡辉的正是挂在颈上的勾玉。虽然明玉就在眼前，此刻他却无视于明玉的光，即使知道苑上来此，也没有抬头或应声。不知他从何时开始站在这里淋雨，湿透的发丝缠贴在低垂的后颈上。

“我正要去藤太那里，别待在外面，我们一起去吧。”苑上说着，阿高只含糊示意要她离去，并未离开原地。

“怎么不去陪他？你不是和藤太最亲近吗？”苑上不禁止步，这才发现阿高咬紧牙关在啜泣，他好不容易挤出嘶哑的嗓音说：

“我不去。如果藤太死了，都是我害的。”

“怎么这么说呢？”

“是我杀了藤太，是我……拆散他们，带他走上绝路。”阿高的肩膀剧烈颤抖，举起一手遮住脸孔，“不行，我已经……”

他崩溃了，甚至无法言语。这个雨夜，苑上第一次见到如此悄然而泣的悲恸。

拥有足以匹敌天神力量的他竟会这样悲泣……

苑上轻握他的手臂，果然如想象般冰冷。

“在这里淋雨不好，你不愿意回去的话就来这里，至少该到屋檐下。”

好不容易将阿高拉到屋檐下，苑上松了口气。这时她也成了落汤鸡，于是拭着头发走上阶梯，去探视贺美野是否安睡，少年听到动静睁了一次眼，确认是姐姐后又沉沉睡去。

阿高不再哭泣，垂头坐在阶梯上沉默如石。虽然入夏，湿透的身子仍觉寒凉，苑上倚着阿高的肩膀靠坐在他身畔，觉得这样等待黎明也好，不想多语，只觉得陪伴着他才放心。

原以为会沉默到早晨的阿高突然幽幽地说：“我太大意了，对藤太……还有对广梨和茂里也一样，明知不能让他们卷入，更何况藤太还有想念的人在等他。”

“你应该也有想念的人，不是吗？”苑上问道，阿高摇摇头。

“我是形单影只，没有权利夺走藤太。”

苑上仿佛置身藤太的立场说：“我认为凡是见过你力量的人都不可能视若无睹，至于亲近的人更不会坐视不管。”

“我不想要这种力量，为何只有我必须持有这种鬼玩意儿？”阿高喃喃说道。即使他俯下脸，胸前的勾玉依然明灿生辉，“为什么我就无法加入他们啊！”

阿高的力量无法拯救自己……

至今苑上都只以皇族自居，来估量他的力量是救赎还是灾厄，只是与父皇等人站在同样立场来解读明玉之力，从来没有考虑过玉主本人对这种力量的想法如何。即使阿高能拯救皇族，也未必能解救他自己，甚至可说是迫使他丧失希望，甚至抹灭自我。

那么，阿高的自救之道在哪里？

聆听着暗夜雨声，苑上凝视他低俯的侧容如此思忖着。

第六章　修复

1

“千种。”

藤太在弥漫的雾中徘徊，再次呼唤她，近处传来织布机响，他能肯定千种正在织布，感觉织响不断萦绕耳际。他想去找千种，但是实在无路可循，连到目前为止自己做过什么都彻底忘记了，只觉得疲惫又孤单，只一心期盼与千种重逢。好久没见到她了，真想骑马到那间村畔的纺织小屋，不，那里还没远到必须骑马，只要就近招呼一声即可听见。

“千种在吧？是我喔。”

“藤太？是藤太吗？”彼方传来她的回答。

是千种的声音没错，藤太怀念地满怀雀跃。那声音霎时唤起故乡的轻风和草木、手指冻得透红、春日风暴挑起的悸动、古舍及耕土的清香、马群集聚散发的气息。

“藤太，听得见我的声音吗？”

“听得见，你在哪里？”眼前雾茫茫看不见千种身影，藤太焦急地问，“你别织布了，出来小屋好不好？我想见你。”

“我不能停下来。”规律的织响没有歇止，千种以温和坚定的语气对他说，“这是为了守护你而织的布喔。现在你危在旦夕，所以我必须一直织下去。”

“危在旦夕？”

“你陷入了绝境，是那女子一手造成的。”

于是藤太恍惚想起取回勾玉时遭砍伤，中剑的那一瞬间，自己也觉悟或许难逃一死。

“我全都知道，我总是跟随在你身边，从线端感受到你。就算藤太忘了我，我还是一直守在这里喔。”

千种尽量不带责备语气，但声中难掩不满。

藤太慌忙辩解说：“我不是忘记你，只是离开武藏后状况太多，阿高的问题麻烦得超乎想象，我们自顾不暇。可是我一直牵挂着你，没有忘记和你的约定，就算死了我也会还魂回去喔。这次一时大意……”藤太欲言又止，总算恍然大悟，“是啊，或许我真的会死呢。”

“不，我不会让你死去。我相信女神的神谕，藤太会回来，一定会回到我的身边。”信心十足的千种平静地说着，藤太不禁胸口一热。

“或许我不值得你这么付出，我杀过人，没资格在杀死别人后，自己还想躲过死劫。”

“你不是在守护阿高，保护这个重要的亲人及搭档吗？”千种的声音依然温和，“你不可能不顾阿高，所以由我来守候藤太。你不能死，你还没带我去参加祭典呢。”

千种的目光浮现在眼底，那是沉静而强韧、内蕴激昂的眸光，是俘虏藤太的巫女独有的悄默眼神。藤太忆起离开武藏的最后一日，首次以恋人表态的千种是那么绚丽，让他感到喉头一紧，迫不及待想确认那令人眷恋的眼瞳、秀发和柔指。

“千种，好想见你，只要让我看你一眼就好。”

“我也想见藤太，可是现在重逢就永远不能在世上相见，希望藤太能活着亲自走回小屋来迎接我，千种将和你一起回竹芝，这次再也不回日下部了。”

恨不得立刻见面的藤太一时难以接受她的要求，不久改变主意，终于下定决心说：“我明白了。我一定会痊愈回去，绝不辜负你的守候。”

“只要有这份心，你就能回来。”千种的声音也透露着欣喜。

藤太知道她拥有未卜先知的能力，觉得自己可以回武藏，回到等待自己的千种身畔，可是阿高该怎么办呢？

“千种，我知道你有预知能力，是否能告诉我阿高会一起回武藏吗？”

少女缄默片刻后，略带悲伤地说：“对不起，我不能答复你。我的掌心容不下阿高，力量也微不足道，只能为你一人尽力。我很清楚你多么渴望知道结果，但是纠缠阿高的力量太过强大。”

“这我明白，所以才来找你。”藤太喃喃说，“单凭我的生命做赌注也无法改变命运啊。”

“你的想法不对喔，不仅是我，对阿高来说，你的生命才是意义重大。”千种拂风般轻声说，“你一定会领悟的，现在先回他身边吧……”

感觉到光芒，听见了足音，远方有人朝这儿跑来，传急报似的奔进藤太沉睡的殿舍。听到这完全不顾周遭的急切脚步声，藤太不禁睁眼，散漫的视线游移到光线照射的门口，只见一个模糊身影。然而，他知道是阿高。

这小子溜去哪里了？

他想开口，奇怪的是无法随意出声。在门口一瞬驻足的阿高几乎扑倒般冲向他，双手撑在伤员枕边。

“藤太！”他紧紧揪住盖被，面孔埋在藤太身旁，颤声喃喃道，“谢天谢地……”

藤太抬眼一看，发现茂里和广梨、无空正凑近观察自己。睡眠不足的三人眼中满布血丝，脸上却挂着开朗的微笑。

“真服了阿高，他怎么晓得你清醒了？”茂里苦笑说，“不愧是好搭档，实在拿你们没辙，这小子夜里逃走后就没有再回来喔。藤太，你还好吗？大家都无法忍受为你送终。”

“让你们操心了。”藤太好不容易气若游丝地说道。他为实际感受到存活下来而喜悦，但伤痛也随之复发，还没法完全庆幸。身体丝毫不听使唤，他厌烦地猜想一定要挨过不少苦痛才能复原。“对不起……给你们添麻烦。”

广梨带着鼻音答道：“别说傻话了，捡回一条命就是万幸。一想到如果你没一起回竹芝该如何向郡长大人交代，我们实在该感谢你呢。”

“你真走运，身体又结实，一定会早日康复的。我这就去通知其他人，他们原本有心理准备要接受噩耗了。”无空说着走向门口。

正要踏出门口的无空发现有个娇小身影，于是停住脚步，原来是少年装扮的公主正站在门外。

苑上探询似的仰望着他，“我可以去看藤太吗？他得救了吧？”

“当然可以，你怎么知道他得救了？”无空略显惊讶地问道，苑上微微一笑并不回答，只神采奕奕地从他身边擦身而过，加入为藤太苏醒而庆幸的人群中。

“啊——太好了！但愿你能逐渐复原，别再让人痛不欲生了。”苑上在藤太枕边说道。藤太正纳闷这番话有何用意，苑上朝身旁的阿高看了一眼，“我想他暂时不会醒来，请让他能就此安心入睡，别再让伤势恶化。”

一听此话，众人这才留意到阿高，啼笑皆非的是他早已趴在床边睡得不省人事，摇他也毫无反应。

茂里点点头说：“的确没错，你不能丢下阿高。若没有你，这小子将成了大累赘，只会给我们多找麻烦。”

藤太虚弱地微微一笑，没有认同茂里的调侃。

我不会抛下他不顾，可是……

藤太毕竟有口难言，他隐约有某种预感，只是凝望着搭档。

或许阿高会离我而去……

赤松梢上蝉鸣阵阵，告知暑夏已至，高大杉林围绕中的神社十分清凉，是疗养的绝佳之处。火灾的消息已传至京城，只是没有立刻响应的动作，恐怕一时之间朝廷还不会派使者前来慰问吧。众人恢复冷静后整理火场，原本这里就属于与世隔绝的地点，因此短时间之内便恢复沉寂，仅增加几名修缮墙垣和板壁的从仆，焚毁的殿舍依旧保留原状，仿佛一切从未发生般照常作息。

由于藤太在此休养食宿，田村麻吕为表示心意，便提出协助修缮，这项工作由武藏的年轻人来动手，他们除了照顾藤太之外无事可做，于是主动接受了任务。

神社方面也爽快应允他们参与，几人在苍郁森林间的神社度过了一段夏日时光。工作并不繁重，对于长久以来无法安心逗留一处的小伙子们而言，日子平稳到近乎清闲。阿高睡醒后也因藤太还在养伤而变得沉默寡言，但仍旧不忘加入大伙勤奋工作。

苑上起初非常害怕引人侧目，然而贺美野穿上渔童短衣后没有人识破他的身份。倘若让斋宫夫人和女官发现会引起骚动，不过她们起居都在深殿，不可能来视察下仆，她们为公主失踪而议论纷纷，但同时保密到家，消息不曾传至苑上等人的耳里。

贺美野在换过轻便装束行动后，也尝到了苑上体验过的解放感。一向幽居室内的贺美野对假扮皇姐不免感到乏味，如今少了爱书为伴，反而想朝户外发展。他起初跟随苑上四处走动，不久与几名年轻人混熟，便时常前往他们的工作地点玩耍。

大而化之的年轻人们都叫他“铃弟”，只当是个小毛头罢了，贺美野熟悉后也毫不介意。看着他加入工作行列，苑上不禁暗自惊讶，即使自己装扮成少年，还是觉得编篱笆或锯木材这类工作无聊透顶，贺美野却毫不厌倦，热心地问东问西之余还想亲手尝试挑战，年轻人们也以平常心接受他的好奇。

与他们长久相处的结果，贺美野第一次晒得黝黑，愈发显出少年模样。他与年轻人们一般穿着，混在其中开朗欢笑的神情，让苑上觉得有些奇妙。曾几何时，她发觉自己期待这种日子持续下去，与时间和身份藩篱绝缘的伊势生活是那么风平浪静，在此没有敌我之争，也不会因身份不同而有隔阂，只需照顾疗养中的藤太就能安稳度日。然而苑上了解这只是幻想，这种生活不会长久下去。

还没解决任何事情，阿高和我们无法维持现状……

“你要是认为藤太已没大碍，我有件事想告诉你。”

无空唐突说出这番话，阿高不禁停下脚步。

他们结束这天工作后正打算去冲凉，茂里和广梨先带着年幼的贺美野离去，其余两人正想随后前往。阿高注视着无空，只见他略一迟疑，搔搔冒出短发的栗子头。

“没有别的，就是有关藤太受伤的事。他遭血光之灾，我多少该负起责任。我竟将你们拥有皇族血统的事告诉卫门佐大人，难怪她不放过藤太。爱多嘴的教训真该铭记在心哪，就算被你们嫌弃我也认了。”

阿高沉着地应道:“不必为这种小事对藤太受伤感到过意不去喔。你像亲人一样照顾他，我们怎么会嫌弃你，反而该感谢呢。”

“就算想到将来的情形，你也能这么心胸宽大吗？”无空没将阿高的话当一回事，只交抱起手臂，“到头来是我把你们逼往死角，说溜了嘴害你们真的成了威胁皇族的存在。你没发觉你具有的力量，任何人都认为是造成破坏的元凶吗？这种威力足以颠覆皇族，甚至能取代天子。”

“你是指我是皇族后裔这件事吗？真荒谬，谁会相信这种鬼话。”阿高耸耸肩，“就算是正统皇裔，我也没兴趣篡位，那种辛苦的角色，为何非要我来充当不可。”

“就算你觉得荒谬，别人可不这么想吧。只要有这种力量就能夺得皇位，即使你没有登基的野心，比方说拥立藤太即位也不成问题。”

阿高望着平静说话的无空，面孔稍转苍白。

“藤太哪会想当什么天子？他一心只希望返回武藏。”

“很难说，所以那个为皇室效忠的女人才想杀死藤太，只要有机可乘，今后随时可能置他于死地。”

“你是说藤太随时都有危险？”

“很遗憾，你故乡的亲人也一样。”

阿高愕然住口，无空又低声告诉他：“别低估一国之君，假如你举棋不定，下场就会如此。既然身怀明玉，你唯有勇往直前，看是要拯救皇族，还是推翻皇政。”

无言以对的阿高移开视线，远眺着广梨等人走往下坡的穿林道路。

“如果你选择推翻皇政，我觉得倒也无妨。”无空悄悄说道。

“跟你无关啊。”

“或许如此，因为我是方外之人。”无空微笑中带着一抹纯真，“我不想改变趋势，只想观望这两种力量最后造成什么结局。我认为力量的趋势并没有任何罪恶可言，试图改正或拖延才会衍生危机。说不定当今圣上的作为，就是在矫枉过正。”

“你是指怨灵的事？”阿高喃喃问道，无空轻轻点头。

“一切必须回归根源才行，你该去京城，我想奉告的就是此事。”无空叹息般说：“为了藤太着想就该进京，如果停滞不前，连你也会遭受扭曲。倭国没有足以控制这种力量的智慧，至于对岸的国家是否如此，我还在深究中呢。”

“智慧？”阿高俯下脸轻轻笑了起来，“这与我无缘，我也不认为渡海到别处就能逃脱宿命。我听虾夷人提过相关说法，这块勾玉曾渡海到了彼岸，又再度归来。”

“真是耐人寻味啊。”无空说道。

阿高就此打住话题，背转过身，“我要将这件事告诉大家，事不宜迟。”

阿高宣称即将赴京之际，认为事情终要发生的不仅苑上一人，田村麻吕二话不说就同意，无空当然也随同前往，广梨和茂里则为这对搭档即将分开而大伤脑筋。两人彻夜讨论的结果，抽签决定由其中一人与阿高同行，另一人则陪藤太留在神社，结果广梨抽中必须留下来。

“这样好吗？”茂里问道，广梨由衷地点头。

“这是天意喔，我要在藤太康复后带他回武藏，我对这件重要的事早有心理准备。你从一开始就想去京城吧？既然来到伊势，就去见识一番吧。”

茂里嗫嚅:“我的确想去京城,可是就算同行也帮不了阿高。再说,你对他的帮助也许更大。”

广梨仰望着他，“还是有话明说好了，你想陪藤太也行喔。”

迟疑片刻后，茂里摇头拒绝，“不，这是天意……”

藤太相当冷静地接受阿高的决定，他的伤势不再引发高烧，痛楚也愈发减轻，但仍无法自行仰起上半身，无论如何勉强都不能一起上路，只能眼睁睁看着阿高离去。然而，他无法就这样认命留下来。

“你要单独去啊。”藤太避看前来转告消息的阿高，幽幽地说：“我不是为了让你独闯才夺回勾玉的。”

“这样两全其美，只要我走了，这里就会很安全。”

阿高静静说道。不知何时起他痛下决心抹杀任何情感，似乎飘忽了一抹不祥的气息。

“能让藤太留在神社太好了，只要你平安，我也能放心，我会到京城做最后了断。”

“康复的话，我一定会立刻动身前往京城。”藤太说道。阿高却摇摇头：

“你不用来，好好静养吧。这次绝对会终结一切。”

“终结一切后，你会回伊势吗？”

面对他的询问，阿高没有答复。

“你是说再也不管我了？”

“不是。”阿高喃喃，“我希望你回武藏，能代替我像以前一样继续生活。”

藤太感到伤口起了一阵痉挛，他伸手扯住阿高的衣衫。

“你可知道我承诺过必须带你回乡，希望你别忘了。”藤太忍痛说道。

这时阿高的眼中初次露出痛苦之色，他轻轻扳开藤太的手放回盖被里，垂下眼轻声说：“对不起，我现在无法保证。”

2

苑上隐约感觉阿高起了变化，自从他在藤太身边睡醒后，看似完全恢复镇定，事实上藤太虽然获救，阿高却从那日哀泣以来并没有重新振作。

那是异常可怕的经历，远远超出想象……

伊势生活乍看之下平淡，然而阿高从那天起一反常态，与任何人都刻意保持距离。他原本喜欢独处，众人并不以为意，不过与藤太离别时的那种无动于衷，显示出他的内心有多么封闭。

不知藤太会多么伤感！

苑上挂虑的正是此事，她不顾忙于准备出发的众人，抽空去探望藤太，这是最后一次与他交谈，恐怕今后再也没机会见面了。

广梨去帮忙打点出发事宜，房中只剩藤太一人躺卧休息，他毕竟难掩失落，不过见到苑上时仍面露微笑。

“你还没去吗？小心被丢在这里喔。”

“有稊上将军在，不会有事的。”苑上说着走近藤太身边，“如果都能一起去就好了，藤太不在，我好担心……还有阿高的事。”

藤太仰望着天井喃喃说：“那小子不知变通，一旦坚持信念就无法克制自己，目前没办法阻止他的。”

苑上小声问道：“你知道他在想什么吗？”

“我不知道他想去什么地方，可是知道他没有打算回来找我们。”藤太低声答道，接着叹了口气，“可是我已经无法改变他的决心，只盼他能打消念头，这是我唯一能尽到的心意。”

“你放弃他的话，大家也都会放弃，阿高是攸关皇族存亡的关键喔。”苑上说着，藤太留意到此事而仰起脸。

“是啊，铃儿是皇族的一分子，我老是忘记你是公主啊。”

“我也忘了原来的身份，但是好像不该这样。”

藤太注视了苑上片刻，接着开口说：“无论阿高做何了断，都是攸关皇族的事，直到最后你都可以介入他的命运，所以你能替我守候他吗？”

苑上下定决心问道：“阿高消灭怨灵的话，京城会毁灭吗？”

藤太静静地说：“不必担心，无论他的觉悟是什么，都不会拖累旁人。我反而害怕事情如此，或许都是因为我们才迫使他做出错误的抉择，选了不该走的绝路——牺牲自己。”

苑上睁大了眼眸，发觉藤太的这番话与自己的想法不谋而合。

藤太注视着她，继续说：“我今后无法跟阿高同行，可是你能追随他去，可以和他沟通。可能的话，你愿意去京城吗？我们全都盼望他能回来。”

苑上轻声说：“我身为皇族，阿高大概不会听我的意见吧。”

“偏劳你的确不合理，可是我觉得你一定能做到。”

“为什么？”苑上问道。

藤太思考片刻后认真说：“因为那小子知道你是女孩后竟然态度没变，能让他有这种反应的女孩，实在很少见喔。”

一行人朝京城出发，分别是田村麻吕和阿高、茂里和无空、苑上和贺美野。如今苑上已较能适应旅途，不过仍不习惯照料坐骑，但在野宿时至少能照顾贺美野。她为自己能处理这些事情感到高兴，外出不到一个月就有这许多发现，比方说她没想到自己手脚还蛮利落的，另外还发觉施比受更幸福。

也许我就是这种性格……

自己不辞劳苦照顾贺美野的行为，勾起昔日瞒着大人装成侍女游戏的回忆，让她不禁莞尔。硬被叫去充当公主的女童仆恐怕很为难吧？扮成药师也是她喜爱的游戏之一，这次为了治疗藤太的伤，她向田村麻吕请教如何把药草熬制成真正的药膏，热忱地完成这项工作。

她对体力劳动并不以为苦，只是几乎没机会和阿高交谈。藤太的叮咛仍在脑际，只是见到拒人于千里之外的阿高，她实在提不起勇气传达藤太的心意。

面对今后将与皇族对决的阿高，我能有什么表示呢？我和他终究不是同样立场，无法成为伙伴……

“皇姐，你总是盯着阿高喔。”贺美野在苑上为他穿衣后，一针见血地说道。

“才没有呢。”苑上不禁脸上飞红。

“我去找阿高好了，这样有话可以跟他讲清楚。”

“别多管闲事！”

眼看姐姐突然生气，贺美野只好闷不吭声，片刻后又说：“阿高并不可怕，他让我摸过小黑。只要他一声令下，狗儿就会乖乖不动。”

“是吗？”苑上有些佩服弟弟的机灵，自己当初要是拜托阿高，小黑就不会发出低吠了。小黑比在伊势那段时间长大了一倍，很难再被称为小狗，模样也变成不易亲近的狼犬。

要是贺美野没讲，有些事还真不知情……

苑上如此想着。然而自己为何犹豫不决、不敢面对阿高，她也百思不解。

起伏的山峦渐趋平缓，延展成一片平原，来到近江后出现了宽广大街，还有几条通往京城的平路，为了避免遭遇埋伏，他们仍选择草原前进。尽管如此，进入京畿后的旅程加快，所幸没有遇到伏兵，隔天便来到即可立刻进京的地点。

一行人照常露宿野地，不过想到只剩今夜，困难生活就比往常轻松许多，田村麻吕为此笑得合不拢嘴。

“明天就能抵达怀念的京城，总算近在咫尺了。”

“半年不在京内，想必您对城内的变化会很惊讶吧？因为目前长冈京的居民正不断外迁呢。”无空说着，田村麻吕抚着胡髭，一副不以为意的模样。

然而他突然语气郑重地向苑上姐弟说：“有劳两位奔波跋涉，不便之处也将到此为止。抵达京城后，尽管寒舍狭小局促，还请先至舍下歇息。若是带两位直接进宫恐怕会引起议论，而且这身装束也不甚妥当。”

听到田村麻吕以臣下的语气致意，苑上这才切身感受到已经返回京城，而且发现自己在有所自觉之前，就先以公主的语气答复他了。

“还请少将大人斟酌，此事烦劳您了。”

田村麻吕泛起微笑，竟然由衷地对她说：“您吃了许多苦，还能忍耐到现在，在下对公主的健朗心服口服。”

忍耐？我并没有勉强……

苑上如此想着。她的确凡事不习惯，也觉得相当辛苦，但是并不觉得自己在忍受煎熬。一想到奋不顾身扮成少年体验世事的日子将告结束，霎时让她落寞不已，抵达京城后自己终究要恢复公主身份，那个迷路的少年铃鹿丸即将消失。

进京后我就会改变，能把握的唯有此刻。

苑上抱定决心朝阿高走去。

阿高倚在林边树上，仰望着夜空银月，虽有流云掩映，月光不遗物影，阿高的身影清晰可见。满月升在东空，阿高背对明日将前往的京城方向，凝眺着遥远的后方，苑上迟疑不决地走近他。

“阿高。”苑上不自然地呼唤，他有些讶异地望着少女。苑上心想不能退缩，就向前几步，“你到京城后打算如何？”

“没什么打算，我会跟随少将大人。我想那人或许会觐见圣上，按照他最初的想法去请求主君恩准我消除怨灵。”阿高的语气十分干脆，并没有迷惘或漠不关心。

苑上觉得被那种泰然自若的语气挫了气势，又说：“我以前说过希望你与父皇见一面，现在仍是这么想。我还想告诉父皇，是你让我们姐弟脱离怨灵的魔掌。”

“这没什么大不了，我是照自己的意思行动，圣上视我为灾厄，那也无所谓。”阿高答道。

“为什么？你宁可这样也愿意吗？能不能成为拯救之力明明对你非常重要。”

“对我来说都一样。”

苑上不禁哑口无言。

片刻后，阿高又说：“不过我还是认为与圣上见面才能了断，或许那时我就会知道自己拥有力量的原因。”

苑上觉得这是远古以来注定的宿命，时至今日，尽管苑上等人挣扎抗拒也无法改变。

“你有什么打算？”苑上问道，“是想消灭还是拯救皇族？对于我们这群京城人，你有什么想法呢？”

“怨灵只有我能降伏。”阿高小声说，“说到想法，我认为自己是为了除妖而存在的。如果皇族与怨灵共存，我也无法保证皇族的下场如何。尽管如此，我还是非打倒它不可，因为它与我相生相克。”

“相生相克？”

“怨灵的力量在呼唤我，与我正面对决之前会继续酿成灾祸吧。我的力量也一样，说不定是我与它产生共鸣，力量才逐渐增强。”

他不想再向任何人示弱，苑上为此感到十分悲伤。

“你和怨灵的关系，难道比与藤太的牵绊还强？藤太现在还在等你回头，他说过希望你能找回自我喔。”

阿高半晌不语，接着悄声说：“当然强了。”避看她的阿高仰望着满月，“所以我才想尽快结束这一切。”

苑上暗想，藤太害怕的事果然如他所料，阿高确实放弃了希望。他并非为自己，而是为了他人打算舍弃一切向前迈进。

这样不行……

真的有借着让别人绝望来拯救自己的救赎吗？倘若阿高成了救星，岂不会害他陷入绝望？苑上若请求他帮忙，就成了只顾拯救皇族的自私鬼，因此她难以启齿，只知道自己完全插不了手。

望见京城之际，天空暗云阴沉，瓦顶城门宏伟耸峙，只是因从旧都迁来而显得十分陈旧。重新涂修丹漆的工作尚未完成，仍留置着搭建的鹰架，不见工匠人影，仿佛任其废置一般。

回到睽违已久的熟悉居处，或许是苑上心境有变，不免处处留意起城内的缺失。京城的区域规划井然有序，并以唐风建筑整构其特色，但在细心观察之下，不难发现在完建之前已开始呈现荒废状态。棋盘状的大道平整宽广，却因填沟建路造成多处泥泞，河川上的架桥塌毁也无人细心修补。

在骑马行经的路上，无论是瓦顶泥墙的转角，或街头、圮桥桥端等处，皆设置小土堆，透露着诡异的气息。小土堆上排列着白纸装饰的木串，以及供品之类的素陶器，可说是琳琅满目；相反的，却不见半个人影。苑上唯有在祭典时见过路上这种景象，难免感到诧异，不过以百姓聚集生活的地方来看，连点声音也没有，她还是觉得这里过于冷清。

“那是什么呢？”苑上指着小土堆向无空问道。

“一种咒术，是为了驱魔而设。”

“有效吗？”

“天知道。”无空爽直地答道，“谁愿意不拼命尝试一下就这样挂掉？权贵平民都一样，如今不装神弄鬼，简直别想在京城待下去。”

竟然有这种事……

苑上认为自己当时迫切想奔逃出宫的心情，其实整个京城皆已感受到了。人们早就洞悉目前接连发生的灾厄，感受到某种力量在京内发威肆虐，甚至于灾祸结束时将连带引发的灾祸，他们也正严阵以待。苑上咬紧唇，京城沦落至此父皇可说难辞其咎，但是自己也无法置身事外。

田村麻吕的府邸，稍微偏离贵族宅邸林立的道路，不过仍旧拥有对称的屋舍以及木板屋宇，这座府邸毕竟属于贵族，足以让地方人士瞠目结舌。苑上和贺美野虽对更宽敞的府馆都司空见惯，但仍感觉此处经过精心整备，小草尽除的前庭显得视野清爽，即使主人未归，一家大小仍照常规律起居。

一行人风尘仆仆抵达门前，得知半年在外的主人终于归来，府邸上下哗然，从老管家到少仆纷纷赶来迎接。一行人当中最像邋遢山贼的田村麻吕毫不在意装扮，他迅速下令要众仆安心地各司其职。众人终于冷静下来，走廊上响起一阵衣裙簌簌。

夫人和侍女牵着两个小男孩出现了。这位夫人面容白皙，眼侧有颗小痣，一身披巾裙裳的正装打扮迎接夫君。

“高子，别来无恙啊。”田村麻吕笑容满面地说道。

她凝视着蓬头垢面的夫君，一时感到哭笑不得，不过露出放心的神情。

“你呀，音讯全无，今天回府也该传告一声，上次来信已是三个月前的事了。”

“我是不得已才没派使者的，还是本人亲自回府更好吧？”田村麻吕笑嘻嘻地说着，夫人轻声叹了口气。

“这些我都听惯了，总之你平安无事就好，欢迎归来。”

两个缠着她裙摆的小孩年纪大约五岁和三岁，看似活泼淘气，一刻也静不下来。

“爹，您回来了。”两个男孩在侍女催促下问安，田村麻吕高兴地伸出双手。

“好乖、好乖，来爹这里，广野和净野有没有听话？”

“你还是先去更衣吧。”夫人有些顾虑地提醒他，男孩们纷纷奔上来缠着父亲不放。

田村麻吕一次将两人高高抱起，男孩们的欢笑声响遍了府邸，一行人看在眼里感到有些意外。

“外表不像会宠孩子的人嘛。”无空悄悄对茂里说道，年轻人也轻声回道：

“我觉得他没打光棍这件事才更奇怪呢。”

苑上和贺美野立即被请到内室，高子夫人在得知姐弟的真实身份后着实一惊，动员所有府中的侍女来照顾两人。众人七手八脚脱去苑上的破衣，在浴房清洗后，少女才发觉十五年来的习惯反而很不自在，在茫然任人摆布后，她才醒悟感到不自在的原因。

我从没想过还有机会接受这种公主待遇……

在拒绝前往伊势、改扮成少年逃出宫时，苑上完全无暇多虑，只顾着如何为皇室尽力。她心底其实已抱着必死的决心，因此实际返京之后，反而让她不知所措。

我连自己都不肯坦白，当时确实想一死了之……

此刻的心境，让她整个人仿佛虚飘起来。苑上对自己不存希望，今后，她对公主之尊没有任何期待。

我没资格说别人，原来不只阿高如此，我想对人说不能绝望，自己却毫无指望。在问他今后该如何时，自己还不是一筹莫展……

苑上陷入沉思，侍女们忙着服侍她，拭身、梳发、穿内外裳、系整衣带，最后在结起的发束上饰戴梳插。

我究竟想怎么做？

“您觉得还合身吗？请恕高子准备不周，献上这种私用衣装，实在万分失礼。”

她回过神，只见夫人忧心忡忡地立在那里。

苑上勉强挤出笑容说：“请不必费心，夫人的美意真是感谢不尽。您一定对我的行为感到惊讶吧？”

“高子听说您是情非得已，但是完全不敢置信。”夫人的惊异溢于言表，“您扮成少年逃难，迷失在山野中的模样，实在太难想象了。身为公主怎么会历经这种苦难呢？想到您不知饱受多少痛苦和恐惧，高子就不寒而栗。夫君的确惯于野宿，但在保护两位时恐怕也常有疏失吧？”

“不，我们真的受了少将许多照顾。”

高子夫人边说边带着苑上来到唐风设计的广厅，桌上肴盘罗列，贺美野坐在对面，他也经过梳洗打理，面上气色樱红，还穿着一袭新装。见到姐姐时，他安心地开始举箸用膳。

高子夫人也温和向苑上劝菜：“一点粗茶淡饭不成敬意，请别客气。您一定饿了吧？”

厅内不见阿高和茂里、无空的身影，尽管知道这是理所当然，但苑上霎时领悟到再也无法和他们共聚一席了。自己完全与他们隔离，昨日一起围着火堆分享同样食物的时光，永远不可能重现了。

“夫人，我有一事相求。”听到苑上的声音苦恼至极，夫人惊讶地转望着她。

“什么事呢？”

“请借我一套少年服，就像贺美野穿的那种样式。请让我再装扮一次少年，好不好？”

“这是为什么呢？”夫人深吸着气问道。

苑上不置可否地笑笑说：“因为明天我想以男装回宫。”

3

清晨，田村麻吕戴上官帽，不太习惯地抚着许久没剃净的下巴，朝房外走去。在走廊上遇到苑上时，只见她结着环髻、身穿礼衣和裤幔，正轻快走来，田村麻吕不禁怀疑自己看错了人。

“公主，这该不会是内人的疏失吧？”

“不，是我要求这样装扮的。”苑上朗声答道。她的眸中神采飞扬，就像个顽皮少年。

“为何您又想男孩打扮？既然这里是京城，就没有这种必要。”

“不，事情还没结束。我决定以这身装扮露面，就是为了能目睹皇族怨灵从京城消失，我还没有看到结局如何呢。”苑上说道，仰视着高大的田村麻吕，“您会面圣吧？请带阿高前往，我也会乔装成随侍同行。”

“恕难从命，以在下的立场来看，您实在不宜轻率行动。这件事若让人知道可会闹出乱子，目前情况不同于前。”田村麻吕清清嗓子继续说，“何况这场行动多少带有风险，实在难料今日宫内将会发生什么情况。您和皇子还是留在舍下为宜，冒险是该适可而止了。”

苑上似乎充耳不闻，少年装扮的她睁大眼眸问道：“不过您相信阿高能消灭怨灵，还能拯救皇族吧？”

“是的，因此才会唤他过来。”田村麻吕答道，苑上于是粲然一笑。

“那么就算我在场也没关系吧？我最大的心愿就是目睹除魔的结果。”

“公主，率性而为也该有个节制。您既然贵为帝女，更该谨言慎行才是。”田村麻吕认为实在有严训她的必要，便加重语气说道。

岂料，苑上从容不迫地回答：“这里没有公主了，在父皇面前，您不需要保护我。苑上公主或许永远不再存在，在这里的是铃鹿丸。就算苑上死去，也请将她当成铃鹿丸。”

少女的语气令听者生怯，蕴含一股凛然气魄。看着田村麻吕震惊的样子，苑上又莞尔一笑。

“我去帮忙准备坐骑。”

凝望小快步跑远的苑上，田村麻吕嘀咕着：“唉唉……我带来的怎么净是一堆麻烦哪？”

来到府外，强风骤然呼啸而起，苑上停下脚步，只见灰云急速涌流，感觉是个不安的早晨。体内重新唤起类似悸动的感觉，似乎全京城都在等待这一刻的到来。她逆风走向府邸的马厩，直觉阿高一定在此，意想不到的是来到马厩时并未见到人影，苑上有些不知所措，注视着围栏对面的马群，它们正充满好奇心地朝她伸出鼻端。

“你在那里做什么？”

苑上这才发觉，阿高带着小黑正站在身后，他在今晨细心结起了发髻，为了进宫时不失礼数而穿戴整齐，一袭湛蓝色礼衣显得英姿飒爽，不过为了穿上这身行头，阿高着实费了不少工夫。

他定定望着回首的苑上，问道：“铃儿怎么在这里？”

“因为我们要一起进宫。”

“你可知道我去的目的是什么？”

“就是知道才跟去。”苑上探询在逆光中的阿高表情，说道，“你捡到了迷路的铃鹿丸，不是吗？所以继续带着我走吧。即使身为公主，我在宫中也没有任何归属地了。”

苑上察觉自己还是第一次对阿高说出心底的话，虽然以前询问或拜托过他许多事情，但是至今还不曾表明自己的心境。

“因为没有容身之处才逃出来，或许亲手除妖也是我的心愿，但其实只是不想承认自己一无是处罢了。到头来我还是没帮上任何忙，反而与你邂逅，认识能击败怨灵的玉主。能与你相识是何其幸运，幸亏有阿高，我才能帮助贺美野喔。”

苑上因为能由衷表白而欣喜，又说：“那孩子很重要，将来会成为倭国的栋梁，能救他，就等于是救我自己。在我内心也曾潜宿着期待他消失的黑暗，可是我知道我终究能战胜心魔。在了解真相后，我永远摆脱成为怨灵的可能，所以这次我想为你付出。”

“为我？”阿高困惑地呢喃，苑上认真点头。

“说不定帮不上忙，可是你为了消灭怨灵而舍弃一切，我也会同样为你不惜舍弃所有。我认为皇族必须有人来报答阿高的恩情，你将去的地方，我也会与你同在，直到最后一刻。”

“你这么做，确实帮不上忙。”阿高直言不讳。

苑上没好气地说：“我是说叫你别自己去啦。人家不想让你一个人承担，就算帮不上忙，有人去壮声势效果还是不同嘛。”

“我明白，抱歉。”阿高立刻让步，露出被小狗吠腻的表情。

苑上没轻饶他，又逼上前说：“别敷衍了事，人家可是认真的。你没有想回去陪伴的想念之人，所以我才说要跟着去喔。”

“我知道。”这次阿高语气显得认真，他回望瞪着自己的苑上，静静地说，“你要是愿意，就跟我来吧。”

不时骤起的暖风扬起漫漫尘沙，穿过宫门走向屋宇连绵的官舍另一侧，有一座格外高耸的殿阁在鲜明丹红中浮现，那正是天子进行朝贺的大极殿，然而在暗空衬托下显得失色不少，此时流云变得诡异，似有暴风雨之兆。

“我一直希望有一天能像这样亲眼见到皇殿。”茂里望着阿高，幽幽地说，“虽没想到是在这种情况下进宫，不过如愿以偿，我不会后悔跟着你闯荡，也不会拦阻你的行动。”

阿高注视着他，茂里又说：“我很想效法无空。”

“你在说什么？”阿高一惊问道，茂里微泛笑容。

“我发现人生目标了，我觉得自己跟无空很像，所以想学他离乡在外，今后也不回武藏了。”

“你要出家？”

“不止出家而已，今后我要去探索智慧。”茂里仰望着大极殿的鸱尾[1]，“没什么好放不开的，藤太大概没意见，广梨也不会唱反调。我认为你照自己的意思去做就行了，我想说的就是无论发生任何事，我都不会阻止你喔。”

阿高感叹道：“从以前就属你的脑筋最灵光了。”

“嗯，就是这样才不好过。”

阿高也仰望着殿阁。在殿宇下，正是那位绮萨儿拒绝会见而阿高不得不面对的人物，也就是掌握倭国无上权力的帝王。

与此人见面时，我该如何应对？

坐骑交给宫人后，与阿高并行的田村麻吕说：“觐见时要从正前方堂堂走出去，就算仲成打什么鬼主意，也不能畏畏缩缩。”

望着田村麻吕昂首挺胸的模样，阿高知道此人在任何情况下都不失自信，应该称为胆识过人吧。

阿高向他问道：“您不担心我会闯出什么乱子？”

“打从一开始我对你就是一连串的赌博，首先，连是否真有玉主存在都是赌运气，既然下注就不能半途而废。”田村麻吕以半调侃半认真的语气说道。

“你以什么押注，是官位吗？”

“不然还有什么？我非要成为今后组军征夷的大将军不可。”

阿高的语气变得冷淡，“那么，当初你想利用我可是大错特错。我是受利乡之托来结束战争，因此才来面圣。”

“拯救虾夷国的现状必须循序渐进才行。”田村麻吕不假思索

---

① 宫殿或佛殿的屋脊两端所设置的鱼尾形装饰。

地说，“首先，必须阻止头脑简单的家伙成为征夷将军，不过倭国军力扩张到东北并非坏事，只要人手足够就能开垦土地了。”

阿高眨了眨眼，没想到田村麻吕颇具前瞻眼光，“您是为了虾夷才想成为将军？”

田村麻吕莫测高深地笑笑，“我常想自己若是阿弓流为就好了，一定能适应虾夷的风土民情，或许我真的是错生倭国。不过生在京城也是因缘际会，自有方法达成愿望。”

错生倭国……

这句话让阿高为之动容，他与田村麻吕所见略同。然而他并不像田村麻吕那样有远见，对虾夷也不抱期待，连目前面临的情况也毫无头绪，他觉得自己来此仿佛是随波逐流。

若是真能达成利乡的心愿，恐怕只有此人才能做到，我还是欠缺了什么。真奇怪，即使有虾夷血统，或许终其一生，我都无法像他对虾夷怀有这种感受……

戒备森严中，田村麻吕横眼望向比平日增加一倍的侍卫，带领着阿高穿过内门。眼前的矩形广场铺着白沙，四面土墙围绕，足以容纳上万整列的军队。远处的宏伟宫殿于前方设置殿宇，其下设有御座，有数百名手中持有矛弓的士兵排列在御座与一行人之间。

“只不过是一群护卫，不必介意。”田村麻吕解释说，催促阿高，“继续向前，陛下正在等你。”

的确，士兵们在一行人前进时纷纷让道，完全悄静无声，有好长一段时间只听到踏在细石上的脚步声。

高台上半垂着彩线镶边的御帘，遮隐着列在短阶上的群臣半身。正中央高出一截的镶金发亮黑椅中，显然端坐一位人物。在后方待命并身穿青紫袍服的众臣围绕下，倭帝穿着一袭浮有花纹的金色厚绢服，从绢袖里露出双手，手指十分修长。

一行人随着田村麻吕进前跪下行礼，苑上在后方深深低头，她知道倭帝不会认出她来，但还是没有勇气仰起脸，只觉得站在阶下的自己背叛了父皇。苑上是跟着父皇畏惧的人物返京，甚至以皇族的身份将自己托付给阿高，苑上在心中祈盼地呼唤：

父皇，请让我相信您的所为，请告诉阿高，皇族不会与怨灵同归于尽……

田村麻吕禀告道："微臣奉旨从远地回京，您希望接见的明玉之主已恭候在此。途中几经波折以致延返回程之日，不过这块勾玉绝对能让您满意。"

倭帝半晌无语，终于沉声说："先让朕瞧瞧是否真为明玉。"

阿高将颈上的勾玉穿绳解下，从衣襟间滑出的玉石轻泛着薄红光辉，即使盯着看也不觉刺眼，虽在白昼中，光芒并未显弱，辉采则映在所有在场者的眼底。这块小玉的神秘深深吸引了士兵以及殿上群臣的目光，阿高立在众人中，凝目望着御帘后的御座。

"过来。"倭帝对阿高命令道。他走到短阶前，群臣发出不安的窣窣低语，倭帝又命道："上前，走上来。"

阿高拾阶而上，终于目睹倭帝的龙颜。那经过精心修整的胡须，险厉的眉间深刻痕纹，晦暗的眼瞳深处曾经炯跃激昂，如今徒留一缕残温。坐在阿高面前的是已过盛年、疲态尽现的中年男子，深埋在豪奢华服中的模样，只能说是垂垂老去而已。

"将那块玉递上来如何？"倭帝问道。

距离近得伸手可及，阿高默默将勾玉放在天子掌中。玉光一离开阿高的手便消萎似的逐渐褪淡，倭帝注视着光芒消失，变回乳白玉石之后，仍默默端视了半晌。

“这的确是勾玉，不过对朕无法发挥作用。”倭帝就事论事。

“是的，能为您发挥作用的不是我。”

“朕明白她不会来，可是她必须来。”

阿高望着初老的男子说：“您光坐在那里就想得到绮萨儿，她当然不肯来。”

倭帝怒眉一扬，望着阿高，“朕一族就是如此，皇族绝不低首求人，她应当来见朕。”

“绮萨儿在陆奥与家父相遇，您再怎么等待也是空等。若想得到勾玉之力，您也该亲自前往陆奥一趟，让她认同您才对。”

“这块玉石是为了拯救皇族而存，是她违反宿命。”倭帝以一贯的语气重复道。

坐在御座上的男子或许有过悲伤和恐惧，然而阿高感受到此人绝无反省之心，也毫无一丝悔意。阿高为此愤愤难平，但觉得倭帝早已远离他所受的痛苦，因此无法领会这种心情。

的确太久了，他在无法获得救赎下流失了岁月……

如果要他判断眼前的男子与父亲谁比较幸福，阿高会认为生命短促的胜总实在幸福多了，因为他是以年轻矫健、不知恐惧的青年之躯与绮萨儿相遇，少女无怨无悔地赋予他玉光，同样的，绮萨儿也获得幸福。

“家父同样具有资格得到绮萨儿的认同。”

“勾玉嘉许的对象，必须是超越群伦之辈，瞧瞧传给凡夫的下场如何？京城的阴霾有多深重？”倭帝低声喃喃，“勾玉能带来幸福，如今却永远丧失它的功效，你继承的是毁灭之玉，这是她拒绝朕的结果。”

我继承了绮萨儿的否定？

阿高暗忖着，他有点了解绮萨儿所指的恶路王究竟是什么了，那就是与勾玉的救赎截然相反的力量。绮萨儿在遥远的东北拒绝倭帝，散放了恶意，因此对京城造成威胁。

阿高可以否定倭帝、否决皇族，甚至能摧毁帝权。他知道只要自己愿意，纵使倭帝有千军万马保护，他也能如愿以偿。然而在亲自面圣并听到圣意之前，他并不了解这位不肯低首求人的倭帝原来只知掠夺，因此无法体会什么是宽恕。

或许绮萨儿不该与胜总相遇，假如她没出差错而来到京城，或许就能治愈皇族的伤痛，不致造成怨灵出没……

倭帝缓缓地说：“你携来的勾玉不会带来幸福，那究竟要带来什么？既不是少女，你想来达成什么？”

答案倭帝仿佛早已知晓，他似乎已经完全丧失了希望。犹豫的阿高没有马上回答，倭帝将勾玉放回年轻人手中。

“确实有些人阻挠你进京，如今仍有人想取你性命。不过朕有意接见你，想听听你来京城究竟有何目的。”

阿高手中的勾玉再度发出淡淡明光，当倭帝将一切交付予他时，阿高心意已决，凝视着玉光答道：“是为了修复。”

紧绷的双肩突然一轻，他觉得这可算是正确的答复。

他的视线移回倭帝的面孔，舒了口气继续说：“我来这里是为了修复家母拒绝来京所造成的破坏，我的确无法让您幸福，但尽管如此，还是能让呈现负面的状况复原。”

倭帝深深坐回椅中，陷入思考后喃喃道：“因此你才身为男子？”

不知何时，田村麻吕也进前来到短阶前，毅然向帝王启奏道：“陛下，请恕微臣斗胆，如今正是命令我等消除怨灵的绝佳时刻，不能再对危机置若罔闻。正如玉主所说，这是无法避免的宿命。若是为卷入灾祸的无辜百姓着想，还望您明下圣断。”

手指紧紧交扣的倭帝比先前更显苍老，面容泛现苦涩，然而他以惯于命令的口吻说：“那么，朕就命你们为朕消除怨灵。”

阿高静静问道：“怨灵在哪里？”

“去东宫即可。”倭帝低声答道。

恭立在后的苑上正为事态顺遂而放心，但在听见这句回答时，她不禁抬起头。

您说什么?

她起初不明白父皇为何如此答复，只能茫然失神，逐渐感到胸口猛起狂悸，身体似要炸裂。

难道是……

倭帝疲惫不堪地继续说：“曾几何时，我族开始遭蒙兄弟相残的诅咒。不断累积、重重压迫，终于化成形体显现。如今这阴霾腐蚀的裂伤，正由皇太子在承受。立为东宫的安殿皇子原本无辜，不过他已遭仇恨吞噬，同样负伤的父君爱莫能助，没有人能拯救他。”

4

苑上不记得如何来到东宫前面，她脚下飘忽如踏云端，简直无法相信杀害母亲及祖母、令京城陷入恐慌的竟是安殿皇子。即使知道是血族怨灵，必须歼灭的妖邪，但她也绝不认为那会是自己认识的温柔皇兄。

我究竟在做什么?

意识到阿高在自己身旁，苑上重新感到愕然，她原来是为了到东宫杀死皇兄，才会带刽子手回宫，这个冲击远超过得知袭击自己和贺美野的怨灵正是皇兄。为了拨乱反正，苑上也沦入痛弑手足的血腥束缚中，只能徒然挣扎。苑上抢救贺美野的行为，到头来反而陷皇太子于不利。

如今，我终于了解父皇恐惧的灾厄是什么了，可是已经无法阻止……

东宫的内门紧紧深闭，苑上回过神来，只见门前列着几排严阵以待的士兵。仲成立在最前方，与其他士兵一样缠着细头巾，还背挂箭筒、手握长弓。

“不能让你们闯进来，我要讨伐这群危害皇族的逆贼。”直视着田村麻吕和阿高，仲成高声说道。那雪白的面容泛着铁青，露出坚定不移的心意。

田村麻吕走向前与她对峙而立，说道：“药子小姐，是你输了。就算你千方百计也无法继续隐瞒事实，圣上已经认同我方，如今是你在抗旨。”

“岂有此理！”仲成激动地反驳，“圣上不久就会发现他是遭到你们蛊惑，对于宁可满手血腥也要扶立为后继者的安殿皇子，主君怎么可能见死不救？我才是诚心为主效忠。”

“不，陛下已经明示圣裁了。”

立场相异的两臣僵持不下，仲成愤怒地颤抖双肩说：“你们怂恿圣上杀害皇子才叫逆贼，这点我可清楚得很。你的目标就在东北，还怀着野心想要谋反。”

田村麻吕微泛苦笑，“说到野心真是彼此彼此，不过迷失自我的人是你。千辛万苦来除妖的不是我，而是明玉之主，这个宿命是时间造成的，圣上的确做了英明的判断。”

“不行！解救圣上脱离这场悲剧的人才叫忠臣，难道不是如此？

舍命保卫太子才是我们的职责，我要守护家父营造的京城，可不能跟你这种不忠之辈、野心狂妄到不知太子苦难的家伙混为一谈。”

仲成这番话让苑上心有戚戚焉，时至今日，她也是在凡事必须以太子为重的教育下长大，无论是皇太后或母后都宁可为皇兄牺牲自己。如今在她撕裂的内心里，仍有一半是由衷赞同仲成的。

苑上忍住伤感说：“仲成，请别再坚持了，不要继续引发无谓的流血纷争。”

仲成望着苑上的眼神是至今未有的冷漠，“公主，您竟然迷失到连敌我都不分了？”

“我没有迷失，是经过考虑后才来东宫。如今我只知道一件事，那就是别让更多人卷入灾难。”

这时，苑上感觉有人触着自己肩头，那人轻轻将自己推向一旁，她从仲成身上移开视线，原来是阿高。

“铃儿说得没错，就算拦在门前也休想阻止我们。要是不想被波及受伤，就快快从门前闪开。”阿高上前一步直视仲成，愠怒地说，“或许在那扇门里面的皇子很重要，可是你恣意伤害藤太，就没有资格讲道理训人，火大的可不止你一个！”

仲成露出一抹邪笑。

“我对自己的行为绝不后悔，必须死守皇室正统，岂能让你这种妖孽夺走皇太子？我绝不允许你们进去，那里已经在我们布下的结界之中。”

一群面无表情的黑衣人从四面八方现身，他们各自双手结印，正恭候待命。

阿高避免与对方相争，只轻瞥一眼说：“没用的，你这么做只会徒增死伤。”

“我舍命设下的结界，可不会像先前那样轻易让你冲破了。”

“你还想牵连众多无辜吗？”阿高叫道。

仲成不为所动，举起暗号手势。

感觉白光无声炸裂，苑上发觉自己已经陷入结界中，仿佛浸在水里近乎窒息，过了一会儿，呼吸不知不觉又恢复顺畅，没有任何压迫或麻痹感。她忍着恐惧张开紧闭的眼眸，宫殿已从周围消失，天空一片黑暗，唯现无边无际的朦胧灰原。

她茫然环顾四周，想起这是曾经来过的地方，身旁没有阿高和田村麻吕，也不见仲成及士兵，难道只有自己被震到天外？附近阒静无声，苑上成了孤单一人。

他们一定在某处，大概正发生冲突……

焦急万分的苑上分不清方向乱跑一阵，因为只有不停奔跑才能脱离异界。倘若发生冲突，她必须到事发地点与他们会合才行，否则跟到这步田地最终却毫无意义。苑上边跑边仰望天空，又继续向前奔去，依旧幽暗的空中透着诡异脉动，看似即将发生闪电。如今她自然知道闪电可以显示阿高的所在，只要天空出现光芒，就能知道该朝哪个方向奔跑吧。

然而苑上一直跑都没看见光芒，就在停下来喘息时，突然闻到类似寒气和异香的味道，她心脏几乎停止，驻足想看清前方，赫然发现妖怪在对面幽忽摇晃着。

妖怪比以前更巨大，那模模糊糊、比幽暗更黑的外形高耸如楼，苑上必须仰头才能看见两道青惨目光，高大的躯体摆晃着两只长臂。苑上精疲力竭地跪坐在地，让她痛心疾首的不是恐惧而是悲伤。

她仰望耸立的妖怪，呼唤道；“皇兄！皇兄！是我啊，我是苑上。”

即使高声呼唤，妖怪还是无动于衷。以前也是如此，妖怪不会言语沟通，只是充满饥欲和杀意，毫无人性。遭仇恨吞噬的安殿皇子，已经无法以兄长的姿态向苑上表示心声了。妖怪因备受强烈渴望的煎熬而变得无所适从，即使苑上认定那就是皇兄也是枉然。

尽管如此，我知道皇兄盼望的是从黎明清空降临的天女。他期待的是飘曳着薄红羽衣，手持闪烁生辉的勾玉，治愈一切伤痛的美丽少女……

苑上不觉抽泣起来，皇太子太可怜了，为何只有他必须独自遭受这种苦难？从支配者的血腥中成形的邪物，为何非加诸在皇兄身上不可？

苑上终于领悟到天神后裔的皇族也兼备了脆弱，得不到救赎就无法立足于世间。如果无法指望救赎，那么包括苑上的所有皇族将没有生存之道。

趁我们全族还没被仇恨吞噬之前，必须离开这里……

青白手臂伸向苑上，仿佛是召唤、在恳求她过去。苑上不想逃，她泪眼婆娑地凝望着它。就在这时，天空遽变发出灿烂紫光，青白手臂一瞬间怯惧地缩回妖体。

一道白亮闪电划落在苑上和妖怪之间，刹那间让她窥见一个形影，只见自天而降的物体有发光的白鬃和白尾，一匹黑马仿佛无声疾驰而来，闪电般原地蹬踏几步，在沉稳站定后摇摇马鬃，它正是苑上最初相遇的那匹神驹。

曾说不再变身的阿高化成了黑马，他亲自传达这将是最后最激烈的对决。苑上忘我地起身奔去抱住马首，这次阿高即使发痒也没要她松手。

“求求你，让皇兄解脱吧，这样下去太痛苦了。”苑上轻轻说道。

“我正打算如此。”变成黑马的阿高答道，“我与它相生相克，或许将借彼此消灭对方来达成宿命。”

“带我去吧，我也要同行。”苑上如此说着，黑马偏起头横眼望她。

“你不想活了才这样要求吗？”

“我们不是有约定吗？我当然很清楚你的想法。”

阿高沉默片刻，突然柔声说：“别继续迷路下去，这样就够了。”

“什么叫这样就够了？”秀眉微蹙的苑上问道。

“只要我跟它解决就可以了，因为我们同出一辙，衍生于同样的业缘。如今我才知道对方也在等待，就是他没错吧？只有我能面对。”阿高的声音十分镇定，俯下鼻端后，黑马喃喃说，“我和妖怪都变成这种异形，能阻止或接受的也唯有彼此而已。”

“不对！”苑上不禁叫道，“不对！不对！如果阿高和妖怪相同，我就不会跟来。就是因为你舍下藤太，抛去同伴和乡亲，甚至舍弃希望来此，我才情不自禁一起来的喔。”

苑上额头触在漆黑光滑的马首上，继续轻声说：“失去希望的是皇族，不，是我自己。我们需要你，需要你的牺牲，可是你不是妖怪，你有珍惜的对象，所以会感到心伤。由我来代替你想守护却舍下的那些人，至少让我陪你去。”

“铃儿。”黑马以鼻端轻触着苑上的发丝，“真的够了，你不需要逼自己陷入绝境，你已经尝过太多痛苦，我很了解铃儿多么爱护兄弟。如果我与妖怪有些不同，那是因为有你为伴，所以不能带你去面对他。无论孰死孰存，都是我和他两人之间的事。”

“为什么？”苑上仍不肯放弃，“我和皇兄没有不同，若是立场互换，一定会跟他一样喔。”

“铃儿不一样，不会变成怨灵。”阿高的语气好温暖，苑上终究明白他将抛下自己，也不知在胡言乱语些什么，她不禁冲口而出：

“如果你的目标，最后要面对的就是那妖怪，那我干脆变成它好了。假使完全改变的皇兄是帮你达成宿命的对象，那我就去变成怨灵。”

“你不该说这些。”

苑上拼命摇头，一直恳求阿高，“拜托带我走，我已经无处可去了。”

泪湿的脸颊感觉到黑马的柔软鼻端，她一时沉醉在那令人慰藉的感受中，只听见阿高如风般细声轻诉：

“不会无处可去的。铃儿拥有让人幸福的力量，只要如此就不会没有容身之处喔。振作起来，一定有人需要你的。”

苑上不禁抬眼一看，只见黑马亮绢般的眼瞳正浮现前所未有的温柔目光望着自己，它带着那抹温柔视线，从苑上的臂弯中抽身离去。

“别走！”见黑蹄朝地面一蹴，苑上不禁叫道。

然而黑马在她伸手阻止前朝空一跃，暗空再次强烈闪电。苑上扑倒在地，醒悟自己还是被抛弃了，她期盼阿高带自己走不纯粹是因为绝望，而在于他是阿高，由衷希望能追随他。

好想成为阿高珍惜的人……

纵然无法如愿，至少彼此该携手迎向毁灭。如果苑上有奉献幸福的对象，那么不是别人，正是说她拥有幸福力量的阿高。

但是在她惊觉时大势已去，黑马飞腾奔向皇族的诅咒，不可思议的是没有听见雷响，分枝状的闪电此刻照亮整片天空，强光下清晰刻画出黝黑的怪物正迅速变形。

不定型的一团漆黑萎缩起来，逐渐露出隐藏在内的青白物体。

倒在灰色地面的苑上抬起头，只见那是一只盘成蛇状的妖物，她不禁屏住呼吸。

不久，那物体原有的漆黑部分在背上化成一道龙鳍，又将颀长的身躯溜滑松开。冷酷的青惨目光依然不变，它是以煞白如霜的青白巨龙形象出现，在空中蜿蜒游动、长曳横踞的模样看来十分可厌。从白色龙首上冒出细长物，苑上曾以为那是手臂的东西高伸在龙的额际。巨龙咧开巨口，吐出一阵毒气，四周弥漫着强烈腥臭。

就在妖怪现身的同时，于空中奔腾对决的黑马也开始变形。苑上眼看流星般飞蹿的黑躯从尾端逐渐延伸，发光的马鬃随着摆曳改变，变化不久结束，那黑躯与白龙同样庞大，它不再是黑马，而是化成一只有青白龙鳍的黑龙。

对峙的双龙一方鳍黑身白，另一方则是鳍白身黑，除此特征之外，可说几乎不分彼此。他们将自身所有的超凡力量以真实之姿显现，以擎天斗志开始决战，锐牙相向，激缠狂绞着升上天际。

呼唤也没用了……

苑上痛心疾首地望着这幅情景，一想到这就是他们的约定、宿命的结局，她便悲伤得无法自拔。即使知道传不到他耳际，苑上仍忍不住叫道：

“阿高！回来！快回来！别抛下我！”

闪电以互相纠缠的双龙为中心，朝地上的四面八方射下锐光，天地缝合为一。鲜艳的闪耀白光无限扩展延伸，天空化成裂纹纵横的陶器，激烈强光胜过正午的灿阳，一瞬间天界崩裂。

以为天空的碎片纷纷落在身上，苑上茫然睁眼，四周再次陷入黑暗，原来落下的不是天屑而是雨点，而且大雨横扫如注。顷刻间浑身湿透的苑上回过神，发觉自己重返原来的世界。接着闪电一瞬，天摇地动的雷声轰然响起。

苑上望见闪电照亮的四周后不禁愕然，只见雨水浇打着堆积如山的瓦砾残木，还有断折的丹漆红柱，屋宇倾圮，破瓦凌散一地。她从这些残物中发现自己正在东宫门前，眼前的宫殿连宫门都粉碎殆尽，杳无踪影。

这里不见人影，风雨的猛势让她步履蹒跚，残留的宫柱和墙壁逐渐不敌侵蚀，随着哗啦倾倒的声响，宫柱轰然倒塌，她怯怯望去，发现对面有一个颓然不动的身影。苑上不及细想便跑过去，赫然发现竟是仲成。

她在狂雨中一脸失魂落魄，身躯倚着断垣残壁，望着苑上却视而不见。冠帽不翼而飞，垂散的发丝湿贴在脸上，撕裂的衣衫上满是泥泞。苑上不知该如何招呼她，只能怔怔注视了半晌。

“公主……”总算认出苑上的仲成喃喃唤道。接着，她像个无依的小女孩似的问道：“皇太子、皇太子怎么了？”

听到她不顾一切先询问皇兄安危，苑上这才明白仲成的真正心意，也理解她为安殿皇子不择手段的原因。在得知对自己见死不救也要执行任务后，苑上并不怨恨她，此刻只深深了解到她对皇兄的一往情深。

我们都一样，你我都紧紧追随却被抛弃……

苑上低声告诉她：“皇兄和阿高前往只有他们能去的地方，任何人都无力阻止。”

仲成一时没有答言，接着幽幽轻喃：“那么，我什么都失去了。”

抬起雨湿的长睫，仲成仰望着苑上，“对公主做出那么绝情的事，在下早有觉悟，一切但凭您的处置。”

“算了。”苑上轻声说，“事过境迁，就像这座崩毁的宫殿一样烟消云散也好，所幸如今我们能活下来，而且没有什么大碍。”

仲成惊讶望着苑上伸向自己的手，“您真的愿意原谅吗？”

“你只是执行自己必须达成的任务，而且我的表现也很难说是对皇族绝对忠诚。”苑上如此说道。

仲成定定望着她，似乎有所领会，不过就像苑上绝口不提般，仲成也不表示任何意见。

“公主的心意实在让人心悦诚服，不过请别管仲成，您还是先到安全的屋檐下吧。其实在下已无法动弹，恐怕在宫门崩塌时压到脚了。”

苑上这才注意到，仲成的坐姿并不自然，膝盖也歪扭不正。她那武者般的强韧，教苑上不得不佩服。

“别说傻话了，我立刻去叫人来帮忙。”苑上蹙起秀眉，恢复平时坚定的语气说道。

5

苑上找到侍卫请求协助，仲成被抬往内里[①]侧方的官舍中，她除了左足骨折之外并无大碍，所幸没有危及性命。然而外面风雨更强，既然无法到仲成府上通知，苑上就顺理成章地看护她，决定留在官舍小屋。

无人认出少年侍从模样的苑上，而且她非常想找事做，为了避

① 以古代天皇的居所为中心的宫殿。

免太专注于悲痛，最好还是照顾眼前的伤员。

已是三更深夜，暴风雨席卷官舍屋顶，无情摧折了庭树。仲成睡在临时架起的床榻上，未合眼的苑上在旁关心她的情况。

京城四处水路溃决的消息引得官舍内沸沸扬扬，半夜疾响的靴声实在让人无法安然入眠。星灯下，疗伤后的仲成躺卧在床，凝神聆听狂风搅着椽木吱吱嘎嘎。

秀发轻解的仲成仅穿内衫而卧，那隐约透出的玲珑身材，令人惊觉她是如此具有女人味。仲成在治疗后变得沉默，一直眺望着天井，夜阑时，才开始悄声说起点点滴滴。

“安殿皇子太温柔了，他不能适应家父或圣上这些清浊皆备的强者所要求的习规，也深深为自己取代了皇叔感到忧郁。身为继承帝位者，这种个性难免被认为魄力不足。但在待人处世方面，皇太子绝非愚劣之辈。无论是清心寡欲，还是宽厚慈爱的胸襟，都让仲成得到救赎。”

“是的，我了解。”苑上点头赞同。她也喜欢皇兄，如今静下心来想依然如此。

仲成微叹了口气，继续说：“家父之死促成了废立前太子，改立安殿皇子为东宫。在得知皇子遭到诅咒时，仲成就立下誓愿，既然身为家父之子、出于私欲深重者之后，那么不管多污浊我也不惜沉沦下去。若能成为这位温柔太子的后盾，即使是家父替太子时代的圣上所做的事，我也一样能做到。因此我才取男名、扮男装，然而，还是无法阻止这一切。”

如今仲成纤长的手仿佛男子般紧握着，“遭到仇恨吞噬的皇太子最后连我也忘了，却没忘记与他宿命相系的勾玉，无论它变成任何形体、带来什么后果，他仍殷切期盼对方来相会。不用稚上指明，我也晓得自己输给那位从远地来的玉主。”

苑上无言以对，眼前浮现阿高化身黑马不顾一切离去的身影。仲成沉默不语，激切的雨声支配了四周。此时从回廊的另一端响起紧张的交谈声，还混杂着杂沓脚步声，似有一群人匆匆赶往某处，苑上不禁回头倾听发生了什么事。

“我哪知道，是士兵在巡逻堤防途中发现的。”

“在倒塌的宫殿里竟然还平安无事？”

“真的是皇太子吗？”

“听说错不了，幸蒙上天保佑，皇太子毫发无伤。”

“不知是哪个家伙的功劳呢。”

苑上睁大眼眸，与仲成面面相觑。仲成猛然起身，扭转上半身时不禁痛苦屏息，苑上慌忙压住她的肩头，让她再度躺下。

“不可能的，请保持冷静，或许只是谣传。”苑上颤声说道，仲成的额际透出汗珠，眼神含着恳求凝望苑上。

“公主，是否能请您去确认一下呢？只要皇太子能回来……能平安归来……就算仲成废了这条腿也没有遗憾。”

不可能，没有理由回来的……

苑上如此想着。与仲成不同，自己曾亲眼看着双龙升天，也听到阿高的诀别，不过无论是真是假，她仍旧忍不住想去确认。苑上慌忙跑出小屋，跌跌撞撞地奋力追着那群侍卫。

他们聚集在门边周围，风雨未歇，房檐下的篝火照亮四周，可以看清楚雨丝和人群簇拥着一匹坐骑，原来受到保护的皇太子正准备通过门前进入内里。众人争相目睹马上人物，谁也没留意到高度不及侍卫肩膀的苑上，被人墙遮挡的苑上暗想时机正巧，于是脱离人群低头朝雨中飞奔而出。

“喂喂！小侍从，你在做什么？”

刚好来到坐骑旁却遭随侍呵斥，一只大手伸来捉住她的衣襟，这也是预料中的事。苑上心想，就算瞧一眼也好，她正努力仰起面孔时，听见另一人命令道：

“放开她，别对这位贵人无礼。”

苑上惊愕地回头，原来是田村麻吕。他推开人群来到苑上身边，带点啼笑皆非的表情说：“您到哪去了？在下一直在寻找您。”

“少将。”原本应该心情一松，她的声音却隐隐颤抖，仰望着田村麻吕那淋湿的高大身躯，苑上轻声问道：“那真的是皇兄？您当真把皇兄带回来了吗？”

“请亲自确认吧。”

苑上的视线转移到马背上，鞍上的人头罩一件遮雨用的白长衣，显露出修长的身形，他拒绝侍从搀扶翩然下马。

“你是苑上吧。”

是安殿皇子的声音，以及属于他的平静语气。那貌似母亲的秀气面容和优美姿态，正是与原先分毫不差的皇兄。苑上在震惊之余杵在原地，甚至无法向他问安。

“皇兄，这是怎么回事？”

安殿皇子从长衣中深深望着苑上，无言地伸出右手，在苑上面前张开的掌中，淡泻出一抹薄红光芒。在他手中的勾玉比阿高持有时光芒略减，但是确实泛着光辉。

苑上脑中一片茫然，只能凝视着勾玉反复道：“这怎么回事？”

“我不知道。”安殿皇子低声说，“我也不记得如何回来，恢复意识时，发现自己正站在崩塌的宫殿前面，手中还有这块勾玉。”

“阿高呢？”苑上涩声问道，安殿皇子悲伤地垂下眼睛。

“我也不知道他在何处。”

田村麻吕插嘴道：“不用在此谈这些事，请前往内里，圣上正在等您。公主也请同行，在父皇御前好好庆贺，尽情畅谈吧。”

安殿皇子不太有把握地对她说：“苑上，你最清楚一切来龙去脉，一直在我身旁目睹一切行为。无论我做出多么伤天害理的事，还有无法自行复原的情况，我都想在父皇面前全部说明，你愿意一起来吗？”

苑上犹豫不决地倒退一步，“我稍后再来，皇兄平安无恙的消息必须先去告诉仲成才行。她受了伤，在里面的官舍无法行动。”

“是吗？”安殿皇子静默片刻后说，“幸亏她能活下来，等天明以后派使者去吧。希望你和仲成一起来宫殿，我需要你们的支持。”

他再度上马朝内里而去，苑上突然冲动欲泣，急忙回到仲成身边。为何阿高能递交勾玉拯救皇兄？那么放弃勾玉的阿高又变得如何？

阿高……

蓦然涌起的思绪净是苦痛万千，她不知道从死灰中重萌希望是这么伤痛。曾几何时苑上咬紧牙关，不断想着只要阿高能够回来，自己能再次确认他的身影，那么宁可舍弃一切。

只要再见一次面就好，见到时想问你为何那么做。求求你，别就此消失，既然皇兄能回来，你应该也是……

风势随黎明来临而削弱，不久雨歇，就在东方天际染白时一切转为寂静，树梢落下的雨滴仿佛女子饮泣，唯有雨音回荡在恬静的雾霭中。过了不久，朝气蓬勃的太阳破云而升，周围一片晴朗，泥泞的小水滩映照碧空如镜，安静的小鸟也苏醒般齐声欢唱。

苑上揉着红眼眺望户外，悄悄望向仲成，只见她正恬然熟睡。在苑上告诉她安殿皇子平安归来时，她不禁潸然落泪，此时刚泣倦入眠不久。苑上留心避免惊醒她，谨慎地溜出屋外。

墙垣倒的倒、宫门坏的坏，断枝横在脚边，宫道成了水泽，然而经暴雨涤净的空气十分清新，一切景物轮廓鲜明。苑上独自奔跑在无人的安静道上，她必须再度站在塌毁的东宫殿前，非找出阿高不可。

或许秭上少将找到了皇兄，如果是我，一定能找出其他……

眼见一堆浸水的瓦砾山，苑上毫无把握的自信顿时消减，一厢情愿的空虚感已从这堆厚重的石土得到印证。苑上不断环视没有动静的断垣残壁，就在低头时，眼角瞥见一小截东西在摇晃。虽然出乎意料，却是大大值得高兴的事，原来摇晃的正是一条狗尾巴。苑上仰起脸，粲然笑起来。

“小黑！”

听到呼唤，年轻的狼犬快活得直奔过来，苑上学着阿高环住它的脖颈，虽然这是第一次，小黑的尾巴却摇个不停。这就是心有灵犀，因为苑上和狼犬有个共同的心愿。

“你会带我去找阿高吧？”苑上轻声说着，小黑舔了一下少女的面孔。她不禁蹙眉，又笑起来，“我懂啦，这次会准备好多东西过去。”

苑上回到官舍，从内里来的使者已经在此等候。争论一番后，在仲成居间调停下决定，由仲成先前往内里，苑上坚持己见成功，但是必须妥协让五六名侍从随行，因为她无法交代将去的地点。少女只好改变态度，将堆成小山的衣服和食粮塞给他们，一行人于是骑马出发。

再也没机会像男孩子那样随意走动了……

望着一板一眼的几名随从，苑上不禁如此想道。回宫后女眷又重新围绕在旁，只能望着狭庭度日如年，这是最后一次以铃鹿丸的身份去找阿高了。

小黑饱餐一顿后，竖起双耳振奋出发，然而寻觅阿高比想象还要耗时。他不在宫殿附近，也没在京城近郊，小黑走出城门直向东北方而去，行走将近半日，就在随从们开始咕哝时，终于来到一处有树林围绕的宁静水边。暴风雨后的闷热夏日，让苔岩映衬的古泉更显清凉。

苑上望着水边，又看看睡莲，她笃定阿高就在这里，这地点与上次他出现的场景十分类似。小黑仿佛想证明她的直觉般跑了起来，苑上吩咐随从停止前进，暂时在原地等候。

独自踏入草丛难免稍感不安，但苑上狂悸到极点，即使想呼喊他，也无法出声。前方传来小黑喜悦奋勇的叫声，它难得吠叫，苑上毫不迟疑地一口气向前奔去。

“阿高！”

坐在古泉边的小伙子果然打着赤膊，浑身上下一丝不挂。苑上对此司空见惯，反而见到他发窘时才感到吃惊，他还是头一遭露出这种表情。

苑上慌忙说：“我带来衣服和食物，是为了送这些才来的喔。”

“铃儿，”阿高困惑地说，“小黑怎么会留在你那里？”

“因为总要有人为你跑腿呀。”

苑上递上衣衫，阿高接了过去。少女在他穿衣时又回到随从那里，双手满满抱着包袱和坛罐回来。

“总是吃你张罗的野味，至少该让我招待一次。”

打开包袱置肉摆菜最是让人开心，这全是取自宫厨准备的菜肴，除了握饭团之外，还有甘煮香鱼和炒煮山椒，鸡蛋、豆类，应有尽有。眼前能有阿高安享美食，苑上终于消除在税上府邸时的不满。

“你在京城都吃这些东西？”阿高在全部扫光后问道。

“大致上送什么来就吃什么。”

“真奢侈啊。”阿高小声说着，苑上则认真答道：

“我不知道什么叫奢侈，其实饥肠辘辘时吃的东西，不都是奢侈吗？对我来说，你们给的年糕或山果也是第一次尝到的天下美味呢。”

阿高搔搔头，陷入短暂沉默，又幽幽说：“铃儿毕竟是公主啊。”

“就从明天开始。”苑上坦承道，“既然皇兄平安回来，我想我应该也会留在京城吧。听到皇兄回来时，我还以为是做梦。”

苑上凝视着阿高，静静开口说：“为什么你能帮助皇兄？原本以为你无法做到。”

“我也是这么想。”阿高答道。他霎时眉头深锁，立刻又摇头道：“那是无法说出来的感觉，我曾认真想过干脆玉石俱焚，而且那时早该失去了知觉，可是最后我听见有人呼唤。”

“是谁的声音？”

阿高支吾地说：“我觉得是绮萨儿的声音，又像去世的利乡，也许是美乡姐……说不定就是铃儿。只听她叫道：‘快回来！’总之听见这句话，让我觉得非回来不可。”

苑上悄悄屏息，阿高所说的这番话太重要了，或许值得自己一生珍藏于心。

“然后我思考该如何回来，于是留意到勾玉。”阿高瞥着空无一物的手，仿佛明玉还在掌心，“藤太说得对，那块勾玉是为了让我舍弃力量而存在，它是力量之器，能够转交给别人，若没有想回来的意志就无法发现它的效用，并不是光靠我一人的力量就能在那种决斗中悬崖勒马。”

“因为你想活下来，才能从死亡的仇恨中拯救皇族。”苑上喃喃说道。当她呼唤阿高回来时，其实是想一死了之，想结束这一切，然而阿高为了继续一切才归来，为了让众人都能重新开始。

“也许你说得没错，不过我没想太多。”阿高以一贯不爱逞强的特性说，“转交勾玉时，我的力量就与皇太子之力互相抵销、融混，逐渐消失。他之所以恢复原状，与其说是我的心愿，倒不如说是一种反应结果。皇族的怨灵不会再出现了，同样的，我也完全没留下什么。一干二净，就像大梦初醒。”

苑上凝眸望着阿高，尽管经过这场风暴，无论是凌乱的头发或茶色的眼瞳，还是随意的态度、晒黑的手足，他看起来并未改变。他是个年轻人，比起住在京城，他是个更适合在山野奔跑的小伙子，虽然比藤太还认生，有时也少根筋，但是潜藏着一抹纯真的温柔。无论是否有神力，他，就是阿高。

“那么，接下来你打算怎么办？”苑上问道。

“首先，回到藤太那里，因为我来京城前没承诺藤太我会回去。然后，等他伤势完全康复，跟他一起回武藏。”

“你即将达成最重要的心愿呢。”苑上语带叹息，阿高不以为意地微微一笑。

“嗯，我一直以为不可能，不过如今失去力量，任务也总算完成，我可以回家乡了。不仅能恢复以前的生活，还能见到老爹。”

真想一起去……

苑上竭力忍住不说，固然表示意见是个人自由，但她非常了解这将造成阿高莫大的困扰。即使阿高听她诉说愿望，带走公主也只会引得周遭陷入混乱和悲剧。若是同赴绝境反倒无话可说，然而阿高既然表示想返乡过安稳的生活，苑上就不该破坏他的愿望。

“有归属地真好。”苑上一脸笑意说，“也许你原本在让任何人幸福之前，就该先让自己幸福。我很明白你选择的是正途，所以皇族才能有幸脱险。”

阿高望着她，突然说：“我能回武藏多亏铃儿帮忙，若没有你，或许情况就不可收拾了。”

好期待能再见一面，现在重逢后，我也达成心愿了。光是这样也无所谓，我觉得自己能活下去，因为知道阿高还活着，我也能以自己的方式度日……

苑上如此思忖。

一旦想保持平静，她就开始能以平静的心情说话，“我永远不会忘记成为铃鹿丸的事，还有扮成男孩子、迷路的事，也不会忘记有人曾经真的相信我是男孩。”

她想微笑望着阿高，却无法做到。苑上知道如今在阿高眼中的自己完全不是少年，而且她也不再有想成为男孩的心愿，不过这样反而让她无牵无挂，正因如此，她必须结束少年的身份。

“我不会忘记你为皇族的奉献，就算年华老去、生命将尽，我也永生不忘。”

6

当晚，田村麻吕跟在眺望清月的倭帝身侧，天子面前的宫苑几乎恢复暴风雨前的景象，草丛里早闻虫声唧唧。小桌上置着盛满的玻璃酒器和酒杯，只是帝王无意畅饮。

“总之，陛下英明果断。”田村麻吕沉默后开了口，倭帝泛起微嘲的眼神望着这位近卫少将。

“你就不曾质疑过朕的资质？听你催促朕做决断时，朕可不这么认为。”

田村麻吕俯首道：“微臣不敢，只是在尽心思考如何达成御旨而已。”

“罢了，你说得没错。”倭帝不语，眺望月色半晌后缓缓说：“朕终究考虑要放弃长冈京，天有谕示望朕能更新万象，这片土地牺牲过多，是该迁都重新开始。”

倭帝长吁了口气说：“皇太子能归来全是天赐奇迹，必须由衷谨记在心，即使皇族也非万能之主。”

“那么，陛下有意迁返旧都平城？”田村麻吕慎重问道，倭帝摇头否定。

“朕不打算迁返，而是重造新京，寻找唐土所称的四神相应[①]之地，才能缔造让百姓均安的京城。”

“微臣赞成圣上的旨意，不过，还请在明年征夷军计划成行前不要变动。”

倭帝落寞地喃喃道：“征讨虾夷的目的已失，或许该考虑停止出兵。”

“不，如今才需要背负崭新使命的征夷军。”

---

① 指古代中国司天的四方之神，地理上则是符合四神之景观，东为河流（青龙）、西为大道（白虎）、南为洼地（朱雀）、北为丘陵（玄武）。

倭帝蹙眉望着田村麻吕，眼神令人想到枭鹰，“好一个出人意料的见解呀。”

田村麻吕露出大胆的微笑，“请交由微臣处理，这一切都已成竹在胸。”

“为何如此心系东北呢？”倭帝倦懒问道。

田村麻吕一瞬思索后，率直地说：“可能前世是虾夷人吧。”

无空和茂里回望着走过的城门，暴风雨也在这道门上留下肆虐的痕迹，门瓦全飞落不见，甚至让人觉得没有修复的可能。如今，河流和水路居多的长冈京有一半区域成了水乡，许多失去家园的百姓抱着残存家当离开京城，这两人也和众人一样挑着行囊。

无空开口说：“你没跟阿高回去和藤太等人见面，真的不要紧吗？”

“不要紧，我已经和阿高道别，广梨多少也明白。”茂里说着，摇摇肩上的行囊，“我赞成阿高和他们一起回武藏，那小子在最后一刻才下了决心。”

“没知识的乡下地方有那么好？”无空叹息，“其实我在想不妨看看天下大局，只要有阿高的力量，就能为倭国重开新象。”

“阿高不是野心家，他不是顽固，只是原本就淡泊无欲。”茂里低头笑笑，“也许正因如此他才拥有神力，即使力量在手，他也不会像我们那样想解开奥秘，因为如此一来会诱使自己也想利用这种力量啊。”

“见识过那么强大的威力冲突，只要头脑灵光的人当然会想先了解真相，要是那种人对你我的想法就不会有意见吧。”

茂里点头认同他的这番话。

“所以为了了解世间知识有多广博，我才想追随你。”

“我一定会解开这个真相。”无空的表情充满自信，“如果答案不在大唐及天竺，那我会自行研究其解，不过，最重要的是必须先正确了解大唐和天竺有什么真知灼见。”

“首先要涉猎佛经吧？”

“对，这是第一步骤。”无空愉快笑道，“再过不久，我会动身渡海去找寻真知，若能了解世间力量的流态及趋势如何，或许连佛理也会有所改变吧。我不会后悔自己为了探索真知而离开故乡。”

“我也不后悔。”茂里答道。

星光闪烁的夜空下，两人走向化为黑影的旧都平城京，他们并没有在当地久留，而是过了数年漂泊不定的日子。无空后来改法名为空海，他终于达成他所宣称的渡唐理想，则是许久以后的事。

在迁都的谣言四起中，苑上变得时常发怔。由于东宫崩毁，安殿皇子迁居至外侧的东院，苑上和贺美野也同样在此安居。这是出于皇太子的要求，因此有别于无处容身而暂栖此处。不过公主的起居并没有显著变化，除了有时陪皇兄说话之外，每日依然深居内室，过着避人耳目的日子。

安殿皇子因淋雨引起肺炎，原本体质羸弱的他变得更加虚弱，一时回到昔日卧病在床的状态。不过终究渐有起色，虽然偶尔消沉，但不像先前过于殚精竭虑，时而也展露微笑。

苑上在探望皇兄之际，忽然发觉皇兄能恢复平静的最大原因，或许是他已了解父皇的心意。倭帝只温和迎接从险境回来的皇子，一概封锁不利于皇太子之位的消息，流言蜚语也从当天便销声匿迹。到东院问候的访客接连不断，曾几何时，女眷们再度聚集到苑上身边，苑上没有为此欣喜，她将烦琐杂事皆托人处理，自己则置身事外。

苑上变得安静异常，反而是贺美野来到东院后活泼有劲，表现出少年应有的样子。他原本不擅马术，但在从伊势返京的途中克服恐惧，现在甚至还会骑马率同随从外出，经常走访秭上府邸。皇子与臣下交情甚笃自然备受称扬，他逐渐获得更高人望。贺美野不像以前埋在书本堆里，他原本就是好学不倦的个性，在提出询问时连大人也啧啧称奇，因此愈发受到赞赏。

就在某个秋意浓浓的日子，一身外出装扮的贺美野突然来到苑上房间。她正支着头坐在窗畔，感觉许久不曾见到弟弟，因此不禁睁大眼眸，只见最近的贺美野不像是以前那个常缠着姐姐的小孩了。

“皇姐，听说朝廷要派遣使者到伊势，好像是去向神明报告神社已修建完成。只要说想去参拜，就连我也能请命同行。真好，可以再去一次伊势哟。”贺美野站在苑上面前兴奋地说，“阿高和藤太也在那里吧？在他们回武藏前，还能再见一次面喔。”

苑上泛起淡淡微笑，“你那么想见他们？”

“我很喜欢那些人，教我打绳结时一点也不嫌麻烦。不过提出去参拜，是因为想到皇姐也许比我更想和他们见面。”

“怎么会？”苑上的口气像是责备，贺美野就耸耸肩。

“因为皇姐看起来很消沉，又一直盯着外面。”

“才没这回事。”想到贺美野十分机灵，苑上佯装若无其事，“不过说实在的，你去和他们见面也好，我会准备转交的礼品让他们带回武藏。”

“皇姐亲自去就成了，扮成我的模样去嘛。”贺美野一脸严肃地提议，“拜托稚上少将或卫门佐就应该万无一失吧。这是最后的机会喔，他们启程回武藏就永远不能见面了。”

苑上失笑地望着弟弟，但她知道这不是啼笑皆非的时候。以前她的确会二话不说就贸然行动，不仅利用弟弟的身份，还会穿起礼衣、骑上骏马，满心欢喜地出发。然而现在的她做不到，若是再见到阿高，她绝对会吐露心声，那么肯定会一发不可收拾。

“不去了。”苑上沉默良久后说，“我做不到。你去伊势吧，代我和他们道别。”

“皇姐，这样好吗？”贺美野窥探她的表情问道。

“嗯，没关系。”苑上毅然说道。然而，她不禁别过脸望向宫苑。

贺美野和使者前往伊势，苑上心中又消失一盏明光，十几天后贺美野回宫，在得知藤太非常健康后，她又失去一盏明光。然而还是照常度日，发怔的时候居多，不过能与女眷们闲聊，也能够强颜欢笑。

一定会渐渐适应，时间就是帮手……

苑上如此想着。然而逐日沉浸在讨厌的刺绣中，每天都过得乏味无比。

某日，连安殿皇子见状都说：“苑上最近无精打采，实在不像你，有什么困难就告诉皇兄吧，我不想再做个没担当的兄长喔。”

“真的没什么，不用为我操心。”苑上勉强挂起笑容，“但是很高兴您的心意，这证明皇兄已经康复了。”

安殿皇子最近不再卧病，开始时常读书，他搁下手边书本，以关心的语气说：

“苑上从小就比别人有活力，我总觉得能分享你的朝气，这次的事件也是如此。原本活泼的你变得垂头丧气，真让我担心极了。现在想来，苑上从没沮丧过，是因为不想表现出来吗？”垂下眼眸的苑上没有回应，安殿皇子又说：“我也希望自己今后不再只受人关照，而是能守护别人。我想珍惜唯一的妹妹，如果有心事就说出来，皇兄会竭尽所能帮忙。”

“芝麻小事而已，不值得一提。”苑上说着，安殿皇子眉头略蹙。

“真的只是小事？该不会被妖邪附身了？”

苑上笑着否定，不过离开皇兄房间后，她走在回廊上思索刚才的谈话，觉得自己或许真的被什么给纠缠住，心头总是沉甸甸的，仿佛有移不去的千斤重石。照皇兄所说，自己难道确实被附身了？

或许比怨灵还邪恶……苑上蹙起秀眉思忖：这件事我无人可诉，毕竟这世上没人能来为我消除它……

日暮早至，回房时室内一片幽暗，平常早已点灯的侍女只有今天偷点小懒。苑上原想唤人，又改变主意走进房间，到屏风下点灯这种小事不需假手他人。

户外余光犹在，窗畔蓝意还不曾消散，苑上蓦然望去，只见那里立着一个幽黑鲜明的人影。若是害怕不可能的情景也就罢了，不过就算想怕，这个身影也未免太过熟悉。

苑上情不自禁地喃喃说：“我果然还是被附身了。”

人影正是阿高，幽暗中浮现的面容也是他。苑上暗想，原来只要心念够强就能如此见到对方，或许这样也不坏呢。

“铃儿。”阿高微微一动，极度没信心地轻声说，“你是铃儿吧？”

垂散秀发又身穿裙裳的苑上，这才发觉阿高为何迟疑不前，她走近他想看清面孔，于是轻轻问道：“是啊。你在哪里？在伊势吗？”

“说什么傻话。”阿高伸手抓住她的手臂，那真切的感触让苑上大吃一惊。

“你在我房间？就在这里？”

“有人为我引路，所以才能进来。”阿高略带自豪说道。

得知是他本人，苑上简直吓慌了。

“你会被逮捕的！闯入这里形同犯罪喔。”

“我知道，这是公主的闺房。”

“怎么回事，你没回武藏吗？”

“我正准备回去，藤太现在状况很好，广梨和小黑也在一起。我有件事忘记告诉铃儿，所以才来京城。”

苑上住口不语，眨了眨眼，“什么事？”

“就是忘了问你是否愿意跟我回去武藏。”

她想抽身，但知道自己没有使劲，阿高的手理所当然地毫不动摇。

苑上弱声道：“不行，假如我不是公主就好了，可惜天不从人愿。”

“我明白，可是很想知道铃儿的心意。”

即使压低声说话，仍能感受到阿高的坚持，苑上了解他迫不及待想知道自己的想法。

“人家明明努力放弃希望，拼命忍耐，打算以后带着思念走进棺材，你竟来这里要我说出口？不管贺美野怎么说服，人家都忍痛拒绝去伊势……”说到这里，苑上突然心念一动，“是贺美野告诉你这里的吧。”

“我也对你弟弟提过，那就是在我们秭东地方啊，对于正式追求却被女方双亲顽固拒绝的女孩，就算偷走她也不会引起非议。”

阿高想让她听清楚似的缓缓说：“这个男子只要敢作敢当，而且有圆满解决的智慧并获得支持，那时大家也会认同是女方双亲必须让步，偷偷把恋人带走并不会受到指责喔。当然，最重要的还是看女孩子的想法。”

苑上感到热泪盈眶，一时忍不住潸潸落下，“我想去，可是会连累你的家人。”

“老爹是个有胆识的人，不会被这点小事吓到，美乡姐也一样。或许我们家族对公主来临多少有些惊讶，不过一定会坦然接受，因为他们连我都一视同仁。”阿高的声音透着笑意，不像在思考重大问题。不过，苑上也被那轻松的语气感染，开始觉得事态并不严重。

“我想去。”苑上轻声说道。好想看看他成长的地方和家园，今后想与他共度人生，这份心意强烈得让她义无反顾。

“决定了吗？”阿高问道。

苑上踮起脚尖搂住他的颈项，代替了答复。

藤太和广梨抱着小黑的脖颈，在内门外的草丛待命行事。

即使事到如今，广梨仍啼笑皆非地说：“他有没有搞清楚啊。我想来想去，若是偷走公主，就算有一千个理由都非得被抓去杀头不可。”

藤太一耸肩，“别说了，阿高既然想这么做，我们还不是拿他没辙。”

“你真的拿他没辙？”

“我不可能拒绝出力嘛，阿高不知替我撑腰多少次，他还是头一遭谈恋爱呢。”

广梨忧心到了极点，边咬指甲边说：“就算顺利带她从京城开溜，以后又该怎么办？她可是公主喔，不管是国府还是到哪里一定引起轩然大波，我干脆学茂里离家出走算了。”

“别穷担心，我觉得没问题。”乐观自信的藤太注视着通道，“圣上该不会来搅局吧？阿高既然将勾玉交给皇族，当然有权利要求回报啰。如果行不通，阿高还可以讨回勾玉。”

“话是没错，但我们只是小老百姓，圣上哪有可能轻易许配公主？”

“这就是一场赌局，你赌谁是赢家？”

“别闹了。”广梨怒道，稍微转念一想又说，“我觉得那女孩就算来秣东也不会大惊小怪，她不像一般公主那样娇生惯养。”

藤太点头同意：“完全没错，她不会为一点小事气馁，就算闹点意见也会有办法解决，刚好可以解解闷。”

广梨横眼望着他说：“听你讲得轻松，自己还不是没解决千种家的事。”

藤太脸上一惊，咋舌道：“是啊，我都忘了。”

“就是这副德行，难怪你们搭档不管到哪儿都惊天动地。”广梨抱头叹道。

7

仲成靴声高响，正步在寒冷的东院回廊上朝内室走去。年终时节夜幕早落，灯火已燃，安殿皇子坐在椅中，仲成眼里所见的皇子侧容略带忧郁，正凝视着赤灿的炉火。

仲成在门口行礼后，皇太子回头平静地说：“许久不见了。”

“是的，仲成离京远赴东国，刚从武藏回宫。”她步入房间答道。

“那么，还是由你率领追兵？”安殿皇子喃喃说道。

“正是，追随他们一路安抵武藏。仲成擅自判断，认为圣上特别指明的用意就是为了此事。”

“伤势已复原了吗？”

“寒天稍有不适，骑马并没有大碍。”

隔了一会儿，安殿皇子叹息问道：“有和苑上交谈吗？”

仲成泛起微笑，“有的，刚才将此事奏明圣上才来东院。公主曾说这是宿命，她很喜欢武藏，希望后代子孙能长住当地，无论父皇有任何责罚都不改初衷。在禀明此事时，圣上表示不会追究。”

“是吗？”安殿皇子低头沉思。

仲成忧心忡忡地说：“皇子，公主十分幸福，她曾说这是她的心愿喔。”

“或许她的确这么说，但是在我与勾玉邂逅的过程中，那孩子奉献心力却是事实，皇族竟以牺牲手足来延续长存啊。”安殿皇子将手按在额际，喃喃道，“她是我唯一的同母妹妹，我连至亲中的最后一位女性也失去了，身边再也无人为伴。”

“请别伤叹了，好不容易康复又会伤身。”仲成轻触着皇子的手，“还有我在。”

安殿皇子仍垂着眼，“你一身男装四处奔波，不可能有心思顾及到我。”

仲成突然摘下官帽，将发髻解开，她轻轻摇首，蓬松的乌发轻曳在雪白面颊上。安殿皇子惊异地抬眼望她，仲成还以微笑。

“京城不在了，家父的遗志就此了断，因此我想恢复女儿身。在留回长发之前，暂时还需假发权充门面。”

“卫门佐。”

“我的本名是药子，还请这么称呼。”她跪着轻声说，“皇子，您必须坚强，必须成为贤君，今后就由药子私下协助吧。即使再度堕入黑暗，无论多深多险，我都会追随皇子，陪在身畔……此后永生永世思慕您。”

倭帝在后年下诏迁都，新京特地取名为平安京。新宫址的南侧附近有一座古泉，不久在此造园成为神泉苑，一直留存后世。

安殿皇子在平安京即位，于四年后退位。此时，距始终对皇子忠贞不渝的药子饮毒自尽，还有一段时日。

迁都的同时，稚上田村麻吕以征东副使的官衔率领征夷军前往东北。诚然他是意气风发出征，史上虽没记载这项功绩，但在不久之后，他以征夷大将军身份威名远播，押解降服的虾夷主将阿弓流为等人返回京城。

田村麻吕原以修好为由带他们来京，闻风丧胆的朝廷官员竟在河内将阿弓流为等人问斩，不过这也是后话了。

在武藏生活的苑上和阿高当然也没安享清闲，既有几重难关，也尝过苦劳，不过有同样没得安闲的藤太一伙人为伴，日子的确过得多彩多姿。他们并无意留名后世，不过仍留下了传说。

两百年后，有一位来自京城的少女偶然经过竹芝，听到当地人谈起曾有公主嫁至此地的古老传说。据说那位公主并不像被偷带出来的高贵秀媛沦落不幸，反而生活无虞、子孙满堂，欣然度过了一生。

——全书完